AS GUERRAS DO MVNDO EMERSO

2 - AS DUAS GUERREIRAS

LÍCIA TROISI

AS GUERRAS DO MUNDO EMERSO

⟨ 2 - AS DUAS GUERREIRAS ⟩

Tradução de Mario Fondelli

Rocco

Título original
LE GUERRE DEL MONDO EMERSO
II – LE DUE GUERRIERE

© 2007 Arnoldo Mondadori Editore S.p.A., Milão
Todos os direitos reservados

Direitos para a língua portuguesa reservados
com exclusividade para o Brasil à
EDITORA ROCCO LTDA.
Avenida Presidente Wilson, 231 – 8º andar
20030-021 – Rio de Janeiro – RJ
Tel.: (21) 3525-2000 – Fax: (21) 3525-2001
rocco@rocco.com.br
www.rocco.com.br

Printed in Brazil/Impresso no Brasil

preparação de originais
MARIA ANGELA VILLELA

CIP-Brasil. Catalogação-na-fonte.
Sindicato Nacional dos Editores de Livros, RJ.

T764d Troisi, Licia, 1980-
As duas guerreiras/Licia Troisi; tradução de Mario Fondelli.
– Rio de Janeiro: Rocco, 2009.
– (As guerras do Mundo Emerso)

Tradução de: Le guerre del Mondo Emerso, 2: Le due guerriere
Sequência de: A seita dos assassinos
ISBN 978-85-325-2457-7

1. Ficção italiana. I. Fondelli, Mario. II. Título.
III. Série.

09-2501   CDD–853
                                       CDU–821.131.1-3

Para Rebecca

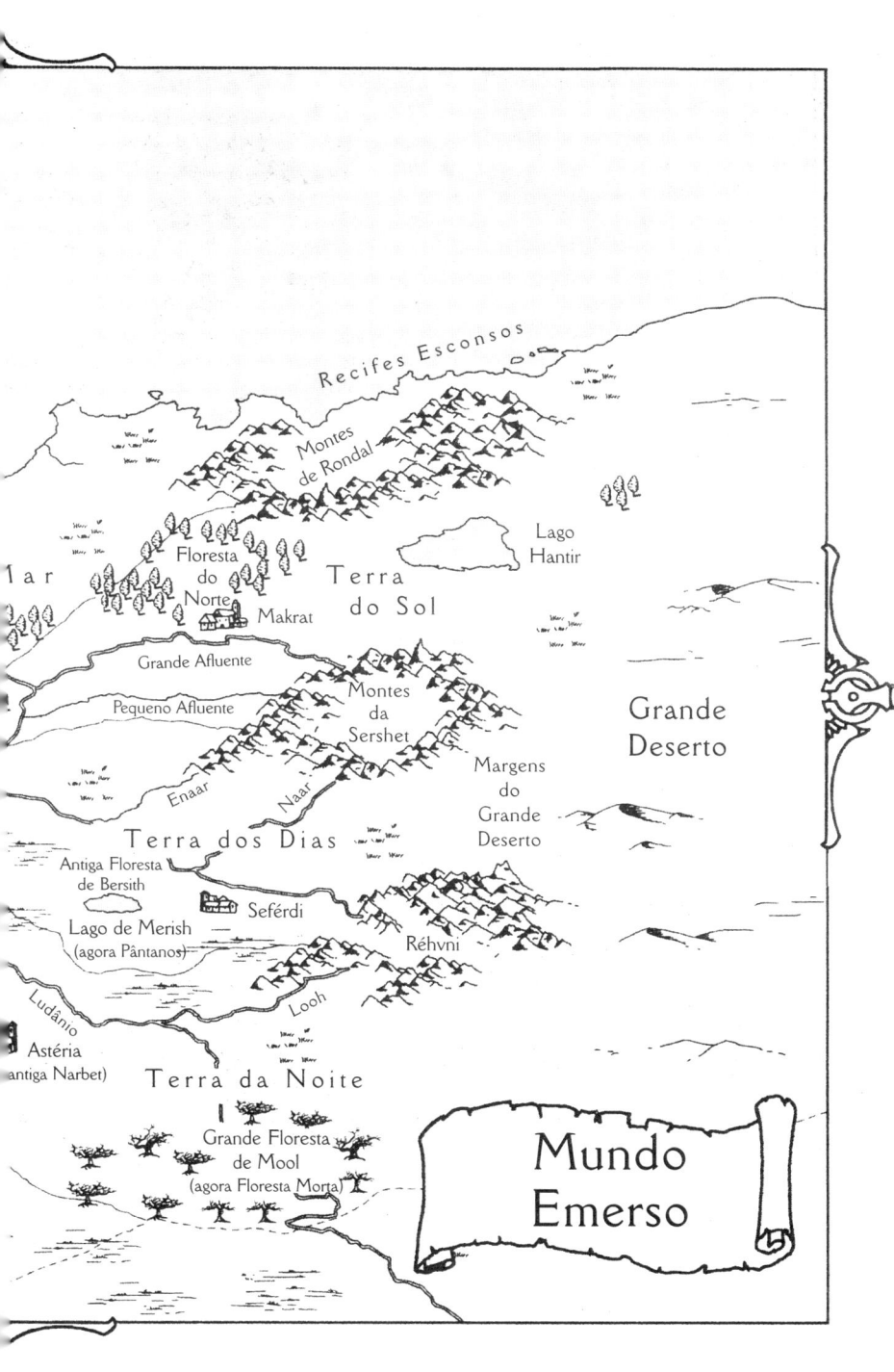

Wash me away
Clean your body of me
Erase all the memories
They will only bring us pain.

Muse, *Citizen Erased*

ANUÁRIO DO CONSELHO DAS ÁGUAS
Volume VIII, Quadragésimo Ano
após a Batalha do Inverno.
Décimo terceiro relatório.
Redator: LONERIN DA TERRA DA NOITE,
discípulo do Conselheiro Folwar.

Conforme foi deliberado na sessão precedente do Conselho, no começo do ano parti à procura da sede da seita conhecida como Guilda dos Assassinos, cujo templo principal se encontra na Terra da Noite. As últimas anotações escritas por Aramon, o espião que me antecedeu, levam a acreditar que a Guilda dos Assassinos aja de alguma forma em conluio com Dohor, que atualmente detém o poder sobre a Terra do Sol, da qual é o rei, e sobre as Terras da Noite, do Fogo, dos Rochedos e do Vento, que conquistou com armas ou intrigas, e que ele controla através de títeres sob o seu comando. A natureza do trato entre a Guilda e Dohor, no entanto, não está clara.

Para investigar os planos do nosso inimigo, penetrei no coração da Guilda sob o disfarce de um dos desesperados que periodicamente dirigem-se ao templo para implorar que o deus deles – Thenaar, ou Deus Negro – realize seus desejos. Postulantes, é assim que são chamados pelos asseclas da seita. Sem demorar-me na descrição dos sofrimentos que tive de padecer para ser aceito como Postulante, direi simplesmente que tive acesso à sede da Guilda, uma ampla construção subterrânea que os sequazes chamam de Casa.

O meu conhecimento da estrutura da Casa, infelizmente, não é abrangente, pois a um Postulante não é permitido movimentar-se livremente, e as minhas andanças noturnas à cata de informações foram forçosamente bastante limitadas. A vigilância por parte dos Assassinos é extremamente diligente e, de qualquer forma, os Postulantes são tratados como meros escravos, à espera do momento em que cada um deles será sacrificado para Thenaar.

Devo confessar que durante um bom tempo as minhas investigações não surtiram qualquer efeito. Sem levarmos em conta a óbvia consideração de que Dohor tenciona aproveitar as qualidades de sicários dos asseclas da seita, que celebram os seus rituais justamente através do assassinato, não conseguira juntar nenhuma outra informação relevante.

Tudo isso, no entanto, mudou quando o destino, ou o acaso, levou-me a topar numa ajuda inesperada.

Eu estava perambulando pela sala principal da Casa, uma ampla caverna dominada por uma terrível estátua de Thenaar, com duas pavorosas piscinas cheias de sangue, quando fui descoberto por uma adepta, uma jovem bastante miúda, de uns dezessete anos, que se movia furtivamente no mesmo local que eu estava investigando.

Capturou-me na mesma hora e me levou prontamente para a sua cela, onde pediu que eu explicasse a razão do meu comportamento.

Percebi de imediato que havia alguma coisa estranha nela, que não se mostrava hostil, e parecia preocupada, antes, por ter sido descoberta fazendo alguma coisa proibida. Reconheço que, talvez, eu tenha agido de forma imprudente, mas quando Dubhe, é assim que ela se chama, perguntou quem eu era e o que estava fazendo, respondi com sinceridade.

Antes de prosseguir com este relato, e levando em conta o sentimento de desconfiança do Conselho a respeito da jovem, acho conveniente explicar melhor quem ela é e como chegamos ao trato acerca do qual concordamos naquela noite.

Só há duas maneiras pelas quais uma pessoa pode entrar nas fileiras da Guilda: porque nasceu de Assassinos que já são membros da seita ou porque cometeu um homicídio quando ainda era criança. Os que pertencem a este último grupo são chamados de Crianças da Morte. Dubhe é uma delas.

Não sei ao certo de onde ela vem, costuma ser naturalmente esquiva – coisa, aliás, bastante compreensível – na hora de falar no seu passado, mas trata-se certamente de algum vilarejo. Ainda pequena, durante uma briga, matou sem querer um amiguinho da mesma idade. A comunidade onde vivia puniu-a por aquela culpa com o exílio. Foi durante as suas andanças sem rumo que encontrou a pessoa que a treinou na arte de matar, alguém que ela menciona num tom extremamente reverente, chamando-o simplesmente de Mestre.

O treinamento começou quando ela tinha oito anos. Estamos, portanto, diante de uma pessoa forçada ao homicídio, de alguém que só foi instruído a matar, ainda mais marcado por aquela culpa primor-

dial. Digo isto só para frisar até que ponto as reservas do Conselho são infundadas. Mas voltemos ao assunto.

Para a Guilda, Dubhe era uma Criança da Morte, e por isso mesmo a seita não demorou a ficar de olho nela. Antes de rebelar-se e sair de lá, o Mestre foi de fato um membro da Casa, e acho que tenha sido através dele que a Guilda chegou à jovem. Enquanto isso, Dubhe desistiu da prática do homicídio, só vivendo de roubos. Mais uma vez, convido os que lerão estas palavras a não julgarem com excessivo rigor a conduta da pessoa à qual devemos de fato o descobrimento dos planos da Guilda. Estamos falando de uma jovem sozinha, sem outros meios para se sustentar a não ser aqueles proporcionados pelo seu treinamento particular.

A Guilda consegue então pôr as mãos em Dubhe enganando-a. Durante um roubo, ativa-se uma maldição que lhe fora inoculada anteriormente através de uma agulha envenenada. Esta maldição tem uma natureza peculiarmente traiçoeira, bastante apropriada ao caráter perverso da Guilda. Com efeito, ela dá vida a uma espécie de entidade maldosa – chamada por Dubhe de Fera – que se aninha no âmago da sua alma. Em certas ocasiões esta entidade assume o controle, levando a jovem a atos de extrema crueldade. Sangue e morte são, de fato, o seu alimento.

Convenceram Dubhe de que somente a Guilda possuía o antídoto que poderia salvá-la, e desta forma, não faz muitos meses, forçaram-na a juntar-se às fileiras dos Assassinos. Periodicamente era-lhe ministrada uma poção capaz de manter sob controle os sintomas da maldição, fazendo-a passar por uma verdadeira cura.

Não estamos, portanto, diante de uma pessoa nascida na Guilda e por ela corrompida, mas sim de uma vítima da seita, forçada a se sujeitar às suas regras contra a própria vontade.

Analisei com cuidado a maldição da qual Dubhe é vítima. Ela tem uma marca física evidente: dois pentáculos, um vermelho e outro preto, que emolduram um círculo formado por duas serpentes entrelaçadas, elas também vermelhas e pretas. Como sabemos, nenhuma maldição deixa sinais físicos, somente os selos.

Quando Dubhe mostrou-me o símbolo, graças aos meus conhecimentos de magia, compreendi na mesma hora que se tratava de um selo, e com muito pesar contei-lhe a verdade: expliquei que se trata de

um feitiço que só pode ser quebrado pelo mago que o evocou e que não existe qualquer tipo de poção capaz de curá-lo, mas somente filtros para manter sob controle os sintomas. Contei-lhe que estava sendo enganada pela Guilda.
O nosso trato nasceu do seu desespero. Todos nós sabemos que, em muitos casos, os selos impostos por magos não muito habilidosos são fracos, e podem ser quebrados por encantamentos mais poderosos. Acredito que o de Dubhe pertença a este tipo, e prometi-lhe que a levaria ao Conselho onde, talvez, algum mago pudesse conseguir esta façanha. Em troca, ela levou adiante as investigações no meu lugar.
Fecho agora este longo parêntese para passar então a descrever sem mais demora o que Dubhe descobriu.
A Guilda adora Aster – o Tirano que quase destruiu o nosso amado Mundo Emerso – e o venera como se fosse um messias, e está preparando a sua volta. Já evocou o seu espírito, que neste momento paira suspenso entre o nosso mundo e o além, num aposento secreto da Casa. Aquilo que ainda falta para realizar o rito é um corpo apto a receber o espírito. Com esta finalidade, a Guilda decidiu escolher o filho de Nihal e Senar, os dois heróis que quarenta anos atrás conseguiram acabar com a dominação do Tirano. A razão desta escolha é facilmente compreensível. Aster era um mestiço, filho de um humano e de um semielfo, assim como o filho de Nihal, último semielfo do Mundo Emerso, e de Senar, um homem da Terra do Mar.
É a isto que as descobertas de Dubhe nos levam.
A sessão de hoje do Conselho analisou-as e, finalmente, deliberou as medidas a serem tomadas. Trata-se de uma missão dupla. Por um lado precisamos levar para algum lugar seguro o filho de Senar e Nihal. O mentor da nossa resistência contra Dohor, o gnomo Ido, deixou o Conselho a par do fato de esta pessoa se encontrar no Mundo Emerso, ao contrário dos pais, que, muitos anos atrás, atravessaram o rio Saar rumo às Terras Desconhecidas. O próprio Ido assumiu o encargo de encontrar o jovem e de levá-lo em segurança.
Por outro lado – e aí está a segunda parte da missão confiada a mim e a Dubhe –, também precisamos reatar o nosso contato com Senar. Por se tratar de um grande mago, ele deve certamente conhecer o segredo do feitiço que trará Aster de volta à vida. Com isto em mente, eu e Dubhe atravessaremos o Saar à sua procura. Dubhe decidiu

participar da busca, pois espera que Senar seja capaz de quebrar o selo que a aflige. Tenho certeza de que a presença dela poderá ser para mim muito valiosa, levando-se em conta que a nossa fuga da Guilda não foi certamente esquecida e que, sem dúvida alguma, muitos Assassinos já devem estar no nosso encalço. Quem melhor do que ela para nos defender das suas ciladas?

Isto é tudo. A partida está marcada para amanhã. Risco estas palavras com inquietação. Ninguém jamais voltou depois de atravessar o Saar, e todos sempre falam das Terras Desconhecidas com terror. Não sei o que espera por nós, e até ignoro se conseguiremos pelo menos sobreviver à travessia das águas caudalosas do rio. Sinto dentro de mim uma mistura de excitação, típica do explorador, e de medo do desconhecido. Mais forte do que o temor da morte, no entanto, é a aflição de não conseguir levar a cabo a missão.

Pois a missão tem prioridade sobre qualquer outra coisa. E a destruição da Guilda é tudo para mim.

PRÓLOGO

O último convidado saiu já de madrugada. Estava bêbado e precisou de um criado que o levasse embora. Sulana viu os dois desaparecerem aos trancos e barrancos na escuridão do jardim. O homem resmungava alguma coisa que ela não conseguiu entender, talvez alguma trova obscena. Estava exausta. O esforço para mostrar-se séria, nobre e comportada, e para sorrir na hora certa, deixara-a esgotada. Nada disto acontecia com Dohor, seu marido desde aquela manhã. Parecia ter nascido para aquilo mesmo. Segurara graciosamente a sua mão diante do sacerdote e portara-se como cavalheiro e guia durante o dia inteiro. Nunca uma palavra imprópria ou inoportuna, capaz de destoar, nunca um sinal de cansaço. Sulana ficara maravilhada. Como é que ele podia saber sempre o que dizer a cada um, na hora certa? Era uma arte que ela nunca aprendera. Não fosse por isso, talvez nunca tivesse decidido se casar.

Havia sido convencida pelos conselheiros.
– Está com a idade certa.
– As pessoas começam a cochichar.
– Precisamos de um rei.
Ela fincara o pé por sete anos. Conseguira guiar o seu país, a Terra do Sol, através da paz e da guerra, conseguira impor a sua vontade prevalecendo sobre cortesãos e ministros. Mas no fim compreendera que já não aguentava. Embora estivesse com pouco mais de vinte anos, sentia-se uma velha, uma alma amargurada da qual haviam roubado a infância. Não podia continuar daquele jeito. A força e a coragem tinham sumido, e então concordara. Decidira casar-se.

Não prestou muita atenção em quem seria o prometido, o futuro marido. Só queria repousar, e se este descanso tivesse de comportar o abraço de um homem que ela não conhecia, que assim fosse.

O vencedor foi aquele rapaz só um pouco mais jovem do que ela, de cabelos loiros, quase brancos e olhos extremamente claros.

– Aceito – murmurara Sulana quando ele a pedira em casamento. Por um instante, só por um instante, sentira nojo da sua própria fraqueza.

Não se pode ser forte para sempre, dissera a si mesma, mordendo o lábio. A sombra de um sorriso triunfante aparecera no rosto do futuro marido.

Então fora um verdadeiro turbilhão de eventos. Os preparativos do banquete, da cerimônia, as enfadonhas visitas das costureiras para o vestido de noiva, as infindáveis escolhas que tinha de enfrentar. Sulana limitava-se a viver, vendo-se do lado de fora. Nem reconhecia a própria voz que, cansada, dava ordens e sugestões. "Isso mesmo, os gladíolos no meio da mesa central. Sim, sem dúvida, agradecerei o quanto antes ao ministro o seu gracioso presente."

E Dohor ausente, distante. Desde que a pedira em casamento, os dois quase não haviam trocado nenhuma palavra.

Como irá portar-se comigo? Será gentil? Saberei amá-lo?

Era um casamento de conveniência, nada mais do que isso. Ele será o rei, ela terá a paz que tanto almejava. Mas, desde criança, sempre sonhara viver com alguém que amasse. Por isso olhava cheia de esperança para o futuro marido, que acompanhava os preparativos. Espiava-o no imenso jardim do palácio, escondida perto do poço. Parecia-lhe decidido e seguro, de corpo rijo e enxuto. Havia, no entanto, alguma coisa perturbadora nele. Talvez o sorriso ou o seu jeito de ser. E era alguma coisa que a deixava assustada, mas que ao mesmo tempo a fascinava. Era o mistério que pairava em volta dele. O fato de serem totalmente estranhos um para o outro.

Começou a acreditar que o amava. E se ela o amava, quem sabe, talvez Dohor também pudesse corresponder a este sentimento.

Foi uma cerimônia longa. Cortesãos, nobres, príncipes, guerreiros, ministros, meros parasitas. Um depois do outro ajoelhavam-se diante do augusto casal. Sulana sorria, a mão levemente apoiada na do marido. Mas ninguém parecia de fato olhar para ela. Os olhares atravessavam-na, e ela sentia-se invisível, até mesmo para Dohor, compenetrado no seu papel de rei.

Somente Ido deu a impressão de vê-la de verdade. Chegou diante da rainha de braços dados com Soana, a mulher que amava e com a qual vivia. Conhecedora das artes mágicas, Soana era o antigo Conselheiro da Terra do Vento, reintegrada no cargo depois da partida de Senar. Ido entregou à noiva uma flor e um sorriso cheio de compreensão. Sulana retribuiu com sinceridade, e era a primeira vez que fazia isto desde o começo daquele dia interminável.

Bem diferente foi a olhada que o gnomo dirigiu ao cônjuge. Não abertamente hostil, mas certamente gélida. Num primeiro momento Dohor pareceu não reparar.

– O nosso amado Supremo General! – exclamou com voz reboante. – Levante-se, por favor, levante-se!

– Obrigado, Majestade – Ido resmungou meio a contragosto.

– É realmente estranho que o senhor tenha agora de ajoelhar-se diante de mim. Até ontem era o contrário.

Sulana achou aquelas palavras inoportunas, mas atribuiu-as ao vinho e à excitação do evento.

– Pois é, é assim que funcionam os caprichos da sorte, não acha?

Soana enrijeceu, Sulana percebeu na mesma hora.

– Meus melhores auspícios ao senhor e à sua consorte para um reinado longo e pacífico – disse a maga, com um sorriso.

– Obrigado, obrigado – foi logo dizendo Dohor, vagamente enfastiado. Então virou-se mais uma vez para Ido: – De qualquer forma, não esqueço que sou antes de mais nada um Cavaleiro de Dragão, e nunca faltarei com as minhas obrigações militares. É uma grande sorte, para um reino, ter um rei acostumado com as guerras, o senhor não acha?

– Certamente, sem dúvida alguma... se estivéssemos numa guerra.

– Pois é, mas ninguém é capaz de prever quando uma guerra pode nos surpreender...

– Agradeço mais uma vez a honra de termos sido convidados para o casamento, longa vida ao augusto casal – apressou-se a dizer novamente Soana, com uma mesura. Ido, meio confuso, fez o mesmo.

Foram embora e Sulana percebeu um leve tremor na mão do marido. Fitou-o, mas ele não se virou para retribuir o olhar. Frio e comedido, já estava pronto a brindar com um novo sorriso o convidado seguinte.

Sulana trocou de roupa depressa, quase fazendo perder a paciência da dama de companhia que a assistia.
– Vai acabar estragando o vestido!
Não fazia diferença. De qualquer forma, nunca mais iria usá-lo. A primeira noite de casada esperava por ela, e não sabia dizer se estava assustada ou feliz.
Pálida, entrou no quarto. Só havia uma vela para iluminá-lo e a luz vibrante de uma esplêndida lua de verão. O aposento estava vazio.
Sulana demorou-se no limiar. Virou-se para o corredor, mas não havia vivalma. Chamou de volta a dama de companhia.
– Onde está o rei?
– Não sei, minha rainha, não o vi sair.
Onde estava Dohor? O que podia ser mais importante do que a esposa?
Rígida, Sulana sentou na beirada da cama. Tinha o tolo receio de amarrotar os lençóis. Ficou esperando.

Já era de madrugada. De Dohor, nem sombra. O que teria acontecido? Sulana não conseguira ficar parada, à espera. Estava agora andando pelo jardim escuro, descalça. Gostava da grama fazendo cócegas embaixo dos pés.
Com um longo suspiro pensou nos seus sonhos, no nada que lhe sobrara das ilusões juvenis.
Ouviu um cochicho. Virou-se. Seguiu-o.
Tentou pôr em ordem os pensamentos. Àquela hora, no jardim, não deveria haver mais ninguém. Por um momento chegou a fantasiar que fosse Dohor. Talvez esperasse por ela, talvez fosse algum tipo de surpresa. Foi um pensamento muito bobo, mas também muito doce.

Quando viu um vulto entre as moitas de buxo, embaixo do salgueiro, o coração deu um pulo no seu peito. Um murmúrio. A voz dele? Não, duas vozes. E dois vultos.

Escondeu-se atrás da árvore.

– E por que não apareceu durante a cerimônia?

– As pessoas como eu só entram nos palácios em ocasiões muito especiais, nunca tão ledas quanto um casamento. Onde nós passamos, fica um rastro de morte.

Era uma voz fria e comedida, com apenas um leve toque de ironia. A outra, por sua vez, era inconfundível. Dohor. Sulana reconheceu logo a sua risada.

– Entendo. Pois bem, mais alguma coisa que queira dizer-me?

– Só isto, por enquanto. A não ser felicitá-lo: encontrei no senhor um jovem astucioso e muito perspicaz.

– De outra forma, não estaria aqui.

– Mas é só o começo, não é verdade?

– Sem a menor dúvida.

Novamente aquela risadinha sutil, que até um dia antes acalentava o seu coração, e que agora simplesmente a assustava.

– No futuro irei certamente aproveitar os serviços seus e da sua seita.

– Estamos ao seu completo dispor. Desde, é claro, que o senhor não se esqueça do nosso preço...

– Não creio que será um problema, para nós, fazermos umas investigações na Grande Terra.

O outro homem fez uma elegante mesura.

– Pena que não temos vinhos para selarmos com um brinde o nosso pacto.

– Faremos isso mais tarde, quando a nossa colaboração nos proporcionar os primeiros frutos.

Sulana viu Dohor seguir a caminho do palácio. As suas pernas pareciam paralisadas mas tinha de mexer-se, correr de volta ao quarto. Fez isto. Afinal conhecia o paço muito melhor do que o marido.

Chegou logo antes dele, entrou no aposento e se recostou na cama, sentada, de mãos no colo. E agora?

Dohor abriu a porta com cuidado. Ao vê-la acordada parou na porta, desprevenido.
– Não está dormindo?
Ela não soube o que dizer.
– Esperava por você...
Ele fechou a porta atrás de si.
– Sinto muito. Deveria ter avisado que estava ocupado. Francamente, não precisava ficar acordada.
Gentil. Mas frio. Ficou atrás do biombo para despir-se. Sulana ouviu-o remexer na água da bacia e o barulho da espada colocada num canto. Sem mais palavras. Ela, por sua vez, tinha muitas perguntas que oprimiam os seus lábios.
Dohor saiu de trás do biombo vestindo um jaquetão e uma espécie de braga militar. Segurou a vela ao lado da cama para apagá-la.
– Onde estava?
A pergunta explodiu quase sem querer.
Dohor parou. Não se virou.
– Eu já disse, estava ocupado. Ainda tinha umas coisas a resolver.
– Não quer dizer do que se tratava?
– Você não tem nada a ver com isto.
Os seus dedos aproximaram-se da mecha. De repente Sulana sentiu-se irritada.
– Eu o vi conversar com um homem no jardim.
Dohor virou-se para ela na mesma hora.
– Estava me espionando?
Os seus olhos claros haviam subitamente ficado cheios de uma mistura de raiva e receio.
– Apareci ali por acaso...
Segurou-a pelos pulsos.
– E ficou espiando? Como se atreveu?
De repente Sulana sentiu um arrepio de medo. Estava sozinha no quarto com um desconhecido, que subitamente a agredia. Sentiu um nó na garganta.
– Cheguei aqui e você não estava... esperei... mas já era tarde... estava decepcionada, desanimada... e então... é a nossa primeira noite de casados... – concluiu, olhando para ele em busca de compreensão. Mas só encontrou frieza.

– O que faço é assunto meu, só meu. Agora sou o rei. Os negócios nada mais têm a ver com você, passaram para as minhas mãos.

No fundo do coração Sulana já tinha entendido, mas ainda assim não conseguiu evitar uma última tentativa.

– Somos marido e mulher, agora... e aquele homem... aquele homem deixou-me com medo...

Dohor fez uma careta de escárnio.

– Marido e mulher? Rei e rainha, talvez. Você estava cansada e eu queria o trono, só isso. Aquele homem vai levar-me longe, muito longe, e isto será bom para você também.

Encerrou o assunto sem mais cerimônias, apagou a vela e se deitou dando-lhe as costas.

Sulana permaneceu sentada no escuro, de olhos arregalados. Ouviu-o mexer-se de novo.

– E não se atreva a atrapalhar os meus planos, está me entendendo? Temos um trato, e nem pense em violá-lo.

Falou aquilo com calma glacial, em seguida puxou o cobertor.

Sulana ficou um bom tempo imóvel, as lágrimas a correr lentas pelas suas faces, sem dar um soluço sequer.

Tinha cometido um erro. Só com o tempo iria descobrir quão grave.

Primeira parte

O Saar, ou Grande Rio, corre do lado oeste do Mundo Emerso e constitui a sua insuperável fronteira. Ninguém conhece exatamente a sua extensão, mas há mesmo assim fantasias afirmando que, nos lugares mais amplos, a sua largura chega a sete e até oito léguas. Ninguém sabe, tampouco, que criaturas vivem nas suas correntezas. Tudo aquilo que se conhece acerca do Saar é lendário e obscuro, pois dos muitos que tentaram atravessá-lo ninguém jamais voltou.

ANÔNIMO,
DA BIBLIOTECA PERDIDA
DA CIDADE DE ENAWAR

I
NO LIMIAR DO MUNDO EMERSO

A estranha comitiva chegou ao entardecer. O sol estava se pondo sobre o vilarejo de Marva, umas poucas esquálidas palafitas no coração da zona pantanosa que antigamente era a Terra da Água, atualmente Província dos Pântanos. A jovem e o mago tinham partido havia dois dias. Os estrangeiros eram três, e escondiam o rosto sob os capuzes de amplas capas escuras.

Por onde passassem, eram acompanhados por olhares cheios de preocupação. A aldeia ficava fora de qualquer rota comercial, e o ar mefítico e parado dos pântanos tornava-a um lugar nem um pouco apetecível para os raros viajantes. Nem havia uma taberna ou uma hospedaria. Fazia anos que por aquelas bandas nenhum forasteiro aparecia, e agora, no curto prazo de três dias, lá vinham cinco estrangeiros. Havia, sem dúvida, algo estranho no ar.

Os recém-chegados seguiram pela rua da loja do calafate, na prática a única atividade comercial daquele fim de mundo esquecido pelos deuses.

Quando entraram, Bhyf estava vedando com estopa alcatroada o casco de um barco novo, mas logo parou diante da inesperada visita. Viu-os passar pelo retângulo da porta: o que devia ser o chefe na frente, os outros dois, mais altos, logo atrás. A atitude ousada e segura deles deu-lhe, sem nenhum motivo aparente, um calafrio. O chefe foi justamente o primeiro a revelar o rosto, e Bhyf suspirou aliviado ao ver surgir do capuz uma jovem loura, com uma cabeça cheia de caracóis e um rostinho gracioso salpicado de sardas em volta do nariz.

– Boa-tarde – ela disse, garbosa.

Bhyf tirou as luvas de trabalho e deu uma boa olhada nela. Decidiu que, por enquanto, a melhor coisa a fazer seria manter uma atitude cuidadosa.

– Deseja alguma coisa?
– Só algumas informações.
Bhyf estremeceu. As roupas da moça estavam completamente escondidas sob a capa puída, mas em volta do pescoço ainda dava para ver que eram pretas.
– Se for alguma coisa que conheço...
– Passaram por aqui um jovem mago e uma jovem miúda vestida como um homem?
Bhyf anuiu, sem perder de vista os homens que a acompanhavam. O único obstáculo que o separava dos forasteiros era o casco no qual estava trabalhando.
– Continuam na aldeia?
– Não, já se foram – disse dando um pequeno passo para trás.
– Entendo. E quando foi isto?
– Ontem, pegaram um barco.
– Sabe para onde foram? Disseram alguma coisa?
– Por que estão me fazendo todas estas perguntas? Eu sou apenas um calafate, cuido da minha vida...
– Sabe ou não sabe? – A jovem não parecia zangada, mas a sua voz era decidida.
– Não sei de nada. Ficaram na casa de Tório, perguntem a ele.
Ela fez um sinal com a cabeça, então voltou a colocar o capuz.
– Fico-lhe muito grata, o senhor nos ajudou bastante.
Saíram sem dizer mais nada, e Bhyf reparou com alguma inquietação que os seus passos, e até as suas capas, quase não faziam qualquer barulho.

Tório estava sentado no tablado externo de sua casa, de pernas penduradas fora da plataforma. Era um velho de aspecto bastante vigoroso, com o ar um tanto obtuso de quem sempre morou no mesmo lugar, sem nem mesmo imaginar que lá fora pudesse existir um mundo maior. Estava consertando as redes de pesca quando ouviu o ruído de saltos se aproximando. Levantou os olhos e viu três pares de botas que paravam diante dele.
– Você é Tório?

O velho levantou a cabeça e divisou uma mulher graciosa que lhe sorria. Logo atrás havia dois homens encapuzados, e por um momento teve uma estranha sensação.

– Sou – disse circunspecto.

– Sabemos que hospedou um mago e uma jovem vestida como um homem. Para onde eles foram?

Tório ficou de sobreaviso. A moça havia sido muito clara com ele, antes de partir. "Se alguém aparecer por aqui perguntando pela gente, não diga nada. Afirme que não nos viu ou diga que desconhece para onde fomos. O mais importante é isto: você não sabe para onde estávamos indo."

Franziu as sobrancelhas.

– Estão mal informados. Já olharam em volta? Acham mesmo que algum turista poderia aparecer por aqui? – E dobrou-se novamente em cima das redes, deixando bem claro que, para ele, o assunto estava encerrado.

A mulher curvou-se à altura do velho e fitou-o intensamente.

– Aconselho que não banque o esperto conosco...

Tório reparou que tinha esplêndidos olhos azuis, claros e magnéticos. Mas havia alguma coisa naquele olhar, e no tom delicado da voz, que gelava as entranhas. As suas mãos tremeram.

– Estou lhe dizendo, ninguém esteve aqui, e...

Não teve tempo de terminar a frase. A jovem simplesmente levantou a mão, e num piscar de olhos os dois atrás dela agarraram Tório e o jogaram no chão, segurando com firmeza seus braços.

– Mas que diabo...?

A jovem tapou-lhe brutalmente a boca com a bota. Era forte, incrivelmente forte para o seu tamanho.

– Diga logo para onde aqueles dois foram.

Com obstinação, Tório manteve-se calado. Estava com medo, mas não o bastante para esquecer o aflito apelo da sua hóspede, antes de partir.

A jovem sorriu, feroz.

– Talvez você não tenha entendido direito a situação em que se encontra!

Abriu a capa e, com horror, Tório viu uma ampla blusa coberta por um corpete de pele preto, com botões vermelhos. As calças de camurça eram igualmente escuras, e os dois homens que a acompanhavam estavam vestidos da mesma forma. O velho achou que o coração iria estourar no seu peito. Era uma farda que conhecia muito bem, da qual todos, no Mundo Emerso, tinham medo: a Guilda, a seita dos Assassinos.

– Vejo que sabe quem somos – ela disse com um esgar perturbador. Toda benevolência havia desaparecido do seu rosto, e o seu aspecto era agora o de um duende maléfico.

Puxou da cintura um punhal preto com o cabo em forma de serpente. Curvou-se à altura do rosto do velho e espetou-o na face com a ponta da lâmina.

Tório começou a arquejar com dificuldade. Não estava de forma alguma comprometido com aqueles dois jovens, só haviam ficado na sua casa por alguns dias, muito pouco tempo para criar qualquer ligação com eles. Sabia, no entanto, por que eles estavam de viagem.

"Estamos numa missão a serviço do Conselho", tinham dito. Uma missão certamente importante. Dera-se conta disto pelas suas conversas, pela gravidade dos gestos do rapaz, pela sua fria determinação. Tão importante que haviam decidido atravessar o Saar. Não podia traí-los, não seria capaz disto.

– Nada sei acerca deles.

A jovem assumiu uma expressão subitamente séria.

– Achei que você era mais inteligente.

O golpe foi tão rápido que Tório quase não sentiu dor. Aí viu a mancha vermelha e gritou.

– Sabemos que conseguiram um barco com você. Para onde estavam indo?

Tório sentia a verdade subir aos seus lábios, rápida como o sangue que escorria do ferimento, mas conseguiu calar-se. Era uma questão de honra, de respeito por alguém que lhe pedira ajuda.

– Eles não contaram.

A jovem golpeou de novo, mais um corte, no rosto. Tório achou que ia desmaiar.

– Você é realmente um idiota.

– Para o norte... às cachoeiras... – respondeu num sopro.

A jovem meneou a cabeça.

– Não é isso... não é nada disso. Acha mesmo que não sei reconhecer uma mentira?

Ao alvorecer, um corpo deslizou lentamente na água do charco. Rekla estava ajoelhada na margem, e ao lado dela havia uma pequena ampola cheia de sangue misturado com um líquido verde. Estava rezando, murmurando as orações aprendidas durante as longas noites no templo de Thenaar, e juntava as mãos com tamanha devoção que os dedos haviam perdido a cor.

Perdão, meu Senhor, perdão! Aceita esta oferenda à espera do sangue da traidora, que eu mesma derramarei nas suas piscinas.

Thenaar não respondeu, e aquele silêncio aniquilava Rekla.

– E agora? – perguntou de repente um dos outros dois Assassinos.

Ela virou-se de chofre, gelando-o com um olhar viperino.

– Estou rezando!

– Perdoe-me, minha senhora, perdoe-me.

Rekla acabou de recitar a sua reza, então ficou de pé.

– Vamos atrás deles, é claro.

– Mas atravessaram o Saar, minha senhora, e não será nada fácil... Vamos deixar que o rio cuide deles. Conheço o Saar e as suas correntezas, acabarão sendo comida dos peixes.

Rekla agarrou-o violentamente pela garganta.

– Dois inimigos de Thenaar estão circulando à vontade pelo Mundo Emerso, e o que é que você propõe? Que os deixemos em paz? Que esqueçamos o assunto? Será que não entende que eles podem acabar com tudo que construímos durante estes anos todos?

Apertou mais ainda a garganta do homem.

– Se a sua fé não é bastante sólida para esta missão, e se for medroso a ponto de não estar disposto a sacrificar a vida pelo nosso deus, então volte para casa. Eu não me deterei, nem por causa do Saar, nem por qualquer outra coisa no mundo. Nunca.

Virou-se para o outro Assassino com olhar decidido.

– Precisamos informar Sua Excelência. Acho que está na hora de Dohor demonstrar a sua fidelidade oferecendo-nos um dragão.

As últimas braçadas foram desesperadas. A restinga de terra diante deles aparecia e desaparecia conforme suas cabeças se levantavam e voltavam a entrar na água. Faltava pouco, não podia desistir logo agora.

Um grito abafado forçou Dubhe a virar-se para trás. Não muito longe dela, um braço emergia da água pedindo socorro. Deu meia-volta, mergulhou com umas vigorosas braçadas e viu a cabeça de Lonerin logo abaixo da superfície e suas pernas que se agitavam frenéticas. Colocou um braço em volta do pescoço do companheiro e puxou-o novamente à tona. Ficaram um momento parados, para recuperar o fôlego, em seguida voltaram a nadar decididos. Atrás deles, um surdo estrondo aumentava de intensidade.

– Está emergindo de novo! – berrou Lonerin, e Dubhe viu-o começar a recitar as palavras do encantamento. Mas não foi necessário.

Seus pés roçaram no fundo lamacento do rio, e depois de alguns passos Lonerin também conseguiu ficar de pé. À água tornou-se mais rasa, puderam avançar com mais facilidade e dali a pouco estavam na margem. Jogaram-se imediatamente na grama, sem nem mesmo dar-se ao trabalho de ver qual era a aparência das Terras Desconhecidas, às quais finalmente haviam chegado.

O estrondo atrás deles fez com que se virassem de estalo. A várias braças da margem, um corpo verde de serpente e uma descabida cabeça, meio de réptil e meio de cavalo, erguiam-se acima da água do Saar, gritando aos céus a raiva pelas presas perdidas.

Tinham pegado o barco em Marva, com um pescador indicado pelo Conselho, Tório. Dubhe não achara o sujeito particularmente brilhante, e Lonerin devia ter pensado a mesma coisa, a julgar pela sua expressão perplexa. Tório ajudara-os a preparar todo o necessário para a viagem. Fornecera-lhes pescado e carne salgada, algumas frutas para os dias em que estariam navegando e uma sacola onde guardar os mantimentos. Lonerin cuidou de botar nela também os vidrinhos com a poção indispensável para manter a maldição de Dubhe sob controle.

— Trata-se de uma nova fórmula que eu mesmo inventei — disse, enquanto guardava as ampolas com cuidado. — A de Rekla criava hábito, com esta aqui deve acontecer muito menos.

Dubhe leu no seu rosto uma imensa compaixão, e por um momento ficou com ódio dele. Mas limitou-se a baixar os olhos, concentrando-se na bagagem que iriam levar no barco. Pegou as facas de arremesso, o arco, as setas e o punhal do qual nunca se separava, aquele que havia sido do Mestre.

Lonerin, por sua vez, cuidou dos últimos preparativos do barco. Dubhe não ficou olhando enquanto aplicava os encantos necessários a tornar a embarcação mais resistente às correntezas do Saar. Depois de tantos anos de solidão, ainda não se acostumara com a ideia de ter um companheiro de viagem e, por isso mesmo, logo que podia preferia ficar sozinha.

Afastou-se, contemplando a plana imobilidade do pântano. Pensava na sua vida, no Mestre. A sua salvação parecia-lhe uma coisa imposta, obrigatória, e não um desejo que nascia no fundo da sua alma. Era simplesmente o caminho que o destino traçara para ela, nunca houvera qualquer outra alternativa. Um único, imperscrutável desígnio levava do seu primeiro homicídio — quando matara Gornar, um amiguinho de infância — até aquele vilarejo à beira do lamaçal.

— Ninguém jamais atravessou o Saar de barco — Tório dissera, com voz trêmula, no dia da partida.

— Então seremos os primeiros — comentara rapidamente Lonerin. — E vou dizer mais: também voltaremos.

Não havia tempo para dúvidas de última hora, e Dubhe invejou aquela segurança do rapaz. O seu horizonte estava obscurecido por nuvens muito mais negras.

Subiram então no barco e desceram por um pequeno riacho que levava a um afluente do Saar. Aí prosseguiram até chegar a uma enorme extensão de água: o rio.

Ao verem-se diante dele, ficaram com medo. Parecia um mar, lembrava o oceano à beira do qual ficava a casa do Mestre. Claro, não havia as mesmas ondas, mas a imensidão daquele espetáculo natural era a mesma. E além do mais era branco. O sol do fim da primavera já era bastante forte para incendiar a superfície com aquela cor absoluta.

Haviam mergulhado nas suas correntezas com reverência, como se estivessem violando um território sagrado. E, afinal de contas, não era quase um deus aquele rio que assinalava o confim entre o Mundo Emerso e o desconhecido?

Remaram juntos, um diante do outro, com Lonerin, que marcava o ritmo. Acompanhavam a luz do encantamento evocado pelo mago na proa da embarcação: uma fina lâmina reluzente que apontava para o Oeste, na direção da outra margem.

As correntezas eram fortes, e depois de algum tempo os braços haviam começado a pesar como pedregulhos. Lonerin fora o primeiro a cansar. Um mago não tem a obrigação de cuidar forçosamente da forma física. Ainda assim não desistia, e Dubhe admirava o seu esforço. A sua determinação era louvável. A viagem prosseguiu lenta, sem demasiados solavancos, e ambos chegaram a pensar que o único verdadeiro obstáculo do Saar fosse o seu tamanho. As águas não pareciam esconder insídias e o céu acima deles estava vazio de pássaros, razão pela qual avançaram durante a maior parte do dia no mais absoluto silêncio.

Então encontraram a ilha. Redonda e bem no meio do rio. Quando Lonerin a viu, deixou-se levar pelo entusiasmo, e até Dubhe ficou bastante excitada. Já estavam a caminho havia dois dias e, da margem oposta, nem sombra.

Desembarcaram sem pensar duas vezes, também felizes por poder finalmente pisar em alguma coisa sólida. Mas o lugar tinha algo estranho. A forma era perfeita demais, e a consistência do solo era bastante incomum. Quanto ao resto, no entanto, era uma ilha como qualquer outra. Grama verde e alguns pequenos arbustos, num dos quais amarraram o barco.

Adormeceram, exaustos. Foi só graças ao sono vigilante de Dubhe, um legado do seu treinamento de assassina, que se deram conta daquilo que estava acontecendo.

Ela acordou sobressaltada, percebendo claramente que havia algo errado. Puxou-se para cima e reparou que o chão sob a palma da mão era percorrido por uma estranha vibração.
Sacudiu de imediato o ombro de Lonerin.
– O que foi? – ele perguntou, sonolento.
Dubhe ainda não sabia, mas bastou-lhe levantar os olhos para perceber que a ilha estava navegando contra a correnteza.
– Está se mexendo! – gritou, pulando de pé.
Lonerin fez imediatamente o mesmo, e ambos pensaram na mesma hora no barco. Viram que se arrastava atrás deles, ainda amarrado.
Correram sem demora naquela direção, e só então perceberam que a ilha estava rapidamente mergulhando.
Dubhe parou incrédula, mas a voz de Lonerin tirou-a logo da momentânea surpresa:
– Um monstro, maldição!
Foi tudo inútil. A água lambeu seus tornozelos, então sentiram o chão faltar sob os pés e ficaram no meio do rio.
Dubhe foi a primeira a alcançar a corda que prendia a embarcação. O casco já começava a emborcar, e alguns dos mantimentos já haviam caído na água, perdidos para sempre nos abismos do rio.
Agarrou com a mão a corda que segurava o barco e, com a outra, sacou rapidamente o punhal. Bastou um golpe seco para cortar o cabo, e a embarcação deu um pulo para trás. Com enorme esforço Dubhe conseguiu subir a bordo para, logo a seguir, debruçar-se à procura do companheiro.
Puxou-o rapidamente para cima.
– Já viu uma coisa dessas? Sabe do que se trata?
Lonerin limitou-se a sacudir a cabeça.
– Não faço a menor ideia, só sei que está voltando.
Dubhe virou-se na direção para a qual ele estava olhando e o viu. O monstro voltara à tona, e aquilo que fora a ilha aparecia agora como um grotesco círculo de grama desenhado num corpo imenso. Era uma enorme serpente, coberta de escamas verdes que, na barriga, ficavam brancas onde, a intervalos regulares, surgiam barbatanas de um amarelo berrante.
Dubhe estremeceu, atordoada.

– Os remos... – murmurou Lonerin, tão abalado quanto ela. – Os remos!

Dubhe já ia pegá-los quando, de repente, ergueu-se diante deles uma cabeça enorme, meio de cavalo e meio de cobra, de boca aberta sobre uma pavorosa fileira de dentes.

Viram as imensas mandíbulas se fechando em cima deles, e Dubhe achou que de fato era o fim. Não conseguiu evitar o susto e fechou os olhos, mas em lugar da dor excruciante daquelas presas na carne sentiu apenas um tremendo solavanco.

Voltou a abrir os olhos. Em torno do barco havia uma esfera prateada e transparente gerada pelas mãos de Lonerin, de pé diante dela. De alguma forma, os dentes do monstro tinham sido detidos por ela.

– Prepare-se! – gritou Lonerin. – Quando eu baixar a barreira, procure acertar nele. – Mas ela já estava pronta.

A barreira desapareceu. Dubhe levou as mãos ao peito, onde guardava as facas de arremesso, e pegou uma. O golpe foi rápido e preciso, e a faca fincou-se num olho do monstro. O bicho recuou de imediato, gritando de dor e empinando-se com fúria. O barco começou a balouçar pavorosamente e Lonerin perdeu o equilíbrio. Mesmo assim, ainda conseguiu recitar às pressas um encantamento, e o barco levantou-se da água, deslizando veloz para longe, como que empurrado por um vento mágico.

E enquanto se afastavam, Dubhe viu a gigantesca criatura agitar-se furiosa, procurando por eles e mordendo o nada com a boca assustadora.

Quando Lonerin já não aguentava mais, passaram para os remos. Durante o tempo todo em que ele mantivera o barco voando, Dubhe havia ficado em religioso silêncio, contemplando o esforço que ele fazia para salvar ambos. Sustentou o encanto por não mais de meia hora, mas mesmo assim ela ficou admirada.

Agora remava sozinha, com todo o vigor de que dispunha, olhando para Lonerin, que, exausto, jazia imóvel e de olhos fechados no fundo do barco. Nunca poderia ter imaginado que ele fosse tão poderoso e que a sua determinação fosse tão firme. Diante daquele

monstro até ela, que estava acostumada com o horror e tinha recebido o treinamento dos Assassinos, vacilara.
— Você foi... grande — disse afinal, hesitando. Era a primeira vez que o felicitava.
Lonerin sorriu sem abrir os olhos.
— Graças a Senar. Já leu as suas aventuras no mar?
Dubhe anuiu vigorosamente. Tinha tido uma paixão juvenil por Senar, quando ainda morava na aldeia de Selva, na Terra do Sol, e Gornar ainda estava vivo. Lia sem parar as suas aventuras e não se cansava de fantasiar sobre ele.
— Foi o primeiro a impor este encantamento a um barco, mas fez isto com o navio dos piratas de Aires, e por muito mais que meia hora.
Dubhe lembrava perfeitamente o episódio.
— Acha que o monstro irá voltar? — perguntou Lonerin.
Dubhe cegara-lhe um olho, tinha certeza disto. Os seus arremessos nunca erravam o alvo. Mas o ferimento que infligira não era mortal.
— Não sei — admitiu. — Mas acho melhor sairmos daqui o quanto antes.

Continuaram a remar pelo resto da noite e por todo o dia seguinte, até que no horizonte aparecesse uma fina restinga verde na qual nenhum dos dois queria acreditar.
— Terra... — murmurou Lonerin quando a restinga ficou mais visível, mostrando a imagem confusa de uma floresta.
Os braços encontraram novo alento.
E então a onda, enorme, anormal, e o pavoroso rugido no ar.
Embora seu coração batesse loucamente, desta vez Dubhe não se deixou tomar pelo pânico.
— Cuide do barco — disse a Lonerin, soltando os remos. Pegou então o arco que usava a tiracolo, tirou rapidamente duas flechas da aljava e ficou em posição.
O monstro estava subindo à tona, imenso e ameaçador, e Dubhe viu o poço negro de sangue que já havia sido um dos seus olhos,

com o punhal ainda fincado nele. O outro olho relampejava de fúria e dor.

Ao ver-se diante daquela aparição, sua mão fraquejou, mas ela controlou o tremor. Desfrechou sem qualquer hesitação e a seta penetrou fundo na testa do animal, que soltou um grito agudo e ensurdecedor, erguendo no ar o corpo desmedido e provocando novas ondas que sacudiram o barco.

– Faça-o voar de novo! – berrou Dubhe sem perder de vista o alvo, a segunda seta já pronta a partir.

– Estou cansado demais! – respondeu Lonerin, com voz alquebrada.

Ela voltou a atirar e desta vez a flecha fincou-se no pescoço do monstro. O sangue jorrou farto, e o gigantesco ser começou a debater-se.

– Pronto – Dubhe murmurou entre os dentes.

Mas o monstro deu mais um poderoso golpe com a cauda. A sua barbatana traseira, amarela e achatada, golpeou a água bem perto deles, com um estrondo aterrador. A embarcação não aguentou. Estraçalhou-se sob seus pés.

Dubhe mal teve tempo de apertar junto ao peito o arco e a aljava antes de ficar novamente bracejando embaixo da água. Uma mão segurou-a então pelos cabelos e ela voltou à tona. Apareceram imediatamente diante dela os olhos verdes de Lonerin, os cabelos negros colados no rosto pálido.

– Nade! – ordenou espavorido, e ela obedeceu.

Nadaram desesperadamente, enquanto as ondas geradas pelas convulsões do monstro impediam continuamente a vista da margem, a salvação almejada.

Mas acabaram conseguindo, arquejantes e transtornados, alcançando finalmente aquela terra desconhecida.

2
DE VOLTA À ATIVA

Meu caro Ido,
    Sei que já se passou muito tempo desde a última carta que lhe escrevi, e sinto vergonha disto. Espero que me perdoe, de verdade. Você não merece uma atitude dessas de minha parte. Aconteceram muitas coisas, coisas desagradáveis, e é por isso que andei tão sumido. Tarik foi embora.
    Não preciso lhe contar que o relacionamento entre mim e o meu filho há muito tempo não era dos melhores, mas sempre pensei que dependesse apenas do fato de ele ainda ser um garoto, e todos os garotos detestam o pai... E de qualquer forma acreditava que ele iria gostar de mim de qualquer maneira, que a nossa dor comum e o vínculo de sangue acabariam passando por cima de todas as nossas bobas desavenças. Mas eu estava errado. Não se tratava apenas de brigas entre pai e filho. Ele me odeia, posso senti-lo, nunca me perdoou pelo que aconteceu, e a coisa não me surpreende: como poderia, se eu mesmo não consigo encontrar a paz. A verdade é que depois da morte de Nihal tanto ele quanto eu só conseguimos sobreviver melancolicamente, limitando-nos a comer e respirar. É como se eu também tivesse morrido com ela, de forma que não consegui ser um guia para o meu filho, não consegui curar a imensa ferida que ele traz no coração. Criei-o como uma planta mantida na escuridão, e ele me abandonou. Não acha trágico que só percebemos a verdade quando já é tarde demais? Estou encarando o meu fracasso, contemplo-o sentado a esta mesa, com a carta diante de mim, e com a floresta lá fora já entregue às sombras da noite.
    Sinto-me tão só, Ido. Se Nihal ainda estivesse viva, nada disto teria acontecido. Penso nos anos que passamos aqui, todos juntos, nós e Tarik, em como éramos felizes. Mas deveria ter compreendido logo que as pessoas como nós não têm direito ao repouso e à paz. Nihal não se cansava de dizer isso, quando ainda morávamos no Mundo Emerso.

Mas estou divagando. Sinto-me como um barco a mercê de correntezas contrárias, neste momento tenho quase a impressão de estar ficando louco. Talvez seja melhor contar tudo desde o começo. Começou como de costume. Nem lembro direito o motivo que desencadeou a briga. Quem sabe ele quisesse viajar para a costa, e eu tenha dito não. Às vezes insistia nisto, não sei por qual maldita razão, talvez só para me irritar, uma vez que é lá que moram os Elfos. Seja como for, começamos a brigar e derramamos um montão de veneno um em cima do outro... lançando-nos no rosto toda a mágoa acumulada durante os quinze anos juntos. A partir daí cada um trancou-se no próprio quarto, e eu fiquei folheando livros e mais livros.

Ficamos uma semana sem nos falar. Céus, que pai indigno que eu sou... Mas como poderia imaginar... Finalmente ele saiu do quarto e veio me ver. Estava sério, e pensei que havia amadurecido, que se havia tornado homem diante dos meus olhos. Mas, longe disso, disse que não me aguentava mais, que se continuasse nas Terras Desconhecidas iria pouco a pouco morrer, e que com a mesma idade a sua mãe já tinha ideias claras sobre o que queria fazer na vida. Disse que iria embora, não sabia para onde, mas certamente para longe de mim.

Ao ouvir isto, não consegui encontrar uma única palavra de amor. No meu estúpido orgulho não encontrei coisa melhor a fazer a não ser impor-lhe a minha vontade de pai, e gritei, ameacei. Sem ele não sou nada, Ido, é por isso que reagi daquele jeito.

Foi embora batendo a porta na minha cara. Nunca mais o vi, desde então. Procurei por ele em toda parte. Estes meses em que você não recebeu notícias minhas, passei-os viajando por estas terras malditas. Cheguei até o Saar. Ele atravessou-o, Ido, eu sei disto. Voltou para a terra da mãe, a nossa terra. E se for assim, nesta altura está num outro mundo. Já não precisa de mim.

Voltei para casa e tentei aceitar o que havia acontecido. Não foi fácil. Sei que você é o único que pode entender. Lutamos juntos contra o Tirano, mas será que realmente adiantou? Adiantou alguma coisa, o nosso sofrimento? Eu tinha certeza de que depois de tanta dor, principalmente da dor de Nihal, sobraria alguma coisa: felicidade ou pelo menos paz. E, ao contrário, veja só aonde chegamos.

Desde que Nihal morreu, só houve trevas. As suas cartas só me contam de guerras e de intrigas. E depois apareceu esse tal de Dohor, que tanto se parece com o Tirano, com Aster.

Nada daquilo que fiz levou a bons resultados. Eu perdi o uso de uma perna, durante a guerra com Aster, de você arrancaram um olho. E para quê? Sangue derramado em vão. Mas talvez você pense diferente. Você nunca para de lutar, e morrerá de espada na mão. Eu, no entanto, sinto-me tão velho e cansado...

Nesta altura da vida entendi a escolha de Tarik, e não quero impor-lhe novamente a minha presença, e portanto não o procure. Há um momento, na vida, em que um homem deve aceitar o próprio fracasso, e eu o aceito. Mas, se porventura o encontrar, diga-lhe que entendi, e peça que me perdoe por tê-lo tornado infeliz. Só isso.

Nada mais tenho a dizer. Acho que ficarei algum tempo meditando e, portanto, não fique preocupado se eu não responder às suas cartas. Esta nova solidão é um fardo para mim, mas acho que também possa ser a minha única salvação.

Dê minhas lembranças a Soana. No fim da carta menciono uma poção que poderá ser-lhe útil na sua doença. Deixe que ela leia, saberá o que fazer.

Obrigado por tudo, meu único amigo.

Senar

Ido estava diante do palácio de Laodameia. O ar fresco e a manhã límpida anunciavam um ótimo começo de verão. Segurava com firmeza a carta entre os dedos, o papel amarelado pelo tempo, a tinta esmaecida.

Com o passar dos anos as cartas de Senar se haviam tornado cada vez mais tristonhas e pensativas, principalmente depois da morte de Nihal e dos primeiros problemas com Tarik, para então ficarem cada vez mais raras. A que segurava era a última verdadeira carta que recebera do mago.

Com o silêncio de Senar, desaparecia o último simulacro do mundo que amara. E, com uma ponta de melancolia, dava-se conta de ser o último escombro que a guerra e a vida haviam deixado para trás.

Naquela carta havia coisas que agora ele compreendia melhor. Olhava à sua volta e só via rostos novos, que pouco ou nada lhe diziam: os companheiros de luta, que mudavam quase sempre num prazo de um ou dois anos, os membros do Conselho das Águas e seus discípulos. Na verdade não estava ligado a nenhum deles. Naquela altura, não passava de um guerreiro solitário, a morte desdenhara-o em cada uma das numerosas batalhas das quais participara, e agora só lhe restara o papel de sobrevivente. E também se sentia velho e cansado.

A aragem matinal tirou-o das suas reflexões. Olhou mais uma vez para a carta, com um sorriso amargo nos lábios. Mais de uma vez, no passado, surpreendera a si mesmo pensando que chegara ao fim da linha. E cada vez acontecera alguma coisa nova. A história de amor com Soana, por exemplo, quase quarenta anos antes. Quem sabe, desta vez também poderia acontecer algo que mudaria tudo.

Guardou a missiva num bolso do casaco. Hoje não estava usando a costumeira roupa de guerreiro. Não seriam as mais próprias para a viagem. Procuravam por ele, teria de disfarçar-se. Por isto vestira-se de mercador. Muitos gnomos da Terra dos Rochedos eram comerciantes. De qualquer forma, para evitar maiores problemas também tinha uma ampla capa que cobria seu corpo atarracado e robusto, com um bonito capuz que, em caso de necessidade, podia ocultar os seus traços marcados.

Jogou o saco de viagem nos ombros, pulou no cavalo e partiu à procura de tudo o que restara de Nihal no Mundo Emerso: o filho Tarik.

É estranho como se parece um pouco com cada um de nós... Gostaria que você o conhecesse, iria gostar dele. Tem os cabelos ruivos do pai, só um pouco mais escuros, mas os olhos são violeta, como os meus. A coisa mais linda, no entanto, são as orelhas: não são exatamente como as dos humanos, mas tampouco pontudas como as dos semielfos. Um meio-termo, digamos assim. Eu o cobriria de beijos o tempo todo. É um milagre, Ido, um verdadeiro milagre. Você nem pode imaginar que coisa maravilhosa. É uma experiência que você também deveria ter.

Fora assim que Nihal anunciara-lhe o nascimento do filho, um menino forte e saudável. Depois, nos cinco anos seguintes, fora um contínuo brotar de notícias contando quão vivaz, alegre e esperto ele era. Ido esperava ansiosamente conhecê-lo, mais cedo ou mais tarde, pois no fundo do peito acreditava que Nihal e Senar acabariam voltando, uma vez que o Mundo Emerso continuava presente em seus corações. E poderia ter sido realmente assim, mas aí ela morrera, e Senar nunca mais voltara.

Quando o rapaz fugira de casa, Ido até pensara em ir procurá-lo. Iria encontrá-lo, dar-lhe-ia uns bons cascudos explicando que aquele não era o jeito de portar-se, que tinha de voltar e ajudar o pai. Naquele momento, no entanto, a situação no Mundo Emerso era dramática. Ido, com a ajuda da rainha da Terra do Fogo, Aires, denunciara Dohor ao Conselho. O rei tinha praticamente livrado a Terra dos Dias dos fâmins, os seres criados pela magia do Tirano, que se haviam mudado para lá depois da guerra. A sua acusação, no entanto, tinha virado contra ele e Dohor, graças aos seus contatos e conluios, incriminara ele e a rainha de traição. Foi nesta ocasião que Ido perdera o cargo de Supremo General da Academia dos Cavaleiros de Dragão e fora enxotado desonrosamente da Ordem. Decidira então guiar os que se opunham ao regime de Dohor e criara um movimento de oposição na sua nativa Terra do Fogo. Pois é, não fora realmente a época certa para sair em busca de Tarik.

Enquanto o cavalo corria pela planície, rumo ao leste, para a Terra dos Dias, Ido calculou que àquela altura Tarik devia ter uns trinta e cinco anos. Praguejou com os seus botões. Ao mesmo tempo que ele lutava contra Dohor, Tarik tinha provavelmente formado uma família, encontrara um trabalho e se tornara adulto. Pensou nisto por alguns instantes. Merecia mesmo assim uns cascudos pelo seu comportamento, era uma das poucas vantagens que um velho carrancudo como ele ainda tinha.

Decidira começar a sua procura justamente na Terra dos Dias, pois era ali que os semielfos moravam antes de serem exterminados pelo Tirano, e Nihal era um semielfo. Ao se imaginar no lugar de Tarik, brigado com o pai e tentando encontrar as próprias raízes, ele também teria ido para lá, sem sombra de dúvida. Além do mais, na Terra dos Dias, Ido tinha um velho amigo que poderia ajudá-lo a saber notícias do rapaz. A rede de contatos que costurara ao longo dos anos passados na Terra do Fogo se desfizera quando a resistência havia sido vencida. Fora justamente então que ele decidira juntar-se ao Conselho das Águas, que acabava de formar-se e dispunha de um exército que lutava abertamente contra Dohor. Por causa disto, no entanto, ele parara quase completamente de combater. Tornarase mais um estrategista. Não que gostasse muito da coisa, pois desde que nascera não tinha feito outra coisa a não ser lutar. Mas nesta época já estava beirando os cem anos, uma idade considerável mesmo para um gnomo, e o olho que lhe sobrava, após ter sacrificado o esquerdo em batalha, vez por outra tinha lá as suas falhas. Fora quase uma escolha forçada. Afinal de contas o Conselho estava naquela fase delicada em que é preciso haver um guia, um homem forte que inspire coragem e confiança aos demais.

Mesmo assim, os anos de guerra passados na linha de frente ainda lhe haviam deixado alguns amigos.

Fez uma parada nos Montes do Sol, numa das antigas sedes da Academia dos Cavaleiros de Dragão. A quase totalidade dos cavaleiros, naquela altura, já se passara para o lado de Dohor, que por outro lado se apossara do cargo de Supremo General quando Ido fora destituído. Agora só havia ali Cavaleiros de Dragão Azul, uma ordem inferior que usava justamente como cavalgaduras dragões azuis, menores do que os demais, de corpo alongado e esguio.

O lugar fora transformado numa espécie de quartel-general de onde partiam as tropas. Naquele momento havia guerra aberta entre Dohor e o Conselho das Águas, e uma parte considerável dos embates acontecia ao longo da fronteira entre a Terra do Mar e a Terra do Sol, não muito longe dali.

Ido parou na fortaleza porque precisava mudar de cavalo. Até então tinha viajado a marchas forçadas, só detendo-se por algumas horas à noite, e o pobre animal estava exausto.

Foi acolhido com as honras de sempre, mas ele não tinha tempo a perder com muita cerimônia.

– Só preciso de um novo cavalo e de mantimentos.

– Sem problemas – anuiu o general que o recebeu. – Talvez possamos oferecer até algo mais.

Acontece que no dia seguinte um dos cavaleiros estava escalado para uma missão para o lado da Grande Terra e poderia perfeitamente levar o gnomo também na garupa do dragão.

Ido ficou feliz. Aquilo iria poupar-lhe pelo menos dois ou três dias de viagem.

Desde que o seu Vesa tinha morrido em combate, Ido nunca mais montara um dragão. Jurara, aliás, que nunca mais cavalgaria outro. Vesa era insubstituível, e aquela promessa era a maneira certa de honrar a sua memória. A sua perda tinha provocado um vazio impossível de ser preenchido.

Vesa era vermelho e um dragão comum, imponente. O que iria levá-lo à Grande Terra era um dragão azul, mas ainda assim a emoção foi grande quando Ido viu o animal na arena, pronto para partir.

Viu o próprio reflexo nos olhos do bicho e pensou nos de Vesa, já apagados há muito tempo. Seria forçado a quebrar a promessa.

Perdoe-me, Vesa, mas tenho certeza de que você entende.

Suspirou, então, subiu na garupa com um só pulo. O dragão não se mostrou minimamente incomodado.

Ido segurou as rédeas com um cuidado quase religioso. Não podia negar que estava feliz em poder cavalgar de novo. Já se passara tanto tempo, e agora sentia mais uma vez as duras escamas roçando no couro das calças, a respiração do dragão embaixo dele, a batida lenta e poderosa das suas asas. Tudo poderia ser perfeito se aquele corpo jovem e azul pudesse, de repente, transformar-se naquele vermelho e calejado de Vesa. Sentiu um nó na garganta.

O cavaleiro era um rapazola, e se Ido ainda fosse o Supremo General, dificilmente o teria deixado cavalgar um dragão.

– Não pense que não confio na sua capacidade, mas eu costumo voar muito rápido – disse-lhe, segurando com firmeza as rédeas.

– General, acontece que o meu dragão só obedece a mim...

Ido sorriu.

– Antes que a minha carreira de Supremo General acabasse da forma tumultuada que você certamente conhece, montei dragões por mais de cinquenta anos. Acredite em mim, ele se deixará conduzir sem maiores problemas.

Chegaram após um só dia de viagem. Tratava-se de um posto avançado ao longo do confim com a Grande Terra. Era uma zona relativamente tranquila, e Ido achou que não poderia haver lugar melhor para atravessar a fronteira. Esperava que ninguém reparasse nele, ainda mais por tratar-se de um rincão da Grande Terra praticamente deserto, onde era fácil passar para a Terra dos Dias sem chamar a atenção.

Demorou-se no acampamento somente o tempo necessário para as costumeiras formalidades, depois pegou um corcel e prosseguiu a sua viagem. O dragão, com a guerra em andamento, não podia acompanhá-lo além daquele ponto.

A parte da viagem dentro da Grande Terra não apresentou qualquer problema, e na fronteira com a Terra dos Dias só lhe fizeram umas poucas perguntas de praxe. Disse que era um mercador e os guardas, desatentos e negligentes, não tiveram motivos para não acreditar. Nem mesmo pediram que tirasse o capuz que lhe escondia o rosto.

A Terra dos Dias havia mudado muito desde a época de Nihal. Para início de conversa, havia sido assolada por uma nova guerra que destruíra as poucas choupanas dos vilarejos dos fâmins.

Livre deles, o lugar tornara-se de alguma forma pacífico, mas os seus recursos eram esgotados até mais não poder por Dohor, que os usava para financiar as suas guerras e enriquecer a sua corte, da qual todos contavam maravilhas. As terras haviam sido repartidas entre os oficiais que tinham prestado serviço ao rei e a região estava agora formada por ducados regidos por despóticos ex-generais e até por soldados rasos que se haviam sobressaído nas campanhas. Um verdadeiro inferno para as pessoas comuns.

A pior sorte, no entanto, coubera a Seférdi.

A cidade havia sido destruída pelo Tirano numa única noite, e isto fora o prelúdio da chacina sistemática que iria deixar viva somente Nihal.

Depois da Grande Batalha do Inverno, que se concluíra com a derrota do Tirano, decidira-se deixar as ruínas intactas como advertência para as gerações futuras. Dohor, no entanto, não concordara.

Virka, o regente que nomeara para aquelas terras, mandara dragar os charcos em volta da antiga capital e transformara o local num latifúndio. A cidade havia sido completamente arrasada e reconstruída, apagando qualquer vestígio do extermínio perpetrado pelo Tirano. Fim de qualquer memória. Naquela altura os jovens só sabiam vagamente da sua dramática história, e a maioria só conhecia o núcleo urbano por aquilo que era agora: um amontoado de tijolos cinzentos, ainda imbuído do cheiro nauseabundo dos pântanos que outrora o cercavam.

O gnomo entrou na cidade ao entardecer. Já estava viajando havia duas semanas e começava a sentir-se irrequieto; a falta de resultados era uma coisa que sempre o irritava.

Já sabia muito bem aonde ir. A hospedaria ficava bem no meio de Seférdi, na sua praça mais esquálida: nada mais do que um retângulo pavimentado com grandes pedras brancas, tendo no meio uma estátua de Dohor "Libertador da Terra dos Dias", que já tinha sido decapitada várias vezes durante os anos em que a rebelião da Terra do Fogo era vivida com paixão, mesmo fora dos seus confins. De forma que agora estava cercada por uma grade cheia de pontas aguçadas. Desde então ninguém tinha mexido no monumento. Ido, no entanto, sabia que não fora certamente esta medida a afastar os dissidentes, mas sim a repressão que Virka impunha por aquelas bandas.

A pousada era a mais conhecida de Seférdi: todos os forasteiros acabavam passando por lá. Se Tarik viera realmente à cidade, como Ido justamente pensava, não podia ter deixado de se hospedar nela. Ainda bem que podia contar com a discrição de Nehva, o taberneiro, pois se tratava de um seu velho amigo.

Conheceram-se durante os anos da resistência na Terra do Fogo. Tinham passado por muitas coisas, os dois, até Nehva ser capturado durante uma ação de guerrilha. Uma vez que ocupava um cargo de comando nas fileiras rebeldes, não fora morto imediatamente. Forra, cunhado de Dohor e chefe das operações na Terra do Fogo, fizera questão de torturá-lo longamente, e pessoalmente, para tirar dele as informações que lhe interessavam.

Nehva portara-se muito bem, apertando os dentes e sufocando os gritos, e principalmente não revelando coisa alguma. Quando

Ido e os seus o libertaram, estava irreconhecível. Entre as coisas que o cativeiro tirara dele havia o braço direito. Depois disto Nehva desistira da luta. Já não tinha condição para combater, e de qualquer maneira algo dentro dele havia mudado. A partir de então tornara-se apático, perdendo todo e qualquer interesse pelas coisas, a não ser pela pousada à qual se dedicava de corpo e alma.

Naquela noite o salão estava cheio de gente. A cerveja escorria farta e o ar cheirava a uma variada mistura de comidas. Ido ficou com água na boca.

Sentou, pediu o jantar, tomou toda cerveja possível. Ficou calmamente em seu lugar, entregue às lembranças, até o último cliente sair. Havia ficado em outra hospedaria, quarenta anos antes.

O lugar está apinhado de gente. Bebem. Em volta, um zunzum com sabor de paz, risadas, sons da vida.

Ela está calada, acompanhando com o dedo a borda do copo. Ele desvia os olhos para fixá-los na caneca de cerveja em cima da mesa. O silêncio entre os dois é pesado.

Só depois de um bom tempo ela levanta os olhos brilhosos devido ao álcool.

– Somos dois sobreviventes, não somos?

Sorri.

Ele é desde sempre um sobrevivente. Sobreviveu à família, sobreviveu ao exército do Tirano, e agora ainda está vivo após a Grande Batalha do Inverno. Superou tudo, nada existe que não tenha visto, e agora está sendo forçado a se acostumar com a paz, uma paz que quase nunca conheceu.

– Não pensei que fosse deste jeito. Fiquei estes anos todos almejando a paz, e agora que ela chegou quase me parece que não posso aproveitá-la – continua Soana.

– É o que acontece quando a guerra acaba. É a sina dos sobreviventes. A guerra cria hábito, e aí parece impossível poder viver sem o cheiro do campo de batalha, sem a tensão da luta.

Soana dá mais um longo gole, quase para tomar coragem.

— Sinto-me sozinha. Nunca tive esta sensação de uma forma tão forte. Claro, já fiquei só em outras ocasiões, como por exemplo depois da morte de Fen, mas nunca como agora, depois que Nihal e Senar foram embora. Nihal preencheu a minha vida por muitos anos, e agora só me sobra a lástima por não ter conseguido ser uma mãe para ela. E mesmo assim sempre tive instinto maternal?
    Ido anui.
    — Ela foi embora, e agora eu me pergunto: o que fazer?
    Ido apoia-se cansadamente na parede. É estranho como os seus pensamentos combinam estranhamente com os dela. Mesmas sensações, mesmo sentimento de velhice no ar.
    — Quem sabe, agora. Talvez precisemos aprender a aproveitá-la, esta paz, aprender a viver mesmo sem Nihal. E a considerar o tempo que passa, os achaques que já nos ameaçam, o corpo que muda, como já aconteceu tantas outras vezes na nossa vida.
    — Pois é, a velhice... Sinto-me velha de séculos, como se já tivesse visto coisas demais. A chacina dos semielfos, a loucura de Reis, a morte do homem que eu amava, a derrocada da Fortaleza. Estou cansada... E agora até feia.
    Por um instante Soana fica ruborizada. Nem sabe exatamente por que disse esta última frase.
    Ido observa as rugas sutis em volta dos seus olhos, as marcas de uma vida em volta dos seus lábios, e sente um aperto nas entranhas. É uma loucura, mas pensa em outro tipo de juventude, num novo começo.
    — Continua bonita como sempre, talvez até mais. A dor a ilumina, dá um novo sentido ao seu rosto.
    Arrepende-se logo destas palavras, sente-se alheio, deslocado, fora do tempo. Um velho que brinca de ser um rapazinho.
    Ela, por sua vez, sorri com frescor, segura a mão dele, ali, apoiando-se molemente na mesa, e já está tudo decidido. No tremor que sente compartilhado.
    — Posso ficar na sua casa esta noite? Como nos velhos tempos — pergunta Soana.
    Não precisou pensar para responder:
    — A minha casa é sua, você sabe disto.
    E foi assim que tudo começou.

O taberneiro interrompeu bruscamente o curso dos seus pensamentos. Estava mais magro de como Ido se lembrava dele. E mais velho. Careca como uma bola de bilhar, compensava com uma farta barba. A manga direita do casaco estava dobrada, atada com uma tira. Mas o rosto continuava quase o mesmo. Acalorado como sempre, pela cerveja.

– Já é tarde, estamos fechando, a não ser que queira hospedar-se no andar de cima. Temos ótimos quartos.

– O que eu quero mesmo são informações.

Nehva ficou imediatamente na defensiva.

– Se não está procurando hospedagem, nada mais tenho a oferecer. Gostaria, então, que pagasse a conta e fosse embora.

Ido sorriu embaixo do capuz.

– Sou um velho amigo.

O taberneiro assumiu uma expressão de perplexidade.

– Quando me disse que largava tudo, também explicou que comigo tudo continuaria como antes.

Nehva ficou branco.

– I...

Ido encostou um dedo nos lábios.

– Um mercador em viagem de negócios, claro? Apenas um mercador.

– Céus, quanto tempo... mas como...

Ido levantou-se, tapou com a mão a boca do outro.

– Não precisa saber, é melhor assim. Vamos para os fundos.

Nehva concordou e o levou atrás do balcão, até o seu apartamento. Aí sentaram-se.

Só então Ido puxou o capuz para trás revelando a ampla cicatriz ao longo do lado esquerdo do rosto, onde estivera o olho.

Nehva sorriu.

– Raios, você não mudou nada...

– E todos estes cabelos brancos, como é que ficam? – replicou Ido, segurando uma entre as muitas trancinhas que ornavam a longa cabeleira, à moda dos gnomos.

O amigo deu uma gostosa risada.

– Já estava grisalho quando lutávamos na Terra do Fogo.
– Nem tanto – disse Ido, bufando.
– Ido... quem diria... – continuou o taberneiro. – Não chegam muitas notícias suas, nestas bandas, a não ser os cartazes com o prêmio pela sua captura. Cheguei a pensar até que tinha morrido... Mas, então, como vai?
Ido meneou a cabeça.
– Achei que o seu braço lhe tivesse ensinado alguma prudência. É melhor eu não contar nada, acredite. Faça de conta que brotei do chão, de repente, e esqueça que me viu logo que eu passar por aquela porta, está bem?
Nehva anuiu, tristonho.
– É uma pena... gostaria de falar com você como antigamente, bem que eu estaria precisando... Aqui está indo tudo por água abaixo...
– Também gostaria de bater um bom papo com você, Nehva, mas estou com muita pressa, e por aqui sou procurado. Quanto mais ficarmos conversando, mais estaremos nos arriscando, ambos.
O taberneiro deu de ombros.
– Da maneira como andam as coisas, para mim talvez fosse até um alívio.
– Não diga bobagens, este lugar precisa de pessoas como você.
Nehva fez uma careta cheia de amargura.
– Fale, o que gostaria de saber?
– Não vai ser fácil, mas confio na sua memória. Fui informado que um semielfo passou por aqui, muitos anos atrás.
Nehva sorriu.
– E acha que se tivesse aparecido eu não lhe teria contado? Já faz muito tempo que eles sumiram destas bandas.
– Estou falando de vinte anos atrás, e na verdade, talvez, eu nem devesse chamá-lo de semielfo. Era um garoto, naquela época, de cabelos ruivos e olhos violeta, com as orelhas levemente pontudas.
– Ah, sim, aquele... agora me lembro – Nehva disse seguro. – De fato lembro dele.
– Você é um fenômeno. Não fazia muita fé.
– Não minta para mim, veio aqui de propósito, já contando com a minha resposta.

– Lembra mais alguma coisa?
– Claro, do contrário nem me lembraria da cara dele, o que é que você acha? Passam muitos viajantes por aqui, meu amigo, imagino que já se deu conta disto.
– E então?
– Hospedou-se aqui por vários dias. Alugou um quarto. Lembro disso porque normalmente as pessoas não se demoram na cidade. Mas não foi o caso dele. Na primeira noite perguntou onde ficavam as ruínas, e eu ri na sua cara, contando-lhe a história. Ficou bastante exaltado, quase cheguei a expulsá-lo. Explicou que procurava vestígios da Grande Batalha do Inverno, e eu aconselhei que fosse para a Grande Terra, onde encontraria muitos deles. Também perguntou se havia alguma estátua de Nihal aqui por perto, e eu fiquei imaginando de onde ele vinha, se ainda não tinha visto nenhuma. Então partiu, numa certa manhã, perguntando qual era o caminho para a Terra do Vento.

A terra da mãe... Ido sentiu-se um perfeito idiota. Tinha feito um erro de avaliação bastante grave.

– Voltou a vê-lo?

Nehva meneou a cabeça.

– Era um rapaz um tanto estranho, para dizer a verdade. Parecia alguém que nada sabia do Mundo Emerso. Partiu e ignoro que fim levou.

Ido golpeou as coxas com as mãos, sorriu.

– Você foi fantástico, como de costume.

– Imagino que não adiante perguntar o que está procurando e quem era o rapaz, não é verdade?

– Isso mesmo.

– Só me diga se isso vai me criar problemas.

– Não, não acho. – Mas não tinha tanta certeza.

Nehva bufou.

– Vou fingir que acredito.

Ido levantou-se.

– Sinto muito que tenha de ir tão cedo. Senti a sua falta, Ido, sua e de todos os demais. Sinto falta daqueles anos em que pensávamos que poderíamos de fato mudar as coisas, quando nunca sabíamos se estaríamos vivos no dia seguinte, mas pelo menos tínhamos alguma coisa pela qual morrer.

Ido sorriu, melancólico. Pensou em todos os seus homens que tinham morrido, e saber que se haviam sacrificado por um bom motivo não serviu de consolo.

— Também senti a sua falta.

Abraçou-o com calor.

— Juro que voltarei, e então teremos uma boa conversa, está bem? — disse separando-se do amigo e colocando em suas mãos as moedas do jantar.

— Deixe ao menos que fique por conta da casa! — protestou o velho taberneiro.

Ido sacudiu a cabeça sorrindo.

— Valeu cada centavo.

Saiu sem demora, pulou no cavalo e seguiu viagem.

Estava na hora de ir aonde deveria ter começado a sua procura: a Terra do Vento, a terra de Nihal e Senar.

3
OS PLANOS DA GUILDA

O templo de Thenaar estava escuro como de costume. Lá fora ventava, e do lado de dentro a ventania se traduzia num lamento fúnebre.

Os dois homens sentavam um ao lado do outro, no primeiro banco, o mais próximo da enorme estátua do deus cujo cristal negro faiscava sinistros reflexos. Com expressão marcada por altivo desdém, cabeleira desgrenhada por um vento invisível, a mão apertando a espada e outra segurando um dardo, Thenaar velava ameaçador a conversa deles.

– Então? – disse bruscamente o primeiro homem.

O segundo estava ajoelhado e rezava. Murmurou uma última ladainha e então levantou-se. Era idoso, mas seu corpo ainda era ágil e enxuto. E não podia ser de outra forma. Yeshol, o Supremo Guarda da Guilda dos Assassinos, nunca parava de treinar para manter-se em forma. Antes mesmo de sacerdote, era um sicário, o melhor deles.

Virou-se para o interlocutor.

Ao contrário de Yeshol, Dohor tinha um corpanzil imponente, de grande capitão, os traços do rosto marcados, cabelos tão louros que quase pareciam brancos. Dominava a maior parte do Mundo Emerso. Uma façanha que até então só o Tirano tinha conseguido.

– Continua a tratar-me com uma insolência que a ninguém mais eu perdoaria – disse desdenhoso.

Yeshol sorriu.

– O meu deus vem em primeiro lugar. – Depois mudou de assunto: – Fizemos o que desejava de nós.

Tirou do bolso um anel ensanguentado e entregou-o a Dohor.

O rei examinou-o atentamente na fraca luz que os archotes espalhavam pelo templo.

– É ele – comentou brevemente, com satisfação.
– Matamo-lo numa cilada. O general Kalhu não lhe criará mais problemas.

Dohor limitou-se a um sinal de assentimento, e Yeshol ficou pacientemente à espera.

Só depois de algum tempo acrescentou:
– Permita-me pedir logo o pagamento.

O rei virou-se de chofre.
– Está se tornando um odioso usurário...
– Só estou preocupado – replicou Yeshol. – Já lhe contei da fuga de um Postulante e de uma adepta.

Dohor anuiu sério. Era uma coisa que tinha a ver diretamente com ele. Ninguém sabia ao certo o que Dubhe e o rapaz haviam descoberto, nem como usariam as informações.

– Os meus estão no seu encalço e sem dúvida alguma irão capturá-los muito em breve. Mas precisamos de uma coisa...

Por um momento Yeshol hesitou. Percebia-se perfeitamente aquilo que estava a ponto de pedir.

– De um dragão – acrescentou num sopro.
– Isto está muito além da minha dívida.
– Eu sei, mas os nossos serviços nunca lhe deram motivo de queixa, e até agora o nosso trato proporcionou-lhe excelentes resultados, principalmente quando matamos Aires...

Dohor levantou a mão com severidade.
– Já o recompensei por isso, ou será que esqueceu? E além do mais você continua esquecendo Ido, que ainda está vivo, em algum lugar lá fora.
– Tenho certeza de que não levaremos muito tempo a encontrar os fugitivos, com um dragão, e o senhor logo terá de volta o seu cavaleiro.
– Estamos em guerra, entende? E numa guerra eu preciso de todos os meus homens.
– Ganhará muito mais com os nossos serviços, se nos ajudar, isto eu lhe garanto.

Yeshol detestava humilhar-se daquele jeito, mas era pela glória de Thenaar, e então engolia o orgulho e se prostrava aos pés de quem podia ser-lhe útil.

– Sabe muito bem o que eu quero... – disse Dohor, insinuante.
– Poderá realizar o seu desejo no devido tempo. A chegada de Thenaar está próxima, e então o senhor será o seu filho predileto.

Era a mentira que Yeshol vinha contando havia muitos anos, desde que fora estipulado o acordo.

Coubera a Dohor a tarefa de encontrar os livros que Yeshol usara para achar os feitiços que dariam nova vida a Aster, procurando-os pacientemente na Grande Terra, sob os escombros da Fortaleza. Era ali que o rei estava construindo a sua nova morada.

Em troca, o Supremo Guarda prometera que, quando o Tirano acordasse, Dohor se tornaria dono do Mundo Emerso. Um trato que, até então, tinha funcionado muito bem.

– Não banque o esperto comigo, eu não conheço inteiramente os seus planos.

O monarca bem que gostaria de ficar a par dos segredos rituais que trariam de volta à vida Aster, Yeshol sabia disso. Mas era uma coisa que não podia revelar sem também dizer que, com Aster vivo, já não haveria lugar para ele.

Desta vez, no entanto, a situação era bastante complexa. A concessão de um dragão exigia algo importante em troca.

– Explicarei melhor a transmigração das almas para os corpos.

Era uma informação que podia vender sem muitos riscos.

– Espero que seja somente o começo – respondeu Dohor, cortante.

– E, de fato, é só o começo.

O rei sorriu sombriamente na escuridão. Então, sem dizer mais nada, saiu do templo.

Yeshol esperou até o portão se fechar atrás de Dohor, em seguida dirigiu-se para os fundos da estátua de Thenaar, onde ficava a escada secreta que levava para embaixo da terra, para a Casa. Precisava tratar de imediato de outro assunto urgente.

O Monitor do Ginásio, Sherva, mestre de armas, entrou no escritório de Yeshol silenciosamente, como de costume. Afinal, ninguém na Casa era tão bom quanto ele nas técnicas furtivas e na luta corpo a corpo.

Era um homem anormalmente magro, com longos membros flexíveis devido ao incansável e duro treinamento. A cabeça totalmente careca e o rosto alongado davam-lhe a insidiosa aparência de uma cobra. De uns tempos para cá, então, os seus traços se haviam tornado ainda mais cavados. Tudo por culpa de um remoto remorso, de um medo sutil que o fazia voltar a uma conversa incômoda que tivera, havia algum tempo, com Dubhe, uma conversa que cheirava a traição.

O problema era que Sherva, mesmo de forma indireta, a ajudara a fugir da Casa.

Ela, desesperada, perguntara-lhe onde ficavam os alojamentos dos Monitores, as patentes mais altas da Guilda, que não dormiam juntos com os demais Vitoriosos. E ele, que só estava na Guilda por interesse pessoal, e que não dava a mínima para Thenaar, sem saber direito por quê, lhe contara.

Alguns dias depois Dubhe fugira.

Desde então fora um verdadeiro inferno. Toda vez que o Supremo Guarda mandava chamá-lo, sentia um nó na garganta, seu coração disparava.

Sherva ajoelhou-se, pálido e sério, diante de Yeshol, que permaneceu sentado.

– Então, como está indo a sua procura?

Sherva respirou aliviado. Yeshol não sabia.

– Encontramos a casa de Tarik.

– Ótimo.

– Vive com a mulher, Tálya, e com o filho, San.

– Qual é a idade? – perguntou Yeshol, enrijecendo o corpo no assento.

Sherva levantou subitamente a cabeça, desconfiado.

– Idade?

Não estava entendendo.

– O filho de Tarik. Qual é a idade dele?

– Doze anos, pelo que me informaram.

Yeshol pulou de pé, o rosto radiante.

– É um sinal do destino, um verdadeiro milagre! – Olhava para Sherva com expressão radiante, inspirada. – Doze anos...

O Assassino continuava não entendendo. Não conseguia imaginar o que, naquela notícia, pudesse tornar o Supremo Guarda tão satisfeito.

– Combina perfeitamente com os nossos planos.

Yeshol acariciou a estátua de Thenaar que dominava a sala, por trás da escrivaninha, e roçou na pequena escultura de Aster, aos pés do deus. Sherva conhecia muito bem aquela pequena estátua, havia cópias dela espalhadas pela Casa inteira, mas logo que fixou os olhos nela começou a entender. Era a estátua de uma criança, o mesmo aspecto que Aster tinha no dia em que morreu.

Yeshol virou-se e sentou de novo.

– Você não conhece a teoria do espírito ligado à carne... – Debruçou-se para Sherva. – A alma e o corpo não estão separados, mas sim estreitamente unidos. A alma de um homem nunca poderia entrar no corpo de uma mulher, não sobreviveria. Assim como o espírito de um gnomo não pode sobreviver no corpo de uma ninfa. É por isso que tencionava usar Tarik como receptáculo para a alma de Aster, porque, como ele, também é filho de um semielfo e de um humano. Mas eu desejo que Aster volte ao mundo dos vivos na plenitude dos seus poderes.

Yeshol tomou fôlego, de olhos entreabertos. Sempre fazia isso, quando mencionava Aster, o seu antigo mestre.

– O espírito de Aster, no entanto, ficou por mais de quarenta anos aprisionado no corpo de um menino, e esta longa permanência deixou suas marcas. Para que a sua alma possa viver muito tempo, depois de reencarnar-se, precisa de um corpo quanto mais parecido possível com aquele que tinha quando estava vivo. O corpo de um semielfo de doze anos seria perfeito. San seria perfeito.

Sherva baixou mais uma vez a cabeça em sinal de assentimento. Toda aquela pantomima deixava-o indiferente. Não lhe interessavam nem um pouco que Aster voltasse à vida e que na terra se instaurasse o reino de Thenaar.

– Precisa capturar o garoto, entende? Traga-o para cá vivo. Quanto ao pai e à mãe, pode matá-los à vontade.

– Está bem, Excelência.

– Escolha quem quiser, para esta missão, confio no seu julgamento.

Aquela palavra, confiar, por algum motivo fez Sherva estremecer.
— E parta imediatamente.
O Monitor assentiu, levou os punhos cruzados ao peito em sinal de despedida.
Já ia saindo quando a voz de Yeshol o deteve:
— Espere mais um momento, aliás.
Sherva tremeu imperceptivelmente ao parar no limiar. Então virou-se lentamente, tentando controlar a expressão do rosto.
— Diga.
— Todos nós sentimo-nos um tanto culpados pela fuga de Dubhe, e é bom que seja assim. Mas acho que você está exagerando. Reparei no seu olhar, nestes últimos tempos. Não esqueça que quem quis a presença da traidora entre nós fui eu. Você limitou-se a cumprir as minhas ordens. De qualquer maneira, estou certo de que Thenaar já lhe perdoou.
Sherva fez mais uma mesura e saiu do aposento.

Uma vez no corredor, sentiu nojo de si mesmo. As paredes da Casa se haviam tornado uma verdadeira armadilha pronta a fechar-se em cima dele. E tinha vergonha do seu medo, da sua fraqueza. A própria Dubhe fora a primeira a alertá-lo contra a sua inépcia.
"Acha então que o dia em que Yeshol ficará ao seu alcance nunca chegará?", dissera para ele.
E aí a verdade mostrara-se claramente. Entrara na Guilda para tornar-se um perfeito Assassino, o melhor de todos, pois a sua vida estava consagrada a isso. Algum dia iria lutar com Yeshol e o mataria, e então teria certeza de ser o mais forte.
Mas os anos haviam passado, e embora o seu corpo se transformasse dia a dia numa maravilhosa máquina de morte, talvez o seu espírito se tivesse enfraquecido. Nunca se tornara mais forte que Yeshol, acabara quase aceitando sujeitar-se a ele, tornar-se um entre tantos Monitores, certamente melhor que um normal Vitorioso, mas nada mais do que isto. Até aquele dia com Dubhe.
É claro que agora iria encontrar e trazer para Yeshol o garoto, mas depois? O que iria fazer?

– Já era hora, maldição!

Rekla avançou com largas passadas para o dragão que pousara a várias braças de distância. Um animal igual a muitos outros que já vira durante os serviços que haviam exigido a sua presença nos campos de batalha. Não parecia estar nas melhores condições, como atestavam seus olhos amarelos levemente embaçados e o tom mortiço das escamas verdes. O dorso, no entanto, era negro, assim como as imensas asas membranosas. Um cruzamento com um dragão negro, as criaturas criadas muitos anos antes pelo Tirano para a sua guerra. Cruzá-los com os dragões normais tinha sido uma ideia de Dohor.

Sentado na garupa havia um gnomo de aparência vulgar.

– Levou um bom tempo, o seu amo, para mandá-lo até aqui! – agrediu-o Rekla.

O gnomo desmontou lentamente.

– Levei o tempo necessário, só isso – disse arrogante, e Rekla recebeu uma baforada do seu hálito que fedia a cerveja.

Sentiu um frêmito de raiva. Detestava depender de gente daquela laia, Perdedores do mais baixo nível, pessoas de vida totalmente inútil. Mesmo assim, a glória de Thenaar também passava por aqueles caminhos e utilizava até os seres mais insignificantes. Por isso refreou a mão que já estava recorrendo ao punhal.

– Vamos pelo menos cuidar de não perder mais tempo, agora – disse impaciente.

Tinha encontrado a pista deles, na margem. Dubhe e Lonerin passaram por ali havia pelo menos dois dias, um tempo que lhe parecia infinito. Tivera quase a impressão de poder cheirar o rastro de Dubhe. Tinha de encontrá-la, o desejo de vingança a devorava.

– Vamos ser quatro, e o meu Vhyl vai ficar cansado – respondeu o gnomo, impassível. – Não poderemos voar muito alto e tampouco muito rápido.

Rekla conteve um gesto de raiva.

– Viajaremos, mesmo assim, mais depressa do que eles – comentou Kerav, um dos seus dois companheiros.

– Pois é – ela disse, não muito convencida. O espaço que a separava da traidora parecia-lhe, ainda assim, grande demais.

O dragão custou um pouco para alçar voo, as asas esticadas num esforço que parecia enorme. Teve de batê-las várias vezes, levantando nuvens de poeira da margem do rio.

Rekla pensou em Dohor, diante do qual Yeshol era forçado a curvar-se no templo, aos pés da estátua de Thenaar. Eram inúmeros os serviços que a Guilda lhe prestara, muitos dos quais ela mesma realizara. E ali estava o prêmio de tanta dedicação, um dragão que nem conseguia levantar voo e um cavaleiro visivelmente ébrio.

Exatamente como o gnomo dissera, sobrevoaram a água a umas poucas braças de altura. O dragão dava evidentes sinais de cansaço, e vez por outra parecia estar a ponto de ser levado pela correnteza. Abaixo deles o rio fluía branco, sob um céu cinzento e abafado.

No fim, de qualquer maneira, conseguiram cobrir a distância que os separava das Terras Desconhecidas de forma relativamente rápida. Só levaram umas poucas horas para avistarem a outra margem, onde iria começar a caçada.

– Precisamos pousar – disse Rekla.

O dragão podia ser o ideal para localizar duas pessoas lá de cima, mas tinham de encontrar primeiro alguma pista para saber onde procurar, e isto era algo que ela e os outros dois só podiam fazer no chão.

– Não vai ser fácil... – observou o gnomo.

Mandou o dragão subir mais um pouco para dar uma rápida olhada geral, e o que viram não foi nada encorajador. A margem era formada por uma faixa de terra e lama, exatamente como no Mundo Emerso, mas esta faixa logo desaparecia, engolida por uma espessa fileira de árvores postadas como soldados a uns poucos passos do rio.

– Falta espaço, Vhyl não vai poder pousar – disse o gnomo.

– Siga em frente, então – ordenou Rekla, mas daquela altitude só conseguiam ver paisagens iguais àquela que estavam agora sobrevoando.

– É tudo a mesma coisa.

– Ache uma maneira para que eu possa descer, maldição – ela praguejou entre os dentes.
– Não é possível.
A proximidade daquele cavaleiro abjeto, o tom da sua voz, o descaso total com que respondia a qualquer pergunta fizeram ferver o sangue em suas veias. Sacou o punhal de impulso, e só foi graças a Filla, o outro companheiro de viagem que segurou sua mão, que a lâmina não acabou fincada na garganta do gnomo.
– Solte-me! – berrou furiosa.
– Agora não, e não assim – Filla ciciou em seus ouvidos. – Paciência, minha senhora...
Rekla desvencilhou-se, guardando o punhal.
– Quem manda sou eu – sibilou.
Ficava incomodada com a proximidade dos corpos e ainda mais irritada quando um subalterno atrevia-se a tocá-la.
– Encoste na margem, vamos acabar encontrando um jeito de desmontar – ordenou ao gnomo.
– Mas o dragão está exausto. Precisa descansar!
– Depois. Vamos lá, faça o que mandei – insistiu Rekla, ríspida.
O gnomo bufou ruidosamente, mas preparou-se mesmo assim para obedecer. A ameaça do punhal, ao que parecia, tinha funcionado.
O seu dragão arquejava no ar, as asas esticadas quase à flor da água. Roçaram por um instante na superfície, e o cavaleiro puxou as rédeas.
O dragão procurou recorrer às últimas forças que lhe sobravam e conseguiu levantar-se um pouco. Mas então a ponta da asa mergulhou novamente na água.
De repente a asa inteira foi puxada para baixo, entre os rugidos desesperados do animal. Só o gnomo conseguiu manter-se na garupa, segurando com firmeza as bridas. Rekla acabou na água. Ao seu redor, só conseguia ver espuma e alguma coisa verde que se agitava. Depois tudo ficou vermelho, e sentiu na boca um sabor que conhecia muito bem e que remexeu suas entranhas. Sangue.
Voltou à tona de qualquer jeito e viu-se cercada de água vermelha. Logo adiante, asas negras agitavam-se atabalhoadamente, levantando borrifos de sangue, seguras por enormes dentes brancos. Rekla

viu o gnomo aparecer e sumir na água a intervalos irregulares. Brandia a espada e procurava desesperadamente salvar a si mesmo e o dragão.

– Solte-o, seu idiota! – ela gritou num impulso instintivo, mas naquele momento uma cabeça gigantesca surgiu da água. Suas formas desmedidas faziam lembrar um cruzamento entre um cavalo e uma serpente. Na boca pavorosa, cheia de presas longas e afiadas, segurava o corpo do dragão. O coração de Rekla estremeceu. Começou a nadar para a margem como possessa.

Agora não, não antes de merecer de novo as graças de Thenaar, não antes de botar as mãos em Dubhe!

As últimas braçadas pareceram-lhe eternas, infinitas. Ouvia atrás de si os gritos desesperados do gnomo.

Segurou-se numa raiz saliente, puxou-se para a beira do rio e alcançou a segurança. Os dois companheiros só demoraram mais uns poucos minutos para fazerem o mesmo. Ao mesmo tempo, ela continuava a olhar para o monstro, imenso, a cabeça que se agitava no ar enquanto despedaçava o dragão. O gnomo, o fedorento e desprezível Cavaleiro de Dragão, já não estava à vista, e Rekla quase regozijou-se com o sumiço. Mas logo a seguir voltou a prestar atenção no monstro. Havia alguma coisa que soltava estranhos reflexos de um dos seus olhos. Longe daquele jeito, não era fácil distinguir com clareza os contornos de um objeto tão pequeno, mas aquele brilho era inconfundível. Só podia ser um punhal que havia cegado o animal. E agora que podia ver melhor, Rekla também reparou em dois cotos de flecha que despontavam do pescoço e da testa do enorme bicho. Só uma pessoa podia ter feito uma coisa como aquela.

– Passaram por aqui.

Filla e Kerav fitaram-na, os rostos ainda transtornados de horror, a respiração ofegante depois da luta contra as ondas. Rekla, por sua vez, já tinha esquecido o medo. O ódio inspirara-lhe renovado vigor.

– Dubhe passou por aqui.

4
TERRAS DESCONHECIDAS

Dubhe e Lonerin ficaram algum tempo deitados, incrédulos, na margem do Saar. O monstro ainda estava se contorcendo pelas feridas e a água do rio começava a tingir-se de vermelho. Nenhum dos dois tinha a coragem de dizer alguma coisa diante daquele espetáculo arrepiante. Haviam conseguido evitar a morte por um triz.

— Estamos salvos — ela disse recuperando o fôlego.
— Isso mesmo. Um ótimo trabalho de equipe, não acha?

Dubhe virou-se e viu o rosto sorridente de Lonerin. Experimentou um imenso alívio, tanto que também se concedeu um sorriso exausto; aí prostrou-se novamente no chão, apertando com as mãos a areia da margem. Estavam finalmente em terra firme. Tinham chegado às Terras Desconhecidas.

Encontravam-se numa estreita faixa de terra, com umas poucas braças de largura: apenas o suficiente para um ser humano se deitar. Em parte era lodo, em parte grama. Onde acabava a margem, começava imediatamente a floresta, que se mostrava como um emaranhado inextricável de troncos imponentes e galhos retorcidos. As cores eram berrantes, absolutas: o marrom intenso misturava-se com o verde ofuscante das folhas, largas e carnosas. Entre os galhos, longos cipós fibrosos entrelaçavam-se com samambaias gigantes e plantas desconhecidas. Não havia uma única árvore que conseguissem reconhecer, nenhuma das espécies que povoavam aquela floresta existia no Mundo Emerso.

Deram, ambos, alguns passos, mas o silêncio opressor que os cercava convenceu-os a não seguir adiante. Nada de canto de pássa-

ros, de passos furtivos na mata, nem mesmo o farfalhar das ramagens. Era como se o bosque inteiro fosse um animal de tocaia, pronto a pular sem piedade em cima da presa.
E, além disto, estava escuro. As copas das árvores estavam estreitamente entrelaçadas, tanto que no solo só apareciam raras manchas de luz mergulhadas na penumbra. Seus olhos só conseguiam ver até umas poucas braças de distância, depois era como se a vegetação fosse engolida pela noite.

Era justamente o desconhecido na sua mais pura acepção, aquilo que todos os habitantes do Mundo Emerso receavam, o mistério que os mantivera afastados dali durante séculos. Diante daquela visão ficaram apreensivos e decidiram só prosseguir no dia seguinte. Depois das magias que tinha feito, Lonerin se encontrava esgotado, e Dubhe não estava certamente em melhores condições. Era melhor dar um tempo e, enquanto isso, estudar a situação.

Sentado de pernas cruzadas, Lonerin tirou do saco de viagem o que sobrava dos mantimentos. Haviam conseguido salvar a sacola, depois de alcançar a margem. Milagrosamente, alguns vidros e pacotes de comida tinham ficado presos nas raízes que, da floresta, chegavam até a beira do rio, onde mergulhavam na água por alguns palmos.
E Dubhe, enquanto o barco afundava, conseguira segurar algumas das suas armas: o arco, as flechas, o punhal, as facas de arremesso.
Lonerin decidiu fazer uma espécie de balanço, e ela ficou olhando na expectativa.
– Perdemos no rio um terço da comida que Tório nos deu – sentenciou o jovem. – Mas não chega a ser um problema. Podemos caçar e colher frutas no mato.
Levantou a cabeça para buscar uma confirmação nos olhos da companheira, mas só encontrou preocupação neles. Intuiu logo os seus pensamentos.
– A poção que sobrou é suficiente – disse.
O olhar de Dubhe não se acalmou.
– Só conseguimos salvar a metade – observou friamente.
– Mas estamos no mato, posso preparar mais.
– Como pode saber que irá encontrar os ingredientes?

— Bom, eu...
Dubhe indicou a floresta.
— Está vendo alguma planta conhecida? Alguma que já viu no Mundo Emerso?
— Isto não quer dizer nada, só estamos começando, precisamos adentrar, são plantas rasteiras...
Ela o fitou, sarcástica.
— Só teremos de racioná-la — acrescentou Lonerin. — É diferente daquela que Rekla lhe dava, eu já disse, vai precisar de muito menos para manter o selo sob controle. Se tomar um gole a cada quatro dias, por exemplo, já poderá bastar. Claro, você também terá de se esforçar.
Dubhe não prestou atenção naquelas palavras e começou a guardar na própria sacola uma parte dos mantimentos espalhados no chão.
— Precisa confiar em mim — disse Lonerin, levantando a voz.
Confiar. Não era fácil, e Dubhe nem tinha certeza de querer fazê-lo. A última pessoa em que confiara fora o Mestre, e a sua perda havia sido intolerável.
Mesmo agora, três anos depois que ele morrera, não conseguia deixar de sentir a sua falta. De qualquer maneira, contudo, não havia escolha. Como sempre.
— Não tem nada a ver com você, acredite — disse sem se virar.
— Acontece que, diante de mim, só vejo obstáculos.
— Entendo. — A voz de Lonerin tornara-se condoída. — Mas os obstáculos existem justamente para serem superados, e além do mais você não está sozinha, eu farei o possível, e até o impossível, para salvá-la. É também por isso que estamos aqui.
Dubhe sorriu, melancólica.
Ninguém jamais conseguira salvá-la, talvez não houvesse salvação para ela, nem mesmo se a maldição fosse desaparecer. E mesmo assim anuiu, só para deixá-lo feliz. Afinal de contas, tinha lá as suas dúvidas quanto ao fato de ele realmente poder entendê-la.
O sol começou a se pôr sobre o rio, e antes de comer alguma coisa Lonerin decidiu estudar direitinho o percurso que iriam enfrentar no dia seguinte. Estava a ponto de acender uma fogueira para o bivaque quando Dubhe o deteve.
— Melhor não acender o fogo. A Guilda está no nosso encalço.

– Acha que sabem onde estamos? A meu ver é impossível que tenham a coragem de nos seguir até aqui.

– Rekla virá – ela afirmou com segurança. – Me odeia. Nada poderá detê-la.

Lonerin assumiu uma expressão perplexa, então pegou o pergaminho que guardava no alforje. Estava seco, protegera-o com um encantamento, e esticou-o no chão com satisfação.

Era uma espécie de mapa desenhado com sanguina. Estava claro que não era obra de um cartógrafo, parecia mais um esboço. As montanhas eram sinais arredondados, os rios traços retos mais ou menos espessos, e havia alguns nomes.

– Foi Ido quem fez, juntando todas as informações que conseguiu extrair das cartas de Senar – explicou Lonerin. – Soana ensinou-lhe a receber mensagens de pessoas distantes através da magia. São encantamentos rudimentares que qualquer um pode fazer e que permitem passar para o papel as palavras escritas com um sortilégio por pessoas até muito longínquas. Não é necessário ser um mago, e foi assim que Ido permaneceu em contato com Senar durante todos estes anos. E não é só. Também me mandou estas informações.

Virou o pergaminho. O verso estava cheio de anotações traçadas pela mesma mão que desenhara o mapa. A grafia era miúda e bastante irregular. Havia notas por todos os cantos, sem aparente conexão, escritas nas mais variadas direções.

Dubhe experimentou uma estranha vertigem ao pensar que aquelas anotações haviam sido redigidas pelo próprio Ido. Tivera a oportunidade de vê-lo durante o Conselho das Águas, que deliberara acerca da missão, e também tinha falado por alguns minutos com ele nas muralhas de Laodameia. O gnomo, no entanto, continuava sendo para ela uma espécie de criatura mítica, o mestre de Nihal, o herói que havia lutado contra o Tirano.

Lonerin começou a contar o que tinha acontecido, lendo as anotações e observando o mapa.

– Nihal e Senar passaram os primeiros seis anos explorando esta parte do mundo. Viajaram muito, mas Senar nunca foi preciso na indicação geográfica dos lugares. De qualquer forma, estiveram nesta floresta. Há relatos acerca de estranhos animais, alguma coisa sobre as plantas, mas é tudo bastante vago. Seguiram em frente sem qual-

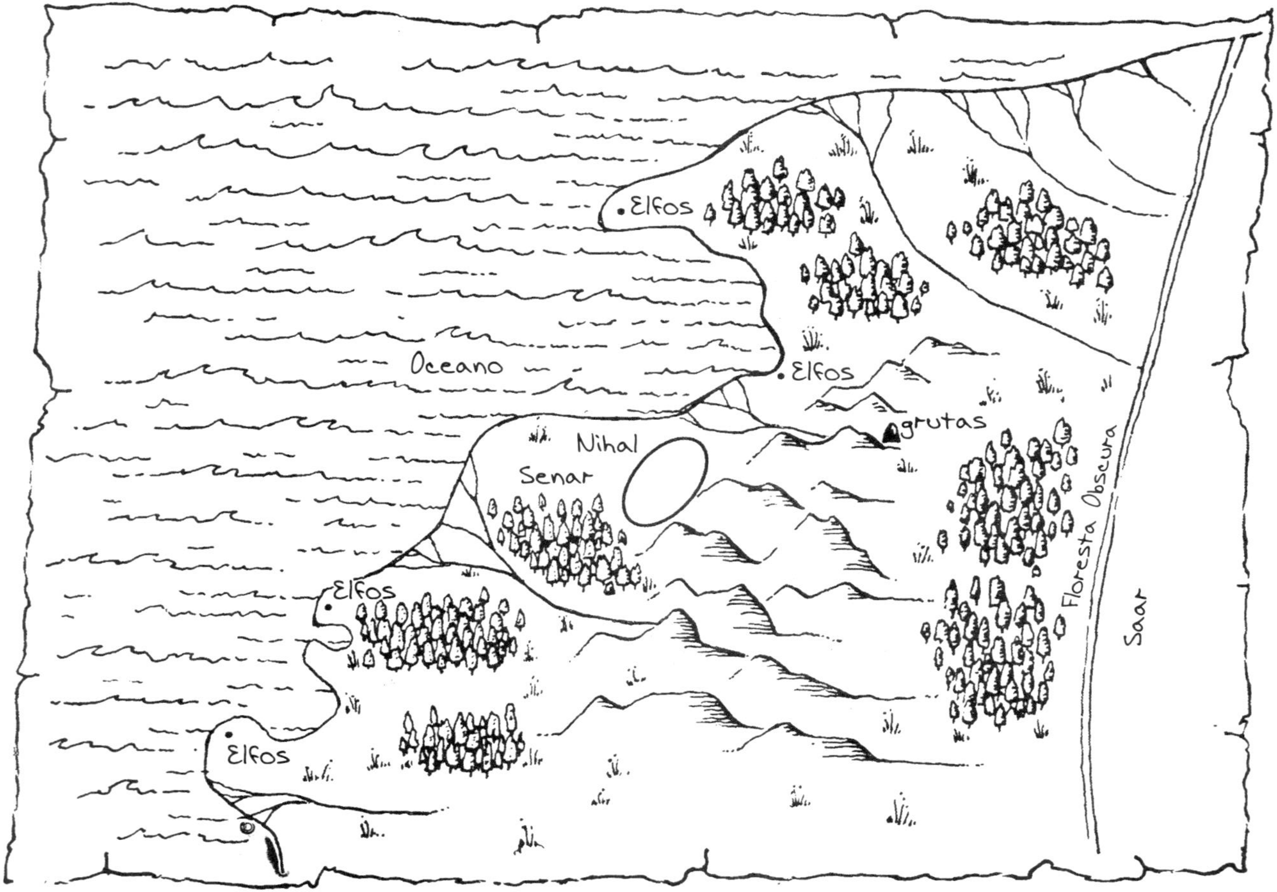
Elfos
Oceano
Elfos
grutas
Nihal
Senar
Floresta Obscura
Saar
Elfos
Elfos

quer itinerário definido até alcançar a costa. – Apontou com o dedo para o mar. – Onde moram os Elfos.
– *Aqueles* Elfos? – indagou Dubhe, surpresa.
Não ouvia falar naquele povo havia um tempo imemorial. Era um nome que sabia a antigas lendas diante da lareira, a contos murmurados entre crianças, a palavras ouvidas da boca do pai, antes de adormecer.
Lonerin concordou.
– Os próprios. Nihal e Senar pararam por lá, mas então houve problemas, Senar nunca falou claramente a respeito deles. Pode ser, até, que alguma carta daquela época tenha sido perdida, Ido contou-me que não é tão bom assim com a magia.
– E a casa de Senar?
– Depois daquelas andanças, Nihal e Senar assentam-se na fronteira do território dos Elfos, mais ou menos por estas bandas.
Dubhe observou com atenção. Quase na costa. Mas não estava claro quão longe dali.
– Quando então Nihal morreu, Senar decidiu cortar qualquer contato com os Elfos. Uma das últimas cartas menciona um lugar nas montanhas.
Virou mais uma vez o mapa e começou a ler:
– *Mudei-me para o sopé da cordilheira. Mesmo assim, o mar não fica muito longe, às vezes consigo até sentir o seu cheiro, como na minha pátria, a Terra do Mar. Tudo em volta, só bosques. Mais adiante, a baía onde o Marhatmat, como é chamado pelos Elfos, deságua no oceano.*
O silêncio tomou conta de Dubhe e Lonerin.
– Só isso – ele disse depois de uns momentos.
Dubhe localizou no mapa o rio em questão.
– Aqui, então.
– Pois é.
– A sudoeste de onde estamos agora. E com as montanhas no meio.
Lonerin ficou calado e Dubhe fez uma careta. Era quase como andar a esmo.
Olhando para ela, o jovem mago sorriu sarcástico.
– Não se deixe levar pelo entusiasmo, por favor!

– É que o mapa me parece um tanto impreciso.
– Eu sei, mas é o que temos.
Dubhe anuiu. De repente sentia quase vergonha daquela falta de confiança com que se preparava para viajar.
Lonerin pegou o mapa e o guardou no saco de viagem.
– É uma missão complicada, não posso negar. Mas é justamente por isso que precisamos acreditar nela e, principalmente, confiar um no outro. Só conseguimos nos sair bem, no rio, porque estávamos juntos.
Havia alguma coisa naquelas palavras que deixava Dubhe pouco à vontade. Não era assim que ela vivera, não era para isso que tinha sido treinada.
– Você acredita, Dubhe? Quer mesmo encontrar Senar? Deseja isto do mesmo jeito que eu desejo?
Ela achou estranho que aquela pergunta, que já fizera a si mesma antes de partir, fosse proposta agora por ele.
– Quero – respondeu, não muito convencida.
– E então vamos descansar. Amanhã cuidaremos da floresta.
Lonerin sorriu, depois deitou-se na margem. Dubhe também se deitou e fechou os olhos.
Atrás deles, o bosque continuava calado.

Na manhã seguinte, hesitaram antes de abandonar a estreita faixa de terra à beira do rio. A floresta estava ali, ameaçadora, com a escuridão esperando por eles, como um ser vivo, de tocaia.
Quem deu o primeiro passo foi Lonerin. Ajeitou o alforje a tiracolo e seguiu em frente. As folhas enormes que tinha afastado para abrir caminho fecharam-se atrás dele na mesma hora, ocultando-o a vista. Dubhe levou instintivamente a mão ao cabo do punhal e o apertou com força. De repente percebeu o que significava ficar sozinha num lugar como aquele, as palavras ditas por Lonerin na véspera adquiriam agora um sentido diferente. Respirou fundo, aí foi atrás. A viagem tinha começado.

Os olhos não demoraram a se acostumarem com a fraca luminosidade. De algum jeito, era como voltar para as úmidas entranhas da Casa, e nenhum dos dois gostou disso. A Casa era um labirinto de corredores cavados na rocha, precariamente iluminados pelas tochas colocadas a intervalos regulares ao longo das paredes. A floresta era igualmente úmida, e as paredes que os apertavam, ameaçadoras, eram formadas por troncos retorcidos e inchados que impediam a passagem. Aquele também era um labirinto escuro.

Para quebrar a monotonia do verde e do marrom que se alternavam, vez por outra apareciam flores que se abriam para eles como bocas abertas. Eram vagamente parecidas com as luminescentes que cresciam na Terra da Noite. Dubhe guardava na memória a imagem delas que se arraigavam na fachada do templo: haviam sido a primeira coisa em que reparara quando lá chegara.

Mas enquanto aquelas eram fluorescentes e pálidas, estas tinham cores até vivas demais. O vermelho feria os olhos, e o amarelo e o azul eram incrivelmente carregados.

Lonerin sacou algo dos bolsos das calças e o segurou na mão fechada. Uma fina agulha.

– Veja isto – disse com um sorriso forçado. Estava preocupado, embora tentasse disfarçar.

Recitou baixinho umas poucas palavras que ecoaram lúgubres entre as árvores. Então abriu o punho.

Uma luz azulada surgiu vivaz, desenhando na mata espessa uma lâmina de luz que se perdia sem desvios numa direção muito clara. Olhando melhor, Dubhe reparou que era a própria agulha a gerá-la.

– O oeste fica para lá – Lonerin disse sorrindo. Explicou que era um feitiço bastante banal, exatamente o mesmo que evocara no barco, só que em escala menor, e que lhes serviria de guia naquele lugar.

Dubhe ficou mais serena ao ouvir aquelas palavras. A luz iria acompanhá-los abrindo caminho. Por um momento tiveram a impressão de não estarem sozinhos.

Nos primeiros dias de marcha, o único barulho em volta deles, a única nota que destoava do silêncio opressivo, foi o zunido dos insetos.

Eram diferentes. Lembravam de alguma forma os do Mundo Emerso, mas tinham ao mesmo tempo alguma coisa estranha que perturbava tanto Lonerin quanto Dubhe. Certa manhã, um coleóptero multicolorido cortou o caminho deles mexendo uma multidão de patas sob o corpo arredondado, enquanto uma grande borboleta com seis asas encantou-os com seu voo ritmado e harmonioso. Numa outra ocasião, um grande verme com um palmo de comprimento passou diante deles arqueando grotescamente o corpo. A certa altura levantou a cabeça e os fitou com seus grandes olhos pretos.

No mais, nem um sopro de vento.

Só uma vez ouviram alguma coisa. Uma espécie de grito longínquo, que soava com as notas graves de um rugido. Chegou muito fraco, quase um eco distante, mas o silêncio era tanto que ambos estremeceram.

Lonerin olhou em volta, frenético, Dubhe apertou o arco no peito. Ficaram imóveis por alguns minutos, mas não ouviram qualquer outro ruído.

– Foi um dragão – sussurrou Lonerin. Ficou imaginando de onde vinha. Haveria dragões por aquelas bandas? Senar nunca tinha falado a respeito...

Dubhe teve um arrepio. Havia alguma coisa ameaçadora naquele grito, e sem querer pensou na Casa e em Rekla.

Dubhe tinha a impressão de estar sendo observada. Desde que a maldição a acometera, jamais se sentia realmente sozinha. No fundo das suas entranhas, a Fera espionava-a continuamente, pronta a aproveitar qualquer momento de fraqueza para dominá-la. Mas quem olhava agora não era a Fera. Era uma sensação mais indistinta, difusa. As folhas, os galhos e as flores tinham olhos. Milhares de olhos fixos nela.

De vez em quando Lonerin desdobrava o mapa. Dava uma olhada e seguia em frente. Um gesto inútil, mas Dubhe percebeu que lhe servia para encontrar renovada segurança. Era admirável. O seu esforço para manter-se firme e decidido era quase heroico. Até ela, que fora treinada para ser fria, tinha dificuldade em manter a calma naquele lugar.

Como se aquela atmosfera perturbadora já não bastasse, muito em breve o calor ficou insuportável. O verão parecia se mostrar, por ali, em toda a sua potência. Lonerin foi forçado a tirar o casaco e a ficar de peito nu enquanto Dubhe só ficou de corpete.

O sol se levantava e se punha acima das suas cabeças, quase sempre escondido pela folhagem, a não ser quando atravessavam alguma clareira. Neste caso, a repentina explosão de luz os ofuscava, e enfrentavam momentos de angústia, incapazes de entender onde estavam e atordoados por aquela mudança súbita.

Era como mover-se num lugar fora do tempo e do espaço, um lugar eternamente igual a si mesmo que os ameaçava, mas que nunca tornava explícito o perigo. Uma condição que acabava com os nervos de qualquer um.

Dubhe resistia melhor àquela provação. Mesmo assim não lhe era fácil manter-se continuamente alerta, e tinha medo, o medo atávico daquilo que se desconhece, mas conseguia dominar-se.

Lonerin, no entanto, ia ficando cada vez mais nervoso. Sacava o mapa sem parar, consultava espasmodicamente a agulha e olhava em volta o tempo todo. Dubhe teria gostado de dizer-lhe alguma coisa, mas não tinha o menor preparo para enfrentar uma situação como aquela. Sempre cuidara apenas de si mesma, e, no passado, havia sido ela a receber o consolo e a proteção do Mestre. Como é que se tranquiliza outra pessoa? Como era possível confortar-se reciprocamente? Lonerin parecia ser capaz disso, mas ela simplesmente ignorava esta arte.

Certa tarde, uma semana após a chegada às Terras Desconhecidas, começaram a ouvir alguma coisa. Quem percebeu primeiro foi ela. A Fera aguçava os seus sentidos, a única vantagem entre as tantas ruindades que a maldição lhe trouxera de presente. No começo achou que era só a sua imaginação.

Então Lonerin parou. Viu-o logo adiante, de cabeça erguida, à escuta. Havia algo... ruídos, murmúrios, embora indistinguíveis.

– Está ouvindo?

Dubhe anuiu.

Logo que as vozes deles quebraram o silêncio, os sons se calaram.

Lorenin continuou aguçando os ouvidos.
– Faz ideia do que podia ser? – perguntou virado para ela.
Tinha a testa molhada de suor, e não somente devido ao calor. Estava pálido.
Dubhe meneou a cabeça.
– Estamos numa floresta, afinal... é normal que haja algum ruído. Anormal mesmo é que não tenhamos ouvido nenhum até agora.
Ele a fitou por alguns instantes, aí decidiu retomar o caminho. De repente o vento começou a soprar entre os galhos e o agitar-se da folhagem pareceu assumir um tom grave, ameaçador. Lonerin, logo à frente de Dubhe, diminuiu a marcha; as copas das árvores davam a impressão de pronunciar palavras.
Então aconteceu de novo. Desta vez os sons não se interromperam e, ao contrário, envolveram-nos. Risadas. Talvez cantorias. Mas eram distantes.
Dubhe enxugou o suor da testa. A Fera, nas suas entranhas, não se mexia, continuava adormecida como de costume. Se houvesse perigo despertaria para agredi-la, iria rugir para sair.
– Há alguém por perto...
– Acredite, Lonerin, está tudo bem. Do contrário, eu saberia.
Ele não estava convencido.
– Prefere que eu vá na frente? – sugeriu Dubhe.
Lonerin sacudiu a cabeça, enfastiado.
– O mapa está comigo, e a agulha direcional também.
Ainda se podia ouvir as vozes, mas eles continuaram andando de qualquer maneira. Era como se de repente a floresta tivesse ficado cheia de gente, como se houvesse alguém com vontade de escarnecê-los, escondido atrás de cada moita. Mas não havia ninguém. Dubhe olhou em todo canto e nada descobriu. Enquanto isto, Lonerin avançava cada vez mais rapidamente.
– Dê-me o punhal.
– Você não sabe usar.
– Não é preciso ser um guerreiro para usar um maldito punhal.
– Acabaria se machucando. Você nos guia, mas eu nos protejo, achei que já tivéssemos definido direito os nossos papéis.
– Há algo no ar.

– Mesmo que houvesse, caberia a mim cuidar do assunto.
Mais murmúrios. Dubhe estremeceu. As sombras das folhas no chão alongavam-se lentamente, não faltava muito para o sol se pôr, e não era aconselhável continuar andando.

– Talvez seja melhor parar – propôs, mas ele seguia em frente com passo decidido. Nem estava ouvindo o que ela dizia.

– Lonerin! – Dubhe berrou, sem sucesso.

Teve de segurá-lo pelo pulso. No aperto, pôde sentir os tendões do rapaz tensos, os músculos percorridos por um leve tremor.

– Sim, claro, isso mesmo – ele disse baixando os olhos, constrangido. – Você está certa.

Enquanto comiam alguma coisa, os murmúrios continuaram. Estavam em toda parte, agora mais próximos. O vento trazia consigo palavras e o sol, cúmplice, escondia-se atrás do horizonte para deixar o lugar à noite.

– Não, não podemos ficar aqui, precisamos ir embora – desabafou a certa altura Lonerin, no fim daquela fugaz refeição. Guardou com raiva os mantimentos dentro do alforje, e Dubhe não achou que valia a pena protestar. Ela cometera um erro, parar não havia sido uma boa ideia, e agora também estava com medo. No escuro, aquelas vozes estranhas pareciam arrepiantes: algumas lembravam um pranto, uma chorosa ladainha; outras eram sutis, insinuantes, assustadoras.

Eles nunca haviam viajado à noite e foram andando bem perto um do outro.

Lonerin cuidou da luz. Guardou a agulha e acendeu um globo luminoso que ficava suspenso logo acima da palma da sua mão. O halo espalhou pelo bosque lúgubres sombras.

– Ali!

Dubhe apontou o dedo para longe e Lonerin virou-se de chofre. Só teve tempo de vislumbrar alguma coisa indistinta se abrigando depressa atrás de uma árvore.

– Um bicho – ela disse ofegante. – Um maldito animal, só isto.

Sacou o punhal, mas a Fera continuava calada.

– Precisamos sair daqui o mais rápido possível – insistiu Lonerin.

Na pálida luz do globo seu rosto parecia ainda mais exangue. Dubhe anuiu.

Movimentaram-se rápidos, os pés que se arrastavam rumorosamente no tapete de folhas secas, as samambaias que estalavam à sua passagem.

Vozes, prantos e risadas, cada vez mais audíveis.

De súbito Lonerin vislumbrou uma sombra evanescente entre as árvores, uma espécie de voluta de fumaça que se mexia entre os troncos.

– Não era um bicho – disse com voz alquebrada.

Acelerou o passo, e Dubhe acompanhou-o rápida, sem fazer perguntas. O coração batia com força no seu peito.

Então houve outra sombra evanescente, e mais outra, e mais outra ainda, até ambos distinguirem com clareza do que se tratava: rostos de mulheres, imortalizados em expressões que pareciam máscaras trágicas. Vinham se aproximando e se enrolavam em volta dos seus corpos, fitando-os com olhos vidrados, sem vida. Eram vultos feitos de ar, parecidos com fantasmas.

Um deles aproximou-se de Dubhe e a trespassou, transmitindo-lhe uma sensação de gelo absoluto. Ela gritou, agitando a esmo o punhal diante de si.

Corria o risco de ferir Lonerin, e ele a segurou pelo braço, puxando-a embora. Começaram a correr como possessos, pela estreita faixa da floresta que o globo iluminava. Os rostos de mulheres perseguiam-nos, não se separavam deles, prendiam-se nas suas pernas.

Lonerin tropeçou, perdeu o equilíbrio e ambos rolaram no chão. O globo apagou-se, e ficaram na mais completa escuridão.

Os murmúrios transformaram-se em gritos agudos, e os lamentos tornaram-se estrídulos e ensurdecedores. A Fera rugiu dentro de Dubhe, e de repente ela reviu diante de si as chacinas que havia sido forçada a fazer – os corpos dilacerados no bosque – a primeira vez que a maldição se tornara patente, e aquilo deixou-a ao mesmo tempo cheia de horror e de excitação. Sua mente vacilava perdida, seu corpo pedia sangue. Alguma coisa, naquele lugar, naquela situação, sabia à morte, e era um sabor que a Fera reconhecia.

Ouviu Lonerin gritar algo indistinto, aí viu um lampejo vermelho, ofuscante. Os murmúrios calaram-se e as presenças sumiram. Então tudo ficou mais uma vez silencioso.

Tateou até encontrar a mão do companheiro, conseguiu segurar seu ombro.

– Desapareceram, mas no Mundo Emerso não há nada parecido.
– Lonerin estava ofegante. – Espantei-os com uma magia de fogo, mas não por muito tempo.

Dubhe sentiu a Fera acalmar-se dentro de si. Tinha sido somente uma patada, mas terrível.

– O que vamos fazer?
– Têm medo do fogo. Precisamos acender uma fogueira.
– Se estivermos sendo seguidos pelo pessoal da Guilda, irão nos encontrar mais facilmente – objetou ela.

Percebeu o hálito de Lonerin perto do rosto.
– Prefere que os espíritos voltem?

Estabeleceram turnos. Ficariam de vigia ao lado da pequena fogueira, pelo menos por aquela noite. Dubhe ofereceu-se a ser a primeira a velar.

– Vou lhe fazer companhia – disse Lonerin, com um sorriso cansado. – De qualquer forma, duvido que consiga dormir.

Ajeitaram-se portanto em volta do fogo, ainda sobressaltados depois do susto.

– Bem, pelo menos teremos alguma coisa para contar quando voltarmos – brincou ele, mas Dubhe não sorriu. – Vai dar tudo certo – acrescentou para tranquilizá-la.

– Como é que você consegue? – ela disse, levantando a cabeça.
– Consigo o quê?
– Como é que pode continuar desta maneira? Quer dizer, com toda essa segurança? Estamos num mundo desconhecido, povoado por não se sabe que tipo de fantasmas, sozinhos, e...
– Porque sei aonde quero chegar.

A voz de Lonerin tinha firmeza, seus olhos verdes brilhavam. Dubhe ficou impressionada.

– Tenho uma missão da qual depende o destino de muitas pessoas, dediquei toda a minha vida a isto. Pensar que talvez não dê certo, que tudo possa fracassar, é uma coisa que nem passa pela minha mente. Além do mais, porque seria inútil.

Dubhe fitou-o por alguns instantes. Era a primeira pessoa que encontrava na vida provida de tamanha determinação para alcançar um objetivo. No seu mundo, até então, só tinha conhecido indivíduos que se deixavam levar pela correnteza. Como ela.

– E você também deveria pensar no que fazer da sua vida depois de encontrar Senar, quando já não houver maldição. Porque é isto que vai acontecer. Mas só se você quiser.

Como? Nada daquilo que já desejei se realizou! Gornar morreu, os meus me abandonaram, e até o Mestre deixou-me sozinha! Tinha vontade de gritar isso ao mundo. Mas se deteve. Pelo menos por algum tempo podia iludir-se e imaginar que as palavras de Lonerin fossem verdadeiras. E a ilusão era doce, ninava-a, e não queria quebrá-la.

Esboçou um sorriso e Lonerin retribuiu com uma estranha expressão de gratidão no olhar.

– Durma, agora, deixe comigo – disse solícito, quase a esconder o próprio cansaço.

– O primeiro turno é o pior, e além do mais estou acostumada com longas vigílias – protestou Dubhe.

– Estou apavorado, está me entendendo? Nunca vou conseguir dormir nestas condições. E de qualquer maneira você me parece estar realmente esgotada. Além do mais, uma daquelas coisas trespassou o seu corpo, não foi? É melhor você dormir.

Dubhe deixou-se convencer. Era verdade, o rugido da Fera deixara-a exausta, mas não queria que Lonerin soubesse, não queria admitir. Nos olhos dele iria aparecer de novo a compaixão dolorosa que ela já conhecia, e, ao contrário, a expressão cheia de segurança que ele tinha no olhar agora era tão boa.

Tirou o punhal da cintura e o entregou ao companheiro.

– Não preciso. Com os espíritos basta a magia.

– Nunca se sabe – ela disse sorrindo.

Avançavam pela mata fechada, abrindo caminho com a ajuda dos punhais. Deixavam atrás de si um rastro de folhas cortadas e galhos quebrados. A luz era fornecida por uma tocha que Filla segurava.

Logo a seguir vinha Rekla. Ela decidira que iriam seguir viagem mesmo à noite, só dormindo umas poucas horas.

– Perdemos o dragão, e eles têm pelo menos três dias de vantagem. Precisamos recuperar.

– Esta terra está cheia de perigos, tenho certeza de que irão morrer mesmo sem a nossa intervenção – observara Kerav.

– Nada disso! – Rekla gritara com raiva. Ela precisa ser morta pelas minhas mãos, eu mesma terei de derramar o sangue da bastarda nas piscinas de Thenaar! E assim será feito.

Parecia um lobo no encalço da presa, incansável.

Naquela noite subiram pela encosta de um pequeno morro para ter uma visão geral do território.

Quando chegaram ao topo, a lua estava alta no céu. Era a primeira vez que a viam desde o começo da viagem, e Filla parou para olhar, quase pasmo.

– Ajude-me a subir – sibilou Rekla, cortante.

Trepou rapidamente numa das árvores, levada por uma espécie de presságio. Quando alcançou os galhos mais altos sorriu. Não pôde deixar de agradecer a Thenaar.

– Cometeu um erro, mocinha, e será o último – murmurou no escuro.

No horizonte, tênue e distante, quase invisível na reverberação da lua, via-se um fio de fumaça.

5
SALAZAR

Quando chegou à Terra do Vento Ido experimentou uma estranha sensação. Durante muito tempo só tinha viajado para lá a fim de encontrar Nihal e Senar. Depois da partida dos dois, para ele aquele lugar havia praticamente sumido do mapa, para voltar a aparecer tragicamente só quando o rei da Terra dos Rochedos, o gnomo Gahar, invadira-o na sua campanha de conquista. Naquele tempo Ido ainda era o Supremo General e foi enviado para lá a fim de lutar com suas tropas. Uma guerra inútil: depois de cinco anos de massacres, o Conselho sancionara o protetorado de Gahar sobre aquelas terras. Um resultado bastante compreensível: descobriu-se, mais tarde, que o gnomo tinha estipulado uma aliança secreta com Dohor.

Naquela altura, Ido quase perdera o gosto pelo combate. A morte dos seus homens parecera-lhe sem sentido, a sua luta havia sido em vão, e então compreendera: o Mundo Emerso, assim como ele o conhecia, estava fadado a desaparecer.

Mas não havia só sangue em suas lembranças. No fim, acabara gostando das imensas estepes da Terra do Vento, dos seus bosques.

As cidades-torres, típicas daquele país, fascinavam-no. Tratava-se de enormes construções que continham uma cidade inteira, com atividades comerciais, moradias, templos e até mesmo um jardim central. Era gostoso, à noite, ficar fora da tenda e olhar o horizonte absolutamente plano, no qual sobressaíam apenas as formas delgadas das altas torres.

Antes de alcançar o seu destino, Ido chegara a pensar que poderia encontrar tudo igual como antes. A estepe, afinal, parecia não ter mudado. Mas ali não havia árvores a serem queimadas, montanhas a serem esburacadas em busca do cristal negro ou dos metais para lanças e espadas. A mão de Dohor, portanto, passara por lá sem fazer muito estrago.

Mas bastou chegar aos arredores de Salazar para o gnomo avaliar quão diferente das suas lembranças era a realidade. A altura da torre havia sido drasticamente reduzida, e ao seu redor se tinha espalhado uma multidão de casebres de pedra vermelha. As cidades-torres, fechadas sobre si mesmas, foram portanto forçadas a uma inevitável decadência.

Não havia muralhas fortificadas, e ele pôde entrar sem maiores problemas.

Superou o círculo externo, igual ao de qualquer outra cidade do Mundo Emerso, e dirigiu-se ao centro, ao que sobrava justamente da construção original. Descobriu que, praticamente, agora só havia lojas por lá. As pessoas moravam nas casas apinhadas em volta da antiga torre, a não ser por uns poucos saudosistas e pelo ancião que governava a cidade, Perka, que morava na parte mais alta. O setor superior da torre fora tapado com um imenso telhado, de forma que já não havia a abertura central que iluminava as hortas e o jardim. Os andares de cima eram ocupados pelo palácio, e o ancião era na verdade um soldado não muito diferente de todos os anciãos daquela terra, gente acostumada a governar as cidades e os territórios limítrofes com mão de ferro, combatendo e matando. Pelo que contavam, no entanto, Perka pelo menos era honesto.

A torre era um espetáculo no mínimo desolador. Parecia que ninguém se dera ao trabalho de tentar ao menos reconstruí-la depois da guerra. Os sobreviventes se haviam meramente instalado nos escombros, só ajeitando-os o mínimo indispensável para torná-los habitáveis.

Colados nos muros, viam-se por toda parte cartazes prometendo prêmios. PERIGOSO TRAIDOR. CRIMINOSO PROCURADO. Ido até viu um com seu rosto, com a promessa de uma recompensa absurda e os dizeres: INIMIGO DA PÁTRIA, TRAIDOR DO REI.

Não tinha a menor ideia do que Tarik decidira fazer. Confuso e no rastro do seu passado, o jovem poderia perfeitamente estar em qualquer outra região do Mundo Emerso. No lugar do rapaz, no entanto, ele teria na certa escolhido morar ali. Tarik devia ter uma espécie de adoração pela mãe: seria bastante compreensível, portanto, que quisesse viver onde ela passara a infância.

Ido instalou-se numa pousada à margem da grande torre. Escolheu-a entre as mais miseráveis e desertas. O que menos queria era visibilidade. O hospedeiro foi discreto, justamente como ele esperava, e por isso mesmo o gnomo não se importou muito com o cobertor cheio de percevejos e o cheiro de mofo do grande aposento que servia de dormitório. Afinal de contas, já tinha ficado em lugares bem piores. E além do mais estava quase sempre fora. Saía para investigar de manhã bem cedo e só voltava à noite, para dormir.

Começou perambulando por mercados e hospedarias e fazendo perguntas bastante vagas. Circulou principalmente pelos bairros malafamados: sabia por experiência própria que ali poderia obter mais facilmente informações e, ao mesmo tempo, passar despercebido.

Durante dois dias as suas andanças não surtiram efeito algum, ninguém sabia dizer qualquer coisa interessante. Salazar sempre fora um lugar de passagem, e agora mais do que nunca. Era um contínuo vaivém de viajantes, mas muito poucos ficavam, e os que o faziam só pensavam em cuidar da própria vida.

No terceiro dia, já entregue ao desânimo, Ido decidiu passar na "Pousada mais antiga de Salazar", pelo menos segundo o que estava escrito na porta.

Entrara decidido a tomar uns bons tragos, mas a cerveja que serviam era de qualidade tão sofrível que depois da terceira caneca decidiu fazer uma tentativa antes de ir embora. Chamou uma das criadas, uma agradável mocinha sorridente, de rosto redondo e olhos vivazes.

– Já viu por aqui um sujeito de cabelos ruivos, olhos violeta e orelhas um tanto estranhas? – perguntou com um sorriso.

A jovem levantou os olhos, tentando lembrar. A expressão que se desenhou no seu rosto tornou-a ainda mais simpática e graciosa.

Se eu tivesse cuidado mais da vida e menos da guerra, poderia ter uma filha como ela, Ido ficou pensando com um suspiro.

– Há um homem... não sei se era ruivo, pois apesar de ser ainda jovem já está grisalho. Mas tem uns lindos olhos violeta.

Ido ficou atento. Só os semielfos tinham olhos violeta.

– Sabe onde mora?
– Na torre. É um dos poucos que ficaram. Ele e a família.
– É casado?
A mocinha anuiu.
– Também tem um filho.
– E poderia dizer-me onde posso encontrá-lo?
Ela sorriu amigavelmente.
– Claro! No quarto andar, sobre a antiga porta. É a única morada ocupada, no terceiro corredor, as outras não passam de ruínas. Eu não teria coragem de morar lá, há fantasmas... Ele é um dos poucos que continuam na torre, e quando se transferiu para cá insistiu muito para ter aquela casa, pelo que o meu pai conta.

Estas últimas palavras convenceram Ido.

"Papai e eu morávamos em cima da porta. Foi por isso que os fâmins nos encontraram tão depressa", contara-lhe certa vez Nihal, falando da tomada de Salazar por parte do Tirano.

Afastou a caneca de cerveja e jogou umas moedas na mesa.
– O troco é seu. Nem imagina como me ajudou.

Sorriu para a jovem e saiu sem demora.

Era ele. Alguma coisa lhe dizia que era ele.

Não aguentou esperar até o dia seguinte, e de qualquer maneira não seria uma boa ideia. A Guilda também estava procurando Tarik, e era, portanto, melhor ser mandado às favas por acordar um desconhecido na calada da noite do que ter uma desagradável surpresa na manhã seguinte. Percorreu rapidamente os corredores de Salazar, a mão que brincava com o cabo da espada, sob a capa.

Nunca tinha visto Tarik. Já o imaginara muitas vezes. Seria de fato ele a pessoa que ia visitar?

Subindo acima do andar das lojas, todas fechadas àquela hora, os corredores ficaram de repente escuros. Só mesmo uma tocha de vez em quando, que iluminava com luz mortiça as paredes de tijolos. Ido procurou aguçar os olhos.

Já tinha passado por lá, lembrava-se disso, apesar de ter sido muitos anos antes. Sempre tivera uma excelente memória, e a idade não a enfraquecera. Não era uma coisa tão rara assim entre os

gnomos, raça resistente seja às feridas dos inimigos, seja aos achaques da velhice.
Movimentou-se à vontade pelos corredores, guiado pelas lembranças.
Então ouviu alguma coisa.
Parou, aguçando os ouvidos.
Um grito de mulher, ao longe!
Desembainhou a espada e começou a correr. A escuridão era agora quase total, a não ser por um rasgo de luar que entrava pelas janelas no fim dos corredores. Mas a luz era fraca demais, principalmente para o único olho que lhe sobrara.
Talvez fosse justamente culpa daquele olho que já não era o de antigamente. Pois só percebeu a presença deles em cima da hora. Dois vultos escuros, um deles que parecia segurar nos braços alguma coisa mais clara.
– Parados!
O primeiro vulto passou por ele sem qualquer hesitação; o outro teve um momento de incerteza. Então um lampejo repentino.
Ido brandiu a espada e, por um triz, conseguiu parar o punhal, que caiu ao chão tilintando nos tijolos.
Nem mesmo tinha chegado a completar o movimento e sentiu uma dor aguda no ombro. Mas isto não o deteve.
Pulou adiante, para a figura negra. Ela o evitou com destreza, mas não o bastante para evitar a lâmina de Ido que roçou no seu flanco.
A sombra mexeu-se com fluidez. Rodopiou sobre si mesma, segurou Ido por trás, agarrou seu pescoço com um braço enquanto o outro, armado, já procurava a garganta. Ido confiou na sua baixa altura. Curvou-se até dobrar-se sobre si mesmo e conseguiu desvencilhar-se. Virou-se de novo dando um golpe lateral com a espada, mas o outro já se afastara. Mais um punhal assoviou no ar, mas ele conseguiu esquivá-lo. Quando ficou novamente ereto, o vulto indistinto havia sido engolido pela escuridão. Desaparecera. Nem dava para ouvir os seus passos.
Apoiou-se na parede, ofegante.
Maldição, já não sirvo para nada, não dá mais para enfrentar situações como estas.

Apalpou o ombro, e um espasmo de dor deixou-o sem fôlego. Uma pequena faca de arremesso. Só o acertara de raspão, mas ficara ali, presa entre a carne e o pano da manga. Apertou os dentes, puxou-a para fora.

Assassinos! Miseráveis Assassinos da Guilda!

Não podia haver dúvidas. Eram eles.

Esqueceu a dor, ignorou a respiração ofegante e recomeçou a correr, tentando reencontrar o rumo no escuro, procurando lembrar o que a mocinha lhe dissera na taberna.

Foi mais fácil do que imaginava. De um dos corredores vinha uma luz quente e aconchegante — a de uma lareira ou de tochas acesas numa casa — que iluminava alguma coisa brilhosa no chão.

Ido aproximou-se mais devagar, com uma horrível sensação a embrulhar-lhe as entranhas. E um cheiro inconfundível nas narinas. Sangue. Uma mancha de sangue no chão.

Avançou devagar para a luz. Uma casa de porta escancarada, uma humilde casa no meio dos escombros, e no limiar um homem que tentava desesperadamente arrastar-se para fora. Fitou o gnomo com olhos absolutamente violeta.

— Socorro — tentou dizer, mas a voz saiu fraca, apenas um sopro. Então foi escorregando para o chão.

Ido chegara tarde demais.

Saíra correndo, em busca de ajuda. Não fora fácil encontrar um sacerdote, e o único que conseguira achar não parecia estar lá nas melhores condições.

Entrou na casa visivelmente abalado, mas afinal Ido tinha de admitir que qualquer um ficaria daquele jeito. Sangue por todos os cantos, os poucos móveis arrebentados e os dois corpos: o de Tarik na entrada, e outro, de mulher, lá dentro, no aposento principal. Quanto à mulher, via-se logo que não havia mais nada a fazer.

Tarik, por sua vez, parecia ter alguma chance de salvar-se, mas o sacerdote manteve uma expressão sombria.

— Procure fazer o impossível — Ido disse entre os dentes.

Ajudou o sacerdote como pôde, mas logo que despiram Tarik ficou patente que iriam precisar de um milagre. Sentiu-se tomar por uma raiva cega e total.

Enquanto o sacerdote trabalhava com ervas e fórmulas variadas, Ido revirava nervosamente o punhal da Guilda nas mãos. Permitira que chegassem primeiro.

Depois de algumas horas de esforços desesperados o sacerdote levantou-se.

– Fiz o impossível, como você pediu, mas receio que não verá o alvorecer de amanhã. Já é um milagre que ainda esteja vivo. Sinto muito.

Ido botou a mão no ombro do homem.

– Eu entendo. Não há motivo para se recriminar.

O velho foi embora prometendo voltar na manhã seguinte, para curar Tarik se ainda estivesse vivo ou para sepultar o cadáver se tivesse morrido. A casa ficou desoladamente vazia.

Ido permaneceu de pé no meio do aposento. Precisava manter a cabeça fria e pensar com lucidez. Por que os homens da Guilda haviam procurado matar Tarik? Não era por ele, afinal, que estavam procurando, para levá-lo embora a fim de ressuscitar Aster? Será que havia mais alguém interessado em opor-se à seita, alguém que não tinha encontrado outros meios a não ser matar Tarik? Não, não era isto, os sujeitos encontrados no corredor eram sem dúvida alguma Assassinos da Guilda.

Tarik mexeu-se no delírio e murmurou alguma coisa. Ido chegou mais perto, mas não conseguiu entender. O homem abriu os olhos, o olhar estava meio apagado, distante, mas por um instante fitou-o. A mesma cor violeta de Nihal. Era como vê-la de novo.

– San... – sussurrou, dirigindo-se agora diretamente a Ido. – O meu filho San... – Tentou dizer mais alguma coisa, mas o esforço era grande demais, o olhar ficou novamente vazio, aí voltou a fechar os olhos.

Ido sentiu um arrepio correr pela espinha. Não pensara nisto, na afobação do momento. Para dizer a verdade, aliás, a coisa nem chegara a passar pela sua cabeça!

Começou a procurar freneticamente nos cômodos da pequena morada, mas já sabia que só podia haver uma resposta à sua pergunta.

E então lembrou-se da mancha clara que vislumbrara nos braços de um dos Assassinos.
A jovem da taberna mencionara um filho, e não havia nenhum garoto ali. A Guilda o pegara. Tinha ficado com San. Por algum motivo, preferiram o filho ao pai.

Ido não sabia se saía imediatamente no encalço dos raptores ou não, mas sentia que não podia abandonar Tarik. O cadáver da mulher jazia no outro quarto, ele agonizava na cama. Não podia deixá-lo morrer sozinho. Ficaria até o alvorecer.

Sentou ao lado da cama e ficou observando a lenta agonia. Havia sempre alguma coisa intolerável, para ele, na morte de um homem jovem. Já tinha visto morrer muitos na Terra do Fogo, mas nunca se acostumara. Podia dizer a si mesmo que nenhum deles morria de verdade, pois os companheiros continuariam a lutar, e que todos tinham perecido em nome de uma causa justa, mas nada conseguia apaziguá-lo. No fim, só podia ficar contemplando aquela luta vã contra a morte, quem sabe segurando a mão deles e murmurando que tudo ia dar certo, que não havia nada a temer.

Com Tarik era a mesma coisa. Mal conseguia respirar e agora, no delírio, junto com o nome do filho também chamava o da mulher. Tálya. Tálya e San...

Parecia-se muito com Senar, talvez mais ainda do que com a mãe. Os cabelos eram grisalhos, mas o rosto continuava sendo o de um rapaz, como dissera a mocinha da taberna. Os mesmos traços volitivos do pai, enquanto as orelhas eram como Nihal as descrevera. Um meio-termo. Nem de homem, nem de semielfo.

Teria gostado de dizer-lhe muitas coisas. Talvez contar-lhe que o pai lhe perdoara, como este escrevera naquela última carta, quase vinte anos antes, ou então dizer-lhe que iria salvar o seu filho ainda que lhe custasse a vida, e não apenas para salvar o Mundo Emerso.

Talvez bastasse mencionar o que Nihal tinha representado para ele. A melhor das alunas, uma das poucas amigas de todas as horas, e sobretudo uma filha.

Ido estava a ponto de falar quando de repente Tarik voltou a abrir os olhos. Achava-se mais consciente do que antes, mas ao

mesmo tempo era como se já não estivesse ali, como se já fosse um fantasma que reaparecia.
Ido segurou sua mão, curvou-se sobre a cama.
– Como está se sentindo? – sussurrou.
Tarik virou-se lentamente para ele, pálido, e repetiu somente uma palavra:
– San?
– Está bem. Não irão lhe fazer nada de mau, tenho certeza disto.
– Deixe-me vê-lo. – A voz era rouca, distante.
– Eles o pegaram, mas eu já vou partir para buscá-lo, não se preocupe.
Silenciosamente as lágrimas começaram a correr pelas faces de Tarik.
– Traga-o de volta para mim... eu lhe peço... traga-o de volta...
– Eu prometo.
Respirava cada vez com mais dificuldade.
– E vingue Tálya. Vingue-a por mim.
Ido anuiu, continuando a segurar sua mão. Já o sabia, então. Devia ter visto tudo.
Por alguns instantes, no silêncio da casa ouviram-se somente os seus estertores.
– Sou Ido, Tarik – disse o gnomo.
Olhos arregalados fixaram-se nele. Um lampejo de espanto reavivou a cor violeta.
– O mestre da minha mãe...
– Ele mesmo.
Por mais cansado que estivesse, Tarik conseguiu sorrir.
– Queria ser como ela... Por algum tempo tentei.
– Não fale, procure descansar.
Pareceu não ouvir, pois continuou:
– Já não aguentava mais ver meu pai parado do outro lado do Saar. Ela morreu por nós, deu tudo de si para o Mundo Emerso.
Interrompeu-se de novo, tossiu violentamente, tentou respirar mais fundo.
– Mas aqui era completamente diferente daquilo que ela descrevera, e eu... eu não sou nem um pouco parecido com a minha mãe.
Fez mais uma pausa.

– Queria ir lutar ao seu lado.
Ido sorriu com amargura.
– Viu de que jeito tudo acabou. Eu não soube vencer. Mas ainda temos tempo, não temos? Pois, afinal, a luta ainda continua.
– Cheguei até a procurar por você, mas aí conheci Tálya...
– Fez a escolha certa – interrompeu-o Ido. – Cada um tem o próprio caminho. O seu era este.
Tarik ficou novamente calado por alguns instantes.
– Foi o meu pai que o mandou para cá? – perguntou afinal.
A sua voz já não passava de um murmúrio inaudível.
– Não. Vim para proteger você e San.
Ido sentiu-se tomar por um acesso de raiva. Uma proteção e tanto!
– Pena. Teria gostado de voltar a vê-lo.
Ido tomou coragem.
– Escreveu para mim, durante estes anos todos. Só parou quando você partiu. Na última carta insistiu para que não o procurasse, mas, se algum dia porventura o encontrasse, pedia para dizer-lhe que tinha entendido.
Tarik permaneceu em silêncio. Ido aproximou o próprio rosto ao dele.
– Está ouvindo, Tarik? Ele compreendeu, e quer o seu perdão. E também tenho certeza de que você o compreendeu.
Tarik sorriu e apertou com mais força sua mão. Nada mais disse até o alvorecer. A sua respiração tornou-se cada vez mais débil, seu rosto cada vez mais pálido. O sorriso, no entanto, permaneceu em seus lábios.
O sol ainda não raiara quando ele morreu.
Mais um adeus, mais um morto. Desta vez nem tinham chegado a se conhecer. Ido sentiu-se oprimido, vencido pelo peso de todos os momentos como aquele que vivera até então. Mas tinha alguma coisa a fazer, por si, por Tarik, por Nihal e todos os demais. Muitos anos antes, escolhera continuar a luta apesar do desânimo, e não desistiria agora, depois de todo aquele sangue e sofrimento.

6
CHUVA

Depois da aparição dos espíritos no bosque, a viagem prosseguiu mais tranquila. As estranhas presenças também apareceram ao entardecer daquele dia, e à noite Dubhe e Lonerin voltaram a estabelecer turnos de vigia. Na manhã seguinte, no entanto, os espíritos sumiram de vez. Em seu lugar, porém, reapareceram os sons. O vento agitava as ramagens e as samambaias farfalhavam, movidas por animais invisíveis. Depois o piar tímido de algum pássaro e, finalmente, cantos desconhecidos, chamados que ecoavam ao longe. O silêncio já não era total. O bosque já não estava à espera. Mas nem por isso era menos perturbador. A penumbra era constante, e tanto Dubhe quanto Lonerin continuavam a sentir-se observados.

– É como se a floresta estivesse nos vigiando... Rechaçou-nos logo que entramos e nos perseguiu com os seus espíritos, mas passamos no teste. Agora deve estar nos estudando, e o mato está cheio de presenças que repassam as informações – comentou Lonerin.

– Você é poético – Dubhe disse com um sorriso.

Ele corou.

– A magia é o estudo da natureza, dos seus habitantes e das suas leis. Talvez seja por isto que a vejo de uma forma "poética", como você diz.

Dubhe achou que gostaria de poder compartilhar aquela visão das coisas. O seu era um mundo concreto demais, no qual só importava sobreviver e onde a vida era mero comer, beber e respirar.

Lonerin, entretanto, mostrava-lhe que havia mais, além daquilo, muito mais. Alguma coisa da qual, de qualquer maneira, ela se sentia excluída.

Certa manhã, ao alvorecer, Lonerin acordou e reparou que Dubhe não estava. Ficou imediatamente preocupado. Não era aconselhável afastar-se nas condições em que se encontravam, e além do mais estava na hora de ela tomar uma dose da poção.

Chamou-a e, quando não obteve resposta, começou a procurar por ela nas redondezas.

Adentrou o bosque, e só depois de um bom tempo conseguiu achá-la, completamente entregue aos seus exercícios e pensamentos. Vislumbrou-a entre os troncos das árvores, negra, exatamente como a vira pela primeira vez. Mexia-se com elegância e rapidez; segurava na mão alguma coisa reluzente que desenhava arcos no ar limpo da manhã.

Lonerin nunca vira um Assassino em ação. Sabia que Dubhe já tinha matado para a Guilda, e que também já o fizera antes, mas a plena consciência da sua força, da sua condição de sicário era algo totalmente diferente.

Havia algo fascinante nos seus movimentos felinos, na maneira com que mantinha os olhos fechados e fazia dançar o punhal. Era um aspecto da morte que Lonerin não conhecia. Nada tinha a ver com a dos corpos que vira ainda menino, na vala comum onde a Guilda jogara a mãe após sacrificá-la a Thenaar. Era uma morte fascinante, atraente.

Ficou olhando sem incomodá-la.

É assim que um Vitorioso se movimenta, pensou quase sem querer. *Era assim que se mexia aquele que matou a minha mãe.*

Uma lufada de ódio explodiu na sua alma, trazendo consigo as aflitivas lembranças de um passado secreto. O rancor pela Guilda que lhe havia matado a mãe continuava sendo uma constante inelutável da sua vida, alguma coisa contra a qual lutava o tempo todo. Foi por isso que se dedicara à magia. Tinha uma missão pessoal a cumprir.

Pensou que Dubhe havia sido forçada a entrar na Guilda, mas que mesmo assim continuava sendo um deles. Esta ideia deixou-o bastante incomodado. Sentia-se perturbado, confuso, e se apressou a chamá-la fingindo chegar naquele momento.

– Fiquei preocupado, não sabia onde você estava.

Dubhe mostrou-se surpresa.

– De vez em quando preciso treinar, é bom para manter a forma. É um velho hábito – disse, e arremessou o punhal contra uma árvore não muito longe dele. – Não pensei que você fosse acordar tão cedo.

Em seguida foi arrancar o punhal do tronco. Sua mão tremia levemente.

Efeito da maldição, Lonerin imaginou imediatamente.

– Esse aí não é um treinamento de ladrão. Ainda continua se exercitando como assassina?

Por um momento ela ficou sem palavras.

– Já lhe disse, isto me acalma. Foi o que o meu Mestre me ensinou.

– Pois é, e ele era da Guilda, certo?

Dubhe anuiu. Lonerin teria gostado de acrescentar alguma coisa, mas calou-se. Ficaram olhando um para o outro por uns breves, estranhos momentos.

Depois voltaram juntos para o local onde haviam dormido, para comer alguma coisa e juntar a bagagem antes de partir.

– Odeia a Guilda e mesmo assim continua treinando como eles...

Lonerin arrependeu-se de pronto daquelas palavras, mas estava irritado, sem saber por quê.

Dubhe disfarçou, fez de conta que não era com ela. Sentou-se no chão tomando um gole do cantil. Então fitou-o levantando a cabeça.

– É o treinamento do meu Mestre.

– Um Vitorioso.

– Já não pertencia à Guilda.

– Mas continuava sendo um Vitorioso. Mais ou menos como você.

Desta vez Dubhe ficou gelada, de braço estendido no ar enquanto ia pegar um pedaço de pão entre os mantimentos. Quando Lonerin viu que a mão dela tremia ficou quase satisfeito.

Finalmente consegui feri-la, tocá-la.

Mas aí ficou inseguro.

– Desculpe – disse de repente. – Estou... confuso. Fiquei irritado porque você não estava, quando acordei, e de qualquer maneira este lugar me dá arrepios, não consigo esquecer os espíritos da outra noite.

– Eu não sou uma Vitoriosa.

– Não, claro que não – ele respondeu baixando os olhos. Dubhe aproximou-se, o rosto quase colado no dele.

– Nunca fui e nunca serei uma Vitoriosa. Quando fugi da Casa, e fechei a porta atrás de mim, tomei uma decisão definitiva.

Diante da intensidade daquele olhar, Lonerin sentiu a cólera desaparecer.

De repente não sabia como tratá-la. Até então havia sido fácil: era a sua companheira de viagem, animavam-se reciprocamente, mas agora... Agora acabava de descobrir que era justamente a sua parte de assassina que o perturbava, porque a tornava vítima e algoz, e aquilo o atraía e repelia ao mesmo tempo.

– Desculpe – disse com sinceridade. – Compreendo a sua situação. Acontece que, assim, de repente, vi você numa luz diferente, e me pareceu alguma coisa que na verdade não é, lembrou-me os Assassinos com os quais entrei em contato na Guilda, e eu odeio a Guilda, entende? É uma das coisas deste mundo que gostaria de destruir com as minhas próprias mãos.

Dubhe baixou a cabeça.

– Talvez não estivesse tão errado assim. Afinal sou uma Criança da Morte.

A voz era amarga. O seu olhar triste e desesperado trespassou o mago como uma lâmina gelada. Quem estava constrangido, agora, era ele.

– Bobas superstições – rebateu decidido.

– Pois é – disse Dubhe, com um sorriso fingido. – Mas agora há pouco você viu uma assassina, não viu?

– Não faz diferença!

– Faz para mim – ela replicou com veemência.

– As pessoas como você, como eu, as pessoas normais, só podem ser vítimas da Guilda, nunca cúmplices. Sei disso muito bem – acrescentou Lonerin. Fitou-a fixamente por alguns instantes, aí desviou o olhar antes que ela pudesse ler nos seus olhos o trágico passado que o marcara.

Havia mais verdades, as quais ele não conseguia confessar.

Retomaram o caminho, interrompendo bruscamente a conversa. As samambaias davam a impressão de chiar, de se queixarem à sua passagem. E o bosque parecia continuar a observá-los.
Aí ouviram um estalido. Ficaram imediatamente atentos. Pararam. Dubhe levou a mão ao arco.
Um silêncio grávido e pesado voltou a tomar conta de tudo. Os raios de sol formavam manchas de luz entre a mata fechada.
O grito de uma ave acima das suas cabeças fê-los estremecer. Depois uma sombra de cor indefinida, um só golpe, rápido e preciso.
Um animal!
Uma fisgada violenta no abdômen, Dubhe caiu ao chão. O arco voou longe.
Ouviu um som absurdo, quase o choro de uma criança, e Lonerin que gritava de forma confusa.
Apoiou-se nos cotovelos, segurando com firmeza o punhal. Nunca o largava, era a primeira coisa que o Mestre lhe ensinara.
Rolou sobre si mesma, sem se importar com a dor, e ficou de joelhos. Tinha calculado certo, pois estava agora ao lado do animal. Ficou um momento sem saber direito o que fazer. A criatura era muito estranha. O corpo lembrava vagamente o de um bode bem grande, mas as patas eram sem dúvida alguma de um felino, providas de garras afiadas. Os olhos eram caprinos, com a mesma pupila líquida e horizontal, mas os dentes eram grandes e largos, desproporcionais para aquela boca tão estreita. Virados para o focinho, dois chifres ameaçavam de perto Lonerin.
Dubhe imaginou que deviam ter sido justamente aquelas armas a acertá-la no estômago.
Antes mesmo que ela esboçasse uma reação, o animal partiu ao ataque baixando e agitando raivosamente a cabeça.
A cena à qual Dubhe estava assistindo era bastante absurda, irreal demais para ser verdade.
Então Lonerin gritou. Tinha recebido uma chifrada.
– Dubhe, maldição!
Ela se recobrou. Segurou com força o cabo do punhal, deu um pulo. Não demorou para voltar a ser ela mesma, a assassina, a caça-

dora. A Fera, ainda longínqua, incutia-lhe energia a cada movimento.
Tentou surpreender o animal por trás, mas ele virou-se de estalo, com uma agilidade que ela não podia imaginar.
Assumiu uma posição defensiva e evitou o contra-ataque, mas um dos chifres roçou mesmo assim no seu tornozelo, desenhando na pele um corte vermelho.
Ensaiou algumas estocadas, mas nenhuma delas surtiu o efeito desejado. O bicho partiu então para um novo ataque, agitando desta vez as patas anteriores contra ela, com as garras que reluziam na penumbra. Dubhe não sabia o que fazer. Os chifres e as patas moviam-se sem qualquer coordenação, os ataques eram absolutamente imprevisíveis.
Saltitando de um lado para outro conseguiu evitar alguns deles, mas acabou tropeçando numa raiz. Caiu, apoiando-se nas palmas das mãos, e viu a criatura avançar, as garras desembainhadas como sabres. Naquele instante fixou os olhos na cabeça caprina, e a doida contraposição entre as garras mortais e a cara bonachona suscitou nela um terror incontrolável. Fechou instintivamente os olhos.
A voz de Lonerin, que gritava uma única palavra, levou-a a abri-los de novo.
A criatura estava diante dela, imóvel, a pata direita parada no ar. Os chifres detidos bem no meio da corrida. Dubhe só levou um instante para pensar naquela espécie de milagre, então o seu instinto assumiu o controle. O corpo agiu, a lâmina penetrou fundo no peito do animal. Sem nem mesmo dar um pio, o bicho tombou ao chão, morto.
Atrás dele, Dubhe viu Lonerin de braço esticado diante de si, ofegante.
– Um truquezinho que até uma criança sabe fazer: *lithos*, é assim que se chama, paralisa o inimigo.
Dubhe procurou levantar-se, esbaforida. Não era um milagre, então. Havia sido ele.
Recuperou o arco e olhou para o animal. Estava de olhos abertos e continuava a fitá-la com alguma hostilidade.
– Por que diabo nos atacou? – murmurou.
Lonerin deu de ombros.

– Mais uma prova de que este lugar não faz sentido. Não há regras, percebe?
Levantou o dedo convidando-a a escutar. O bosque se calara.
– Ficaram nos observando o tempo todo. Estão nos estudando, Dubhe, justamente como eu disse.
Estendeu a mão, indicando a perna.
– Tudo bem com você?
Dubhe deu uma olhada rápida no tornozelo. Era apenas um arranhão, e o golpe no abdômen também não passava de uma pancada. Anuiu e segurou a mão de Lonerin para levantar-se.
– E você?
– Você funcionou na hora certa, conseguiu evitar que eu me machucasse.
Sorriu jocoso. E Dubhe também acabou rindo, só para desanuviar o ambiente.
– Bom, pelo menos não vamos passar fome. Era justamente do que precisávamos para renovar as nossas reservas de mantimentos – acrescentou Lonerin.
Começaram então a cortar em pedaços o animal.
Então, a certa altura, Lonerin sorriu de novo.
– Cabracórnio, o que acha?
Dubhe não entendeu.
– Como?
– O nome desta nova espécie.
– Hipocabra? – ela propôs timidamente.
– Também poderia ser, mas os chifres são a coisa mais importante. E também não podemos esquecer as garras.
– Hipocabracórnio felino.
Lonerin deu uma sonora gargalhada enquanto Dubhe limitou-se a mais um breve sorriso, sem dar a impressão de participar realmente da brincadeira. Parecia muito mais interessada em recortar a carne.
– Tem jeito para isto – ele observou.
Dubhe não tirou os olhos do que estava fazendo.
– Mais um dos inúmeros ensinamentos do meu Mestre.
Lonerin não fez comentários. Então, de supetão, acrescentou:
– Foi muito importante para você, não foi?

Por um momento deu para perceber a tensão de Dubhe.
– Salvou a minha vida. Eu estava andando sem destino, depois que fui banida do meu vilarejo devido à morte do meu amigo de infância. Durante uma dessas andanças acabei chegando a uma aldeia por onde haviam passado os soldados. Um deles estava a ponto de machucar-me. O Mestre matou-o e me salvou.

A costumeira sombra voltou a obscurecer seus olhos, a sombra que só raramente sumia.

Algum dia tirarei este véu para sempre. O próprio Lonerin ficou surpreso ao pensar isto.

– Passei sete anos vivendo com ele, e durante este tempo ele foi tudo para mim. No começo, não me queria por perto, receava que eu fosse um estorvo. Por isso, sugeri tornar-me sua discípula. Se tinha de me ensinar, não podia mandar-me embora. Começou a adestrar-me com alguma relutância. Não me ensinou somente a matar: explicou-me a vida, eu lhe devo tudo. A certa altura ele mesmo disse que eu nunca mais deveria matar.

Lonerin ouvia realmente interessado, mas reparou que ela se mostrava distante, quase alheia àquilo que estava contando.

– Você me disse que o matou.

Dubhe não reagiu. Havia momentos em que não escondia coisa alguma.

– A Guilda procura por mim desde sempre. Dois anos atrás encontrou-me, e o Mestre matou o homem que estava no meu encalço. Fez aquilo por mim. – Engoliu, depois prosseguiu: – Ficou ferido. Fugimos.

Ela hesitou. De repente, as palavras se haviam tornado pesadas como pedregulhos

– Eu cuidava dele. Conheço bem as ervas. Certo dia ele botou veneno na pomada curativa.

Lonerin sentiu-se tomar por uma imensa tristeza.

– Dubhe, eu não...

– Deixou uma mensagem na qual dizia que estava cansado de viver e que fazia aquilo para salvar-me – ela continuou, sem prestar atenção nele. – Queria instilar em mim o horror do homicídio e afastar-me da Guilda. Na verdade, a culpa é minha, se ele morreu. Coloquei a compressa na ferida. Quem o matou fui eu.

Num impulso repentino, Lonerin abraçou-a, segurando o rosto dela contra o peito. Ela permaneceu inerte, quase abandonada e inconsciente daquele gesto.

– Não fale – ciciou em seus ouvidos.

Sentia que podia entendê-la. A piedosa solidariedade que experimentara quando estavam no deserto e o surdo rancor de ambos pela Guilda pareciam uni-los, mas ao mesmo tempo aquela repentina aproximação física deixava-o inteiramente perdido.

Dubhe foi a primeira a afastar-se.

Manteve-se cabisbaixa, entregue ao seu trabalho de açougueiro.

Lonerin recobrou o pleno controle de si.

– Sinto muito... muito mesmo.

Dubhe ficou novamente distante e, com movimentos rápidos e precisos, continuou a cortar em pedaços o animal.

– É a vida. A história da minha vida.

O trovão tirou os dois daquele momento de intimidade. Levantando as cabeças perceberam que o céu se tornara subitamente escuro. Entre as copas das árvores vislumbraram grandes nuvens cinzentas carregadas de chuva.

– O tempo está mudando – observou Lonerin. – Se não encontrarmos um abrigo, toda esta carne acabará se estragando.

Juntaram tudo e saíram o mais depressa possível à cata de um refúgio.

Mais uns clarões, em seguida a chuva começou a cair e os dois se apressaram, correndo na trovoada.

Acabaram encontrando uma espécie de gruta, talvez a toca de algum outro animal bizarro. O primeiro a inspecionar foi Lonerin, encharcado da cabeça aos pés.

A luz do seu feitiço iluminou as paredes de pedra, entremeadas de raízes nodosas que desciam penetrando no solo. Obviamente, acima da toca devia haver alguma grande árvore.

– O caminho está livre – disse. E entraram.

Acenderam uma fogueira mágica e comeram um pedaço de carne. Não era nem um pouco ruim, e ambos estavam com fome.

Lá fora, a luz parecia ter desaparecido. O pé-d'água formara uma cortina enevoada que cobria tudo em volta, e só dava para ver as folhas mais próximas. Logo adiante, um véu impenetrável de sombras cinzentas.

Mesmo assim, havia mais calma no ar. Talvez fosse somente o fato de estarem ali, sozinhos, naquele lugar aconchegante, comendo e descansando, ou talvez fosse o fato de a floresta, com suas estranhezas, estar relegada lá fora. Qualquer que fosse o motivo, Dubhe sentiu a tensão esvair-se, deu-se até ao luxo de rir vendo Lonerin que falava de boca cheia, cuspindo pedaços de carne, e chegou a esquecer o recente momento de inesperada intimidade, aquele abraço impetuoso que a espantara e acalentara ao mesmo tempo.

A chuvarada continuou durante a tarde inteira. Dubhe e Lonerin ficaram diante do fogo, tentando secar as roupas. O jovem mago aproveitou para dar mais uma olhada no mapa de Ido. Já viajavam havia mais de dez dias e, apesar dos pesares, estavam se mexendo razoavelmente depressa rumo ao local onde era presumível que se encontrasse a casa de Senar.

Dubhe ficou olhando enquanto ele desenhava sinais com o lápis e lia as anotações do gnomo no verso do pergaminho. Lembrava-lhe o Mestre. O cuidado com que amolava as armas, a concentração com que se dedicava ao próprio trabalho. Percebeu o ranger do papel embaixo do casaco onde, encostada na pele, guardava a carta que o Mestre lhe escrevera antes de deixar-se matar. Receou que a água a tivesse de alguma forma estragado e teve vontade de tirá-la de lá.

Conteve-se. Tinha vergonha de fazer aquilo diante de Lonerin: teria de explicar, e já tinha contado demais.

Afinal, chegou a noite. O barulho da chuva tornou-se mais intenso.

– Seja como for, amanhã teremos de retomar a viagem – observou Dubhe, de olhos abertos para a escuridão fora da gruta.

– Não vai ser fácil, numa tempestade destas.

– É bom não ficarmos parados mais que o estritamente necessário. Tenho certeza de que os Assassinos estão no nosso encalço.

– Percebeu a presença deles?

Ela meneou a cabeça.

– Não é preciso. Eu já disse, acredite em mim. Estão atrás de nós.

Desta vez Lonerin não fez objeções.

– Terão de enfrentar os nossos mesmos obstáculos. Acho que, com um pouco de sorte, poderemos evitá-los.

Dubhe bem que gostaria de ser tão otimista assim. Em vez disso, olhou para a marca do selo no braço, o sinal do seu vínculo com a Guilda, que pulsava de leve.

– Que tal? A minha poção está funcionando melhor que a de Rekla?

Ela cobriu instintivamente o símbolo com a mão. Não gostava que lhe perguntassem alguma coisa a respeito.

– Sim, não tenho dúvidas. Muito melhor.

– Posso dar uma olhada?

Lonerin já estava a ponto de se levantar, mas Dubhe o deteve.

– Estou bem. Só olhei pela força do hábito.

– Deixe que eu decida.

Descobriu o braço dela e observou atentamente o símbolo. Dubhe detestava sentir-se invadida. Desde o momento em que a Fera passara a morar dentro dela, era sempre assim. A certa altura chegava um mago ou um sacerdote, e seu corpo deixava de pertencer-lhe, tornava-se uma espécie de livro em que cada um lia palavras diferentes.

– Parece estar tudo certo, mas talvez você prefira tomar mais um gole, se estiver sentindo alguma coisa.

Dubhe desvencilhou-se, meio bruta.

– Não sobram muitos frascos de poção, e eu já disse que estou bem.

– Só queria ajudar.

Embora ele se mostrasse sentido, Dubhe não conseguia aceitar a sua compaixão.

– Entenda bem, você me pediu para acreditar nesta missão, e farei isso. Mas agora quem lhe pede um favor sou eu: esqueça esse seu olhar condoído que joga na minha cara toda vez que fala na minha condição. Não preciso dele.

Tinha uma expressão dura, talvez dura demais.

– Não é compaixão. Só quero que saiba que pode contar comigo.

– Faça o que lhe peço. Só isto.
Não aguentava que alguém lhe jogasse na cara daquele jeito a sua fraqueza, logo ela que tanto sofrera para finalmente tornar-se forte, insensível e rija.
– Não há nada de mais em sermos fracos, de vez em quando, e não há nada de errado em confiar em alguém.
Para Dubhe aquilo foi como sal numa ferida aberta. Seria então disso que ela tinha medo? De confiar mais uma vez em alguém, depois de tanto tempo?
Sem responder, apoiou o rosto nos braços cruzados e ficou de olhos fixos na fogueira. Para ela, o assunto estava encerrado.
– O seu orgulho não me fará desistir de ajudá-la – afirmou Lonerin.

A aldeia, Selva. A mãe e o pai. Mathon, o garoto de que tanto gostava. Todos muito longe, tão longe que ela nem consegue ouvir as suas vozes. Gornar também está lá, o companheiro de brincadeiras.
Dubhe observa-os enquanto vivem sem ela, como se nunca tivesse nascido. O Mestre está com eles, parece estar plenamente à vontade. Não deveria estar ali. Ele nunca esteve em Selva, pertencia a uma vida diferente.
Está falando com a mãe, ri com ela.
Quantas vezes viu o Mestre rir? Quase nunca.
Mas é o que ele faz agora, e a sua expressão é feliz. Está cortejando a mãe, pode-se ver. Aquilo deixa-a furiosa, gostaria de meter-se no meio, de separá-los, completamente vencida pelo ciúme. Mas não consegue. Seus membros são pesados, como se fossem de mármore, e mesmo se esforçando ao máximo não consegue mexer um músculo sequer. Então fica parada, assistindo à cena. O Mestre nina nos braços o menino que nasceu depois da morte do pai, quando ela já tinha sido banida da aldeia, depois que a mãe reconstituiu uma família com outro homem, em Makrat. O Mestre a beija no rosto, rindo, malicioso, e Dubhe sente mil facas cortando seu corpo.
Tenta gritar, mas não consegue emitir som algum.
Lonerin aproxima-se do Mestre, fala com ele. Suas mãos são luminosas, como que envolvidas pela magia.

Há algo errado em tudo aquilo, naquela reunião disparatada de pessoas mortas e vivas que nada têm a ver umas com as outras, e Dubhe gostaria de destruir com apenas a sua presença a irrealidade das coisas.

De repente, uma gigantesca sombra negra aparece em cima deles, ameaçadora. A Fera. Dubhe sabe que é ela, e irá matar a todos, engolindo-os para sempre na escuridão. Nada sobrará deles, nem mesmo a lembrança. O medo a domina, fazendo-a estremecer. Ninguém se deu conta do perigo, tudo depende dela. Só ela pode interromper aquele pesadelo e livrá-los da morte.

Tenta mais uma vez mover as pernas, mas está acorrentada. Procura gritar, mas a garganta está muda e vazia. Sente as lágrimas que lhe enchem os olhos, mas não tem olhos com que chorar.

Não existe corpo, somente a sua alma, indistinta e impalpável, que erra sem rumo, não se sabe onde. O terror toma conta dela. Só há uma voz longínqua gritando alguma coisa.

– Dubhe! Dubhe!

Lonerin sacudia Dubhe com força, tentando acordá-la, mas não havia jeito.

Tudo acontecera de repente.

Ela tinha se deitado para dormir enquanto ele ficara acordado, perdido em seus pensamentos. As palavras dela haviam sido duras, mas também levaram-no a pensar. Era então compaixão o que de uns dias para cá ele sentia em suas entranhas? Era realmente compaixão o desejo ardente que ele sentia de salvá-la?

Enquanto observava a fogueira, brincava com a sacolinha de veludo que continha os cabelos de Theana. Era uma companheira sua de estudos mágicos, aluna como ele do Conselheiro Folwar. Antes de partir para a missão junto da Guilda, beijara-a e tinha chegado a pensar que entre eles houvesse alguma coisa. Fora então que ela lhe dera aquela melena.

Mas depois aparecera Dubhe e tudo mudara. Agora Theana não passava de uma lembrança distante.

Virara a cabeça para a jovem e olhara para ela enquanto dormia. Não precisou levar muito tempo para perceber que havia algo errado. Dubhe não respirava normalmente, o ritmo era irregular, alquebrado, estremecido.

Levantara-se com um pulo para acudi-la e fora imediatamente envolvido por um perfume estranho, inebriante, que o invadira com um repentino entorpecimento. Os olhos não conseguiam enfocar as coisas e ele custava a mantê-los abertos.

Afastara-se então de Dubhe, levando ao mesmo tempo as mãos à boca. Havia em volta dela um leve aroma de violeta, que parecia exalar das raízes sobre as quais se deitara para dormir.

Não era um perito em botânica, mas percebera logo que a causa do estranho odor devia ser justamente aquelas raízes.

Arrancara então uma tira do casaco e a usou para tapar a boca enquanto sentia os músculos ficarem cada vez mais entorpecidos.

Sem dúvida alguma a árvore devia segregar algum tipo de substância venenosa, e Dubhe fora afetada.

Puxara-a pelas pernas, sem tocar nas raízes. Seus cabelos estavam molhados por uma estranha resina, e Lonerin fizera o possível para não roçar nela nem mesmo com a roupa.

Arrastara-a para fora, sob a chuva ainda violenta, e agora procurava algum jeito de acordá-la.

– Duhbe! Dubhe!

Não recebeu resposta alguma. Tentou de novo, desta vez esbofeteando-a, mas sem sucesso. Seu coração batia como louco. E agora?

Voltou a sacudi-la no maior desespero, mas o seu único consolo foi reparar que a sua respiração ficara mais estável. O peito subia e descia de forma imperceptível mas regular. Não era suficiente, e além do mais ela continuava inconsciente.

Procurou avaliar todos os encantamentos de que se lembrava, mas quase nada sabia das plantas, e amaldiçoou a si mesmo por aquela grave falha dos seus conhecimentos. Esforçou-se, de qualquer maneira, para manter a calma.

Então foi que ouviu uma voz, e logo virou-se para o emaranhado da mata cerrada.

Lonerin ficou alguns momentos em silêncio: talvez o pânico o tivesse levado a imaginar coisas.
A floresta era um bumbo no qual a chuva batia com violência. Como distinguir alguma coisa naquela balbúrdia? Mas então teve certeza. Ouviu chegar da mata o ruído de passos e de galhos quebrados.
Maldição!
Levantou-se, segurou Dubhe pelos braços e, com algum esforço, carregou-a nas costas. A lama tornava o chão escorregadio e a chuva o cegava. Só havia escuridão, nada mais.
Dirigiu-se para as poucas moitas que ainda conseguia vislumbrar naquele breu: mal conseguia distinguir o que parecia ser um canavial. Mergulhou dentro dele, escondendo-se junto com Dubhe.
Ajoelhou-se e aguardou. Esperou de todo o coração ter-se enganado, ter tido uma alucinação. Provavelmente não havia ninguém, mas ainda assim era melhor ficar prevenido.
Enquanto a água molhava-o até os ossos, tinha a impressão de que o coração iria estourar no seu peito.
Por um bom tempo só ouviu o ressoar insistente da chuva e o ribombo de alguns trovões ao longe. Então eles chegaram.
Através dos caniços, Lonerin divisou três pares de botas pretas reluzentes que afundavam na lama. E ao mesmo tempo o incerto brilhar de punhais que refletiam a pouca luz que filtrava na floresta. Usavam longas capas encharcadas, e na mesma hora ele soube quem eram.
Lá estavam, os Vitoriosos, os Assassinos. Afinal a Guilda os encontrara!

– Passaram por aqui – disse Rekla.
Lonerin apertou o queixo.
Rekla curvou-se para entrar na gruta, e o mesmo fizeram os outros dois, um de cada vez, em silêncio.
Quanto tempo iriam ficar lá dentro? E o que fariam quando saíssem? Dubhe não se mexia, e ele não seria capaz de enfrentá-los.
Agiu por mero reflexo, sem pensar. Pulou de pé, chispou fora do canavial e gritou o feitiço. Foi como se a terra fosse sugada para

a entrada da gruta. Só levou uns poucos segundos para obstruí-la e escondê-la por completo. Lonerin só teve tempo de ver o rosto de Rekla que se virava raivosamente para ele e o incinerava com um olhar cheio de ódio. Então as suas palavras e seus olhos sumiram sob a camada de pedras e lama.

O som da chuva voltou a encher o espaço em volta. Lonerin não conseguia respirar. Certamente o interior da caverna ainda devia estar repleto de gás, e de qualquer forma, se eles se apoiassem nas raízes, haveria mais ainda. Mas não levariam muito tempo para encontrar uma solução.

Virou-se para Dubhe, ainda deitada no chão.

Precisavam fugir, imediatamente.

7
NA SOMBRA DE FOLHAS DE PRATA

Lonerin carregou Dubhe nas costas e começou a correr com toda a força que tinha nas pernas.

Não havia tempo para pensar num plano. A coisa mais importante, naquele momento, era afastar-se o mais depressa possível da gruta: os três da Guilda não demorariam a sair de lá.

A chuva continuava a cair incessante, formando uma cortina de vapor entre ele e o resto do bosque. Tropeçou numa raiz e caiu ao chão, deslizando por algumas braças na lama. O peso de Dubhe nas costas fez com que seu rosto afundasse no lodo. Ficou de joelhos, seus dentes tiritavam.

Olhou afoitamente em volta, e tudo lhe pareceu igual: as folhas, as árvores, o céu impiedoso acima dele. Era inútil continuar sem saber se estava na direção certa.

Calma, calma...

Sacou a agulha com a mão livre e evocou o encantamento. A luz azulada apontava na direção atrás dele. Tinha-se enganado.

Droga!

Ajeitou nos ombros Dubhe, ainda desmaiada, e recomeçou a correr.

– Dubhe, Dubhe! Está acordada?

Um trovão encobriu qualquer outro som.

– Estou levando-a para um lugar seco! Não precisa se preocupar.

Na verdade não fazia a menor ideia de onde estava e para onde se dirigia. O único guia era aquele raio de luz que iluminava flores carnosas e folhas de tamanho descomunal. Estava avançando às cegas e não havia como melhorar a situação.

Dali a pouco a mata tornou-se ainda mais fechada, e as pernas de Lonerin começaram a ceder ao cansaço. Prosseguir com a jovem nas costas era difícil, mas a luz da agulha continuava apontando para a frente. Não podia parar: precisava levar Dubhe a um lugar seguro. Os galhos fustigavam-lhe o rosto e, para continuar andando, teve de curvar-se. Tinha entrado numa espécie de galeria, em que as plantas formavam um túnel estreito e escuro. Parou um momento. Não conseguia entender onde estava nem como tinha chegado ali. A lâmina de luz, mais adiante, dobrava para a direita. Nunca acontecera antes, e por alguns instantes Lonerin hesitou.

A única coisa boa, no meio daquela desgraça, era que ali dentro não chovia, e um estranho formigamento nas mãos deu-lhe a impressão de que a lâmina de luz estivesse sendo atraída por um feitiço. Sentia que não havia perigo e decidia seguir adiante. Deixou Dubhe escorregar dos seus ombros e a apoiou no chão. Segurou o braço dela e começou a arrastá-la.

Engatinhou por um bom pedaço. A galeria estreitou-se mais ainda, e naquela altura nem dava para se virar. Não havia outro jeito a não ser continuar em frente. Apesar de si, foi dominado pelo pânico: sentia-se oprimido, enjaulado. Estava perdendo a esperança, enquanto a chuva acima dele continuava ensurdecedora. Gritou de desespero até machucar a garganta. Então uma luz ofuscante apareceu de repente. Chegava do fim do túnel, e Lonerin protegeu os olhos com o braço, tentando enxergar alguma coisa. Quando conseguiu acostumar a vista, o que viu deixou-o maravilhado.

Diante dele descortinava-se uma clareira, completamente cercada por um emaranhado de árvores e arbustos. No meio erguia-se uma árvore gigantesca cuja copa prateada emanava uma luz intensa e alaranjada. Ele nunca tinha visto uma planta tão grande. Vista de cima, devia aparecer como uma imensa mancha branca no verde reluzente da floresta. Do tronco claro e cheio de veios partiam centenas de ramificações que mergulhavam as raízes na terra escura e opulenta. Os reflexos mutáveis das folhas, por sua vez, iluminavam toda a área ao redor com um leve tremor apesar da total falta de vento. Era como se a árvore estivesse viva, com um fluxo ininterrupto de energia chegando até as entranhas da terra.

Era o Pai da Floresta. Também existiam no Mundo Emerso, cada bosque tinha o seu. Eram árvores particulares, sede de espíritos primordiais, que davam seiva e vida às florestas que protegiam.

Finalmente Lonerin entendeu. Havia sido a árvore, com a sua magia, a atrair para aquele túnel a luz do seu encantamento. Sorriu admirado. Sabia que ali ninguém iria encontrá-los, que ninguém se atreveria a fazer-lhes mal.

Aí saiu dos seus devaneios. Alguma coisa roçara na sua perna. Viu Dubhe, de olhos meio apagados, mas abertos, que o fitava com expressão sofrida. Havia-se arrastado até ele.

– Conseguimos – disse para ela.

Dubhe ainda não estava em condições de mover-se sozinha, mas recobrara alguma lucidez. Quando adormecera, percebera imediatamente que não se tratava de um sono normal. Conseguira manter-se alerta o mínimo indispensável para lutar contra a inconsciência forçada provocada pelo veneno, mas, mesmo assim, assistira impotente à fuga, e agora estava confusa. Profundamente mareada, percebera o próprio corpo que balouçava e a pressão de algo que lhe pesava no estômago, mas não conseguia lembrar de mais nada. Por que tinham fugido? Como chegaram ali?

Lonerin apoiou-a num grande tronco. Só a duras penas Dubhe conseguiu entender que estavam numa clareira, a luz estranha e seus olhos ainda não se haviam acostumado. O companheiro pareceu-lhe totalmente vencido pelo cansaço: o rosto estava tenso e suas mãos tremiam. Ela não entendia, não conseguia raciocinar direito. Obviamente o veneno ainda estava circulando em suas veias e impedia que pensasse com clareza. Fechou então os olhos e tentou concentrar-se, interrogando o próprio corpo para encontrar o antídoto certo.

Dificuldade para controlar os movimentos e a palavra. Vista enevoada. Confusão.

Os sintomas passavam diante dela um por um, mas eram idênticos às consequências de muitos outros venenos do Mundo Emerso. Isso complicava as coisas. Precisava esforçar-se mais.

– Não precisa se preocupar. Pode deixar comigo.

Abriu os olhos e viu confusamente Lonerin, que sacava o punhal e o fincava na madeira atrás dela.

Sentiu um frêmito percorrer o tronco, quase uma contração dolorosa, e logo depois Lonerin agachou-se de mãos juntas.
– Beba isso.
Não protestou. Segurou as mãos do companheiro e tomou avidamente o líquido leitoso. Desceu fresco e saudável, garganta abaixo. Ambrosia. A panaceia para qualquer doença. Nunca tomara antes, pois era bastante raro encontrá-la. Os Pais da Floresta eram sagrados. Não podiam ser incomodados, a não ser em casos muito graves, e a ambrosia, além do mais, era apanágio exclusivo dos duendes, só eles podiam decidir a quem oferecê-la. Nas Terras Desconhecidas, evidentemente, as regras não eram as mesmas.
Apoiou a cabeça no tronco, já se sentindo melhor. Lonerin cobriu-a com a parte não molhada da capa e sentou ao seu lado. Foi a última coisa que Dubhe viu, antes de ser envolvida pela escuridão da inconsciência.

Dubhe não sabia por quanto tempo dormira, mas quando acordou sentia o corpo todo entorpecido e o estômago embrulhado.
Lonerin sorriu.
– A bela adormecida acordou! – disse, e logo a seguir espirrou.
Dubhe fitou-o muito séria.
– Está doente? – perguntou com uma voz rouca que nem reconheceu.
Ele meneou a cabeça, mas fungava. Sem mais palavras, entregou-lhe mais uma tigela de ambrosia.
Dubhe continuou a fitá-lo. Ainda não se recobrara, sentia-se enjoada e as contínuas tonturas não permitiam que ficasse de pé, mas não estava preparada a ser paparicada daquele jeito. Não estava acostumada com o fato de alguém cuidar dela antes mesmo de pensar na sua saúde. Quanto tempo se passara? Lembrou-se da mãe, quando lhe servia uma canja quentinha na cama, apalpando-lhe a testa com a mão; ou o Mestre, que a curava espalmando em seu peito o cataplasma que alguns anos mais tarde o mataria. Lembrou-se de Jenna, um querido amigo de Makrat, dos lençóis limpos e da maneira com que acariciava suas costas quando a medicava.

– Tome você. É evidente que está ficando resfriado – disse.
Lonerin afastou a ideia com um gesto descuidado da mão e em seguida olhou para ela, severo.
– Tome logo. Se não tomar, vou derramar tudo no chão.
Dubhe ficou por uns momentos incerta, mas depois rendeu-se e tomou um gole.
– Agora é a sua vez, no entanto, e depois quero que me conte tudo.
Lonerin contentou-a. Tomou a sua parte de ambrosia e lhe contou de Rekla, do veneno, da gruta, da fuga e da chegada àquela clareira.
Dubhe não perdeu uma palavra sequer, ouvindo com a maior atenção.
– Rekla e os seus voltarão – sentenciou afinal.
– Eu não teria tanta certeza, veja só em que condições você ficou.
– Rekla é a Guardiã dos Venenos da Guilda, não há uma única planta que ela não conheça.
– Mas esta não é uma planta do Mundo Emerso.
Dubhe permitiu-se um sorriso sarcástico.
– O veneno causa alucinações e distúrbios do sistema nervoso, às vezes chega a paralisar a respiração. A planta não faz diferença, o que importa é o grupo de substâncias que provocam este tipo de sintomas. E posso adiantar que os efeitos podem ser curados com infusão de folha azul e compressas de cerefólio.
Lonerin soltou um assovio.
– Não sabia que era tão boa em botânica!
Ela corou.
– Pois é. Quando ajudava o Mestre, às vezes ele me dava algum dinheiro, e com ele, quando eu não precisava de outra coisa, comprava livros de botânica.
Arrependeu-se imediatamente daquela confissão. Achou que devia ser difícil, para ele, aceitar a sua faceta de assassina. Por quase dez anos, afinal, ela mesma não conseguira aceitar.
– Você não nasceu para ser ladra nem assassina, estou falando sério.

Na expressão de Lonerin havia tamanha convicção que Dubhe sentiu-se forçada a desviar os olhos. Eram as mesmas palavras que o Mestre lhe dissera no passado, e a lembrança deixou-a amuada. Teve vontade de rebater, mas quando se virou Lonerin já não estava.

Não longe dali, as samambaias ainda se mexiam: evidentemente entrara na mata fechada para procurar as ervas do antídoto. Pensou em acompanhá-lo, mas estava fraca demais até mesmo para se levantar, de forma que ficou encolhida junto da árvore.

Ele não demorou a voltar. Tinha encontrado o cerefólio e preparou uma compressa.

– Não precisava.

– Não vai ficar boa sem isso, e se você não ficar boa a minha missão não vai adiante. Só estou fazendo isto por mim, como você costuma dizer.

– Poderia deixar-me aqui.

– Você faria isso?

Dubhe não respondeu. Depender de alguém era realmente estranho para ela, mas haveria realmente algum mal em fingir, por uns momentos, que não estava sozinha? A Fera, a Guilda, Rekla, eram todos pensamentos que queria deixar à margem daquela clareira. Pelo menos durante algum tempo.

Pois é, Rekla... Agora que Lonerin a tinha enganado, não sossegaria até se vingar. E ela, Dubhe, estaria em condições de enfrentá-la? Eram três, pelo que Lonerin contara. Talvez conseguisse dar conta dos dois Assassinos, mas quanto a Rekla? Não, com ela não havia jeito, estava decididamente além das suas possibilidades.

Apertou a bainha do punhal. O coração batia com força dentro do seu peito.

Precisava recobrar-se sem demora, nem mesmo ali estavam realmente a salvo.

O enterro foi coisa rápida. Rekla e Filla cavaram uma cova rasa e jogaram nela o corpo do companheiro, Kerav.

Tinham realmente passado por maus bocados, lá embaixo, haviam corrido o risco de morrer todos asfixiados. Aquele maldito mago fora esperto e bem rápido. A gruta ainda estava cheia de gás, e aquele idiota do Kerav se apoiara nas raízes enquanto continuava a tossir.

Rekla entendera logo o que era preciso fazer, mas sua cabeça começara a rodar tornando os seus pensamentos lerdos e confusos. Ela também sofria os efeitos do veneno, mas a força do desespero e a consciência da sua missão lhe haviam permitido cavar com as mãos nuas a terra até encontrar uma saída. Com o corpo sacudido pelas convulsões, começara a procurar os ingredientes para o antídoto, misturando-os com aqueles que levava consigo, no alforje. Finalmente os seus esforços foram premiados. Salvara a si mesma e a Filla. Para Kerav, no entanto, já era tarde demais.

O fim, pelo menos, havia sido rápido e indolor. Ela cuidara pessoalmente do assunto, conhecia maneiras de matar sem fazer sofrer. Também recolhera um pouco de seu sangue na ampola, para levá-lo de volta à Casa.

Rekla não sentia absolutamente nada pelo sujeito. O seu envolvimento com o homem começava e acabava com o fato de ele ser um Vitorioso. Enquanto companheiro, prezava-o, mas o que ela de fato lastimava era a morte de um Vitorioso. Era o que lhe haviam ensinado.

Pode-se prezar os companheiros de armas, mas só Thenaar pode ser amado.

Quanto ao resto, o amor não existe, e o sexo só serve para fazer nascer mais Vitoriosos. A amizade é uma ilusão, e tudo não pode passar de mero companheirismo.

Quem tinha sido Kerav? Alguém iria esperar em vão pela sua volta, na Casa?

Não fazia a menor diferença. Só numa coisa Rekla tinha inveja dele. O homem estava agora embaixo da terra, no sanguinário reino de Thenaar, e podia contemplar a sua presença.

Meu Senhor, fala comigo...

Só respondeu-lhe o eco dos seus pensamentos.

A lembrança do mago que se havia infiltrado em suas fileiras fez com que tivesse um repentino acesso de raiva. Quanto a Dubhe, iria matá-la com calma, sangrando-a vagarosamente na piscina, mas o rapaz, este seria uma diversão que se concederia ali mesmo, nas

Terras Desconhecidas. Apertou os punhos e as unhas afundaram na carne.

Lonerin e Dubhe decidiram passar a noite perto de um pequeno espelho de água. Era um laguinho maravilhoso, cheio de água cristalina e com uma alegre cachoeira num canto. Vinham andando praticamente sem parar havia vários dias para deixar a maior distância possível entre eles e a Guilda, mas naquela noite decidiram acampar, exaustos e sedentos.

Lonerin foi o primeiro a mergulhar, arrastando Dubhe para a água de surpresa.

Brincar, depois de tudo aquilo que acontecera, era algo tão inesperado e natural que até ela, desta vez, tinha um sorriso sincero nos lábios.

Lonerin observou-a enquanto voltava à tona e boiava com o queixo à flor da água. Desejou podê-lo ver mais, aquele sorriso, e sentiu dentro de si uma imensa vontade de salvá-la, a qualquer custo.

Já de volta à margem, Dubhe adormeceu quase na mesma hora. Talvez fosse o mergulho ou o cansaço, mas daquela vez Lonerin teve a impressão de que ela estivesse dormindo realmente tranquila.

Quanto a ele, permaneceu acordado ao lado da fogueira, com o mapa desdobrado no chão. As anotações com a escrita miúda de Ido estavam agora ao lado das dele, mais grosseiras. Não desistia de ser, de alguma forma, um explorador. Lá no fundo, fantasiava em voltar justamente como um, com um bonito mapa novinho em folha a ser entregue aos cartógrafos.

Só quando sentiu-se realmente esgotado decidiu deitar-se. Espreguiçou-se e virou-se para o laguinho. Era um lugar encantador. A lua refletia como um disco perfeito na superfície imóvel da água, não muito longe da cachoeira. Lonerin estava com sede e ficou com vontade de beber na nascente. Os cantis se encontravam cheios, mas havia quanto tempo não se dobrava em cima de um riacho ou algo parecido?

Contemplou a superfície convidativa e lisa da água. Quase parecia um crime encrespá-la com os lábios.

Ficou estranhamente em dúvida, sem saber o que fazer. Então alguma coisa começou a emergir.

Talvez eu tenha adormecido sem perceber, pensou. E, com efeito, havia no ar uma marcada sensação de irrealidade. Mas estava acordado, tinha certeza.

Um ser estava vindo à tona lentamente, com a silhueta escura marcada por um sutil contorno luminoso. Apareceu uma cabeça achatada, depois um pescoço bem fino que se apoiava em ombros magros, de criança.

O silêncio era total, até a cachoeira emudecera.

Lonerin estava como que hipnotizado. Só percebia a respiração daquele ser misterioso que o fitava do meio do laguinho. Tinha vontade de se aproximar, de tocá-lo com a mão. *Sabia* que havia de fazê-lo.

Levantou-se e, enquanto os seus pés se moviam cuidadosamente na grama, o estranho vulto aproximou-se silenciosamente da margem, sem criar qualquer marola. A água permanecia completamente imóvel, tanto que a lua continuava a espelhar-se nela como um disco luminoso intato.

À medida que se acercava, Lonerin conseguia distinguir novos pormenores da criatura. A boca era, na realidade, um bico um tanto tosco e curvo, enquanto os olhos eram pequenos e luminosos, semelhantes aos de um réptil. Não parecia perigosa, com aquela cabeça chata e engraçada, emoldurada por uma coroa de pelos eriçados e duros.

Estava bastante próxima, agora, ao alcance da mão. Mas não tocou nela. Continuou a fitá-la. Então, de repente, tudo desapareceu: a noite, o bosque, o pequeno lago. Só havia o nada, ele e aquela estranha criatura.

Lonerin não entendeu nada. Quando um frio pungente e a sensação de quatro membros que o seguravam trouxeram-no de volta à realidade já era tarde demais. Tentou gritar, mas sua boca encheu-se de água. Diante de si, a um palmo de distância, podia ver a cara escarnecedora da criatura. A sua aparência inócua havia sido substituída por dois olhos maldosos e uma fileira de dentes finos e aguçados.

Como um perfeito idiota, era assim que ele se portara. Estava sendo puxado para o fundo, havia sido enganado; e pensar que tinha lido livros inteiros que avisavam sobre as ciladas das criaturas aquáticas.

A sensação de asfixia e a certeza de não haver salvação deixaram-no em pânico. Tentou desvencilhar-se, mas de nada adiantava. O bicho esticou a cabeça para mordê-lo. O medo fez com que Lonerin sentisse uma mão de gelo apertar suas entranhas.

Então um estranho gorgolejo, um lamento, e a mão que o puxava para fora do lago.

Caiu de quatro na margem, cuspinhando água e procurando encher os pulmões de ar.

– Tudo bem com você?

A voz de Dubhe estava preocupada, e Lonerin achou que era o som mais bonito do mundo.

Virou-se, de barriga para cima, respirando com dificuldade. Concordou. Dubhe ainda segurava com firmeza o arco. Deixara-se enganar como o mais bisonho dos novatos, e não estava gostando de que ela o visse daquele jeito.

– Não sei o que era, mas você tem sem dúvida uma boa mira – disse.

Dubhe sorriu, mais tranquila.

– Era a minha vez de salvar a sua vida – respondeu brincando.

Deu-lhe a mão livre para ajudá-lo a levantar-se.

Lonerin fitou-a intensamente nos olhos, e por um momento sentiu o calor invadir seu coração.

8
EMBATE AO LUAR

Já ia anoitecendo quando Sherva decidiu parar. Desmontou do cavalo e respirou fundo o ar fresco que anunciava a noite sem lua. Tinha sangue de ninfa nas veias, e o desejo de ficar em contato com a natureza era um sentimento que a permanência na Casa sacrificava muito. Ficou um bom tempo olhando para aquela paisagem nua e desolada. Árvores derrubadas, morros esfolados pelo fogo e pala morte. Era o que sobrava da Floresta, depois da Grande Guerra e da loucura de Dohor. Era incrível como uns poucos anos já bastassem para destruir a vida lentamente formada durante centenas de estações...

Virou-se para Leuca, o companheiro de aventura, que ainda estava na garupa, com a criança amordaçada. Fez sinal para que desmontasse, mas ele protestou:

– Estamos em campo aberto, qualquer um poderia nos ver.

– O lugar é bastante protegido, é uma ordem.

O outro não fez mais objeções e desmontou com o menino. Afinal de contas, Sherva era um Monitor, uma das altas patentes da Guilda, e ele um mero Vitorioso. Tinha de obedecer.

Sherva virou-se para o tronco enegrecido e majestoso que estava ao seu lado. Tinha a casca enrugada, e seus ramos secos torciam-se no vazio num derradeiro espasmo de agonia. Um tapete de malcheirosas folhas quebradiças estalava sob seus pés. Era então aquele, o Pai da Floresta de Nihal, a poderosa árvore contada nas *Crônicas do Mundo Emerso*. No meio do tronco havia uma abertura, a mesma em que Nihal tinha enfiado as mãos para roubar o Coração que salvaria aquelas terras do Tirano.

Sherva acariciou-o de leve e ajoelhou-se. *Proteja o meu caminho, vigie a minha noite, envolva e acalente o meu sono na escuridão.*

A mãe e a cultura das ninfas ensinaram-lhe a tratar com respeito os grandes sábios, e por isso mesmo recitou aquela reza. Na sua vida dedicada ao culto da morte não havia lugar para Thenaar nem para outras divindades parecidas. Só existiam os espíritos mais altos e puros, aqueles venerados pelo seu povo.

Enquanto Leuca prendia a um tronco ali perto a corda que mantinha amarrado o prisioneiro, Sherva observou o menino com curiosidade. Tinha uma mordaça na boca, os olhos vermelhos e inchados, as faces se achavam sujas de suor e riscadas de pranto. Agora o estava encarando, e o Monitor reconheceu naquele olhar um sentimento de ódio do qual gostou. Percebia perfeitamente o sangue élfico que corria nas veias do garoto: os cabelos eram de uma cor entre o preto e o azul, enquanto as orelhas tinham na parte de cima uma ponta estranha. Nada a ver com o pai, um meio homem sem qualquer vigor que ele cuidara de matar com as próprias mãos. Talvez aquele menino servisse de fato aos planos de Yeshol, mas para ele isso não importava, nem lhe interessava.

— Tire a mordaça dele — disse finalmente.

Leuca hesitou. Aquela criança não o deixava à vontade e teria preferido tomar mais cuidado. Afinal de contas, ele também era um Assassino, e fazia questão de levar a bom termo a missão sem imprevistos. Acampar daquele jeito, numa clareira, já era um risco, e, agora, soltar o pimpolho, então...

— Mas senhor...

— Precisamos dele vivo, claro? E para continuar vivo ele precisa comer e beber. Tire logo essa mordaça.

Leuca não podia forçar mais a situação.

Tirou a mordaça da boca do menino, que logo que teve a chance mordeu-lhe a mão com vontade. Ouviu-se um berro e Sherva sorriu com os seus botões.

— Maldito bastardo! — Leuca deu-lhe um violento bofetão que lhe rachou o lábio.

Sherva aproximou-se com um pulo repentino e segurou sua mão antes que pudesse desferir outro golpe.

— Yeshol quer que ele chegue inteiro, está entendendo? — disse torcendo-lhe o pulso.

Leuca suou frio e anuiu.

Pois é, acha fácil se impor aos fracos como Leuca, mas que tal com Yeshol?

Sherva ficou uns instantes pensando no assunto, então soltou o companheiro com ar enfastiado e curvou-se para a criança. O sangue escorria do nariz e o garoto fungava chorando baixinho, mas não se queixava. Continuava a encará-lo com olhar furibundo, e o Assassino não pôde evitar mais um sorriso irônico.

– Não adianta, não pode matar-me só de olhar para mim desse jeito!

Pegou um pedaço de queijo e o botou nas mãos dele.

– Por hoje é só isto. Amanhã, se se portar direito, terá o dobro.

O menino jogou-o fora e gritou, na mesma hora:

– Não quero nada de você, assassino!

E cuspiu-lhe na cara.

Sherva aproximou-se do seu rosto com a boca contraída numa careta.

– Poderia quebrar o seu pescoço como e quando eu quisesse, seu pirralho, e você nada poderia fazer para impedir, assim como nada puderam fazer os seus pais. Não se esqueça disto.

O menino mordeu os lábios até eles ficarem brancos.

Sherva segurou-o então pelos cabelos e disse bem devagar, frisando cada palavra:

– Não me importo minimamente com o seu desprezo nem com as suas palavras. – E, depois de uma pausa, acrescentou: – Mas agora coma, pois preciso de você vivo.

Pegou o pedaço de queijo que tinha caído no chão e forçou-o sem qualquer cerimônia dentro da sua boca, que manteve fechada com a outra mão até o garoto engolir o bocado. Concluiu a operação com olhar satisfeito. Então, entregou o queijo a Leuca para que continuasse.

Sherva ficou olhando para eles o tempo todo. Sentia uma sutil satisfação ao reparar na obstinação do garoto dobrada de forma tão violenta. Sabia que era um prazer de covardes, mas não podia evitar. Desde que Dubhe fugira, toda a sua vida parecia ter despencado num lamaçal de mesquinhez. Por que não aproveitava aquela ruptura para matar de uma vez Yeshol? *Talvez receie que o dia em que Yeshol ficará ao seu alcance nunca chegue.*

Estas palavras se haviam tornado um contínuo tormento, deixavam brutalmente à mostra a dimensão de uma vida passada a matar sem nunca chegar, no entanto, realmente ao topo. A verdade era que não se sentia forte o bastante e, por isso mesmo, se oferecera como voluntário para aquela missão. Dobrar aquele garoto era uma maneira como outra qualquer para não pensar na própria fraqueza.

– Já chega. Pode amordaçá-lo de novo – disse a Leuca.

O outro obedeceu apressadamente.

Sherva continuou a ouvir os resmungos do menino durante todo o tempo que ele e o companheiro levaram para jantar. O silêncio entre os dois estava carregado de sentido.

– E o gnomo? – perguntou no fim da refeição Leuca.

A cena apareceu diante dos olhos de Sherva como um lampejo repentino. Não fazia ideia de quem fosse, mas era alguém extraordinário. A facilidade com que se desvencilhara dos seus braços havia sido impressionante. O corredor, no entanto, estava escuro, e não houve a possibilidade de reconhecer os seus traços.

– Quem sabe era um morador qualquer de Salazar, quem sabe alguém que se encontrava ali por acaso.

– Mas ele nos viu.

– Não consegui enxergá-lo direito, e duvido muito que ele tenha conseguido nos ver.

– Meu senhor, aquela parte da torre era bastante despovoada e arruinada, e eu receio que...

O Monitor levantou o braço.

– Cuidaremos disso quando e se isso se tornar um problema.

Leuca calou-se, mas Sherva sabia o que se passava na cabeça do companheiro: era o mesmo pensamento que chegara a incomodá-lo também. Um gnomo profundo conhecedor das artes do combate. Só havia uma pessoa que se encaixava nesta descrição: Ido.

Achou melhor deixar para lá. Por enquanto, preferia continuar seguindo em frente. Queria acabar logo com aquela missão, levar o garoto à Casa e continuar baixando a cabeça, até a hora em que seria justamente o sangue de Yeshol a escorrer sob a lâmina do seu punhal.

Este pensamento, que tantas vezes o exaltara durante as longas noites nas entranhas da terra, desta vez não lhe proporcionou o costumeiro prazer nem facilitou o seu sono. Longe disso, sob o Pai da Floresta, os seus pensamentos voltavam ao mundo das ninfas, que por muito tempo vislumbrara de longe, e do qual sempre havia sido excluído. Ele era um mestiço, o fruto de um amor impuro e proibido. Como aquele garoto amordaçado. Podia ouvi-lo engolir lágrimas e soluços, logo ali, amarrado à árvore.

Não dormia, e ele tampouco.

Ido esperou até o sacerdote chegar para velar o corpo sem vida de Tarik, então começou a procurar alguma pista. Já se havia demorado demais por ali, tinha de persegui-los enquanto ainda era possível reconhecer os seus rastros. Nos corredores, as pegadas dos sicários confundiam-se com as dos comerciantes e dos moradores, mas Ido tinha uma vantagem: sabia que se dirigiam à Terra da Noite e que para tanto seguiriam pelo caminho mais breve.

Pulou no cavalo e partiu novamente a galope pela estepe.

Sentia dentro de si uma raiva furibunda. Trinta anos passados lutando, trinta anos durante os quais vira derramar o sangue dos entes para ele mais queridos. E agora, se fracassasse, tudo inútil, apenas um imenso esforço em vão. Apertou o queixo. Salvaria aquela criança a qualquer custo. Sabia que os inimigos eram ágeis e astuciosos, a Guilda treinava muito bem os seus homens, e não seria nada fácil encontrá-los. Mesmo assim, examinou cuidadosamente o terreno: os anos de clandestinidade na Terra do Fogo tinham aguçado o seu faro de caçador.

Encontrou o rastro de dois cavalos que iam para a Floresta, a passo de trote. Evidentemente não supunham que alguém fosse atrás deles. Ido não conteve um sorriso feroz.

É tão pequeno o apreço que têm por mim?

Não deviam tê-lo reconhecido ou então o estavam simplesmente subestimando.

No passado sempre coubera a ele ser a presa. Durante muitos anos não fizera outra coisa a não ser esconder-se nos cantos mais remotos da Terra do Fogo, só saindo em campo aberto para umas investidas de guerrilha, sempre desconfiando de todos. Agora, de repente, os papéis se invertiam e ele se tornava o predador. Uma condição insólita que, de alguma forma, o excitava.

Chegou à Floresta quando já escurecia, enquanto o crepúsculo noturno fechava num céu de cristal um dos primeiros esplêndidos dias de verão. Deteve-se por alguns instantes no limiar do bosque, onde a estepe na qual lutara muitos anos antes morria entre as primeiras árvores.

Desmontou do cavalo e prosseguiu a pé. A tarefa, agora, tornava-se mais difícil. A mata é um labirinto de pistas para qualquer um, até para alguém como ele: precisava manter-se atento e lúcido. Não podia pensar em Tarik nem na mulher deitada numa poça de sangue. Não podia deixar-se distrair por esses pensamentos e tampouco pelas lembranças de guerra e de paz que aquele lugar evocava.

Somente na noite profunda encontrou aquilo que procurava. Numa pequena clareira, deparou-se com os restos de um acampamento noturno, de uma fogueira cujas cinzas haviam sido escondidas sob uma camada de terra, enquanto numa árvore por perto achou o que sobrava de uma corda. Tinham parado ali, ocultando a sua presença com algum cuidado, mas sem caprichar demais, sinal de que ainda não desconfiavam de alguém poder estar no encalço deles.

Levantou-se e deu uma olhada em volta. Reconheceu imediatamente o lugar, Senar falara a respeito no livro em que contava a sua viagem ao lado de Nihal. Encontrou o Pai da Floresta e acariciou a sua casca negra e enrugada. Nunca tinha sido um amante da natureza. Os bosques, para ele, continuavam sendo um enigma que não conseguia decifrar. Apreciava algumas paisagens, mas a natureza parecia falar uma linguagem que ele não entendia. Agora, no entanto, conseguia perceber a antiga potência do Pai da Floresta. Imaginou Nihal, que extraía a oitava pedra da cavidade no tronco, a última, a única que ainda faltava para dar vida ao talismã do poder que levaria à destruição do Tirano. Imaginou se, porventura, ela também se sentira perdida como ele agora, naquele momento.

Havia uma estranha ironia em toda aquela história. O neto de Nihal fora amarrado logo ali, onde a sua avó, quarenta anos antes, tinha salvado o Mundo Emerso. Ido afastou as mãos do tronco e se pôs novamente a caminho.

Enquanto permaneceu na Floresta, não pôde avançar com a rapidez desejada. O cavalo se movia com alguma dificuldade no emaranhado de arbustos, as pistas eram confusas, ele mesmo começava a sentir-se cansado. Seu corpo de velho gnomo exigia algum descanso, e por uns momentos pensou em como seria maravilhoso poder voltar no tempo e sentir novamente nas veias o vigor da juventude. Estava de péssimo humor, detestava aqueles rompantes de saudade, e passar por aqueles lugares carregados de emoção não ajudava nem um pouco.

No segundo dia seguiu em frente, margeando a fronteira da Terra dos Rochedos, a *sua* terra. As lembranças da infância tomaram violentamente conta dele, e chegou a pensar em fazer um breve desvio. Concentrou-se então num único pensamento, San, e a raiva devolveu-lhe de imediato o pleno controle de si. Os Assassinos continuavam tendo um dia de vantagem sobre ele, como se o tempo que dedicara aos cuidados de Tarik fosse irrecuperável. Mas não podia de forma alguma aceitar a derrota. Acelerou a marcha do cavalo e seguiu obstinadamente em frente. Haveria outras ocasiões para visitar a terra natal, para deixar-se acalentar pelas lembranças. Mas não *agora*.

A sua obstinação acabou sendo premiada. Ao chegar perto do deserto da Grande Terra encontrou rastros recentes. A distância entre eles diminuíra. Sentiu-se invadir por uma alegria repentina e, sem qualquer hesitação, lançou-se a galope. Não estavam longe.

Sherva estava inquieto. Não gostava de ficar ali, na Grande Terra, pois o seu sangue podia perceber o lamento das árvores mortas. E, além do mais, agora estavam realmente em campo aberto. Não era pelo caminho ainda a ser percorrido, e tampouco existia alguma coisa específica que ele receasse, mas era uma espécie de arrepio que ele sentia nos ossos. Alguém estava atrás deles. O gnomo.

— Se aparecer por aqui, quem vai enfrentá-lo? — Leuca perguntou de repente, à noite.

Não tinham acendido uma fogueira. Sherva não estava tranquilo e decidira tomar algum cuidado. Afinal já bastava a lua, alta no céu, que desenhava sombras muito nítidas na terra batida, e era melhor não facilitar. O menino estava exausto. Haviam-no alimentado à força, ele chorara, resistira, lutara e perdera. Agora estava dormindo, e Leuca segurava uma ponta da corda que o amarrava.

— Você vai enfrentá-lo — respondeu, entendendo na mesma hora a quem o companheiro se referia. — Eu protegerei o garoto.

Leuca teve um leve estremecimento, e Sherva não pôde deixar de compreendê-lo. Depois do breve encontro nos corredores da torre, ele também chegara à conclusão de que devia tratar-se de um guerreiro bastante incomum. Talvez fosse mais justo que ele mesmo o enfrentasse, pois afinal era um Monitor da Guilda e poderia assim pôr à prova as próprias habilidades. Mas aí pensou melhor. Ainda que o gnomo fosse de fato Ido, não se sentia minimamente estimulado pela ideia de enfrentar alguém que no passado havia sido um guerreiro extraordinário, mas que agora já não passava de um velho, de um mero sobrevivente de outra época. Não, a sua tarefa era ficar de olho no menino, e o faria a qualquer custo.

A noite descera sobre a Grande Terra. Ido observou os rastros e percebeu que os dois Assassinos estavam realmente bastante perto dele. Desmontou do cavalo. Queria deixá-lo amarrado em algum lugar, mas se encontrava no deserto.

— Se você fosse como Vesa, não teria problema algum em pedir-lhe que ficasse aqui à minha espera — disse fitando o animal. — Mas, infelizmente, você não é um dragão. Agora, se quando eu voltar não o encontrar aqui, juro que vou procurá-lo e transformá-lo num monte de salsichas, entendeu?

O cavalo fitou-o, inexpressivo. Ido pensou nos olhos amarelos e profundos de Vesa, lembrou a última vez em que os vira. Deixou cair as rédeas e apoiou a mão no cabo da espada.

Não demorou muito para encontrá-los. Dois cavalos, três vultos deitados no chão. O coração bateu mais forte no seu peito. Depois de toda aquela absurda perseguição, finalmente conseguira. Um deles era San, tudo o que sobrava de Nihal no Mundo Emerso. Arrastou-se devagar. Olhou para a lua baixa no horizonte. Dormiam profundamente ou pelo menos era o que ele esperava. Ao chegar perto deles, reconheceu os traços do homem que o tinha atacado. Só podia ser ele. O mesmo corpo ágil e esguio, braços magros e compridos.

Ido não conseguia ver-lhe o rosto, pois estava de costas, mas diante dele havia outro homem adormecido. Devia ser o segundo sicário, mas pareceu-lhe um fulano qualquer. Nenhum sinal específico que pudesse identificá-lo, nada de nada. Segurava uma corda na mão, aquela à qual estava preso o garoto.

Achou que um punhal teria vindo a calhar, eles eram dois e ele só dispunha da espada. Segurou mesmo assim a empunhadura e se aproximou cuidadosamente de San. O coração parecia querer explodir no seu peito, mas a mente continuava lúcida e calma, suas mãos não tremiam.

Estava a ponto de pegar a corda quando de repente um braço agarrou-o com força por trás e o levantou do chão. O movimento dos dois homens foi de uma rapidez espantosa. Enquanto um deles o imobilizava, o outro levantou-se com um pulo, puxou o garoto e desapareceu na escuridão. Ido ouviu o relinchar de um cavalo e os cascos que ecoavam a galope no chão pedregoso.

Maldição!

Não havia tempo para pensar. O brilho de uma lâmina veio ao encontro do seu rosto. O gnomo golpeou o agressor com o cotovelo, fincou os pés na terra escura e se curvou para jogá-lo por cima dos ombros. Logo que ficou livre, procurou sair em perseguição, mas o sujeito surgiu novamente diante dele, de punhal na mão.

Ido apertou o queixo e desembainhou a espada.

– Suma da minha frente, não estou interessado em você.

O outro esboçou um sorriso e atacou decidido. Ido desviou-se soltando um golpe de lado; o adversário evitou a lâmina sem maiores problemas e ficou por trás dele.

O gnomo virou-se e tentou mais uma vez acertá-lo, mas o sujeito deu um pulo. Um repentino clarão no escuro. Ido abaixou-se e o punhal faiscou mais uma vez a um nadinha do seu rosto.

O homem era bom. Principalmente ágil. Ido estava acostumado aos rápidos movimentos do pulso enquanto lutava, sem sair muito do lugar. Aquela dança fluida e imprevisível do homem o deixava desnorteado.

A situação parecia não ter mudado, desde o começo. Continuavam um diante do outro: o homem se mexendo furtivo, de punhal na mão, e ele segurando a espada. Ido deu uma rápida olhada no cinturão que atravessava o peito do inimigo e guardava as facas de arremesso. Havia mais quatro, e devia impedir que fossem usadas. Desta vez foi ele mesmo a atacar primeiro, dando um grande golpe de cima para baixo. O homem pulou de lado, levando mais uma vez a mão ao peito, mas Ido mudou na mesma hora a trajetória do golpe. O cinturão com as facas caiu ao chão, e o Assassino praguejou entre os dentes.

Em seguida sacou outro punhal com a mão livre e pulou em cima dele como uma fúria, alternando golpes de ambas as mãos. Mas o gnomo não se deixou surpreender. O prazer do combate tornou-se uma coisa viva e intensa, a excitação fazia vibrar cada músculo do seu corpo.

As percepções ampliaram-se, o tempo tornou-se infinito. Ido podia fazer qualquer coisa que lhe passasse pela cabeça, sabia disto, já tinha o adversário em suas mãos.

Afinal o homem fez a coisa mais óbvia. Um golpe lateral, do lado do olho cego. Ido baixou a espada e o feriu na mão.

O sicário gritou de dor e o gnomo aproveitou para derrubá-lo, apontando a espada na sua garganta. Reparou que era jovem, mais jovem que Tarik. Talvez tivesse sido ele mesmo a matá-lo... Sentiu-se tomado de ódio.

Calma, velho idiota, disse a si mesmo.

– Qual é o caminho que tencionam seguir?

O homem fechou-se num obstinado silêncio. Era normal. Tratava-se de um fanático, e o gnomo sabia muito bem que, infelizmente, as ideias podem transformar até o mais covarde dos homens num herói.

– Sei tudo de vocês – disse num tom ameaçador.

– Ido... – murmurou o outro, com um sorriso que mais pareceu uma careta na luz do luar.

– Eu mesmo.
– O outro não é como eu – disse o Assassino com um fio de voz. – Mesmo que consiga alcançá-lo, nunca poderá vencê-lo.
– É o que veremos.
Ido fincou a espada no peito do homem com todo o seu peso. Não teria pena de ninguém.

Segunda parte

3 de dezembro
Encontrei a garota pela qual procurava. Estava sozinha na floresta, quase desfalecida. É miúda, mas bastante graciosa, e já demonstra um talento extraordinário para caçar. E mais ainda: fica embevecida com as minhas palavras. Quando falei a respeito de Thenaar e do seu destino, seus olhos iluminaram-se. Sinto alguma coisa nela, uma força, uma determinação extraordinárias. Tenho certeza de que se tornará uma ardente Vitoriosa. O seu nome é Rekla.

Do Diário
do Vitorioso Miro

9
O FIM DA MISSÃO

— Jamais confie no óbvio. Nunca baixe a guarda. E não esqueça que, de qualquer maneira, sempre chegará o dia em que fará uma bobagem, é inevitável.

Dubhe estava contando a Lonerin os ensinamentos do Mestre, mas ele continuava a morrer de raiva por ter-se deixado enganar como o mais desprevenido bobalhão. Permanecia sentado na margem do lago, todo vermelho de vergonha, fingindo observar alguma coisa diante de si.

Dubhe, por sua vez, estava inquieta. O ar em volta vibrava de forma estranha. Percebia a Fera que se agitava no âmago das suas entranhas e sentia os arrepios de presságios perturbadores.

Não podia dar-se ao luxo de ficar parada por muito mais tempo. Tinham de mover-se, de retomar o caminho.

Não demorou para o terreno tornar-se mais irregular, sinal de que iam chegando perto das montanhas. Isto demonstrava, pelo menos, que estavam na direção certa, e Dubhe passou a sentir-se vagamente excitada. Já fazia tanto tempo que tinha deixado de ter esperança, que já nem sabia ao certo o que aquela sensação significava.

Lonerin agachou-se no chão e puxou mais uma vez o mapa do bolso. Ela ficou ao lado do jovem mago, observando a expressão curiosa e incansável estampada no seu rosto, a expressão firme de quem tem uma meta a alcançar. Viu-o assinalar com o lápis o caminho até então percorrido.

Lonerin contemplou a fina marca traçada no pergaminho.

– Já andamos um bom pedaço, não acha?

Dubhe anuiu. Um bom pedaço mesmo, mas ainda assim sentia-se igualmente parada, como se a viagem nem tivesse, até então, começado. Agora precisariam encontrar o desfiladeiro e a entrada das minas, e ela não tinha a menor vontade de enfiar-se novamente embaixo da terra. A Guilda já tinha sido mais que suficiente. A momentânea animação que tomara conta dela murchou lentamente e a sua expressão ficou séria.

Continuaram a avançar sob o sol escaldante até chegarem, já no fim da manhã, a uma ampla clareira: um espaço aberto varrido por uma leve brisa. Desde o começo da viagem, quase um mês antes, era a primeira vez que o seu olhar podia alcançar além das costumeiras duas ou três braças. E havia relva. Um gramado cheio de esplêndidas flores.

Dubhe adentrou-o devagar, encantada com tamanha beleza. Abaixou-se, enquanto Lonerin explorava rapidamente o espaço em volta.

– Por ali, a trilha parece não levar a lugar nenhum – disse apontando vagamente para a direita. – Só há um abismo, receio que teremos de encontrar outro caminho...

Dubhe não ouvia. O perfume daquelas flores lembrava-lhe Selva, a sua aldeia natal. A recordação do lugar onde havia passado a sua infância abriu caminho para outras memórias. Tudo poderia ter sido diferente, a começar pela sua vida. Era a primeira vez que tinha dúvidas quanto ao seu destino. Sempre acreditara que tivesse de ser aquele, imutável e cruel, sem qualquer possibilidade de mudança. Talvez fosse justamente a presença de Lonerin, com sua animação e seu espírito aberto e vivo a influenciá-la, a levá-la a pensar de uma forma diferente.

Estes pensamentos fizeram com que, por um momento, baixasse a guarda.

Logo que sentiu o aperto de aço em cima da boca, já era tarde demais. Tentou gritar, mas o som que abriu caminho entre os dedos da mão fechada no seu rosto foi um berro esganiçado, um estertor insuficiente a alcançar Lonerin.

Torceu o pescoço até o limite extremo, como Sherva lhe ensinara, conseguindo assim libertar a boca por um breve instante.

– Lonerin!

O jovem virou-se. Então, o lampejo de uma faca de arremesso sob os raios tórridos do sol, e ele se agachou.

– Não!
A Fera dentro dela rugiu, e a consciência da situação gelou o sangue em suas veias: os enviados da Guilda haviam chegado, e Rekla com eles. Tinha de acabar com ela, pois do contrário não teriam escapatória. Conseguiu desvencilhar-se do aperto e tentou correr para Lonerin, mas um pontapé bem no meio do rosto derrubou-a no chão, cega de dor. Por alguns momentos foi totalmente vencida pelo enjoo, que apagou qualquer outra coisa.

Quando conseguiu recobrar-se, Rekla estava em cima dela. Tudo era exatamente igual, como muitas outras vezes no passado, quando ela recusava a poção e a Guardiã dos Venenos segurava-a no chão, na Casa, deixando-a entregue às convulsões da Fera. Odiava-a, mais do que nunca. Os claros cabelos encaracolados, o borrifo de pálidas sardas, aquele sorriso fingido, de menina, tudo era insuportável nela. Procurou alcançar os punhais com a mão, mas Rekla comprimiu seu peito com uma bota, tirando-lhe o fôlego.

– Nada de brincadeiras!

Dubhe não gritou. Não queria deixar-se tomar pelo pânico e lhe dar esta satisfação.

Tentou encontrar um ponto de apoio para livrar-se dela, mas a outra acertou-a no ombro com um punhal. A fisgada de dor foi imediata, ofuscante.

– Quer brincar, Dubhe? Tudo bem, quer dizer que eu mesma cuidarei da sua diversão, então.

Puxou-a para cima com força, segurando-a pelo corpete, em seguida, com movimento rápido e fluido amarrou juntos seus pulsos e cotovelos com uma corda.

– Aproveite o espetáculo. Quero você viva, mas não preciso dele.

Dubhe estremeceu. Lonerin estava de joelhos, como ela, tinha um ferimento no flanco direito e o companheiro de Rekla o dominava, impedindo qualquer tentativa de fuga. Não demonstrava estar passando mal, mas quase parecia outra pessoa. Estava completamente transfigurado, seus olhos ardiam de um ódio que ela nunca vira nele.

Dubhe tentou livrar-se, mas só conseguiu perder o equilíbrio e cair no chão.

Rekla era capaz de qualquer coisa desde que pudesse assistir ao sofrimento alheio. Acabava de fazê-lo com ela, e agora não pouparia esforços para fazer o mesmo com Lonerin. Mas Dubhe não queria, não com ele, não com o seu companheiro de viagem, a única pessoa que até aquele momento a protegera, arriscando até a própria vida para cuidar dela e salvá-la.

Arrastou-se no chão, apesar da ferida ofuscar-lhe a vista. Queria aproximar-se, fazer alguma coisa. Rekla já estava perto de Lonerin e, embora de costas, podia imaginar o sorriso maldoso estampado no seu rosto. Podia imaginar perfeitamente o prazer com que antecipara aquele momento, e agora nada poderia detê-la.

Um berro rasgou de repente o ar escaldante da clareira. *Lithos.* Dubhe logo reconheceu o feitiço evocado por Lonerin e viu o outro Assassino, por trás dele, que se imobilizava na mesma hora. O mago aproveitou para pular de pé, livrando-se do corpo agora rijo. Quem sabe ainda houvesse esperança: encontrava-se desarmado, mas talvez pudesse conseguir. Estava a ponto de pronunciar outro encantamento quando Rekla investiu contra ele dando-lhe um poderoso soco na mandíbula. Lonerin desmoronou ao solo com um gemido. Dubhe estremeceu.

– Seu idiota! Acha mesmo que poderia usar esses truques baratos comigo? – disse Rekla, achando graça, enquanto olhava para ele com desdém. – Eu conheci o grande Aster, e Yeshol foi o meu mestre. Você não é nada, comparado com eles!

Lonerin virou-se de estalo e, com uma rasteira, derrubou-a no chão. Levantou-se, tentando fugir para a mata fechada, à esquerda do precipício, mas tropeçava a cada passo. Depois, uma lâmina assoviou no ar e ele tombou, bem perto da margem do abismo.

Rekla virou-se para Dubhe, com um esgar de satisfação estampado no rosto. Ela procurou desvencilhar-se, mas só conseguiu apertar mais ainda as cordas que a prendiam. Agora ansiava pela Fera. Precisava da sua força destruidora e da sua sede de sangue, queria que surgisse, mas o efeito da poção continuava a inibi-la. Nada feito, era tudo inútil. Mais uma vez ela falhara.

– O caminho é bem longo, para aquele que tenta matar-me – Rekla disse a Lonerin.

Ele mal conseguia respirar, prostrado pelas feridas, mas em seus olhos ainda havia uma faísca.
— Não me pegará tão fácil — disse entre os dentes, com uma voz cheia de raiva.
Aí segurou-a pelo tornozelo, rodou sobre si mesmo e deixou-se cair no vazio, agarrado nela.
— Nãooo! — Dubhe gritou com todo o fôlego que ainda tinha nos pulmões.
Não podia acreditar que acabasse daquele jeito. Lonerin, o precipício...
Já fazia um mês que viajavam juntos. Um mês que partilhavam as mesmas privações e enfrentavam os mesmos perigos enquanto avançavam por terras desconhecidas. Quantas vezes chegara a sentir falta da solidão de antigamente? Este pensamento deixou-a totalmente furiosa consigo mesma, e quando viu uma mão aparecer na borda do barranco seu coração encheu-se de esperança.
Oh, Lonerin...
Então viu uma massa de cabelos loiros despontar por trás da pedra, e tudo perdeu importância. Filla socorreu Rekla sem demora, o encantamento já tinha perdido o efeito. Puxou-a para cima com o braço. Quanto a Lonerin, nem sombra.
Sozinha.
Dubhe estava novamente sozinha. Dentro dela abriu-se uma voragem sem fundo. Fechou os olhos.

Socos, pontapés, golpes.
Mais e mais e mais.
Golpear, esmurrar a jovem, aniquilá-la para anular a própria humilhação.
— Chega!
Mais do que a mão apoiada no seu ombro, o que conseguiu detê-la foi a voz de Filla. Ninguém, a não ser Yeshol, jamais ousara gritar com ela, e muito menos um mero subalterno como Filla. Rekla virou-se de chofre, furiosa.
— Sua Excelência pediu que a levássemos de volta viva — ele disse, baixando ao mesmo tempo os olhos.

No chão, inerte, Dubhe tinha o rosto intumescido, as mãos apoiadas no ventre. O incontrolável desejo de sangue e vingança quase levara Rekla a transgredir as ordens de Yeshol e, pior ainda, a desobedecer ao seu deus. Caiu de joelhos.

Perdão, meu Senhor, perdão!

Desta vez, no entanto, não foi premiada com aquela sensação de bem-estar que até então a oração lhe proporcionara, não ouviu a voz do seu deus confortá-la, tranquilizá-la.

— Está tudo bem, tenho certeza de que Thenaar compreenderá.

Filla curvara-se ao lado dela fitando-a com benevolência, quase com compaixão. Aquele olhar fez com que a Monitora ficasse com raiva de si mesma.

Rekla pulou de pé empurrando o companheiro de mau jeito.

— Não cabe a você decidir!

Procurou recuperar o controle de si. Precisava ser lúcida. Nunca, nunca mostrar fraquezas a um subalterno.

— Temos de retomar o caminho o mais rápido possível.

— Mas precisamos cuidar da garota, pois do contrário talvez não consiga chegar viva à Casa — objetou Filla.

— Faremos isso mais tarde! — bufou Rekla. — Não podemos perder tempo, agora. Escapou de nós uma vez, não podemos correr o risco de acontecer de novo.

Retomaram o caminho imediatamente. Só pararam ao anoitecer, depois de um dia de marcha forçada.

Quem insistiu foi Filla:

— O ferimento poderia infeccionar, e então estaríamos em apuros.

Mesmo com raiva, Rekla teve de concordar. No fundo do peito sabia que queria a morte daquela jovem. Era um desejo do qual sentia vergonha. O seu deus pedia-lhe uma prova para tornar-se de novo uma boa crente e expiar seus pecados, e ela não conseguia concedê-la.

Sentaram na pálida luz do luar. A floresta estava silenciosa.

Rekla pegou a sacola com a comida. Filla fitou-a interrogativo.

— Primeiro nós, e só depois ela. Faz ideia do que esta moça nos forçou a enfrentar? Kerav morreu por sua culpa, fugiu da Casa para preparar a nossa destruição, não se esqueça disto! Ela bem merece sofrer mais um pouco.

Só depois que acabaram de comer Rekla pensou nos remédios para cuidar de Dubhe.
Tirou da mochila tudo aquilo de que precisava. Não havia trazido coisa alguma já pronta consigo, mas sim apenas uma série de vidrinhos que continha os princípios mais úteis e os principais apetrechos que usava para os seus filtros.
Só levou uns poucos minutos. Era a primeira vez que preparava um remédio para um inimigo, a coisa provocava nela uma estranha sensação. Bastaria uma gota a mais de mandrágora para Dubhe morrer entre sofrimentos atrozes. Sua mão tremeu na dosagem, mas não errou.
Filla observava, preocupado. Talvez estivesse com medo dela ou, quem sabe, simplesmente não conseguisse entendê-la. Ninguém a compreendia, a não ser Yeshol e Thenaar. Ela era uma criatura totalmente particular, por isto mesmo condenada à solidão.
Entregou de mau jeito o remédio a Filla.
– Faça você.
Ele pegou a poção, hesitando.
Rekla não ficou para olhar. Adentrou a mata fechada, procurou um lugar afastado onde nenhum barulho pudesse chegar, ajoelhou-se.
– Errei, eu sei disto, meu Senhor. Segui os seus caminhos por muitos anos, e sempre lhe fui fiel. Não fique calado, agora. O seu silêncio me mata. Pagarei por aquilo que fiz. Já estou pagando. Mas, por favor, fale comigo, dissolva as sombras que estão me sufocando.
Calou-se, os olhos fechados, as mãos apertadas no peito. A floresta permaneceu silenciosa. Talvez estivesse tudo acabado, talvez o seu pecado fosse irreparável.
Em breve.
Nada mais do que uma vaga sensação, um presságio indistinto. Um murmúrio.
Rekla abriu os olhos na escuridão do bosque e esperou.
– Mais uma vez, eu lhe peço! Fale de novo comigo! – Mas ninguém respondeu.
Tinha sido um só momento, mas para ela bastara. A ligação havia sido restabelecida, tudo iria voltar a ser como antes. Quando

o sangue de Dubhe fosse derramado na piscina, então Thenaar voltaria a abraçá-la e a consolá-la.
Rekla riu em voz alta, entre as lágrimas.

Durante muito tempo só houve escuridão e dor. E confusão. Mãos apressadas em cima do seu corpo, duas vozes que pronunciavam palavras que não conseguia entender, o frescor de uma pomada no ombro, enjoo.
E sonhos. O Mestre que falava com ela.
"Nunca baixe a guarda, precisa manter-se sempre vigilante."
A mesma frase, mais e mais, repetida ao infinito.
"Sim, Mestre."
"E então, por que se deixou surpreender?"
E as flores, milhares delas, a perder de vista. E Lonerin que voava acima delas, com um sorriso estranho nos lábios e os olhos cheios de ódio.

Quando acordou, os primeiros raios de sol começavam a tingir o horizonte.
– Como está se sentindo?
A voz de Lonerin! Sabe-se lá o que acontera, desta vez, e de que forma conseguira salvá-la. Estava para abrir-se num sorriso, mas, ao se virar, viu o rosto de um desconhecido.

Não conseguia entender qual era a sua idade, mas estava vestido totalmente de preto e tinha um corpo de aparência jovem e atlética.
– Quem é você?
A sua voz estava rouca, a garganta era um mar de chamas.
– É o seu salvador – respondeu uma voz feminina. Dubhe reconheceu-a de imediato, e a realidade, a lembrança de tudo o que havia acontecido, golpeou-a com a violência de um murro. Lonerin... Lonerin estava morto.

O enjoo tornou-se insuportável. Vomitou o pouco que ainda tinha no estômago. Estava com os braços e os pés amarrados, razão pela qual não conseguiu levantar-se. O homem ajudou-a, para evitar que engasgasse.

Rekla apareceu diante dela.

– Parece que desta vez exagerei mesmo – disse com um sorrisinho. Colocou diante do nariz dela uma pequena tigela cheia de um líquido que cheirava a cravos. Dubhe apertou os lábios.
– Tome logo se não quiser que enfie na sua garganta.
Dubhe tinha os olhos úmidos de lágrimas e estava ciente de não ter uma aparência ameaçadora, mas enfrentou aquele olhar. Queria fitá-la, aquela mulher que havia matado Lonerin.
– Como quiser.
O homem segurou-a por trás, forçando-a a se sentar, e Rekla fez com que engolisse a poção que tinha preparado.
Dubhe não tinha forças para se rebelar. Seu corpo não obedecia. Uma parte do líquido escorreu dos seus lábios, mas uma boa dose desceu goela abaixo.
O homem soltou-a na mesma hora, assim como Rekla. Acabou deitada no chão, com um céu rosa acima dela. Um espetáculo único. Se Lonerin estivesse ali, sentar-se-ia sem dúvida alguma ao seu lado para dizer alguma coisa engraçada. Fechou os olhos e duas grandes lágrimas desceram pelas suas faces.
– Estará por acaso chorando pelo seu amigo? – perguntou com sarcasmo Rekla.
Dubhe abriu os olhos e fitou-a furiosa.
– Não se atreva a mencioná-lo... – murmurou com voz rouca.
Rekla levantou a mão, como se estivesse a ponto de esbofeteá-la. Mas se deteve. Limitou-se a sorrir, escarnecedora.
– Claro, você nunca foi dos nossos, ou saberia que um Perdedor é apenas um pedaço de carne. A única coisa que importa é Thenaar.

Pelo menos pelo resto do dia deixaram-na em paz. A mistura que lhe deram confundia os seus pensamentos e a largava entregue a um estranho e pesado atordoamento. Não podia haver dúvidas, fora drogada. Sabiam que não se deixaria levar a lugar algum sem lutar.
A Fera dentro dela estava silenciosa: obviamente, naquilo que tinha tomado, Rekla devia ter posto algumas gotas de poção para reprimi-la. Sabiam que, se acordasse, se tornaria um problema para eles. Dubhe sentia-se acuada.

Não conseguia entender, agora, o ressentimento que sentira com a presença de Lonerin. Toda manhã procurava ficar sozinha, à noite não se acostumava com o fato de ele estar ali com ela. Mas agora ele fazia falta. Sumira, já não existia, e sem ele a missão estava acabada. O jovem era quem estava a ponto de salvá-la, a verdade era esta. Depois de ter jurado a si mesma que nunca mais se entregaria a alguém, tudo tinha acabado como com Jenna. Ele também ficara ao lado dela depois da morte do Mestre, mas no fim tivera de mandá-lo embora para salvar-lhe a vida, quando a Guilda pedira sua cabeça. Mas se conseguira manter vivo aquele velho amigo, o mesmo não acontecera com Lonerin.

A única coisa que podia fazer, naquela altura, era matar Rekla e acabar os seus dias ali mesmo, naquele bosque, até ser devorada pela Fera. Desta forma a sua existência, tão inútil e nociva, chegaria finalmente ao fim.

Nunca tivera realmente vontade de se salvar. Quem queria isso era Lonerin, para ambos, e esta vontade desaparecera com ele.

Dubhe escondeu o rosto do olhar de Rekla e do outro sicário. Sem ser vista, em silêncio, chorava.

10
O PRESENTE DE REKLA

Rekla meditava em silêncio, vigiava no escuro. Pensava em quando, algumas horas antes, tinha perdido a cabeça e massacrara Dubhe com sua fúria. Chegara perto de comprometer a missão, mas ainda assim havia alguma coisa doce nesta lembrança, a mesma sensação que agora a mantinha acordada. Acompanhava a respiração da jovem, observando o seu sofrimento. Pois ela tinha de sofrer, bem sabia disso. Esperava pelos seus gemidos com prazer.

Não se lembrava, ao certo, da primeira vez em que se deleitara com o sofrimento alheio. Era alguma coisa profundamente arraigada na sua natureza, tanto assim que já não sabia quando e como aquilo tinha começado.

Talvez tivesse sido de brincadeira. Na aldeia da Terra do Mar de onde ela vinha, às vezes costumava acompanhar a garotada mais velha. Não gozava de muita popularidade, entre eles, e acabava quase sempre espionando-os de longe, sem nunca juntar-se à turma. Vez por outra, quando pareciam estar enfadados e não tinham coisa melhor a fazer, via que se vingavam em cima de algum bicho. Observava enquanto cortavam as patas dos gafanhotos, arrancavam as asas das borboletas, ouvia suas risadas.

Havia alguma coisa, naquelas fanfarronadas, que sempre acabava por fasciná-la. A fuga desesperada das vítimas, a sua impotência e a vitalidade da qual nunca desistiam, aquela obtusa recusa a se sujeitarem à tortura agarrando-se desesperadamente à vida.

Começou então a fazer aquilo ela também, sozinha. Percebia que para os outros era diferente. Buly, Granda e o resto da turma só entregavam-se à brincadeira todos juntos, como num ritual de grupo. Todos riam e sentiam-se fortes. Mas ela não podia participar. Por alguma estranha razão parecia não combinar com ninguém.

Era tímida demais para começar uma conversa, e o medo de não estar à altura dos outros, o receio de fazer ou dizer alguma coisa errada acabavam sempre paralisando-a. E era principalmente o resto, todo o resto do mundo, a não querer coisa alguma com ela. Porque nunca falava, já que todos sabiam o que acontecia na sua casa. A sua família não era bem-vista, todos conheciam muito bem a sua história. Somente ela, Rekla, continuava a não querer aceitar a verdade.

Observar a agonia dos pequenos bichos que capturava tornou-se um sutil prazer solitário. Um entretenimento. Dizia à mãe que ia brincar com os amigos. Mas não havia amigos. Saía na mesma hora das demais crianças, mas não se juntava a elas. Esgueirava-se atrás de algum muro em ruínas ou de moitas mais afastadas. E era ali que brincava sozinha.

– Contaram-me que nunca fica com os outros – dissera-lhe certo dia a mãe.

Rekla ficara rubra de vergonha.

– Quem me contou foi a mãe de Buly. Quando o seu pai souber que não lhe conta a verdade, vai ficar zangado comigo. Vai me bater, está entendendo? Procure portar-se como as demais crianças da sua idade, e nunca mais minta para mim.

Rekla ficara calada. Não costumava conversar muito com a mãe. E também não sabia o que dizer. Para ela era uma figura distante, pouco mais que uma desconhecida. Pelo que podia se lembrar, nunca lhe dera um abraço, e até a maneira com que cuidava dela era fria e impessoal, como se fosse uma obrigação à qual se sujeitava sem o menor envolvimento, e nunca lhe dirigia a palavra a não ser para ordenar que não provocasse a fúria do pai. Com ele, então, a coisa era pior ainda. Era muito mais velho do que a mãe, e sua boca sempre fedia à cerveja. Tinha mão pesada, costumava bater nela por qualquer motivo e geralmente, quando já estava cansado de atormentar a filha, acabava se vingando em cima da mulher também.

Rekla trancava-se então no quarto e tapava os ouvidos para não ouvir os gritos que chegavam do outro lado da parede. Aí tudo acabava de repente. A mãe encolhia-se num canto enquanto o pai saía para tomar mais um trago. Até tudo recomeçar de novo.

Durante muito tempo o comportamento dos seus continuou sendo para ela inexplicável. Então, certo dia, ouviu os comentários de um garoto que conversava com um amigo.

– É sabido que os pais não a queriam. Certa noite, já faz muitos anos, o pai possuiu à força a mãe. Ela o desprezava, pois não passava de um velho bêbado e violento, mas acontece que ficou grávida e os pais a forçaram a casar para evitar o escândalo.

Quando ouviu os dois rindo, Rekla não aguentou mais ficar na sombra sem reagir. Saiu em campo aberto, apertando os punhos e com a raiva que lhe oprimia o peito.

– É mentira! – foi logo gritando, decidida.

– E por que a tratam desse jeito, então? – respondeu o garoto que estava falando dela. – Você nasceu por engano, os seus pais não a queriam e continuam a não querê-la até hoje. Toda a aldeia sabe disto.

Aquilo era demais. Engalfinharam-se e, quando Rekla parou de apanhar do garoto, ainda teve de enfrentar o castigo do pai. As lágrimas estavam ofuscando seus olhos, mas pôde vê-la: num canto, encolhida sobre si mesma, a mãe estava vendo tudo sem demonstrar a menor piedade.

E, mesmo assim, Rekla não queria acreditar. Toda aquela história, para ela, não passava de um amontoado de mentiras.

Não levou muito tempo para descobrir que os insetos já não bastavam. Conhecia bem demais a agonia deles, já se acostumara. Precisava de alguma coisa diferente.

Aprendeu a caçar sozinha. Não existiam muitos caçadores na aldeia, os moradores eram quase todos camponeses ou pescadores, mas vez por outra, nos dias festivos, ainda havia alguém que se dedicava a sair pelos campos a fim de capturar uns pássaros e outros pequenos animais.

Rekla observava tudo, de longe. Não se atrevia a chegar perto, e afinal de contas nem queria. Não tinha o menor interesse pelas pessoas, preferia aprender as coisas às escondidas, longe de olhares indiscretos.

Descobriu que levava jeito. Era silenciosa enquanto se movia entre as moitas e tinha um verdadeiro pendor para construir armas e montar armadilhas. No começo, contentou-se com o mero prazer da caçada. Gostava de abater os animais, mas depois de vê-los mortos perdia qualquer interesse por eles. Não podia levá-los para casa e comê-los: o pai não iria certamente gostar de ela se dedicar a atividades tão pouco femininas. Acabava sepultando-os com todas as honras.

Passou então para as armadilhas. Capturava-os vivos, e às vezes observava-os enquanto tentavam se livrar das suas engenhosas arapucas. E aí brincava com eles.

Era um prazer estranho e terrível. Percebia claramente que havia algo errado naquilo e chegava a sentir horror daquilo que fazia. A visão do sangue incomodava-a, e de alguma forma todo aquele sofrimento mexia com ela. Mas era justamente aí que estava a graça. Na dor que embrulhava as suas entranhas, no asco que sentia por si mesma enquanto se divertia torturando as presas. Percebia-se inutilmente forte e terrivelmente mesquinha. Era isso que ela mais amava nos ganidos daqueles bichinhos: encontrar finalmente a confirmação daquilo que o pessoal cochichava na sombra. Ela era má, era maldita.

Descobriram-na quando já estava levando adiante a brincadeira havia muito tempo.

Sempre tomara o maior cuidado para que ninguém suspeitasse de nada. Quando lavava as mãos sujas na água do riacho sorria aliviada. O sangue ia embora com a correnteza, e ela voltava a ficar limpa.

Nunca mais. Chega. Esta foi a última vez, dizia a si mesma.

Mas depois de alguns dias lá estava ela, mais uma vez à espreita. Fingia juntar-se às brincadeiras dos companheiros, para então afastar-se, cabisbaixa, rumo à mata fechada. Era tão silenciosa que os outros já estavam com medo dela.

Mas não a mãe, que certa vez a seguiu e se escondeu entre a ramagem para descobrir como a filha de fato se divertia. Quando viu aquilo, apareceu de repente com os olhos cheios de horror.

– O que diabos está fazendo?
Pela primeira vez na vida, quem lhe deu uma surra foi ela. E enquanto batia, não se cansava de dizer que era um monstro, e que aquilo que fazia era indigno de um ser humano. Mesmo assim, nada contou ao marido. Não o fez, provavelmente, com medo de ela mesma acabar apanhando. Trancou Rekla no quarto e a deixou alguns dias sem comida.

Rekla sabia que merecia, que a mãe estava certa. Mas era tarde demais. O que havia começado como uma brincadeira idiota de meninos tornara-se uma obsessão. Ainda assim, no entanto, iria dar um jeito. Deitada na cama, no escuro, jurou que conseguiria mudar. Não sabia como, mas nunca mais faria aquilo.

E tentou. Esforçou-se para ser normal e viver como todos os outros, com seus problemas idiotas, com suas risadas sem motivo. Mas não podia. Misturar-se com eles era simplesmente impossível. Pois ela fora má, tinha feito coisas horríveis –.como a sua mãe dissera – e portanto não havia lugar para ela na aldeia. Mas se a situação era realmente esta, por que não continuar? Por que não prosseguir com aquela brincadeira estúpida, que além do mais era a única capaz de dar-lhe realmente algum alívio?

Não resistiu, deixou-se levar de novo. E mais uma vez a descobriram. Era sempre a mãe a fazê-lo, provavelmente feliz por ter encontrado, afinal, um motivo válido para espancá-la e tratá-la como bem merecia.

Foi então que começou a punir a si própria. Mergulhava as mãos na água gelada até ficarem vermelhas e perderem a sensibilidade. No escuro do seu quarto, forçava-se a permanecer longamente ajoelhada, até não conseguir mais e chorar de dor. Ficava repetindo a mesma coisa o tempo todo: *Nunca mais farei aquilo, nunca mais.*

Não adiantava. E quanto mais via os pais se odiarem, e odiarem a ela, menos encontrava a força necessária para sair daquela espiral que parecia possuí-la.

Certa noite, entrou no aposento principal da casa logo após uma briga dos pais. Nunca tinha feito uma coisa dessas. Ao contrário, costumava encostar o ouvido na porta, escutando a mãe que soluçava enquanto juntava os cacos para jogá-los fora. Preferia esperar até tudo voltar ao normal, até qualquer resquício da briga desaparecer. Sonhava poder fazer o mesmo com as suas penosas lembranças. Catá-las uma depois da outra e se livrar delas para sempre, apagá-las como se nunca tivessem existido. Aquela noite, no entanto, ela estava sem sono e decidira sair do quarto, empurrada por alguma coisa que não entendia.

No chão havia uma confusão indescritível. Uma cadeira derrubada, uma panela virada, com o conteúdo esparramado em volta. Gotas de sangue e pequenos cacos de vidro de uma garrafa estraçalhada. Rekla curvou-se e apanhou um fragmento. Um raio do luar que filtrava pela janela fê-lo brilhar com mil reflexos azulados. Achou aquilo muito lindo. Revirou o pedacinho brilhoso entre os dedos e experimentou uma dor aguda. Viu a palma da mão se tingir de um vermelho gritante que a deixou encantada. Apertou com mais força ainda o pedaço de vidro e esperou até sentir o sangue quente que lhe molhava o punho e depois escorria ao longo do braço. Merecia aquela dor. E gostava dela.

Provavelmente deixou que o pai descobrisse de propósito. Queria acabar uma vez por todas com aquela história, encontrar finalmente um pouco de paz. Certo dia teve o atrevimento de brincar perto de casa, e o pai encontrou-a com as mãos ainda sujas de sangue.

Arrastou-a pelos cabelos até em casa, diante da mãe, vermelho de raiva e cerveja.

— Veja o que a sua filha faz, o monstro que aceitei criar! Degola coelhos na floresta e ainda acha graça! O que mais podia esperar de uma mulher imprestável como você, a não ser uma filha como esta?

Talvez nem fosse pior do que as outras vezes. A mãe que fugia e gritava, ele que a perseguia, a madeira das cadeiras que estalava e chiava resvalando no chão.

E ela num canto, com as mãos tapando os ouvidos. Mas podia ouvir tudo, não perdia uma só daquelas palavras que furavam suas palmas e penetravam no seu cérebro.

— Livrei-a da vergonha, quando aceitei casar com você! Ninguém iria querê-la, e eu aceitei, apesar de não dar a mínima para você nem para esta desgraça de menina!

Não é verdade, não é verdade!
Rekla apertou ainda mais as mãos em cima dos ouvidos, mas as palavras dos pais misturaram-se com aquelas ditas pelo garoto.
– Eu nunca a quis! – berrava a mãe. – E tampouco queria você! Agarrou-me à força, seu bêbado imprestável. – Entre um e outro soluço, a sua voz era impiedosa. – Acha mesmo que não tentei abortar, antes que fosse tarde demais? Fiz de tudo para evitar essa situação, mas não consegui. Maldito seja aquele dia! E muito mais malditos sejam vocês dois!
Não é verdade, não é verdade!
Rekla abriu os olhos ofuscados pelas lágrimas, e a única coisa que viu foi o confuso vislumbre de alguma coisa na mesa. Assim como daquela vez com o caco de vidro, aquele brilho fascinou-a. Era a faca com que a mãe estava cortando as verduras.
Levantou-se, e eles nem repararam. Pegou a faca porque era a coisa certa a fazer. Sabia que fazendo aquilo tudo iria desaparecer. O pai, a mãe e até mesmo a verdade daquela história absurda e trágica.
E então golpeou. Duas vezes, e o pai tombou de cara no chão. A mãe fitou-a com os olhos cheios de um ódio tão profundo que Rekla nunca mais esqueceria aquele olhar. Só precisou de um golpe com ela, e então os gritos pararam e o silêncio tomou conta da casa. Aquela estranha quietude lembrava algum tipo de paz, e Rekla começou a chorar sem fazer barulho.

Fugiu. Passara de qualquer limite. Depois daquilo que fizera, não podia haver mais volta. Recorreu aos seus conhecimentos de caça, sobreviveu errando pelos bosques, cada vez mais longe. Seu rosto começou a aparecer nos muros das casas, desenhado nos avisos que prometiam prêmios pela captura de criminosos. As pessoas olhavam e sacudiam a cabeça. Agora todos estavam a par da verdade, e conheciam o que ela tinha sido capaz de fazer.
Sou má, muito má.
Se o homem demorasse só mais um dia a chegar, ela teria morrido. Estava cansada de lutar, de caçar, e ia deixar-se morrer. Tinha

doze anos e nenhuma vontade de viver. A gravidade daquilo que fizera a aniquilava.

O homem aproximara-se por trás sem fazer barulho, e quando Rekla se virou, apavorada, sorrira para ela.

– Calma, não precisa se assustar. Não estou aqui para atraiçoá-la.

Era a primeira vez na sua vida que alguém não lhe queria mal. A emoção foi demais, e todo o sofrimento daqueles últimos anos desembocou num pranto desesperado, enquanto o homem a apertava junto do peito.

Estava inteiramente vestido de preto e mexia-se com extrema agilidade e elegância. Dizia ser um Vitorioso, e trazia consigo um punhal, com o cabo e a empunhadura em forma de cobra, além de uma miríade de outras armas.

– Eu a conheço, Rekla, sei tudo de você. Sei que matou os seus pais e que gosta do cheiro do sangue.

Ela corou e baixou os olhos, culpada.

O homem segurou seu queixo entre os dedos e levantou a sua cabeça.

– Não precisa ficar com vergonha. Olhe para mim.

Ela o fitou, indecisa.

– Você tem um dom, Rekla, aquilo que fez é extraordinário.

Ela engoliu em seco.

– Sou má... Todos sabem disso na aldeia.

O homem meneou violentamente a cabeça.

– Você é especial. Os insensatos chamam-na de maldade, mas os sábios chamam-na de justiça. Sem você saber, o meu deus, Thenaar, agiu através de você para tornar manifesta a sua glória.

Aquelas palavras foram suficientes. Um deus movia suas mãos. A sua maldição era uma dádiva. Seus olhos brilharam.

Foi assim que conheceu Thenaar e descobriu ser uma Criança da Morte. Compreendeu que se equivocara, durante todos aqueles anos, ao se considerar uma criatura maldita. Que horrível engano, e quanto sofrimento em vão! Ela tinha sido simplesmente escolhida por Thenaar, que criara os Vitoriosos. O destino dos Vitoriosos era matar todos os demais, aqueles que não acreditavam em Thenaar e que não haviam sido escolhidos por ele. O sangue dos descrentes seria oferecido ao deus, até o dia em que ele voltasse triunfante. E ela era um dos poucos. Pois até mesmo entre os Vitoriosos e os Assassinos não era comum alguém ter tanto prazer em matar. Foi como descobrir um novo mundo. Não havia mais motivo para sentir-se culpada, assim como não precisava mais infligir a si mesma castigos inúteis. Longe disso, existiam boas razões de júbilo, de alegria por ter sido escolhida. Toda a angústia daqueles anos apagou-se de uma só vez, e Rekla sentiu em si uma serenidade que nunca tinha experimentado antes. Viu finalmente nos pais o que eles realmente eram: seres mesquinhos e insignificantes, cuja morte havia sido justa.

Thenaar tornou-se tudo para ela. O deus a escolhera e ela se dedicaria completamente a ele. A divindade se tornaria a sua razão de viver, a meta suprema do culto à qual devotar cada respiração e pensamento. E não morreria antes de ver a sua glória e o seu triunfo se espalhar sobre todo o Mundo Emerso.

Thenaar não demorou a premiá-la. Aconteceu logo no começo, numa das primeiras vezes em que Rekla se ajoelhou diante da sua estátua para rezar. Não passou de um sopro, um sussurro fraco e rápido, mas na quietude do seu espírito ouviu algumas palavras. Era o deus que falava com ela. Chorou comovida, entendeu imediatamente qual era a sua verdadeira missão e suplicou para que ele nunca a abandonasse, pois ela, em troca, se entregaria de corpo e alma.

E, com efeito, os anos passaram e Rekla assumiu papéis cada vez mais importantes dentro da Guilda, até tornar-se um dos anciãos.

Tornara-se profunda conhecedora de venenos estudando botânica, até mesmo nos livros escritos pelo próprio Aster. O seu triunfo havia sido o filtro que a tornava eternamente jovem. Rekla o sintetizara pessoalmente, e a coisa era para ela motivo de muito orgulho. Uma poção bastante difícil de preparar, que só usava consigo mesma sem revelar a fórmula a mais ninguém. Não se tratava de vaidade, pois não se importava em ser bonita. Seu corpo era apenas uma máquina, um punhal nas mãos de Thenaar. Fazia aquilo pelo deus. Até o derradeiro instante, até o último suspiro, queria servir-lhe da melhor forma possível. A morte chegaria de qualquer maneira, mas iria encontrá-la jovem e vigorosa como antigamente, ainda eficiente, ainda letal.

Havia sido uma vida feliz. Porque era uma vida com um escopo. A sua infância fora vazia, desprovida de tudo, um contínuo tatear no escuro à cata de um alívio impossível. Desde que conhecera Thenaar, no entanto, a sua existência se iluminara, encontrara uma razão de ser, mostrando-lhe um caminho reto e seguro. Sabia que no fundo de todo sofrimento havia ele, o seu deus, e que sempre estaria lá.

Então Dubhe chegara. Era algo mais do que a sua mera presença. Rekla aceitara sem maiores problemas servir-lhe de guia. A ideia de ter uma pessoa ao seu completo dispor, totalmente submissa, a excitava. O que estragou tudo fora a fuga.

Vira naquilo algo assim como um fracasso pessoal. Dubhe havia sido confiada a ela, e conseguira escapar bem debaixo do seu nariz. Se fosse apenas o sentimento de culpa, no entanto, poderia aguentar, saberia dar um jeito. A coisa, infelizmente, era bem mais séria.

No mesmo dia em que a fuga de Dubhe foi descoberta, Rekla correu ao templo, apressada. Prostrou-se no chão, as mãos levantadas numa súplica desesperada.

– Perdoa-me, Thenaar, eu te peço, perdoa a esta tua criada incapaz! Fala comigo, diz-me o que queres que eu faça, e eu serei a tua mão!

Nenhuma palavra lá de cima, nenhum consolo. Somente silêncio.

Enfrentou longas noites de penitência, muitas horas rezando, mas foi tudo inútil. Thenaar se calava, indignado, e para Rekla só havia desespero. Oferecera-se para ir procurar Dubhe pessoalmente, pois achava que seria a única maneira de aplacar a ira do seu deus. Quando o sangue daquela traidora fosse derramado na piscina, Thenaar voltaria a falar com ela. Rekla não via a hora de fazer aquilo, precisava desesperadamente voltar a ouvir a sua voz. Tinha até pensado em matar o jovem que estava com Dubhe, de sacrificá-lo à espera da morte dela. Mas ele também conseguira escapar e estragar os seus planos.

Rekla estava tomada de uma ira desmedida, de uma raiva descontrolada que só em parte pudera desabafar em cima de Dubhe, massacrando-a impiedosamente. Mas não bastava.

Derramara duas gotas a mais na poção, naquela noite. E agora saboreava os seus gemidos, o efeito do veneno. Não morreria, mas sofreria muito.

Quando o primeiro lamento chegou aos seus ouvidos, Rekla sorriu.

11

CATIVEIRO

No meio da noite Dubhe percebeu-a ao seu lado. Virou penosamente a cabeça e viu o brilho de outro olhar. Pensou nas inúmeras vezes em que, durante a viagem, ela e Lonerin tinham tido a oportunidade de vislumbrar olhares furtivos na mata fechada. Era a mesma coisa, agora. Os olhos de Rekla pareciam os de uma fera selvagem.

– Ouvi-a gemer – disse.

A sua voz era de uma tranquilidade glacial.

Dubhe sentia asco por aquela mulher, ainda mais porque, no meio do enjoo, percebia um pedido que surgia do fundo do seu peito. Apertou os lábios para que as palavras não aflorassem da sua boca, mas mesmo assim Rekla já tinha entendido.

– Sei o que você está querendo.

Sorria. Era justamente assim que Dubhe a vira a primeira vez, rindo.

Rekla tirou da mochila uma pequena ampola e balançou bem na cara dela. Dubhe sabia o que era, sentiu a presença prepotente da Fera se agitando em suas entranhas, mas se conteve.

– Você quer? – disse Rekla, melíflua. – Uma traidora como você não merece. Só merece sofrer. – E fechou a ampola no punho.

Estava satisfeita, a sua mistura surtira efeito.

– Talvez houvesse alguma coisa que não devia estar lá, na poção que lhe dei, é por isso que está passando mal. Preciso levá-la de volta ao templo viva, mas ninguém especificou em que condições.

Dubhe apertou o queixo. Era por isso, então, que estava tendo aquele estranho e doloroso enjoo. Achou que ia desmaiar.

– Não quero – disse. A sua voz tremia. Era uma patética mentira.

– Se pudesse mexer-se, iria arrancá-la das minhas mãos.

Dubhe soltou um gemido. Não podia aguentar mais. Não podia rebaixar-se daquele jeito só para sobreviver. Não agora, que já tinha visto outras coisas, fora das muralhas do seu cativeiro, e pouco importava que não tivesse acesso àquele mundo novo. O importante era saber que existia.

– Mas, ao contrário, deixarei que curta o seu sofrimento – prosseguiu Rekla. – Até amanhã ou mais ainda.

– Não vamos poder seguir viagem, se continuar me sentindo tão mal.

Rekla deu de ombros, sem ligar.

– O meu deus pede que não a mate agora, e eu obedecerei. Mas não creio que ficará zangado comigo por esta pequena satisfação que me concedo. Como pode imaginar, vê-la sofrer é para mim o mais delicado dos prazeres.

Dubhe mexeu as mãos presas atrás das costas, mas a tentativa de libertar-se foi inútil.

– Por que faz isso?

Rekla pareceu sinceramente surpresa.

– Pelo meu deus.

– Mas eu nada tenho a ver com a história! – gritou Dubhe. – Só estou tentando salvar-me.

– Ainda que fosse verdade, atreveu-se a enganar Thenaar, e não há perdão para isso.

Rekla aproximou-se. Roçou de leve na ferida no ombro, e Dubhe soltou um gemido. Encostou a mão na sua boca.

– Silêncio, se continuar assim acabará acordando Filla, e este é um momento muito especial, um momento só para nós duas.

Dubhe fechou os olhos, não queria dar-lhe a satisfação daquela cumplicidade.

– Não há escapatória, Dubhe. Nunca houve. Yeshol acreditou que você fosse uma Criança da Morte, e era mesmo, mas você renegou a sua natureza. De Thenaar ninguém foge, no entanto, e ele a transformou numa máquina de morte útil à nossa causa.

Dubhe sacudiu a cabeça com força.

– Eu nunca fui um dos seus, e nunca serei!

– Mas a Fera é, e a Fera é Thenaar! Quem preparou a agulha fui eu, Dubhe, aquela que lhe injetou a maldição. Acariciei-a com os meus dedos e a entreguei ao jovenzinho. O rapaz sabia que ia morrer, mas partiu assim mesmo, pois era o seu destino.

Dubhe faiscou um olhar de fogo.
— E o seu destino é ser um cordeiro sacrifical. Thenaar usou-a até onde foi possível, pois afinal você derramou sangue em seu nome, muito sangue.

A verdade daquelas palavras golpeou-a com a força de um bofetão.

Rekla aproximou-se ainda mais, e Dubhe sentiu com nojo o sopro da sua respiração no pescoço.

— Eu a matarei com as minhas próprias mãos, derramarei o seu sangue na piscina enquanto a Fera comerá suas entranhas. Não haverá mais poções para salvá-la, Dubhe. — Sorriu com maldade. — Você e Thenaar são uma coisa só. E terá de ser sua criada até o fim, querendo ou não.

O horror daquelas palavras superou qualquer outro sofrimento. Dubhe sentiu as têmporas presas num aperto de medo. Mas havia mais alguma coisa, algo que antes não conhecia.

— Não! — gritou de novo. — Eu não sou Thenaar! E não morrerei naquela maldita piscina pelas suas mãos! Eu não lhes pertenço!

Sua garganta pulsava, a sua voz rouca e sofrida rasgou o silêncio escuro da noite. Uma ave levantou voo.

Filla apareceu logo a seguir, de punhal na mão. Toda aquela algazarra, obviamente, despertara-o.

— Está delirando — disse Rekla.

— O que há com ela?

— Os ferimentos, só isso. Amanhã de manhã, um pouco de poção vai resolver tudo. Volte a dormir.

O homem fitou-a, incerto.

— Já disse para você dormir! — sibilou novamente Rekla.

Filla recuou lentamente.

Ela permaneceu imóvel, de olhos fixos em Dubhe.

— É o que veremos, se pertence ou não pertence a Thenaar. Apertou os punhos e voltou a deitar-se.

Dubhe não adormeceu. Todo o seu corpo estava dolorido, mas parecia-lhe que uma pequena parte do peso que oprimia seu coração tivesse sumido. Havia finalmente tomado uma decisão. Acontecera de repente, devido à dor e à frustração.

Por quase dez anos tinha seguido em frente sem nada esperar, sem nem mesmo tentar interromper o fluxo inevitável dos eventos. Pois não fazia sentido resistir, porque, afinal, talvez estivesse certa que as coisas fossem daquele jeito.
Mas também seria justo ficar ali, à espera que a Fera a devorasse? Seria justo deixar que a sua vida se consumasse num gesto inútil? E o Mundo Emerso? Os seus milhares de habitantes mereciam isso? Não! Tinha abandonado a Casa para sempre, e nunca mais voltaria para lá.
Fugiria, e não importava quão difícil isso pudesse ser. Levaria adiante a missão sozinha. Por que entregar-se, afinal? Por que achar que estava tudo acabado? Só porque tinha perdido a esperança?
No momento em que o vira pela última vez, Lonerin não lhe deixara como herança somente o seu ódio. No fim, sorrira para ela. Tinha certeza de que ela não se deteria, que seguiria em frente, mesmo sem ele. E era isso mesmo que agora faria. Havia de fazer! Finalmente tinha um objetivo só dela a alcançar.
O dia nasceu no rosa-escuro do céu e um pontapé trouxe Dubhe de volta ao presente. Era Rekla, em cima dela, que a fitava furiosa. Trocou violentamente as ataduras, com vontade de machucar, aí misturou alguns ingredientes numa tigela e forçou-a a tomar o líquido pegajoso derivado das ervas. Tinha um sabor diferente, o que mostrava que desta vez não acrescentara nada de estranho. Em seguida apertou ainda mais os nós das cordas que prendiam seus pulsos e tornozelos, e carregou-a nos ombros de Filla.

– Não tente bancar a esperta – disse segurando-a pelos cabelos e puxando sua cabeça. – Já sabe o que pode lhe acontecer.

Dubhe estava muito mal, e antes de poder tentar qualquer coisa teria de esperar alguns dias, pelo menos dois. Dentro da poção havia certamente alguma droga que Rekla usava para subjugá-la. Achou que devia encontrar alguma forma de manter-se lúcida, pois assim, da próxima vez, poderia levar a melhor. Além disto, antes de fugir, teria de roubar alguns vidros da mistura, para a Fera. Rekla ficara com o alforje de Lonerin e guardara o conteúdo na sua mochila. Usava-a constantemente a tiracolo, nunca a largava e, à noite, dormia abraçada com ela.

Viajaram o dia inteiro, e Dubhe mostrou-se mais aturdida do que era na verdade. Queria estudar os seus algozes, descobrir os seus pontos fracos. Quando deram uma parada para medicá-la, notou que Filla a tratava com uma certa amabilidade. Não era como Rekla, talvez sentisse pena dela. O toque da sua mão na ferida era gentil; tinha de aproveitar o seu eventual apoio. Formavam uma dupla bastante estranha, não dava para entender por que Yeshol os escolhera. Talvez tivesse de concentrar-se nas diferenças entre os dois para encontrar um jeito de fugir.

Mais uma vez, passou a noite acordada. Estava totalmente esgotada, mas era preciso estudar a situação. Toda vez que o sono ficava a ponto de vencê-la, virava-se devagar sobre o ombro ferido. Não era o ideal para ficar boa, mas pelo menos a dor a ajudava a não adormecer.

Controlou o sono de ambos os seus inimigos. Reparou que a respiração de Filla, depois de uma ou duas horas, tornava-se mais pesada, enquanto Rekla acordava a intervalos regulares para olhar em volta. Não dava a impressão de estar totalmente alerta, mas Dubhe preferia não contar muito com isto. Era sensível a qualquer barulho, e bastava um frufru só um pouco mais inesperado que os demais para a mão dela correr imediatamente ao punhal enquanto seus olhos se arregalavam.

Nunca soltava a mochila. Segurava-a nos braços, prendendo a correia com a mão.

De repente, viu-a despertar por completo e se levantar. Tremia. Dubhe entreabriu levemente os olhos, para não ser descoberta. Rekla revistou freneticamente no saco de viagem, com os ombros sacudidos por soluços. Parecia ressecada e envelhecida. O rosto também tinha uma expressão diferente. Na luz do luar, Dubhe reparou que sua pele estava encarquilhada e cheia de rugas. Teve uma iluminação. Toph, o companheiro que Yeshol escolhera para o seu primeiro trabalho na Guilda, dissera: "Certa vez a vi de longe... mas estava curva, e a sua pele... era como se tivesse reassumido a sua verdadeira idade, de uma hora para a outra."

Rekla usava uma poção para rejuvenescer. Se não a tomasse a intervalos regulares, envelhecia de repente. Devia ser um daqueles momentos.

Dubhe abriu os olhos e prestou a maior atenção. Não receava ser descoberta, Rekla parecia atarefada demais para se lembrar da prisioneira. Tirou uma pequena ampola da mochila.

Dubhe procurou guardar na memória as características daquele vidro, uma vez que não dava para distinguir a cor. Rekla levou o pequeno frasco à boca e deu um ávido trago, jogando a cabeça para trás. Seu corpo teve um último estremecimento, então seus ombros endireitaram-se, a testa alisou-se. Deitou-se então, com calma, e voltou a dormir.

No escuro, Dubhe sorriu. Aquela noite tinha sido proveitosa.

Ao alvorecer, Rekla deu-lhe o costumeiro pontapé no flanco. Dubhe aparentou acordar e a fitou sem se queixar de dor. Era um olhar tão descaradamente desafiador, o dela, que Rekla golpeou-a de novo, para puni-la.

Quem a deteve foi Filla, segurando-a pelos ombros.

– Deixe que eu cuide dela, minha senhora.

Rekla reagiu com violência.

– Não toque em mim!

– Queira perdoar... peço desculpas, mas por favor acalme-se!

Havia uma estranha forma de cuidadosa solicitude nos gestos de Filla, que provocava uma reação enfastiada mas ao mesmo tempo natural por parte de Rekla. Não devia ser a primeira vez que trabalhavam juntos.

– Ela me provoca – Rekla disse com ódio. – Mas quando eu enfiar o punhal no seu coração então quero ver se ainda vai ter a coragem de olhar-me assim! – Cuspiu no chão e deu as costas.

Filla esperou alguns instantes, então levantou Dubhe.

– Por que insiste em enfurecê-la? – murmurou entre os dentes.

Dubhe não soube responder. Havia tristeza nos olhos do homem. Parecia sinceramente preocupado com a companheira.

Ajudou-a recompor-se de alguma forma, fitou-a.

– Há um riacho aqui perto. Gostaria de lavar-se?

Dubhe encarou-o, pasma, enquanto Rekla, que ouvira, se insurgiu.

– O que deu em você? Ficou maluco?

– Há perigo de infecção. – Filla tinha um leve tremor na voz. Estava com medo.

– Tome cuidado para não se deixar enganar – sibilou a companheira. – Ela só tem de chegar à Casa respirando, nada mais do que isto.

– Deste jeito, corre o risco de não chegar.

Rekla começou a andar de um lado para outro, como uma fera enjaulada. Filla estava certo, quem não queria de forma alguma aliviar o sofrimento de Dubhe era ela. Mas não tinha escolha, e acabou concordando com um sinal de cabeça.

Filla ajudou a jovem a levantar-se, puxando-a com força pelos braços, quase a demonstrar que não sentia qualquer compaixão. Dubhe sabia muito bem que Rekla iria encontrar um jeito de se vingar daquela concessão. À noite, tomaria o maior cuidado para não ingerir nem uma gota da poção.

Quando conseguiu firmar-se nas pernas, foi acometida por violentas tonturas.

– Apoie-se em mim – disse Filla.

Era estranho ouvir um membro da Casa falar daquele jeito. Não era comum alguém da Guilda se incomodar com os outros.

– A minha senhora só está nervosa – ciciou em seus ouvidos, com uma voz insolitamente aflita. – Procure não irritá-la e, você vai ver, tudo irá melhorar – concluiu.

Só precisaram dar alguns passos para Dubhe ver, logo adiante, uma nascente de água límpida.

– Rápido, não demore – disse Filla. – Só trouxe você aqui para acalmá-la. Se ela lhe fizer algo antes de voltarmos à Casa, vai arrepender-se amargamente.

Dubhe chegou à conclusão de que tudo estava claro, agora. Perguntara a si mesma por que Yeshol fora escolher uma dupla à primeira vista tão disparatada. Filla adorava Rekla e, de alguma forma, a protegia contendo o seu ardor e a sua violência.

Curvou-se, quase caindo no chão. Estava incrivelmente fraca, o que não a ajudaria certamente a fugir. Levantou a cabeça e viu o próprio rosto refletido na água. Estava irreconhecível: cheia de equimoses e com uma parte da face horrivelmente intumescida. Rekla estava certa, tinha feito um excelente trabalho.

Mergulhou diretamente a cabeça na água e se sentiu melhor quando o frio espicaçou seu rosto. Teve vontade de mergulhar o corpo todo, precisava muito de um banho revigorante, mas sentiu ser agarrada pelos cabelos e puxada para fora.

– Ficou louca? Quer morrer?

Dubhe desviou o olhar.

Ajudada por Filla, limpou a ferida com água. Em seguida cuidou de mudar a atadura e espalmar a pomada que Rekla tinha preparado.

– Não fique imaginando coisas – ele disse fitando-a, severo. – Só faço isto para que a minha senhora tenha a sua vingança quando voltarmos à Casa. É por isso que quero mantê-la viva.

Dubhe reparou que a tigela que continha a pomada era de vidro. Uma oportunidade que não podia perder. Quando Filla acabou de medicá-la, fez um movimento imperceptível e o recipiente escorregou dos dedos do homem, caindo no chão. A jovem foi rápida e encobriu-o com a mão. Ouviu-se um pequeno estalo, mas Dubhe fez de conta que não era com ela.

Filla suspirou, enfadado.

– Não faz mal, de qualquer forma eu já tinha acabado.

Ajudou-a mais uma vez a se levantar. Dubhe levou a mão ao bolso. Na palma, um pequeno caco de vidro.

Quando voltaram, foi forçada a tomar a poção. Um sabor amargo encheu-lhe a boca: Rekla acrescentara de novo alguma coisa. Conseguiu derramar uma parte, mas a quantidade que desceu pela sua garganta foi mesmo assim suficiente para deixá-la aturdida. Passou mais uma noite infernal, entregue a contínuas convulsões. Rekla, antes de se deitar, ficou um bom tempo ao lado dela. Vigiava-a, regozijando-se ao ouvi-la gemer de dor. Dubhe prometeu a si mesma que se concederia só mais um dia, pois não poderia certamente aguentar mais do que isso.

Na manhã seguinte coube novamente a Filla medicar o ferimento e ministrar-lhe a poção. A mão do rapaz era muito menos firme do que a de Rekla, e muito menor era a sua determinação a fazê-la sofrer. Dubhe só precisou exagerar um pouco a fraqueza e o entorpecimento que a acometia. Uma boa parte do líquido derramou-se enquanto bebia, o resto cuspiu-o quando Filla afastou-se para

devolver a Rekla a ampola. Com tão pouca poção no corpo, era a hora certa para tentar a fuga. Decidiu agir naquela mesma noite. *Mais um dia*, disse a si mesma. *Só mais um dia.*
A sorte pareceu favorecê-la.
Depois de mais um cansativo dia de marcha, acamparam mais tarde do que de costume e foram logo envolvidos pela escuridão. Vez por outra, grandes nuvens escondiam a lua. Quando Dubhe ouviu Rekla e Filla dormirem profundamente, sacou do bolso o pequeno caco de vidro e começou a cortar as cordas que mantinham presos pulsos e tornozelos. Sherva havia sido um excelente mestre: levou algum tempo, mas acabou se libertando. Ficou lentamente de pé, procurando não fazer barulho.

Estava mareada, sua cabeça rodava. Apoiou-se numa árvore e se forçou a recuperar o equilíbrio. Tinha de se acostumar. Não estava na sua melhor forma, mas sabia que podia conseguir.

Pegou alguns seixos e aproximou-se de Rekla e de Filla.

O primeiro passo foi suficiente para a mulher se mexer levemente. Dubhe ficou imóvel na mesma hora. O sono era um véu sutil para Rekla, bastaria um nada para ela acordar. Dubhe forçou ao máximo as suas capacidades. Tentou ser melhor do que nunca, melhor que quando roubava as joias das mãos de pessoas adormecidas, melhor e mais furtiva que quando treinava com Sherva, movendo-se silenciosa como um fantasma.

Devagar, muito devagar!
Levou vários minutos, mas finalmente ficou cara a cara com Rekla. Podia contar as suas sardas uma por uma e via seus lábios levemente entreabertos, as bochechas coradas de menina. Experimentou somente uma sensação de nojo e um desejo de matar mais forte do que nunca. Fincar uma faca no seu coração, acabar com ela... Mas não podia. Conseguiria matar um dos dois, mas não ambos. Fraca daquele jeito, nunca levaria a melhor sobre Filla. Não, a sua única escapatória só podia ser a fuga.

Agachou-se, e a grama farfalhou sob seus joelhos. Rekla apertou levemente os olhos.

Ali estava o saco de viagem, nos seus braços, mas Dubhe não se atrevia a puxá-lo. Começou então a retirar pacientemente as ampolas, uma depois da outra, substituindo-as com os seixos.

Foi um trabalho infinito, que molhou sua testa com inúmeras gotículas de suor. Os seus movimentos tinham de ser fluidos, precisos, delicados. Suas mãos começaram a tremer. Rekla estava irrequieta, notava-se que estava a ponto de acordar. Se isso acontecesse, estaria tudo acabado, e Dubhe não podia dar-se a este luxo. Seguiu em frente, inabalável, com os braços doloridos, até tirar da mochila tudo o de que precisava. E só então se afastou.

Respirou fundo e controlou os frutos da sua labuta: dois vidros de poção contra a Fera, uma quantidade deveras muito pobre, e três ampolas parecidas com aquela que Rekla tomara na noite anterior. Achou por bem cuidar delas primeiro. Destampou-as e derramou o conteúdo no chão, dispersando-o.

Não podia matá-la, é verdade, mas podia forçá-la a morrer devorada pelos seus anos.

E também havia o punhal, o seu punhal, aquele que pertencera ao Mestre. Ela o recuperara! Prendeu-o na cintura, e quando apertou o cinto de couro sentiu-se encher de nova energia.

Finalmente examinou as ervas. Conhecia todas elas. E havia uma que vinha realmente a calhar. Pena que não houvesse venenos, obviamente Rekla não os achara necessários.

Levou muito pouco tempo para preparar tudo, usando uma das ampolas que esvaziara.

Ouviu Rekla que gemia e se revirava. Procurou apressar-se, tentando mesmo assim não fazer barulho. Antes de acrescentar o último ingrediente cobriu o rosto com a mão.

Da ampola, desprendeu-se um leve vapor que bastou para deixá-la vagamente mareada.

Com delicadeza, derramou um pouco da mistura na grama, perto da boca e do nariz de Filla, para então colocar a ampola com metade do conteúdo ao lado do rosto de Rekla. Levantou-se devagar. Levaria algum tempo até a mistura surtir efeito, mas os deixaria bastante atordoados para permitir-lhe uma vantagem de algumas milhas.

Afastou-se caminhando de costas, com cuidado. Então, quando Rekla e Filla já não eram visíveis, virou-se e começou a correr.

Estava livre.

12
UM GNOMO E UM MENINO

Ido não perdeu tempo. Pegou o cavalo do homem que acabava de matar, descansado após a tarde de folga que os Assassinos lhe haviam concedido, e saiu em perseguição. Sentia o sangue ferver em suas veias. Agradeceu aos céus o fato de estar na Grande Terra. Os rastros do outro cavalo estavam claros e nítidos. A distância que os separava era mínima, e ele era mais leve. Não demoraria muito para alcançá-lo. O Assassino parecia dirigir-se cada vez mais rumo às ruínas da Fortaleza. Antigamente havia sido a colossal morada de Aster: uma torre enorme, toda ela de cristal negro, visível de pelo menos um lugar de cada uma das Oito Terras, para as quais esticava longas construções parecidas com pegajosos tentáculos. Acabara sendo destruída durante a Grande Batalha do Inverno, e por um bom tempo o lugar não passara de uma planície desolada de escombros e fragmentos de cristal negro.

Mais tarde, quando Dohor se tornara suficientemente poderoso, decidira recuperar toda aquela área. Era óbvio que tencionava construir ali um grande palácio, onde iria morar após tornar-se o senhor absoluto de todo o Mundo Emerso. O território, com efeito, estava cheio de escravos, fâmins, gnomos e humanos que trabalhavam no saneamento do terreno livrando-o dos restos da Fortaleza. Se de fato o sicário estava indo para lá, as coisas tornavam-se bastante interessantes: significava que não estava levando o menino à Guilda dos Assassinos, mas sim para Dohor em pessoa. Ido esporeou mais ainda o animal, mas por mais que se apressasse não conseguia alcançá-los. Tinha calculado que, com a diferença de peso e a distância entre eles, deveria chegar a avistá-los antes do alvorecer. A trilha de rastros, no entanto, continuava a perder-se no horizonte.

Finalmente divisou um ponto preto. Esfregou o olho. Estava confuso, cansado. Passara vários dias sem dormir, e a longa vigília começava a pesar. Achou que se tratava de uma alucinação. Mas não era. O ponto preto permanecia à frente dele.

– Vamos lá, garoto, só mais um esforço. – Esporeou o corcel e o animal acelerou a marcha.

À medida que se aproximava, o ponto preto assumia o aspecto cada vez mais nítido de um cavalo. Ido sentiu um aperto no coração. Eram eles. A noite de louca perseguição surtira efeito. Levou a mão à espada, ansioso para saborear a desforra.

Mas então reparou que o animal avançava de forma estranha. Não troteava, simplesmente andava a passo, de cabeça baixa.

Bom, com duas pessoas na garupa e depois de uma corrida dessas, deve estar certamente exausto.

A distância entre eles diminuiu rapidamente, e então Ido entendeu.

– Maldito bastardo – disse entre os dentes.

Parou e gritou a sua raiva aos céus.

Haviam fugido bem debaixo do seu nariz, e ele fora tapeado como o mais bobo recruta. O cavalo estava sozinho. Ele passara a noite inteira no encalço de um maldito cavalo que vagueava sozinho no deserto.

Berrou de novo e o seu animal deu um pinote. Segurou as rédeas com firmeza. Precisava manter a calma. Sempre achara que a velhice traria consigo mais sabedoria, mas na verdade os anos só o haviam tornado mais estourado e irascível. Em certas situações, manter a lucidez era para ele cada vez mais complicado, e sabia muito bem que numa hora como aquela, ao contrário, a frieza era a coisa de que mais precisava. Forçou lentamente o coração a se acalmar e os músculos do corpo a relaxar.

Raciocine... Agora estão sem cavalo. E você sabe para onde estão indo. São dois, no deserto, a pé, não podem estar muito longe do lugar onde cruzou com eles ontem à noite.

Deu meia-volta e saiu mais uma vez a galope.

Só mesmo depois do sol raiar Sherva deu-se ao luxo de olhar para trás. Não tinha lá muita certeza de o seu pequeno truque funcionar. Obviamente, se não fosse pela escuridão da noite e pelo fato de o gnomo estar tão ansioso, não conseguiria. Mas agora, ao contrário, parecia de fato que tudo dera certo.

O garotinho jazia inerte nos seus ombros. O maior problema havia sido ele. Tentara desvencilhar-se desde logo, e então Sherva recorrera a medidas drásticas: dera-lhe um soco e o menino desfalecera. O Assassino, no entanto, sabia que aquilo não bastaria. Se quisesse levá-lo a Yeshol e concluir satisfatoriamente a missão, teria de torná-lo inofensivo por todo o resto do dia. Mas tinha de mantê-lo vivo. Por um momento pensara em deixá-lo ali mesmo, no deserto, pois afinal de contas já lhe havia criado muitos problemas. Ele ficaria livre. Nada mais de Guilda, nada mais de grilhões. Ou então poderia apresentar-se a Yeshol mostrando-lhe a cabeça. Iria finalmente parar de ajoelhar-se diante de um deus que detestava. Mas aquilo tampouco era um vago devaneio. Passara a vida inteira avaliando corretamente a situação e a própria força, à espera da hora certa para dar o bote. E esta ainda não chegara.

Por isso mesmo tirara do bolso a ampola que Rekla lhe dera antes de partir.

"Todos sabemos que raio de demônio era aquela Nihal", ela dissera. "Se o neto tiver um pouco da mesma energia, não será fácil trazê-lo de volta. Preparei um filtro que você poderá usar em caso de necessidade e que o deixará totalmente aturdido por um dia inteiro." Sherva meneara a cabeça, mas não tivera outra escolha. Virara a cabeça do menino para trás, abrira sua boca e derramara o líquido goela abaixo. Aparecera um filete de sangue, o movimento brusco devia ter-lhe quebrado um dente, mas para ele aquilo não passava de um detalhe insignificante. O que importava era forçar o garoto a engolir.

Agora, no entanto, estava cansado, tinha de parar para recobrar as forças. Deitou o menino no chão e pegou o cantil para tomar um gole. San observava-o de olhos entreabertos e, apesar de entorpecido, era um olhar carregado de ódio.

Sherva contemplou-o de cima.

– O seu salvador, nesta altura, está morto. Não adianta me olhar desse jeito.

O garoto não respondeu, atarefado como estava a lutar contra o efeito da poção para não ficar totalmente inconsciente. Tinha garra, quanto a isto não havia dúvida.

Sherva esqueceu o assunto, derramou um pouco de água no corpo e demorou mais uns momentos antes de carregá-lo novamente nos ombros. Precisava seguir em frente, o gnomo podia estar mais uma vez no seu encalço.

Só ao amanhecer do dia seguinte Ido conseguiu encontrar o lugar onde o Assassino abandonara o cavalo. Fora muito esperto. Tinha praticamente pulado do animal em plena corrida, de forma que não se via qualquer descontinuidade nos rastros. O homem devia ter uma agilidade fora do comum, mas esta era uma coisa da qual Ido já desconfiara. Dois corpos que caem do cavalo deveriam ter deixado uma marca muito mais profunda naquele terreno. Mas, em vez disso, o homem tinha quase certamente caído de pé, para logo a seguir continuar a correr. Ido ficou alguns segundos avaliando a situação, sem desmontar. Havia sido um truque bobo mas eficaz, e o Assassino tinha calculado tudo nos mínimos detalhes: o tempo que ele demoraria para reencontrar o rastro certo, o fato de o vento ter cancelado, naquela altura, uma boa parte das pegadas.

É assim que um Vitorioso se movimenta, pensou.

Sentiu uma imediata admiração por aquele Assassino. Era um inimigo de verdade, um guerreiro à sua altura.

Você foi treinado para não deixar rastros e eu, por minha vez, aprendi a reconhecer até os mais imperceptíveis indícios. E acompanhou com o olhar as pegadas quase invisíveis.

O adversário estava certamente levando vantagem, mas ele também tinha um ás escondido na manga: sabia perfeitamente para onde o outro estava indo.

O sono ia se tornando uma necessidade irreprimível, e o próprio cavalo estava cansado. Ido não tinha feito outra coisa a não ser exigir o máximo de si e do animal por mais uma noite, e agora estava começando a fraquejar.

Mas o rastro agora era recente, e ele sabia reconhecer as passadas curtas e arrastadas. O Assassino estava tão cansado quanto ele. Continuava carregando a criança nas costas, e aquele peso devia tê-lo deixado esgotado.

Quanto pesa um garoto de doze anos?
Não fazia a menor ideia. Nunca tivera filhos, e de vez em quando aquela falta era um fardo a mais no seu coração. Alguém, certa vez, dissera-lhe que uma vida sem filhos era uma existência sem sentido, e só os deuses sabiam o quanto ele gostaria de ter uma criança com Soana. O destino, no entanto, fizera com que eles se encontrassem já velhos demais.

"Se tivesse pensado mais em mim, em lugar de se dedicar o tempo todo à guerra..."

Soana, ao seu lado, tinha a expressão amuada de que tanto ele gostava. Não estava realmente zangada, só fingia. Era uma brincadeira bastante comum entre eles.

"Você tem toda a razão", ele resmungou.

Ela sorriu com doçura.

"Eu também já estava velha."

"Então eu deveria tê-la amado antes. Pois eu já a amava havia muito tempo, antes de você me aceitar."

"Sei disso."

Ido esticou o braço para acariciar-lhe o rosto. Acabou desequilibrado e viu o terreno vir ao seu encontro. Só teve tempo de se segurar nas rédeas.

Estava sonhando. Sem dar-se conta, tinha passado do estado de vigília para o sono.

Velho boboca... resmungou com os seus botões, e procurou esbofetear-se na cara.

Estava cansado demais. Nunca conseguiria lutar, naquelas condições. Incitou o cavalo, precisava acordar. A corrida foi de curta duração; logo a seguir encontrou rastros bem recentes, sinal de que os dois deviam estar muito perto.

Logo que desmontou teve a sensação de estar apenas representando um papel já vivido. Tudo era exatamente igual à noite anterior, só que agora ele estava muito mais fraco.

Deixou o cavalo ali mesmo e seguiu adiante, arrastando-se no chão, até distingui-los claramente na escuridão da noite. O homem estava acordado. Dava-lhe as costas, e sua cabeça pelada brilhava na leve claridade noturna.

Ido levantou por um momento os olhos. Era uma noite maravilhosa, clara e límpida. As estrelas projetavam sombras no terreno. O garoto estava ao lado dele, deitado no chão. Parecia esgotado e olhava para ele. Ido fitou-o e encostou um dedo nos lábios. Precisava ficar parado, ele cuidaria de tudo. Recomeçou a avançar de quatro na areia, com San que o observava de olhos arregalados.

Só faltava dar mais um passo, e já podia sentir o cheiro do suor do Assassino: parecia não ter percebido nada. Ido levou a mão à empunhadura da espada. Naquela mesma hora o homem virou-se de repente. Já segurava o punhal, pronto para acertar o agressor na garganta. Ido só teve tempo de pular de pé para evitar o golpe.

Ficaram por um momento estáticos, parados daquele jeito, de armas em punho enquanto se estudavam.

– Você é rápido – observou o Assassino.

Lembra realmente uma cobra, pensou Ido, *com esse nariz adunco e a boca sutil.*

– Você também, ao que parece.

Foi só um instante. O homem levantou o punhal para o peito do adversário, que baixara a guarda. O gnomo esquivou-se para o lado, mas sentiu o golpe penetrar no seu flanco. A dor contraiu todos os seus músculos num espasmo.

Mas que droga, velho, resista!

Cortou o espaço diante de si com a espada, mas o homem pulou e ficou atrás dele, segurando sua cabeça com as mãos.

Ido estava fraquejando. O ferimento era profundo, as mãos formigavam e mal conseguiam segurar a arma.

Por que está menos cansado do que eu?

Com a mão livre, o Assassino apertou uma corda no seu pescoço. Queria sufocá-lo. Ido tentou fincar os pés para libertar-se, mas só conseguiu segurar mais uma reclamação esganiçada. Recorrendo às suas últimas forças, golpeou-o com a empunhadura da espada, e o outro soltou momentaneamente a presa. Ido aproveitou para golpeá-lo de novo, mas só conseguiu acertá-lo de raspão, e o sicário voltou a ameaçá-lo com o punhal.

Embora com seus reflexos quase apagados, Ido ainda conseguia deter os golpes com bastante eficácia, mas estava a ponto de desmaiar. Em toda aquela escuridão, só acompanhava o brilho da lâmina do punhal, como se não houvesse mais nada em volta dele.

Segurou então a espada com ambas as mãos, e com enorme esforço procurou ignorar a dor da ferida. Desta vez acertou-o em cheio e sentiu a espada fincar-se na carne. O Assassino soltou um leve grunhido, dobrou-se por um momento sobre si mesmo e deixou cair o punhal.

Talvez ainda consiga, pensou Ido.

Empertigou-se, mas o outro encarou-o sorrindo. Virou-se sobre si mesmo e ficou novamente atrás dele. Empurrou-o até fazê-lo cair no chão com violência, e o gnomo sentiu um joelho pressionar suas costas. A dor no peito ficou insuportável.

Morto pelo cansaço e pela velhice, que morte idiota!

O homem apertou-lhe a garganta com firmeza. Suas mãos tremiam, sinal de que o golpe que Ido lhe infligira era bem fundo. O gnomo não aguentava mais, já não conseguia nem mesmo desvencilhar-se.

Então, de repente, sentiu o aperto afrouxar, e em seguida um baque surdo. Parecia impossível. Sua garganta estava livre e, mesmo arquejando, podia novamente respirar. Parou um instante para retomar o fôlego e recobrar as forças.

– Você está bem?

A voz de um menino. Um rosto sujo e olhos reluzentes apareceram no seu campo de visão. San. Havia golpeado o Assassino. Agora estava ali, de pé diante dele. Tremia, pálido e com expressão abalada, assustada.

– Calma, calma – sussurrou Ido, principalmente para si mesmo.

– Acertei-o no ombro, mas não sei se está morto...

Ido não estava em condições de averiguar, mas já achou muito bom que o outro estivesse ferido. Neste caso, teriam de agir depressa, mas ainda demoraria algum tempo antes de o Assassino se recobrar.

— Ajude-me!

E o garotinho puxou Ido pelos braços até ele se levantar. O gnomo sentiu uma fisgada no ferimento, mas a dor mais insuportável era no peito. Talvez estivesse com uma costela quebrada, e calculou que não demoraria muito a perder os sentidos.

— Tire o meu casaco, rasgue-o e arrume uma longa tira. Preciso estancar o sangramento.

San soluçava, estava a ponto de se deixar tomar pelo pânico. Mesmo assim, fez tudo a contento, e Ido reparou que quando tocava na ferida ela não doía, muito ao contrário.

Não ficou imaginando a razão daquilo, nem pensando em como a criança se livrara das cordas. Tinham de montar no cavalo e sair dali o quanto antes, não tinham tempo a perder.

San tinha sido muito bom, as ataduras estavam bem apertadas, mas montar foi mesmo assim uma verdadeira façanha. Ido não parava de perder os sentidos.

— Segure as rédeas e fique atrás de mim. Terá de guiar.

O garoto não entendia direito, mas obedeceu.

— Siga aquela estrela vermelha que brilha no horizonte, ela aponta para o oeste. A Terra do Fogo fica para lá. Quando o sol raiar, poderá ver o Thal, um grande vulcão... Precisa rumar para lá, sem se desviar.

San chorava. Estava sendo sacudido por convulsões, o medo tomara finalmente conta dele.

— Não me deixe...

— Não temos tempo, San. Mexa-se! – disse Ido, com uma voz tão cansada que mais parecia um sopro.

O cavalo não saía do lugar. San estava paralisado.

— Não se preocupe, você vai conseguir. Só tem de acompanhar aquela estrela vermelha... Amanhã irá acordar-me e então eu pegarei as rédeas. Mas agora preciso dormir, preciso recuperar as forças, pois do contrário não vou conseguir.

O menino fitou-o, permaneceu em silêncio por uns instantes e então concordou. Cutucou o cavalo e finalmente partiram.

San continuava a chorar, mas fez o que lhe havia sido pedido. Era realmente uma criança corajosa, e Ido, antes de ficar inconsciente, sorriu.

Quando o sol começou a queimar seu rosto, acordou de repente. Tudo era luz violenta, insuportável.

Talvez seja o famoso além dos sacerdotes, e daqui a pouco Soana venha receber-me...

Uma dolorosa fisgada no peito fê-lo entender que ainda estava vivo, e lentamente a sua vista aclarou-se.

Pelos olhos só levemente entreabertos divisou um panorama que lhe era bastante conhecido: o fumegante e imenso Thal que se erguia diante dele, o deserto abrasador da sua terra. Baixou o olhar. San estava curvo em cima da sua ferida, com o casaco imundo e rasgado e uma bochecha inchada e roxa. Percebeu um estranho calor no flanco. O garoto mantinha a mão no seu ferimento, que era como que rodeado por um vago halo luminoso.

– Bom-dia... – murmurou

Foi como se San tivesse sido mordido por uma tarântula. Deu um pulo para trás, afastando-se dele de repente.

– Eu não estava fazendo nada, eu juro!

Ido não entendeu.

– Tudo bem, tudo bem. Eu só lhe desejei bom-dia.

San parecia indeciso, sem saber o que dizer.

– Normalmente, as pessoas costumam responder.

– Bom... bom-dia – gaguejou o menino, inseguro.

Ido ainda tinha a cabeça confusa, não podia certamente pensar em todos os mistérios que cercavam aquele garoto.

– Meus parabéns – disse. – Você conseguiu.

San corou de leve.

O gnomo passou a mão na atadura. Estava seca, a hemorragia havia sido estancada, mas uma fisgada no tórax lembrou-lhe a costela quebrada. Por um instante a sua vista voltou a ficar enevoada, mas tinha de levantar-se, agora era a sua vez de guiar o cavalo.

San desmontou e subiu de novo para ficar na frente.

Era bastante alto, para a idade, e os cabelos só tinham um leve toque azulado. Os olhos, no entanto, apesar de inchados de sono e de pranto, eram os do pai. Mas de Nihal também. Com uma certa aflição, entretanto, Ido pensou que o garoto não podia saber daquilo, San nunca tinha encontrado a avó.

Por algum tempo avançaram em silêncio sob os raios impiedosos do sol da Terra do Fogo. Já fazia três anos que Ido não aparecia por lá, mas parecia que se haviam passado séculos. Ali estava a sua verdadeira pátria, onde afinal morara por tão pouco tempo, a terra prometida pela qual derramara todo o seu sangue, a casa que não tinha conseguido proteger. Era um lugar carregado demais de lembranças, e quase sentiu-se aliviado quando San fez uma pergunta que interrompeu os seus pensamentos e aquele horrível silêncio:

– Para onde estamos indo?

– Sabe onde estamos?

Ido percebeu que estava sacudindo a cabeça.

– Nunca saí da Terra do Vento. Papai não quer – calou-se por um momento, consternado, aí corrigiu-se: – Não queria.

– Chegamos à Terra do Fogo.

Talvez estivesse surpreso. Sentado atrás dele, Ido não podia vê-lo.

– Estamos indo a um lugar seguro, que só eu conheço. Vamos ficar lá até eu me recobrar, e você também, pois parece que está precisando. – Hesitou por alguns instantes. – Foi um soco?

– Quando fiquei sozinho com aquele homem, tentei soltar-me. Ele derrubou-me e me esmurrou com força. Quebrou-me um dente.

Ido não sabia o que dizer. Lembrou-se de todas as vezes em que tivera de consolar alguém. Jovens esposas, mães, filhos, simples amigos, companheiros de armas. Mas não era mais capaz. Diante da enormidade da dor, sentia-se inadequado.

– Veremos o que podemos fazer por você.

Era uma frase muito idiota, mas não encontrou algo melhor para dizer: estava muito cansado e dolorido.

– Estamos nos dirigindo ao aqueduto, para sua informação.

– O aqueduto? Aquele por onde andou Nihal? – A voz de San assumiu subitamente um tom cheio de curiosidade.

Aquele nome, Nihal, tinha em sua boca o mesmo sabor de quando as demais pessoas o pronunciavam: era o nome de uma heroína, algo assim como uma lenda.

– Pois é, ele mesmo.

San apoiou a cabeça no seu ombro. Suas faces estavam molhadas, agora.
– Nunca pensei que algum dia iria conhecê-lo. Papai sempre me falava a respeito.

Voltou a calar-se. Ido sentiu as palavras surgirem em seus lábios quase sem dar-se conta.
– Fiz o possível por ele, San, tentei salvá-lo, mas não houve jeito. Cheguei tarde demais.

O garoto ergueu-se na garupa.
– Você o viu?
– Fiquei ao seu lado até ele morrer.
– E mamãe?
– Já estava morta, quando cheguei.

San voltou a encostar a cabeça nos seus ombros, afundou o rosto no casaco e começou a soluçar violentamente. Ido teve vontade de parar para abraçá-lo, para dizer que entendia, mas por enquanto não podia, ainda estavam desprotegidos demais, precisavam primeiro alcançar algum lugar mais seguro.

Limitou-se, portanto, a apoiar a mão no seu ombro, ignorando a dor que aquele movimento lhe causava, e apertou-o com força. Teve vontade de chorar com ele.

13
UMA VIAGEM SOLITÁRIA

Dubhe corria esbaforida na mata fechada. O efeito do sonífero que preparara continuaria até a alvorada, e tinha de aproveitar para deixar a maior distância possível entre ela e os seus algozes. Ainda não se sentia em sua melhor forma, as pernas fraquejavam, faltava-lhe o fôlego. E mesmo assim estava eufórica. Havia muito tempo, muito mesmo, que não se sentia assim. A escolha que fizera, gerada pela raiva e a frustração, parecia ter mudado tudo. Talvez, pela primeira vez na vida, sentia-se realmente livre. A Fera, o futuro nem um pouco animador que lhe reservava o destino, até a morte, eram pensamentos longínquos. Antes de tudo acabar, tencionava fazer alguma coisa grande, que desse um sentido àquilo tudo e à sua fuga.

Só parou quando o sol já estava alto no céu, para beber avidamente do cantil. Depois, apoiou as mãos nos joelhos para retomar o fôlego. Reparou que o bosque ao seu redor já não se calava, hostil: talvez os espíritos a ajudassem a encontrar o caminho certo.

De repente, sentiu um peso no estômago. A Fera se agitava. Precisava da poção, já fazia tempo demais que não a tomava. Pegou o pequeno frasco de Lonerin e o destampou. Segurá-lo na mão dava-lhe uma sensação estranha. Era tudo o que lhe sobrava dele. Uma herança extremamente preciosa e, ao mesmo tempo, pobre demais.

Sentia terrivelmente a sua falta, mas na maior aflição percebeu que só conseguia lembrar-se dele na hora em que se precipitava no abismo, como se aquela última imagem tivesse apagado qualquer outra coisa. O ódio que vislumbrara em seus olhos era profundo e insondável, e embora tivessem viajado juntos por um mês, Dubhe compreendeu que o conhecia muito pouco. Continuara sendo um mistério para ela. Teria gostado de conhecê-lo melhor e de confessar-lhe a própria dor, mas a morte havia chegado cedo demais. Como sempre. *Como aconteceu com o Mestre,* surpreendeu-se a pensar. Afastou tais pensamentos. Não sabia se aquela escassa quantidade de poção seria suficiente para chegar à casa de Senar, mas tentaria, não havia outro jeito.

As palavras que Lonerin lhe dissera no começo da viagem ressoaram na sua mente, categóricas como uma ordem.

"Tenho uma missão a cumprir, uma missão da qual depende o destino de muitas pessoas. Dediquei toda a minha vida a isso. Pensar que possa falhar, que possa não dar certo, é uma coisa que simplesmente não levo em consideração, além do mais porque seria inútil."

Dubhe levantou-se e retomou o caminho.

Quando chegou ao barranco onde Lonerin caíra, sentiu um aperto no coração. Tinha seguido pelo mesmo caminho, ao contrário, e agora procurava febrilmente um resquício qualquer dele: um farrapo de pano, um sinal, qualquer coisa capaz de reavivar nela a esperança. Mas não encontrou coisa alguma, como se a terra já o tivesse esquecido.

Debruçou-se titubeando à beira do precipício, e o sorriso seguro de Lonerin passou diante dos seus olhos. Havia algo heroico na maneira com que enfrentara a morte.

Lá embaixo o ribeirão corria impetuoso, mas do companheiro nem sombra. Somente uma mancha de sangue sobre uma pedra, que a água tivera a compaixão de não apagar.

Agora estava sozinha. Não sabia para onde ir e nem tinha o mapa de Ido. Quem o possuía era Lonerin, no seu casaco. E o pergaminho se fora com ele. Dubhe lembrava vagamente o itinerário, mas faltava-lhe a maioria dos detalhes. Para onde estavam indo? Qual era o caminho certo a seguir? Olhou a sua volta, respirando fundo, indecisa. A consciência de que Rekla já devia estar certamente no seu encalço fazia com que se sentisse acossada. Aquela mulher faria qualquer coisa, nada poderia detê-la, desde que pudesse pegá-la de novo e ter a sua desforra.

Sentiu-se gelar por dentro. Deixara-se levar pelo entusiasmo cedo demais, e agora estava tateando no escuro, desprovida de qualquer guia.

Continuou na orla do precipício, incapaz de se mexer. Tudo era exatamente igual a quando o Mestre morrera. Sozinha, ela não era nada, e só podia se arrastar, levando adiante uma vida miserável e obscura, seguindo o curso que o destino traçara para ela.

Relembrou aqueles últimos momentos passados ao lado de Lonerin, seu rosto, compenetrado no mapa, os seus passos abafados na grama enquanto ia inspecionar o barranco que o engoliria.

"Há um precipício, receio que teremos de encontrar outro caminho..."

Aquelas palavras ecoavam na sua cabeça como se Lonerin estivesse atrás dela e continuasse a repeti-las.

Outro caminho... qual? Onde?

As montanhas. Era para lá que estavam indo. O terreno tinha começado a ficar mais íngreme. E aí o despenhadeiro.

Lembrava perfeitamente que Lonerin, alguns dias antes, tinha mencionado passagens subterrâneas, desfiladeiros que cortavam as montanhas sem a necessidade de dar a volta ou passar por cima delas. Se conseguisse encontrar uma destas entradas, tudo bem, do contrário iria escalá-las. Não se deixaria deter. Não podia.

Enxugou raivosamente as lágrimas e voltou a levantar-se. Era uma viagem sem esperança, mas às vezes é preciso aprender até a passar sem ela.

Quando Rekla se deu conta dos seixos dentro da bolsa, ainda estava meio zonza. Viu as cordas cortadas espalhadas ali por perto, com um pequeno caco de vidro que brilhava na grama. A plena consciência chegou de repente. A jovem fugira de novo e Thenaar nunca mais falaria com ela. Estaria mais uma vez sozinha, como quando era menina.

Derrubou com um pontapé a ampola de sonífero que Dubhe deixara perto dela e pulou de pé. Conhecia muito bem aquela mistura, até mesmo o mais incapaz dos Assassinos sabia prepará-la. O conteúdo espalhou-se no solo e seus eflúvios dispersaram-se no ar.

Filla estava apoiado num tronco, e a sua respiração ressoava pesada. Apesar de a ampola estar longe dele, o efeito havia sido maior, e agora custava a recobrar os sentidos. Quando porém levantou os olhos para Rekla, ela pôde ler neles um sentimento de culpa que a deixou furiosa.

– Você é o culpado – ela murmurou entre os dentes.

Ele não baixou os olhos. Continuou a fitá-la sem se defender, como quem está à espera do castigo e não quer outra coisa.

– Não percebeu o caco de vidro e, quando lhe deu a poção, nem reparou se ela realmente a tomava.

– Só pode ser isso – Filla limitou-se a responder, com um ar quase aliviado.

Rekla pulou em cima dele com fúria selvagem, golpeando-o sem parar. Era daquilo que ela precisava, do cheiro de sangue que a inebriava enchendo suas narinas.

Filla aceitou os socos e os pontapés sem rebelar-se. Rekla estava certa. Fora culpa dele, e merecia aquela punição. Mas não era somente desejo de expiação. Ela precisava de alguém em cima de quem descarregar a própria frustração, e Filla estava feliz por ser o instrumento pelo qual a sua ama poderia encontrar a paz.

Quando finalmente Rekla sentou no chão, o rosto inchado de Filla provocou nela um intenso prazer.

– Levante-se – intimou.

Ele obedeceu. Cambaleava, mas conseguiu ficar de pé. Ficou olhando para ela com condoída afeição.

– Agora vamos começar a caçada, e não pararemos até encontrá-la. Não comeremos, não dormiremos, só cuidaremos de ir em frente, sem pensar em outra coisa.

Filla anuiu.

– Se você se tornar um estorvo, eu o deixarei para trás.

– Entendo, a missão é mais importante – ele respondeu com voz trêmula.

Sabia muito bem que Rekla não estava brincando, e isso o deixava amedrontado.

Ela o encarou por mais alguns segundos e depois deu uma olhada no alforje.

A poção da eterna juventude estava perdida. Dentro de mais uns poucos dias as rugas deturpariam seu rosto e a carne ficaria encarquilhada em cima dos seus ossos. Apertou os punhos devido a mais aquela afronta da jovem. Mas de qualquer maneira não fazia diferença. A fé iria sustentá-la e no fim acabaria vencendo.

Dubhe avançou durante três dias sem uma meta precisa. Quase nunca parava, a não ser por umas poucas horas à noite quando, de qualquer forma, continuava alerta, de punhal na mão.

Procurava acompanhar o curso do sol, alto acima da sua cabeça, mas só conseguia vislumbrá-lo pelas manchas de luz que o astro espalhava no chão através da mata fechada.

Tinha de ir para o oeste, era lá que ficavam as montanhas. Quando divisou pela primeira vez a cordilheira decidiu abandonar o curso do rio.

Com o passar dos dias, no entanto, a sua esperança tornou-se cada vez mais inconsistente. Não tinha a menor ideia de onde estava. Parecia que os seus planos e os seus desejos nunca pudessem se realizar.

Enquanto isto, o bosque mantinha-se calado em volta dela. Parecia não se importar minimamente com a sua dor, limitando-se a esperar com calma o fim daquela viagem. Flores carnudas abriam-se no caminho, como grandes bocas gritando mudas. Árvores retorcidas atrapalhavam a passagem, mas Dubhe não sentia perigo no ar. Ficou imaginando se aquelas plantas não fossem as almas dos mortos, logo ela que não acreditava em qualquer tipo de além. Para ela, a religião só tinha o rosto pavoroso de Thenaar, e não havia a menor intenção de dobrar-se diante daquele deus sanguinário. Pensou em Lonerin e em quão maravilhoso seria se ele pudesse transformar-se em vapor e ficar por um momento ao lado dela. Sentiu na garganta o sabor acre das lágrimas.

Onde estão todas as pessoas que amei? Onde está o Mestre, onde está Lonerin?

Procurou as entradas dos desfiladeiros por mais dois dias intermináveis. Moveu-se de um lado para outro, examinou cada toca, cada buraco. Encontrava-se desesperada. Pela primeira vez na vida estava tentando realizar alguma coisa grande e importante, mas quanto mais pensava no assunto mais a tarefa lhe parecia além das suas possibilidades.

Quando finalmente viu um paredão de rocha interrompido por uma estreita fenda que o rachava de cima abaixo, sentiu-se tomar de felicidade. Não sabia se aquela era de fato a entrada que estava procurando, ou apenas mais um beco sem saída, mas precisava acreditar. Meteu-se lá dentro sem pensar duas vezes, de impulso, com um sorriso bobo nos lábios.

Era uma garganta. Nunca tinha visto algo parecido antes, nem mesmo na Terra dos Rochedos. Era uma coisa realmente de tirar o fôlego. As paredes tinham pelo menos cem braças de altura, e a distância entre elas só dava para um corpo passar se espremendo. Às vezes precisava avançar de lado ou então dobrar-se arrastando-se por cavidades estreitas e escuras, sem saber se no fim voltaria a ver a luz. Só nos raros espaços mais largos, e somente ao meio-dia, conseguiu vislumbrar o sol. Pelo resto do dia, a garganta estava mergulhada num crepúsculo irreal, e Dubhe tinha dificuldade em ver onde botava os pés.

Em menos de dois dias perdeu completamente a orientação. A garganta tinha mil ramificações, as grutas que percorria nunca eram retas, mas sim cheias de labirintos e desvios. Diante da primeira bifurcação, ficou algum tempo pensativa, procurando algum jeito de se orientar. Mas nada havia que pudesse ajudá-la. No chão, só pedras escorregadias, e em volta o paredão de rocha. E silêncio.

Ainda assim seguiu em frente, ignorando o cansaço e as pernas que começavam a ceder. Toda vez que encontrava uma bifurcação, prosseguia ao acaso, de impulso, uma vez que nada lembrava as anotações de Ido.

A rocha perto dela tornou-se mais fria e escura. As pedras estavam cobertas de musgo, sinal de que no inverno um rio devia passar por aquela garganta. O silêncio era irreal, e o único som, junto com a sua respiração, eram os pedregulhos que de vez em quando rolavam lá de cima.

Com algumas das ervas de Rekla e uma pederneira construiu tochas rudimentares para iluminar os trechos mais difíceis. Arrancava tiras de pano, da sua capa, enrolava-as numa seta e então ateava fogo. Toda vez que se metia dentro de uma gruta tinha a impressão de voltar à Casa. A Fera mexia-se nas suas entranhas, e parecia sentir a mão de Thenaar pousada na sua cabeça.

Certo dia a caverna resultou ser muito mais longa do que era de esperar, e Dubhe ficou andando por doze horas seguidas embaixo da terra. Quando os desvios que tomava a levavam a becos sem saída, voltava atrás, ofegante, esperando reencontrar o caminho principal de onde partira. Tudo era tão parecido e estranho naquele lugar... No salão principal, havia formações calcárias por toda parte. Numerosas estalactites desciam do teto, algumas parrudas como pilastras, outras tão finas quanto flechas. Em alguns casos elas chegavam a encostar nas estalagmites que se levantavam do chão, e na luz da tocha tudo brilhava. Era um lugar carregado de magia. O som da água que moldava as suas formas era claro e límpido.

Dubhe olhou a sua volta, pois não havia outra coisa que ela pudesse fazer. Sentia ter chegado ao fim da linha. Não havia luz, ali, nem ervas para comer, nem animais. Poderia continuar errando por toda a eternidade, lá dentro, sem encontrar a saída.

É a história da minha vida, sempre à procura de uma saída que não encontro, disse para si mesma, e sem saber por que teve vontade de rir, uma risada nervosa e desesperada que ecoou no grande espaço vazio, transformando o eco num pranto.

Onde está você, Lonerin...?

Uma vibração surda tirou-a dos seus pensamentos. Aguçou os ouvidos. Não conseguia entender que tipo de som podia ser aquele, parecia um grave rumorejar subterrâneo. Virou a cabeça de um lado para outro, perscrutando a escuridão além da fraca luz da tocha improvisada. Nada. Seria possível que Rekla já a tivesse alcançado? Não pareciam passos, mas Dubhe deixou-se levar pelo pânico, pulou de pé e tomou um caminho qualquer. Seguiu em frente, cercada pelo halo indeciso do archote, avançando às apalpadelas na escuridão profunda da caverna. Então vislumbrou um brilho distante.

A saída!
Começou a correr e sentiu a terra vibrar embaixo dos seus pés. Se conseguisse voltar à garganta, com a luz do sol ainda poderia ter a chance de encontrar a casa de Senar. A claridade ficou mais intensa e Dubhe quase teve de fechar os olhos, já esperando sentir o calor do sol queimando a pele. Mas, ao contrário, ficou toda arrepiada. Olhou em volta, e o que viu encheu-a de maravilha. Diante dela havia uma cachoeira que descia límpida por um paredão e mergulhava num lago pequeno mas profundo no sopé do antro. Por toda parte, cristais gigantescos, transparentes, amarelos e azuis refletiam a luz da tocha iluminando num jogo de espelhos toda a imensidão daquele lugar. Era de uma beleza impressionante, mas também era um beco sem saída. Não importa para onde olhasse, Dubhe não conseguia ver qualquer caminho que a levasse para fora.

Era realmente o fim, o último ato da sua façanha. Morreria na solidão, esquecida, naquele lugar de pungente beleza. Deixou cair o archote, apertou os punhos e entregou-se a um pranto desesperado.

– Mas nunca serei sua, está me entendendo? – berrou na imensa cavidade, e a sua voz foi amplificada pelo eco. – Nunca serei sua, Thenaar, e quando eu morrer não descerei para o seu maldito reino!

Sentiu uma repentina vontade de entrar na água. Estava agachada num canto da gruta, incapaz de fazer qualquer coisa. Vez por outra o rumorejar surdo voltava, e cada vez que o ouvia Dubhe achava que Rekla a alcançara. Neste caso, deixaria a Fera à solta e iria enfrentá-la.

Mas agora só tinha vontade de se purificar, de ficar de molho na água, como costumava fazer quando vivia na Terra do Sol, perto da Fonte Escura. Sempre voltava para lá, depois dos seus roubos. A água gelada renovava-a, e ela se sentia limpa.

Agora que só via a morte diante de si, experimentou o irrefreável desejo de fazer aquilo pela última vez.

Levantou-se devagar, com os pés que se apoiavam delicadamente na pedra. A cachoeira parecia convidá-la.

Chegou à beira do lago, contemplou-o. A água era negra, justamente como a da Fonte Escura. Por algumas braças dava para vislumbrar a sua limpidez, mas em seguida perdia-se na escuridão. Aquele breu tão impenetrável fascinava-a.

Curvou-se, exatamente como fizera uns dias antes, quando Filla a levara à nascente para que limpasse a ferida. Mergulhou a cabeça e, quando abriu os olhos, só pôde ver os próprios cabelos, ainda curtos, que volteavam ao redor da sua testa. A escuridão chamava-a. Deixou-se simplesmente escorrer. O corpo deslizou suavemente na água, só provocando uma imperceptível marola. Dubhe foi tragada por aquele mundo de trevas. Bateu os pés para descer mais algumas braças, depois parou. O gelo intenso da água fustigava seu corpo. Não se importou, sentia-se em paz consigo mesma. A escuridão pareceu-lhe cada vez mais convidativa: sabia que aquele pensamento já seria suficiente para libertar a Fera. Foi tomada pela vontade irrefreável de mexer braços e pernas para salvar-se. A Fera impedia que seu corpo mergulhasse devagar para a morte. Com um supremo esforço de vontade resistiu. A profundidade aumentava, o peso das armas que carregava consigo, junto com o das roupas, empurrava-a para o fundo. Então foi surpreendida por uma firme, segura e amiga mão. Não teve a coragem de recusá-la, parou de lutar. Entregou-se àquele abraço que, por algum motivo, parecia-lhe extremamente familiar.

É o Mestre que veio buscar-me, pensou.

Então a sua queda se deteve. Começou a voltar à tona, sentia a pressão nos ouvidos que diminuía e a água que se tornava cada vez mais quente. Subiu mais e mais, e logo estava fora. Respirou fundo e o ar encheu dolorosamente seus pulmões, mas gostou de saboreá-lo de novo. Sentiu-se arrastar para a margem, e uma voz pegou-a totalmente despreparada.

– Você está bem?

Era um tom familiar. Uma voz solícita que ela conhecia e que quase fez parar seu coração. Quando abriu os olhos compreendeu que não estava sonhando.

14
ENCONTROS

— Precisamos parar, minha senhora.

Rekla não prestou a menor atenção nas palavras de Filla e continuou, inabalável, a caminhar diante dele, os ombros curvos, o passo, às vezes, incerto, seguindo em frente pela garganta onde se haviam metido. Desde que estavam lá, ela já tropeçara duas vezes, e até caíra rachando o lábio inferior.

— Minha senhora!

Filla deteve-a segurando-a pelo pulso. Percebeu a fragilidade dos ossos sob seus dedos, da pele encarquilhada. Sentiu-se tomar por profunda tristeza.

— Não toque em mim! — ela gritou, livrando-se do aperto.

A velhice parecia ter tomado conta dela de baixo para cima. A sua aparência era agora a de uma mulher de setenta anos, a sua verdadeira idade, e a imagem daquela cabeça plantada num corpo em decomposição tinha algo de grotesco e trágico. De alguma forma, o rosto mantinha-se mais jovem, mas as rugas já alcançavam o pescoço, dando-lhe a aparência de uma fruta murcha e ressecada, com a pele que perdera todo e qualquer frescor. As faces eram cavadas, os olhos outrora vivazes pareciam encobertos por um véu opaco. Os cabelos brancos só continuavam levemente alourados na raiz.

Filla manteve-a apertada junto do corpo, segurando a sua cintura com ambas as mãos.

— A senhora precisa descansar, pois do contrário ficará cansada demais para lutar.

O tempo havia sido impiedoso com Rekla, mas ele continuava a achá-la fascinante, e aquele sofrimento tornava-a ainda mais desejável. Fora a sua instrutora, crescera ao lado dela sem nunca vê-la envelhecer, e a admiração que sentia desde menino havia passado à adoração. Por ela, muito mais que por Thenaar, daria a própria vida.

– Nunca me faltarão as forças para servir ao meu deus, nunca!
– Rekla disse com raiva.
Tentou desvencilhar-se, mas Filla segurou-a. Apesar do envelhecimento, continuava tendo um vigor inesperado, fruto sem dúvida alguma do treinamento constante.
– Se continuar assim, irá matar-se antes mesmo de encontrá-la, e aí do que adiantará?
– Você não entende, ninguém pode entender – ela sibilou, com olhos febris. – Eu sou diferente de todos os demais, só Thenaar me conhece. É por ele que preciso ir em frente, e se eu morrer na tentativa de agradar-lhe, será uma boa morte.
– Compreendo o seu desejo e sei que o silêncio de Thenaar está a ponto de aniquilá-la – disse Filla, fitando-a fixamente nos olhos.
Por um momento, Rekla pareceu não saber o que dizer. Nunca encontrara antes, na vida, alguém capaz de intuir a verdadeira origem da sua dor.
– Não se atreva a colocar-se no mesmo nível que eu! – exclamou afinal, escandalizada. – Nunca! – E deu-lhe uma violenta bofetada.
Ele continuou a fitá-la, sem arredar pé.
– Thenaar deseja os serviços da senhora, não a sua morte. Não será perdendo a vida no encalço daquela jovem que poderá reconquistar a sua benevolência. Precisa continuar viva, para servir-lhe.
Rekla apertou os punhos, baixando os olhos. A sua respiração tornou-se ofegante, e Filla percebeu que ela gostaria de chorar, mas que não podia fazê-lo na sua frente.
– Deixe então que eu a carregue – disse então, com uma inesperada vitalidade na voz.
Ela o fitou, surpresa.
– Serei as suas pernas, juro que serei bem rápido, andarei mais rápido do que a senhora conseguiu andar até agora. Mas agora descanse, por favor, eu lhe peço.
Um vislumbre de gratidão passou pelos olhos azuis da mulher. Em seguida a sua expressão ficou novamente dura, num sorriso sarcástico.
– É tão fraca assim, que você me vê? Uma maldita velha já sem força, uma larva incapaz de ser útil ao seu deus?

Levada pelo desespero, Rekla gritou, e o eco das suas palavras ricocheteou nas paredes rochosas do desfiladeiro. Uma pedra soltou-se do topo do paredão que os dominava e caiu rolando, vindo parar aos seus pés. Nenhum dos dois se mexeu.
– Eu só quero ajudá-la, só isso. A senhora foi traída, foi reduzida a essas condições com o engano. Com o meu corpo posso dar-lhe as condições para retomar o que lhe foi tirado, e é isto que tenciono fazer.
Filla tinha a impressão de que seu coração estouraria a qualquer momento no peito. Rekla permaneceu em silêncio por um tempo que a ele pareceu infinito, como se aquelas palavras nada tivessem a ver com ela. Afinal esboçou um sorriso, breve e fugidio, mas mesmo assim de concordância.
– Que seja. Mas não me peça para parar, não me peça para desistir. Não posso.
Filla guardou dentro de si a sua alegria. Anuiu e curvou-se profundamente diante dela.
– Sei, minha senhora, eu sei disso.

Dubhe piscou os olhos algumas vezes. Estava escuro, terrivelmente escuro, e ela se encontrava abalada.
– Posso saber o que diabo estava tentando fazer?
Ela teve um sobressalto. Pois é, poderia reconhecer aquela voz entre mil outras. Era ele. O casaco rasgado onde a faca de Rekla chegara a feri-lo, aquele rosto, talvez um tanto mais magro e pálido, e os olhos verdes, intensos e cheios de vida.
– Tudo bem com você, agora? – Lonerin aproximou-se, para olhar melhor, e só então ela pulou para abraçar o pescoço do rapaz, esquecendo os membros entorpecidos pelo frio e a angústia que pouco antes a levara a jogar-se na água. Não conseguia acreditar nos próprios olhos. Lonerin sobrevivera, estava ali, ao seu lado, e o sentimento de inquietação que a atormentara durante todos aqueles dias desapareceu na mesma hora. Nunca se sentira tão feliz.
– Calma, calma – ele murmurou, mas ela nem ouviu, e o apertou com mais força ainda. A pele do rapaz tinha um leve perfume, extraordinário, e só então Dubhe percebeu como era gostoso o seu

cheiro. Respirou fundo, devagar, inalando com prazer aquele odor familiar.
Lonerin apertou-a com força, quase com desespero. Havia muito tempo que queria fazê-lo, porque também sentira a sua falta, pois agora, finalmente, todas as peças se encaixavam.
Caíram ambos na dura pedra da margem do lago, totalmente entregues ao entusiasmo e à felicidade.
Dubhe levantou a cabeça e fitou com os olhos brilhosos de pranto o rosto do companheiro, ainda incrédula, ainda incapaz de acreditar naquele presente. Era um milagre, um fabuloso milagre: Lonerin estava vivo e, naquele momento, abraçava-a como se nada tivesse acontecido. Ele também fitou-a intensamente nos olhos e aí, de repente, beijou-a com paixão, comprimindo os lábios na sua boca.
Dubhe ficou sem fôlego, incapaz de mexer-se.
Fora pega de surpresa, e um turbilhão de emoções logo tomou conta dela como uma irrefreável maré. A imagem do Mestre voltou a aparecer bem clara na sua mente, como se o tempo não tivesse passado desde a sua morte, cinco anos antes. Sentia-se confusa, já não conseguia entender onde estava e de quem eram aquelas mãos que lhe acariciavam suavemente o rosto. Mas deixou-se levar: estava certa, sabia bem, e, afinal, não desejava outra coisa. Retribuiu aquele beijo fugaz e inesperado. Nunca teria imaginado poder fazer aquilo, e ficou surpresa com a naturalidade e a segurança com que agia. Estava triste e feliz ao mesmo tempo, mais suspensa do que nunca entre passado e presente. Lonerin murmurava em seus ouvidos palavras que não entendia, que no entanto desciam suavemente ao longo do seu pescoço. Rendeu-se, entregou-se àquele calor. Era como sempre sonhara quando o Mestre ainda estava vivo, e como também continuara a esperar depois da sua morte, quando se deixava levar pelos desejos da adolescente que nunca fora menina.
— Amo você — ele disse.
Dubhe abriu os olhos, não muito certa de ter ouvido aquelas palavras. Na penumbra da caverna, o rosto de Lonerin lembrava realmente o do Mestre. A sua respiração cheirava a mar, e Dubhe recordou-se da casa à beira do oceano, quando o vento soprava com força e as tábuas do telhado rangiam. A sua voz era como as ondas na areia, e as lembranças começaram a tomar forma diante dos seus olhos.

Mestre...
Só então perguntou a si mesma se havia algo errado naquilo que estava fazendo, mas já não podia voltar atrás, agora que a metamorfose se achava completa, que tudo era exatamente como devia ser.
Uma lágrima desceu pela sua face, e Lonerin enxugou-a delicadamente com a palma da mão.
– Não chore...
Ela sacudiu a cabeça, com o mar nos ouvidos e a imagem do Mestre diante de si.

Em seguida, o mundo pareceu-lhe um lugar silencioso e irreal. Era então este o amor que nunca havia conhecido? Era isto que acontecia quando um homem e uma mulher se encontravam? Tudo parecia um sonho do qual gostaria de nunca acordar. Sabia que voltar à realidade seria difícil e penoso, e que ao despertar iria encontrar respostas das quais talvez não gostasse. Mas agora já não estava sozinha, pertencia a alguém, e os beijos de Lonerin eram o sinal daquela posse, tão suave e tranquilizadora. Não era justamente aquilo que ela desejara desde que o Mestre tinha morrido?
Dubhe sentou-se no chão e acariciou as ataduras que Lonerin colocara nas feridas. Uma no ombro, vagamente manchada de sangue, outra no abdômen.
– Ainda não cicatrizaram, é preciso costurá-las... – murmurou.
Virou-se e reparou numa expressão serena e satisfeita no rosto dele, completamente nova e desconhecida.
– São menos graves do que parecem – disse Lonerin.
Ela não prestou atenção, levantou-se, pegou na sacola tudo aquilo de que precisava entre as coisas que havia tirado de Rekla e voltou para junto dele, que lhe sorria. Ficou parada.
– O que foi? – perguntou confusa.
– Você está... linda.
Dubhe corou. Havia algo que destoava, algo terrivelmente embaraçoso naquela cena, alguma coisa que a forçava a mover-se depressa e a fazer o que devia.
Pegou agulha e linha e uma porção de pequenas vasilhas cheias de ervas.

– O que pensa que está fazendo? – perguntou Lonerin, arregalando os olhos.
– Está precisando de um curativo.
– Nada disso. – Tirou do bolso uma pequena ampola que agitou bem embaixo do nariz dela. – Reconhece? – disse com um sorriso.
– Ambrosia...
– Foi graças a ela que consegui sair vivo. Sem esta ampola, teria morrido.
Dubhe não se deixou convencer. Apesar dos seus protestos, tirou delicadamente as suas ataduras até deixar a descoberto as duas feridas. Estavam limpas, bem cuidadas mesmo considerando tudo aquilo pelo qual ele tinha passado. Em vários pontos, no entanto, ainda estavam abertas e reluziam na escuridão da caverna.
– Está vendo? Fui um bom sacerdote.
– Não aqui – ela disse tocando um ferimento que ainda sangrava. Sentiu um aperto no estômago na mesma hora.

– Sorte minha que logo abaixo havia o rio. Acredite, quando Rekla veio atrás de mim sentia-me tão mal que já não confiava mais em safar-me. Achei que realmente morreria. Eu nunca fiquei realmente ferido, está me entendendo?
Lonerin olhou para ela, à cata de compreensão, mas Dubhe continuava a suturar, ouvindo-o com atenção.
– Não sei como Rekla conseguiu livrar-se do meu aperto. Só lembro que, quando se segurou na beira do precipício, o seu tornozelo escorregou da minha mão e eu caí. Demorei algum tempo até mergulhar no leito do rio, o choque foi tremendo. Perdi os sentidos por alguns instantes; depois, quando me recobrei, não entendi mais nada, só podia ver o azul profundo da água que me envolvia por todos os lados. Não sabia mais onde ficava a superfície, e os ferimentos doíam terrivelmente. De alguma forma, consegui voltar à tona e segurar-me numa pedra com a força do desespero, para então arrastar-me até a margem. Não sei quanto tempo fiquei por ali, pois a certa altura voltei a desmaiar de exaustão.
Dubhe cortou a linha com os dentes, então passou o dedo em cima da última sutura. Lonerin estremeceu.

– Não se gabe demais do seu trabalho, eu já tinha cuidado de quase tudo.

Dubhe sorriu tímida. Seus cabelos já tinham crescido o bastante para encobrir parcialmente a testa, e ela meio que procurou esconder-se atrás deles. Começou a remexer nas ervas. Lonerin observou seu rosto pálido e concentrado no qual ainda se viam os sinais dos maus-tratos recebidos durante o cativeiro. Umas manchas roxas aqui e acolá, o risco vermelho de um longo corte. Pensou com raiva no que Rekla devia ter feito com ela, naquele rosto delicado martirizado por não se sabe quais atrozes torturas. E ainda assim achou-a lindíssima, mesmo sofrida e cansada daquele jeito.

– Continue – ela disse, levantando a cabeça.

– Acredito que os deuses decidiram salvar-me por algum motivo que ainda desconheço. Fiquei um dia e uma noite ali, ao relento. Não podia usar a magia para curar-me, pois estava fraco demais. A ambrosia foi a minha única salvação. Usei-a para medicar as feridas e tentei descansar, por pelo menos dois dias não fiz outra coisa. Pensava o tempo todo em você, no que Rekla iria fazer, se ainda estava viva... Foi horrível.

Dubhe fitou-o com intensidade, tanto que ele foi forçado a baixar os olhos. Começou a espalmar o cataplasma que tinha preparado nas feridas. O toque dos seus dedos era delicado, carinhoso, e a sensação da pomada refrescante. Lonerin entregou-se àquele prazer, quase não acreditando que era verdade.

– Depois retomei a marcha, em busca de você.

– Como podia saber onde procurar, se eu ainda estava viva?

O olhar de Lonerin dirigiu-se imediatamente ao braço dela, onde se viam as marcas coloridas da maldição. Sentiu um aperto no coração e uma grande vontade de abraçá-la.

– O selo.

Dubhe olhou para ele com ar interrogativo.

– Eu posso sentir a magia, todos os magos podem. O selo não é um encantamento como todos os demais, é muito mais poderoso. Existem fórmulas específicas que permitem seguir o rastro que ele deixa atrás de si, e eu recorri a elas para encontrá-la. Não é preciso gastar muita energia para usá-las.

Dubhe tirou as mãos das feridas e foi lavá-las na nascente ali perto.
– O que tencionava fazer quando eu cheguei, agora há pouco? Ela ficou parada, não respondeu.
– Estava indo para o fundo, parecia não querer voltar à tona. A jovem virou-se, chegou perto dele.
– O que era o ódio que tinha nos olhos quando Rekla e Filla nos atacaram?
Lonerin não esperava a pergunta.
– Isto não tem nada a ver.
– Tem sim.
– Só está evitando a minha pergunta.
– Você também.
Lonerin ficou mais uns instantes de olhos fixos nela, então suspirou.
– O que aconteceu depois da minha queda?
Dubhe sentou de pernas cruzadas e começou a contar. Foi um relato enxuto e lacônico, como sempre, mas Lonerin podia ler nas entrelinhas todo o sofrimento que devia ter padecido. As torturas de Rekla, o cativeiro, e depois a solidão, o perambular sem uma meta precisa.
– Você foi fantástica – disse-lhe afinal. – Eu tinha certeza de que não desistiria.
Ela sorriu, acanhada.
– Não estava indo a lugar nenhum. Você mesmo viu que estava prestes a entregar os pontos.
Lonerin meneou a cabeça.
– Não está tão longe assim do caminho certo, afinal. Controlei a direção, não falta muito. Posso sentir.
Dubhe sorriu, não muito convencida, e então ele a abraçou e beijou. Ela não resistiu, e retribuiu o beijo, mas ainda havia algo que sabia a dor e a frieza.

Muito em breve arrancarei dela todo sofrimento, tirarei a Fera do seu peito e irei afastá-la definitivamente da Guilda. Eu a salvarei, e será só minha.

15
AS ENTRANHAS DA TERRA DO FOGO

Ido deteve o cavalo e San acordou do sono leve ao qual se entregara. Desde o momento em que o gnomo reassumira o controle da situação não haviam parado, e agora estavam ambos esgotados.

Percebeu o garoto que, atrás de si, esfregava os olhos enquanto olhava a sua volta. Ido podia perfeitamente imaginar a sua expressão de espanto ao ver-se diante daquele espetáculo. Nada mais existia em volta deles, a não ser o deserto, uns poucos arbustos ressecados e o imenso Thal que, com sua massa gigantesca, dominava ameaçador todo o panorama.

– Desça – disse. – Sem a sua ajuda não vou conseguir desmontar deste animal.

San obedeceu sem fazer perguntas, nesta altura já confiava cegamente nele.

Ido aterrissou entre as mais variadas pragas e então ficou por alguns instantes agachado, tentando retomar o fôlego. Logo que se sentiu melhor, começou a examinar o terreno.

– Está procurando alguma coisa? – perguntou San.
– Um sinal. Deixei-o aqui três anos atrás, e ainda deveria ser visível.

Passou os dedos em cima do solo até encontrar o que estava procurando. Sorriu.

– Ajude-me.

Mostrou a San um estranho pedaço de pano, quase invisível no meio da areia. Usara-o principalmente durante a resistência, era perfeito para mimetizar as entradas do aqueduto da Terra do Fogo. Era formado por uma fibra particular, que no passado Soana tinha tratado com um filtro mágico que a tornava ainda mais irreconhecível.

– Segure a outra ponta e puxe quando eu contar três – disse.

A lona da cobertura saiu com bastante facilidade e, na nuvem de poeira, Ido ainda pôde perceber o perfume de Soana. Por um momento sentiu-se muito longe dali, na terra onde as lembranças ainda tinham a consistência da realidade.
– O que é?
Ido interrompeu os seus devaneios.
O pano deixara à mostra uma escada que desaparecia embaixo da terra. O garoto olhava boquiaberto, e o gnomo não pôde deixar de achar graça. Ficavam todos com aquela cara, a primeira vez que os levava para lá, na época da guerra contra Dohor. O primeiro contato com a vida da resistência sempre os deixava sem palavras.
– Logo vai descobrir – disse, abrindo caminho.

A água corria num leito com umas duas braças de largura e com mais ou menos outras tantas de profundidade, enquanto o teto abaulado da galeria apoiava as suas paredes em passadiços laterais que mal permitiam a passagem de duas pessoas juntas. Ido e San mexiam-se com rapidez ao longo de um deles, margeando o canal fracamente iluminado pelo seu archote. Vez por outra apareciam ramificações secundárias que levavam a água a algum outro lugar, nas entranhas da terra, rumo a alguma grande cidade, ou que então a traziam do Passel, o rio da Terra dos Rochedos que alimentava o aqueduto da Terra do Fogo. O calor e a umidade eram insuportáveis. Mesmo assim, Ido sentia-se em casa.
Lembrava-se de tudo com perfeição. Cada cunículo parecia-lhe um velho amigo, e entrava nele sem pestanejar, apalpando as paredes com a ponta dos dedos. Tudo estava exatamente igual a três anos antes, quando a resistência havia sido aniquilada e o aqueduto da Terra do Fogo, que era a sua base, fora abandonado. No fim da guerra, Dohor mandara inundar umas partes por motivos de segurança, mas a rede de canais era vasta demais para ser destruída por completo. Quase ninguém, com efeito, sabia exatamente até onde chegava aquele labirinto subterrâneo. Mas aquela era a pátria de Ido, e o gnomo ainda conhecia os seus segredos, sabia por onde era possível passar em segurança.

Não tiveram de andar muito. Logo chegaram ao seu destino. Diante deles havia uma sala imensa, irregularmente iluminada pela luz que filtrava por uma ampla claraboia no teto. Existiam muitas, no aqueduto, e todas disfarçadas do lado de fora sob cúmulos de pedras e moitas rasteiras. Era uma antiga cisterna, e em suas paredes havia nichos cavados no fim de curtos corredores: os alojamentos dos rebeldes.

Agora que estava vazio, aquele lugar parecia mais uma cripta do que um histórico lugar de luta. Mas as lembranças de Ido voltaram a povoá-lo depressa, enchendo-o de companheiros, de mulheres e crianças. Para ele, os pequenos buracos negros iluminaram-se de reflexos vivazes que, como fantasmas, fizeram reviver o que fora uma comunidade animada e caótica, onde também se encontrava Soana. Lembrava-se muito bem da sua mulher, com a testa molhada de suor e o eterno e suave sorriso nos lábios, enquanto levava à escola as crianças dos rebeldes ou fortalecia as armas dos guerreiros com a sua magia. Desde que ela morrera, nada tinha conseguido encontrar no mundo capaz de competir com sua beleza.

– É maravilhoso...

Ido virou-se de estalo. Quase se havia esquecido da presença de San, que agora mirava à sua volta contemplando a sala de nariz para o ar.

– É o aqueduto, não é? – perguntou com os olhos reluzentes. Ido anuiu.

– Papai costumava falar a respeito. Os livros contam que a minha avó passou por aqui, quando procurava pela sétima pedra do talismã, é um lugar lendário! Contou-me que ele também, quando jovem, teria gostado muito de visitá-lo... Puxa vida, faz um estranho efeito estar aqui.

Ido sorriu com tristeza.

– Fique sabendo que até três anos atrás este lugar estava cheio de homens, ninfas e gnomos, que se haviam reunido para lutar contra Dohor. Mas depois tudo acabou, e do levante sobrou apenas aquilo que agora está vendo.

Suspirou.

– Venha comigo – disse afinal, e levou San para os alojamentos.

Eram bastante frugais: muito poucos móveis, nenhuma abertura para fora, só nichos para as tochas nas paredes, tetos baixos, só o indispensável para um homem normal poder ficar de pé, com a cabeça roçando neles. As camas eram cavadas na pedra e cobertas por colchões de palha. Para os objetos de uso pessoal, só havia umas poucas arcas.

Tudo ficara intacto, exatamente como naquela noite, quando a resistência se dera conta de que tinha perdido. Uma cadeira ainda estava virada no chão, num canto, e uns poucos livros continuavam abertos numa mesa próxima. As despensas estavam apinhadas de comida apodrecida, mas as frutas secas continuavam boas, assim como a carne salgada.

Ido sorriu. Ali dentro estavam ao abrigo.

– Muito bem, agora é com nós dois.

San fitou-o, sem entender.

O gnomo levou-o a um aposento, o que parecia estar nas condições menos sofríveis, e sentou na cama. Teve a impressão de estar no paraíso. Por toda a duração daquela maldita perseguição não tinha descansado um só momento. Soltou uma espécie de ganido de prazer. Esparramou-se no estrado.

– Precisa fazer uma nova atadura. Naquela arca, logo ali, deve ter umas tiras de pano, talvez até alguns remédios, pois este era o aposento do sacerdote do acampamento.

San levantou a tampa e uma nuvem de poeira espalhou-se pelo quarto. Tossiu algumas vezes, então mergulhou a cabeça e começou a procurar. Dali a pouco voltou a aparecer, com um sorriso nos lábios.

– Ótimo. Agora só falta a água, certo?

O garoto estava radiante por poder ajudar e saiu correndo rumo à cisterna para encher o balde que tinha encontrado.

Demonstrou-se particularmente jeitoso com as ataduras. Dava para ver que nunca tinha sido instruído naqueles afazeres, mas ouvia com atenção os conselhos de Ido.

Quando o ferimento ficou descoberto, o gnomo observou-o com olhar crítico. Era um corte bastante profundo. Praguejou.

– Receio que terá de costurar, desde que encontremos agulha e linha, é claro...

San empaliseceu, baixou a cabeça e olhou para ele, de soslaio.
— Acha que vai ser realmente necessário?
— Não há outro jeito, San, e não é uma coisa tão terrível quanto parece. Vai se sair muito bem.
— Bom, talvez haja uma alternativa...
— Como assim? – o gnomo perguntou, perplexo.
San permaneceu calado, de cabeça baixa e rosto vermelho.
— O meu pai não queria me deixar...
Ido coçou a cabeça.
— Não estou entendendo. Procure ser mais claro e vamos recapitular desde o começo. Você tem outra solução?
San anuiu, mas àquele sinal não se seguiu explicação alguma.
— Continuo sem saber do que está falando, mas então faça logo o que tem de fazer!
O garotinho respirou fundo, depois enxaguou as mãos com a água e encostou-as delicadamente na ferida do gnomo. Ido reagiu de instinto, procurou afastar-se, mas logo a seguir sentiu-se invadir por uma repentina sensação de bem-estar. Ficou sem palavras. San mantinha os olhos fechados e sua mão estava levemente luminosa.
— Você é um mago...
Ao ouvir esta palavra San arregalou os olhos e se afastou imediatamente dele.
— O que foi? Qual é o problema?
— Não sou um mago! – Estava assustado.
— Mas, San, você tem o poder de curar com as mãos! Quer dizer, é algo que só os magos podem fazer.
— É por isso que papai não queria, porque as pessoas acabam falando mal de nós.
Ido procurou juntar as peças. Tarik tinha brigado com Senar, talvez a idiossincrasia pela capacidade do filho se devesse a isso.
— Está bem, como quiser. Mas agora eu preciso dos seus cuidados. Por favor, San...
Sorriu para ele. Levou algum tempo antes de o garoto se aproximar de novo, mas no fim concordou com a ideia.
Não era a primeira vez que Ido ficava aos cuidados de algum mago, e tinha aprendido a reconhecer as diferentes capacidades deles conforme o bem-estar e o alívio proporcionado às feridas. Era uma

maneira bastante tosca para medir o poder mágico, mas sempre se revelara proveitosa. Na base deste tipo de classificação, San devia ser muito poderoso. Era óbvio que não tinha recebido qualquer tipo de treinamento, devia tratar-se de talento natural. Ido ficou a observá-lo enquanto agia, os traços tensos num esforço de concentração que trazia à tona tudo o que já havia de adulto no seu rosto de menino. Sentiu-se tomar por imensa ternura.
– Você é Ido, não é? – San murmurou de repente.
O gnomo não esperava aquela pergunta tão repentina, mas acabou confirmando.
O olhar do rapazinho iluminou-se.
– Bem que eu achei.
– Como foi que soube?
– Por tudo. Pela forma como lutava com aquele sujeito vestido de preto e pelo fato de ter-me trazido aqui... – San fez uma pausa, então prosseguiu: – Eu sou o neto de Nihal – disse, enchendo o peito de orgulho.
– Eu sei. Como acha, então, que eu conheceria o seu nome?
A momentânea empáfia de San desmoronou. Não esperava por aquilo.
– Pois é, não tinha pensado nisto... – respondeu voltando a cuidar da ferida.
Sua testa estava molhada por inúmeras gotículas de suor. Sentia-se cansado, o esforço que estava fazendo devia ser enorme, mas continuava mesmo assim a medicá-lo. Houve um momento de silêncio, e Ido reparou que a expressão do menino se tornara de repente mais sofrida e sombria.
– É por causa do meu pai – acrescentou então, com um leve tremor na voz. – Ele não queria que eu usasse estes estranhos poderes. – Estava de ombros caídos, cabisbaixo, com os olhos vazios.
Ido percebeu que, para ele, devia ser extremamente difícil falar nessas coisas, ainda mais agora que Tarik se fora.
– Vamos lá, já chega. Deve estar esgotado – disse.
San obedeceu, separou-se dele e olhou para as próprias mãos com os olhos úmidos de pranto. Estava claro que se sentia culpado pelo que tinha acontecido. Ido não pensou duas vezes e o apertou no peito. Não importava que a ferida ainda latejasse e a costela

rachada o atormentasse. Aquele menino precisava desabafar, não podia continuar a guardar tudo dentro de si.

O garoto não retribuiu imediatamente o aperto, mas não demorou a entregar-se. Acabou apoiando a cabeça no ombro do gnomo, e Ido sentiu escorrer uma lágrima. Dali a pouco San já estava soluçando à solta. Acariciou-lhe os cabelos azuis sem nada dizer, só participando da sua dor com a respiração calma do peito.

— Papai sempre me falava da avó. Conhecia todas as suas aventuras, as dos livros e as que andam contando por aí. Contou que ela tinha viajado pelas terras além do Saar, e também me falou de quando ela ainda era menina. Contava estas histórias à noite, perto da lareira se fosse inverno, ou sob o céu estrelado durante o verão. Eu adorava. — San estava de pernas cruzadas, só balançando de leve o tronco pela agitação que ainda tinha no corpo. Olhava para o chão e de vez em quando fungava. Tinha realmente chorado muito, mas devia ter sido bom para ele, pois agora estava com vontade de falar.

Ido ouvia com toda a atenção, sentado na cama, com a nova atadura que lhe dava uma extraordinária sensação de frescor e bem-estar, apesar de todas as juntas estarem doloridas devido aos esforços dos últimos dias.

— Acho que sei por que papai não queria que eu falasse a respeito da avó e das minhas mãos luminosas — disse San. — Queria evitar problemas, está entendendo? Em Salazar mantinha-se o tempo todo afastado, levando a vida sem dar na vista, e queria que mamãe e eu fizéssemos o mesmo. Éramos pessoas comuns, normais. Às vezes eu pensava na vovó e em todas as coisas que ela fizera, e ficava imaginando que, se as pessoas soubessem, talvez pudesse entrar logo na Academia ou teria feito jus a alguma outra honraria.

— E quanto ao seu avô? Ele também lhe falava a respeito?

San meneou a cabeça.

— Nunca. Só sei dele as coisas que estão nos livros. Mas eu me sentia atraído por Senar. Escreveu muitos livros famosos, e eu li todos. Foi ali que aprendi alguns dos meus truques.

Ido ficou de orelhas em pé.

— Como o quê, por exemplo?

— Por exemplo, a fazer o que bem entendo com os animais. Duas palavrinhas, e lá estão eles, olhando para mim como bobocas. Muito bom, não acha? Só que certa vez papai me pegou em flagrante. Estava fazendo aquilo diante de uns amigos, com uma galinha. Não era do tipo que bate nos filhos, mas daquela vez eu devia realmente tê-lo deixado furioso. Levei uma surra tão grande que, no fim, mamãe acabou perdendo a paciência. E, como se não bastasse, ele ainda mandou-me prometer que nunca mais faria aquilo, porque a magia é uma coisa perigosa ou algo parecido.

Odiava tanto assim o seu pai, Tarik? A ponto de apagá-lo da sua vida e da do seu próprio filho?

Ido estremeceu.

— Não achava nada de mais, no entanto, quando eu brincava com as espadas. Até gostava disso. Pois algum dia eu iria entrar na Academia, entende? Ele tinha certeza disso, e já havia algum tempo que procurava alguém capaz de ajudar-me. Apesar de a mamãe não concordar nem um pouco.

Moldou o seu filho conforme os seus desejos, sufocando nele a magia e exaltando o seu amor pelas armas. Nihal continuava no seu coração, não é isto, Tarik?

A sombra impalpável do pai de San intrometeu-se entre Ido e o rapazinho.

— Mas você conheceu a minha avó! Sabe lá quantas histórias poderia me contar...

Ido ficou imaginando quantas pessoas ainda podiam existir no mundo que tivessem conhecido Nihal. E nenhuma delas, na certa, a conhecia tão bem quanto ele.

— Como era? Passei a vida inteira fantasiando sobre ela. Era realmente parecida com as estátuas que se veem por aí?

— Era mais miúda, e certamente não tinha aquela cara feroz com que costumam retratá-la.

— É o que eu sempre achei — disse San, com uns risinhos. — Aquela expressão feroz nunca me convenceu... Li as *Crônicas do Mundo Emerso*, sei quase de cor, e sempre imaginei que devia ser diferente. Ela também sentia medo, como nós, não é verdade?

— Claro. Foi a primeira coisa que lhe ensinei.

San assumiu uma expressão interrogativa, e Ido pôde ver como se parecia com a avó. Era como se ela estivesse sentada bem ali, diante dele. Havia, no menino, a mesma irrequieta agitação, a mesma insatisfação básica e o mesmo impulso vital.

– Foi como uma filha, para mim – disse afinal. – Ensinei-lhe tudo, até a maneira de se portar num campo de batalha e de perceber o medo que se experimenta numa guerra.

San ouvia boquiaberto, e os olhos de Ido perderam-se nas lembranças.

– Fale-me de alguma aventura sua, afinal de contas você também é uma lenda! Li muitas coisas a seu respeito. Papai nunca acreditou que você tivesse traído o Conselho dos Reis, sempre dizia isso quando estávamos sozinhos, e eu tampouco acreditava, mas obviamente não contava a ninguém. Lá pelas minhas bandas estão todos com Dohor, e era melhor nós guardarmos para nós estas ideias.

Embora cansado, e apesar do estômago que resmungava, Ido tinha vontade de falar do passado. Afinal, era a única coisa que lhe restava.

– Pegue um pedaço de queijo e umas maçãs na minha mochila. Enquanto comemos, falarei das minhas lembranças.

San sorriu e saiu correndo.

Ficou contando uma história após a outra até o anoitecer. Não foi difícil, pois tinha um repertório de aventuras praticamente infinito. Relatos de guerra, de amor, de medo... A sua vida tinha sido de fato muito rica de anedotas, e ainda continuava a juntar fatos e recordações enquanto seu corpo, como folha de papel, registrava para cada aventura mais uma ferida. San ouviu embevecido, esquecendo até a comida, rindo quando havia motivo de riso e chorando quando as coisas ficavam tristes. Só muito mais tarde começou a lutar contra os primeiros sinais de cansaço. Suas pálpebras tornaram-se pesadas, e Ido suavizou o tom de voz para facilitar-lhe o sono. Deixou-o deitar-se na sua cama e ficou ao seu lado até ele adormecer. Seus olhos ainda estavam inchados devido ao longo pranto, mas a sua expressão era agora, finalmente, serena.

Ido ficou observando-o, em silêncio, e jurou que, agora que o tinha encontrado, nunca mais deixaria que fosse embora. Ninguém iria fazer mal ao menino, pelo menos enquanto ele ainda estivesse vivo.

Nos dias que se seguiram, San revelou-se um enfermeiro cuidadoso e prestativo. Trocava as ataduras de Ido duas vezes por dia, preparava a comida e aliviava a dor curando-o com seus poderes mágicos, embora mostrando claramente que continuava a usar aquele recurso com evidente constrangimento. Para Ido era como mergulhar no passado, San lembrava-lhe os tempos da Academia, quando ensinava aos cadetes e Nihal já estava empenhada na sua missão.

Certa noite, San atarefou-se com empenho no preparo de uma sopa com algumas raízes que encontrara na mochila de Ido. Tinha ficado se mexendo em volta da fogueira por mais de uma hora, com o casaco todo molhado de suor por causa do calor que sempre fazia lá embaixo devido à proximidade do Thal. Quando tudo ficou pronto, levou a tigela servindo Ido na cama e esperou que o gnomo a experimentasse.

Ido levou a colher à boca e se divertiu fazendo uma cena. Cheirou, soprou a fumaça para longe, com expressão perplexa. San aguardava ansioso. Ido até gostaria de alongar a brincadeira, pois estava achando graça nela, mas acabou engolindo a primeira colherada. Nada mau. Talvez um pouco líquida demais, mas saborosa. San havia feito um bom trabalho.

– Está ótima – disse.

O rapazinho respirou fundo, aliviado, e também começou a comer. Durante o jantar inteiro ficaram se olhando de soslaio, em silêncio, e só no fim decidiu que havia chegado a hora de falar com ele seriamente.

– Já perguntou a si mesmo quem eram os homens que o raptaram? – indagou de supetão.

San teve um leve estremecimento. Estava encostado na cama, provavelmente à espera de ouvir novas aventuras, e francamente não esperava por aquela pergunta. Limitou-se a sacudir a cabeça.

– Eram membros da Guilda dos Assassinos. Sabe o que é, não sabe?

Ido pôde ler em seus olhos antes mesmo que o menino respondesse. O medo que aquele nome inspirava era universal.

– O que querem comigo? – San perguntou com voz assustada.

– Querem o seu corpo.

O garoto continuava sem entender.

– Na Guilda acreditam que o Tirano seja uma espécie de profeta que desencadeará o fim do mundo. Para fazê-lo ressuscitar precisam de um corpo. A sua alma já foi evocada, e agora eles precisam de um eleito a ser sacrificado.

San permaneceu por alguns momentos em silêncio.

– Mas por que logo eu?

– Porque é um semielfo – respondeu secamente Ido.

As mãos de San procuraram instintivamente as orelhas pontudas embaixo da cabeleira.

– Na verdade você não é propriamente um semielfo, pois só o seu pai era, mas para eles já basta. E além do mais está com doze anos, isto é, precisamente...

– A idade que o Tirano tinha quando morreu. – O próprio San concluiu a frase, era de fato um garoto esperto.

Ido anuiu.

– Mandaram-me procurar por você justamente por isso. Na verdade, eu nem sabia da sua existência. Só sabia de Tarik, pois o seu avô me escrevera a respeito, e achei que a Guilda estava atrás dele.

– Mas como pode ter certeza de que é realmente isto o que eles querem?

– O Conselho das Águas chegou a infiltrar um mago nas fileiras da Guilda. Ele conseguiu se aliar com uma moça que pertencia à seita e nos revelou tudo.

San fitava-o abalado, com expressão atônita, e Ido podia entendê-lo. Até uma semana antes estava na torre, enfrentando uma vida agradavelmente monótona, e agora se via metido numa intriga que poderia levar à ruína o Mundo Emerso.

– Já ouviu falar no Conselho das Águas?

San acenou que não com a cabeça.

– É formado pelos representantes dos magos, pelos generais e os monarcas das Províncias dos Pântanos, das Florestas e da Terra do Mar, que se uniram numa espécie de federação para tentar deter o avanço de Dohor.

Era visível que San tentava acompanhar todas aquelas palavras, sem no entanto conseguir.

– É mais ou menos como o Conselho dos Magos ao qual pertencia o seu avô – prosseguiu Ido, com um tom de voz o mais calmo possível. – Só que, no nosso caso, não há só magos. Eu tomo parte dele, por exemplo.

San anuiu. Conhecia muito bem as *Crônicas do Mundo Emerso*.

– O mago que mencionei agora há pouco, Lonerin, foi enviado à Guilda dos Assassinos pelo Conselho. Queriam conhecer os planos, uma vez que desconfiavam da aliança entre a seita e Dohor.

San mostrou-se escandalizado.

– Difícil de acreditar, pelo menos para alguém que não conhece Dohor tão bem quanto eu, mas é a pura verdade.

Ido retomou o fôlego.

– Acredito que você já conheça a história dos semielfos.

– Papai falou-me a respeito. As perseguições do Tirano, a minha avó era a última sobrevivente... aquela história, certo?

Ido anuiu.

– Havia uma profecia que contava da destruição do Tirano pela mão de um semielfo. Foi por isso que exterminou todos eles. Nihal e Aster eram os últimos dois que sobravam. Agora Nihal está morta, e você e seu pai eram os únicos com sangue de semielfo ainda nas veias. A coisa é bastante complicada, mas a alma de uma pessoa só pode ser transferida para um corpo o mais parecido possível com aquele que possuía quando em vida. Estou lhe dizendo isso do mesmo jeito com que os magos explicaram para mim, está entendendo?

San anuiu, concentrado.

– Você, que tem sangue semiélfico e tem a mesma idade do corpo do Tirano quando morreu, é de fato o receptáculo perfeito para abrigar a alma dele.

Ido pensou nos estranhos poderes de San e ficou imaginando se Yeshol também estava a par disso ou se fosse apenas uma coincidência perturbadora.

O rapazinho pareceu precisar de algum tempo para assimilar a revelação. Estava pálido.
– Quer dizer que continuarão procurando por mim – disse afinal.
Ido concordou.
– Mas não precisa ficar preocupado. Antes de mais nada, eu estou aqui justamente por isso, e mesmo que não lhe pareça estar na minha melhor forma, garanto que logo que me recobrar poderei lutar com a força de um leão.
Procurou sorrir, mas San não achou graça.
– E além do mais temos outros planos. O mago e a jovem da seita estão indo ver o seu avô.
Foi a vez de San arregalar os olhos.
– Vovô está morto! – exclamou.
Ido gelou. Por isso ele não esperava.
O garoto reparou na sua expressão meio perdida, então começou a falar apressado:
– Papai contou que a vovó morreu jovem e o vovô logo depois... Nunca me disse como aconteceu, se foi em combate ou, quem sabe, de coração partido... Quando papai saiu de casa, o avô já se fora! Se esses dois que você mencionou partiram para lá, pois é, não vão encontrar nada.
Ido pensou rapidamente numa resposta, mas não havia escolha. Tinha de contar a verdade.
– Recebi uma carta do seu avô uns poucos meses depois que seu pai fugiu de casa e mais algumas nos anos seguintes – murmurou.
San tinha mudado de cor.
– Ele está vivo, San, ou pelo menos estava vivo até alguns anos atrás. Seu pai partiu por sua própria vontade.
– Impossível. Alguma outra pessoa deve ter escrito as cartas, quem sabe o meu próprio pai, para não lhe dar mais esta dor.
– Escreveu coisas que só ele podia saber.
Ido viu as mãos do rapaz ficarem brancas devido à força aflita com que as apertava.
– Impossível, eu estou lhe dizendo. O meu pai contou-me a verdadeira história e não tinha razão de mentir.
Ido suspirou.

– San... seu pai e seu avô... não se davam muito bem. Talvez seja por isso que...
San pulou de pé, vermelho de raiva e de dor.
– Papai nunca mentiria para mim!
– Tinha seus bons motivos – Ido rebateu sem pestanejar. Agora que o rapazinho tinha estourado, sentia que podia tratar com ele muito melhor do que antes, quando o menino só parecia meio perdido e se mantinha encolhido na cama.
– Não pense que sou uma criança! – sibilou San.
– E então não se porte como uma.
San apertou o queixo. Ido cutucara os seus brios. Cravou em seus olhos um olhar impiedoso.
– E o que é que você sabe, afinal, do meu pai e da minha mãe? Nem foi capaz de chegar a tempo para salvá-los! E também me levaram embora, e você que ficou ali olhando, e se não fosse por mim aquele homem o teria matado!
Falara aquilo com maldade, com o claro propósito de machucar. Ido o viu arrepender-se quase de imediato, mas mesmo assim San não arredou pé, de mandíbula contraída e olhar determinado.
O gnomo não fraquejou, não baixou os olhos. Eram coisas que conhecia muito bem e nas quais já pensara sozinho e que, desde aquela noite em Salazar, não se cansara de dizer a si mesmo. Ditas por San, ficavam piores, mas nem por isso tencionava deixar-se abater.
– Não passo de um maldito velho, e talvez você esteja certo – replicou depois de uns momentos, num tom pacato. – Errei e duas pessoas morreram. Você nem pode imaginar como isso me dói, San. Mas o que mais podia fazer? Esquecer tudo? Eu seguirei adiante com a minha missão e continuarei a fazer o meu dever, que consiste em protegê-lo. Juro que desta vez não falharei. Estou velho, é verdade, mas conheço a guerra.
San tinha começado a soluçar, o rosto acalorado, os punhos fechados. Mantinha a cabeça baixa para não ter de cruzar com o olhar do gnomo, murmurando alguma coisa que não se podia entender. Ido estava cansado de ver toda aquela dor por toda parte.
Recostou-se nos cobertores. Pensou naquela vez em que vira Dola sentado no trono do pai, no tom com que lhe contara que

estava morto, no sorriso com que lhe fizera entender que ele mesmo era o assassino. Então, lembrou-se do dia da execução dele, e ainda da morte de Soana e depois da de Vesa.

– Tirarei a Guilda do mapa com as minhas próprias mãos e tudo voltará a ser como antes! – desabafou San, com voz ferina.

– Pois é, e depois ficará sozinho no meio de um monte de escombros, perguntando a si mesmo se deveras adiantou alguma coisa.

– Mas eu tenho de fazer alguma coisa! – disse o garoto, soluçando baixinho, sem conseguir reprimir a raiva.

Era incrível como tudo voltava a se repetir, com aquele sofrimento tão parecido com o da sua avó. Ido ficou tão espantado com a semelhança que quase teve medo.

Puxou-o com força segurando-o pelos ombros.

– Não, San. O caminho não é este. Acredite, vai passar, mas não pode perder a esperança.

O menino virou o rosto, sinal de que não queria ouvir.

– Eu vi morrer todos – prosseguiu Ido. – Amigos, inimigos, aliados, a mulher que amava, toda a minha família, até mesmo o meu dragão. Estou só, agora, já não tenho ninguém a quem contar daquela vez em que Nihal tomou um pileque na festa da sua investidura, quando se tornou Cavaleiro de Dragão, ninguém que possa sorrir comigo ao lembrar o episódio. Ninguém que leve o mesmo sangue que eu nas veias, ninguém com quem eu possa partilhar as minhas lutas. Sobramos apenas eu e o meu passado, entende o que isso significa? E mesmo assim estou aqui, San, porque afinal o tempo passa e tudo se perde nele. Você é jovem, e ainda vai aprender a ver o que os seus pais imaginaram para o seu futuro. Não tenha dúvida de que eles jamais pensaram em vê-lo tornar-se o eleito a ser sacrificado, e tampouco em vê-lo insurgir-se contra a Guilda, armado somente de suas próprias mãos. Vai passar, San. Tudo isso vai passar, porque você deixará que as coisas se transformem ajudando-o a crescer. No fim, fará a sua escolha, e tudo vai parecer-lhe mais claro. Mas dê um tempo, não se precipite. Se escolher errado agora, mais tarde não terá outra oportunidade.

San fitou-o de olhos embaçados, cheios daquele ingênuo frescor que só os meninos da sua idade ainda possuem. Não replicou, entregou-se simplesmente em seus braços e acalmou-se.

– Não queria dizer-lhe aquelas coisas...
– Eu sei – Ido murmurou sorrindo. Era incrível o que se podia experimentar ao abraçar o futuro, ele nunca tinha tido este prazer.
– Mas é como ser achatado por alguma coisa, sempre, continuamente, por algo que aperta o estômago. É insuportável, às vezes acho que não consigo aguentar.
– Também sei disso, mas você deve manter-se firme.
O garoto anuiu no seu ombro, e Ido apertou-o ainda mais.
Aquela noite San dormiu junto com ele, na mesma cama.

16
OS DONOS DAS TERRAS DESCONHECIDAS

Dubhe examinou o frasco à luz da vela. Lonerin dormia profundamente não muito longe dali e parecia não ter percebido nada. Ela acordara bem cedo, exatamente como na manhã anterior.

Já fazia alguns dias que a Fera estava no seu encalço, mas desta vez o rugido profundo que sacudira todo o seu corpo havia sido mais poderoso. Precisava tomar a poção sem demora. Contemplou o pouco líquido esbranquiçado que sobrava e suspirou. Não havia dúvida: jamais seria suficiente para o resto da viagem. O outro vidro que tinha roubado de Rekla, com efeito, perdera-se no lago quando ela mergulhara.

Percebera isto logo após reencontrar Lonerin, mas ainda não o mencionara para ele, por medo de o companheiro passar novamente a tratá-la com todo aquele cuidado que tanto a incomodava. Não desejava ser consolada, queria ficar sozinha com sua raiva, preferia acusar a si mesma, pois aquele gesto infantil lhe tinha causado uma perda enorme. Pensar em acabar com tudo havia sido uma bobagem. Além do mais, as coisas entre ela e Lonerin já não eram as mesmas, ela era a primeira a reconhecer que se sentia estranha, aliás, *diferente*.

Tudo parecia tão absurdo. Quando voltara a vê-lo, pareceralhe estar no paraíso: descobrira nele não só um companheiro de viagem, mas sim um amante. Agora, no entanto, sentia-se mais uma vez desamparada e sozinha. Nada sobrara daquela força que pensava ter recuperado. Só havia ela, a Fera e a poção.

Tirou a rolha da pequena ampola e tomou um gole. O líquido desceu pela garganta convidativo. Talvez mais um trago a ajudasse a sentir-se melhor, a Fera voltaria certamente a aninhar-se no âmago

do seu corpo, e ela poderia perceber o mundo na sua totalidade, inclusive Lonerin. Pena que não pudesse dar-se a este luxo. Dubhe apertou de repente os lábios, com raiva, afastando-os do frasco. Sobrava pouco mais que a metade. Duas, três semanas no máximo, e depois a Fera ficaria à solta.
Sentiu a angústia crescer dentro de si. O que faria então? Fechou os olhos, tentando esquecer, depois virou-se para o jovem mago em busca de algum tipo de consolo. Mal podia ver o seu perfil na penumbra da caverna, mas foi suficiente para lembrar-se de Mathon. Naquele tempo, quando, ainda menina, estava apaixonada por ele, só olhar para seu rosto bastava a dar-lhe uma espécie de languidez no estômago. Dubhe demorou-se a olhar as mãos do jovem. Nada. Não sentia absolutamente coisa alguma. Observou seu peito que se mexia no ritmo da respiração, mas era como se ele não se encontrasse ali. A sensação de estar novamente sozinha e afastada encheu-a de dor.

– Não acha melhor tomar a poção?
Lonerin detivera-se e agora olhava para ela, o rosto parcialmente iluminado pelo globo de luz que se espalhava da palma da sua mão. Estavam percorrendo uma passagem baixa e estreita, ele na frente e Dubhe logo atrás.
Ela evitou o olhar.
– Já tomei.
Lonerin mostrou-se surpreso.
– Não reparei.
– Foi ontem de manhã, enquanto você ainda estava dormindo.
– Ainda sobrou bastante?
Justamente a pergunta que Dubhe receava.
– Sobrou.
– Quero uma resposta precisa – ele replicou, insistente. – E o outro frasco? Perdeu?
Era incrível como conseguia pegar no ar tudo aquilo que tinha a ver com a maldição. Inclusive as mentiras. Parecia perceber o despertar da Fera, sempre estava a par de como ela se sentia e sabia exatamente quando precisava tomar a poção. Dava quase a impressão de esta ser a única coisa com que se importava.

– Já disse que ainda sobrou bastante.

Lonerin encarou-a friamente.

– Acho melhor eu mesmo decidir isso. Afinal, o mago sou eu.

Dubhe não soube como replicar. Desejava de todo o coração que tudo acabasse bem, precisava que Lonerin a entendesse, que a ajudasse. Mas continuava perdida.

– Acho que perdi um dos frascos no lago – disse afinal, com ar culpado. – Ontem tomei um gole logo de manhã. Deve ter sobrado bastante para umas duas semanas.

A expressão de Lonerin suavizou-se. Houve um momento de silêncio. Dubhe mantinha os olhos baixos para não cruzar com o olhar dele, mas o jovem apertou-a nos braços.

– Vamos dar um jeito, pode ficar tranquila. Eu prometi...

Dubhe podia sentir o hálito quente do rapaz no próprio pescoço, a força e a sinceridade daquele impulso eram autênticas, mas ela continuava fria e inerte, o que a levou a desprezar-se profundamente. Não conseguia reencontrar os sentimentos da noite em que se haviam amado.

– Eu sei – murmurou, mantendo o rosto encaixado na cavidade do ombro dele.

– Tudo isso vai acabar, e então você e eu teremos a vida que bem merecemos, certo?

Lonerin olhou para ela com ternura e então beijou-a nos lábios. Dubhe não opôs resistência, embora aquele beijo a deixasse indiferente. Quando se afastou dele, segurou suas mãos como que num desesperado pedido de ajuda. Lonerin limitou-se a sorrir. Virou-se, voltou a acender entre os dedos a agulha luminosa que apontava para o oeste e retomou a caminhada.

Já fazia um bom tempo que estavam avançando por aquelas passagens subterrâneas, quando perceberam uma vibração no terreno. Era um som baixo e surdo que parecia vir das entranhas da terra.

Ambos detiveram-se na mesma hora, em silêncio, tentando entender. Passaram-se alguns minutos, um tempo que a Dubhe pareceu infinito. A escuridão da gruta tornou-se mais impenetrável, a ponto de ficar insuportável quando comparada com a fraca luz do archote. Não havia dúvida: os sentidos da Fera estavam alertas. A visão, o ouvido, a força dos músculos. Dubhe se encontrava tensa como um arco pronto a soltar a flecha, mas algo lhe dizia que ainda não era hora: sim, claro, havia alguma coisa, dava-se conta disto, mas por enquanto o seu instinto ferino não reagia. Então a terra tremeu de novo. Desta vez o ruído parecia vir diretamente de cima das suas cabeças.

– Só espero que não se trate de mais alguma coisa louca destas malditas terras – disse Lonerin.

– Não creio, não estou percebendo perigo algum – respondeu Dubhe, dando de ombros.

– Gostaria de lembrar-lhe que tampouco pressagiou o perigo quando fomos atacados pelos fantasmas. – Brindou-a com um sorriso malicioso que a fez corar.

– Demorei algum tempo, mas acabei percebendo a ameaça – ela retrucou, fingindo ficar amuada.

– É verdade, dou a mão à palmatória – Lonerin admitiu, com o ar magnânimo de um velho sábio.

Era estranho brincar daquele jeito com ele, experimentar aquela nova intimidade. Havia algo esquisito naquilo que não deixava Dubhe à vontade.

Deveria parar com isso e só procurar viver o que o destino me proporcionou. Não importa que me sinta um tanto fria em relação a Lonerin, ele é tudo aquilo que tenho.

À noite dormiam abraçados, e ela acabava se acalmando no embalo da respiração dele. De manhã, o jovem a despertava com um beijo nos lábios, e ela não se opunha. Achava que era só uma questão de saber esperar, pois mais cedo ou mais tarde tudo voltaria a ser como da primeira vez. Lonerin iria tornar-se para ela o que o Mestre já havia sido no passado: um guia, um companheiro que seguraria sua mão e indicaria o caminho.

As vibrações continuaram a estremecer as paredes de pedra, mas tornavam-se cada vez menos intensas com o passar dos minutos, como se aquilo que as provocara estivesse se afastando. Decidiram seguir adiante, com todo o cuidado. Ainda não se via o fim daquele buraco, e não podiam certamente parar.

Depois de quatro dias vislumbraram um ponto luminoso no fim do túnel. Tinham chegado, aquela era a saída das cavernas. Dubhe sentiu-se profundamente aliviada.

Já não aguentava mais toda aquela escuridão, desejava a luz e ao mesmo tempo a receava. No fim do caminho, com efeito, as vibrações se haviam tornado mais intensas. A Fera dentro dela tinha começado a arranhá-la, inquieta, e Dubhe estava preocupada. Se aquela luz de fato vinha do exterior, então seria possível encontrar a causa dos estranhos ruídos. Era arriscado, e ela sabia disso.

Lonerin tirou do bolso o mapa, nesta altura amarrotado e meio apagado pela água, e o examinou para escolher o caminho.

Aquela só podia ser a meta que procuravam, afinal estavam do outro lado da montanha.

– Sabe o que isso significa?

Dubhe não respondeu, deixando que ele mesmo dissesse.

– Significa que não estamos tão longe assim da casa de Senar.

Animados por esta esperança, retomaram a marcha sem se importarem com os ruídos e os receios. Quanto mais se aproximavam da saída, mais o ar cheirava a perfumado frescor, convidando-os a se apressarem. Já estavam praticamente correndo, quando Dubhe de repente parou.

– O que foi?

– Algo estranho.

Podia sentir sob os pés, no ar, por toda parte em volta dela. Levantou um dedo.

– Ouça.

Lonerin inclinou a cabeça, prestou atenção, mas não ouviu nada. Dubhe fechou os olhos.

– Está longe, é uma espécie de grave resmungo... um rugido, aliás. Um, dois, muitos... Há alguma coisa lá fora, Lonerin – disse voltando a abrir os olhos.

– Pode ser, mas mesmo assim é para lá que temos de ir.

– Não estou dizendo que devemos parar, só estou pedindo para prosseguirmos com cuidado.

– Tudo bem – ele disse tranquilizador, e então virou-se para retomar o caminho.

Dubhe segurou-o pelo braço.
– Deixe-me ir na frente.
Ele fitou-a pasmo.
– Nem pensar, o guia sou eu.
– Já não precisamos dos seus encantamentos para encontrar a saída.
– Eu sei, mas...
– O nosso trato continua o mesmo – Dubhe afirmou, séria. – Você guia, eu protejo.
Viu um lampejo de insatisfação passar rápido pelos olhos do mago. Aí Lonerin abriu caminho com um gesto da mão.
Ela tirou o arco das costas, armou-o com uma flecha e seguiu adiante.
– Seja como for, vou proteger a retaguarda – ele murmurou no ouvido dela, ao deixá-la passar.
Dubhe sorriu, segurou o arco com firmeza e encaminhou-se em direção à luz.
À medida que avançavam, as pedras começaram a mostrar uma camada de musgo, no início esbranquiçado e doentio, e depois cada vez mais verde e viçoso. Não demorou para as paredes começarem a brilhar na luz do sol. A claridade que vinha de fora ofuscou-os. Já fazia mais de uma semana que estavam embaixo da terra.
Apesar da momentânea cegueira, Dubhe conseguia mesmo assim perceber o ambiente externo com grande clareza. A sensação de algo estar esperando por eles lá fora tornara-se mais definida, enquanto as vibrações que ela sentia sob os pés também ficavam mais perceptíveis. Eram passos. De animais gigantescos.
Esticou o arco. Estavam muito perto da saída, tanto que Lonerin tinha apagado o globo luminoso. Dubhe reparou na cor indefinível do próprio casaco na pálida luz que filtrava dentro do túnel: surpreendeu-se ao ver quão sujo e amarrotado ele estava. Com o canto dos olhos vislumbrou o rosto de Lonerin, e pareceu-lhe extremamente pálido e cansado. Tudo aquilo pelo qual haviam passado até então tinha deixado marcas profundas nos seus corpos.
O ar foi rasgado por um tremendo rugido. Dubhe e Lonerin ficaram pregados onde estavam. Ela levantara instintivamente o arco e o mantinha agora esticado diante de si.

– Pegue o meu punhal, vou ficar mais tranquila – disse, e Lonerin não se fez de rogado.

O som estrídulo da lâmina desembainhada quebrou o silêncio absoluto que se seguira ao barulho ensurdecedor.

Dubhe avançou cautelosamente. Deteve-se no limiar da caverna, encostando os ombros na rocha fria que de repente vibrava com muitos outros passos.

Respirou fundo e deu um pulo à frente.

A luz envolveu-a e o calor do sol aturdiu-a. Uma miríade de perfumes penetrou em suas narinas. Deixou-se cair no chão de olhos quase fechados, ainda não acostumados com toda aquela luminosidade.

Nada.

Mantinha o arco esticado, os músculos tensos no esforço. Tudo continuava como de costume, como quando ia caçar com o Mestre e o ajudava em seu trabalho. A lembrança dele foi tão pungente que ela ficou sem fôlego, como nunca lhe acontecera antes. Sentiu a mão que tocava em seu braço e estremeceu. Por um instante teve certeza de que só podia ser ele.

Virou a cabeça, e o que viu foi a figura tranquilizadora de Lonerin, ele também deitado no chão, segurando com firmeza o punhal. Aquele olhar calmo deveria tê-la animado, mas a única coisa que sentiu foi uma estranha decepção. Concentrou-se então no que estava em volta, mas ainda levou algum tempo antes de perceber com clareza de onde haviam chegado.

Estavam numa espécie de patamar, que de um lado se apoiava no paredão de rocha e do outro despencava num vale profundo completamente coberto de vegetação. As árvores pareciam idênticas àquelas que haviam encontrado até então, mas era a primeira vez que podiam vê-las de cima. O efeito era o de uma estreita fenda cheia a perder de vista de veludo verde. A saída da gruta, por sua vez, dava para uma trilha bastante regular para ser natural, que margeava toda a extensão do vale. Em alguns pontos tinha desmoronado, mas toda ela era razoavelmente transitável.

Dubhe arrastou-se então até a borda do precipício, para ter uma visão mais completa do vale subjacente. Mexeu os cotovelos com cuidado, mantendo o arco diante de si. Lonerin avançava ao seu lado.

Nada mais viu do que um emaranhado de verde. Copas de árvores entrelaçadas e largas folhas carnudas. Aí tudo aconteceu de repente. A rocha embaixo dela foi sacudida por aquilo que parecia um tremor de terra, e um sopro quente investiu seu rosto. Estava bem diante do seu nariz, imenso e bufante. O susto foi tão grande que seu coração quase parou.

Percebeu Lonerin ao seu lado e viu que o animal se virava. A cabeça do bicho tinha pelo menos uma braça de comprimento. Uma cabeça de dragão. O focinho alongado abria-se na parte de trás numa ampla crista óssea em forma de leque. As escamas eram brilhosas e pontudas, de um marrom escuro que na raiz ficava quase preto. A crista, por sua vez, era branca com estrias vermelhas. Ao virar-se para Lonerin, as narinas soltaram uma ruidosa baforada, como um grande fole sendo comprimido. Mais do que o medo que lhe gelava as pernas, no entanto, o que paralisou Dubhe foi outra coisa. Foi o olho com que o dragão a fitou, vermelho, vivo, reluzente. Parecia um remoinho sem fim no qual seria fácil perder-se, um abismo de milênios de onde o animal contemplava o mundo com supremo desinteresse.

A Fera calou-se, quase assustada. Dubhe sabia muito bem que só umas poucas polegadas a separavam da morte. Atrás daquele focinho, presas poderosas estavam prontas a perfurar qualquer coisa. Por um momento lembrou as estranhas criaturas que tinham encontrado ao longo do caminho e achou que, afinal, a floresta iria ter a sua desforra acabando de uma vez por todas com eles.

Contemplou os olhos maravilhosos do dragão, entremeados de reflexos amarelos como filamentos de ouro, certa de que nada poderia haver no mundo comparável com aquele olhar tão antigo e estupendo. Por mais que se desse conta de estar diante de um ser absolutamente letal, Dubhe estava fascinada.

O dragão fitou-a fixamente, como se a estivesse estudando. A sua respiração era agora imperceptível, em volta dele nada se mexia.

Então Dubhe percebeu que Lonerin a cutucava. Virou-se de chofre e o viu avançar de joelhos para o dragão. No seu rosto havia aquela expressão tão segura e imperturbável que ela tanto admirava.

Naquele momento soube com certeza que fora por causa daquela expressão que cedera a primeira vez na gruta. Porque Lonerin era alguém que decidia e que nunca tinha medo das próprias escolhas.

Como num sonho, viu-o esticar a mão para o dragão, que afastou de leve o focinho. Lonerin parou, a mão estendida para o animal, o ar sereno. Não tinha qualquer receio e deixava isso bem claro. O dragão quase pareceu achar graça, uma luz estranha passou de repente pelos seus olhos, um lampejo de compreensão. Afastou a mão do mago com o focinho, mas o gesto nada tinha de hostil, mostrando, em vez disso, uma indignação quase brincalhona. Lonerin então recuou, limitando-se simplesmente a fazer uma mesura, com a cabeça roçando na pedra.

Dubhe achou por bem repetir o gesto. Era uma atitude que não entendia, mas que se sentia obrigada a cumprir, além de qualquer explicação lógica.

Curvou-se e sentiu-se vulnerável, indefesa. Se o dragão decidisse atacar, nem mesmo iria vê-lo.

Percebeu a respiração do animal, mais uma vez poderoso, e com o canto do olho viu-o aproximar-se lentamente de Lonerin, para então tocar sua cabeça com a ponta do focinho. E o mesmo fez com ela, com a mesma calma e delicadeza. De alguma forma, aquele toque chegou a comovê-la. Olhou para cima e viu por mais um instante aquele focinho imenso e aqueles olhos vermelhos que a fitavam com suprema fleuma. Logo a seguir o dragão desapareceu atrás da margem do penhasco.

Lonerin, ao seu lado, suspirou, deixando-se cair de costas, de braços abertos, na pedra.

Dubhe olhou para ele como se estivesse vendo um desconhecido. O seu sangue frio deixara-a pasma.

– Deu tudo certo, não precisa ficar olhando com essa cara. Acho até que, finalmente, as Terras Desconhecidas decidiram dar um tempo e nos deixar em paz.

– Foi isto que fizemos? Fazer com que ele nos aceitasse? – Dubhe perguntou com um fio de voz.

Lonerin anuiu.

– Os dragões são os seres mais antigos do Mundo Emerso, os seus donos. Aquele dragão possui esta terra, ela lhe pertence por direito, e nós a estávamos violando. Digamos que nos prostrando aos seus pés ganhamos a permissão de ficar neste vale.

Depois daquele encontro, Dubhe e Lonerin encaminharam-se pela trilha cavada na rocha. A beleza do vale era incrível, parecia um paraíso selvagem e distante, com todos aqueles dragões que voavam por toda parte. Não demorou quase nada para eles avistarem cinco. Eram estranhos, menores que aqueles das Terras Emersas, tinham mais ou menos o tamanho dos dragões azuis. A principal diferença com estes últimos era a cor e, mais ainda, as asas. Os dragões deste lugar, com efeito, possuíam asas minúsculas, grudadas nas escápulas como cotos. Não eram de forma alguma apropriadas a sustentar no ar o peso daqueles corpos enormes. Mas tinham mesmo assim uma graça toda delas: eram vermelhas com estrias brancas, diáfanas, quase transparentes, e transmitiam a sensação de uma extrema fragilidade.

A coisa mais estranha, no entanto, era que aqueles dragões se moviam nas paredes como lagartixas. Dubhe e Lonerin viam-nos subir e descer pelo penhasco, entrando e saindo da camada de árvores que cobria o desfiladeiro. Conseguiam manter-se grudados na pedra graças às poderosas garras que armavam os três dedos de cada pata. Tinham o comprimento de um palmo, afiadas e robustas, e penetravam nas fendas enganchando-se nelas. Toda vez que agarravam a rocha, a parede inteira parecia tremer. Os misteriosos passos que ouviram durante a parte final da sua viagem subterrânea eram justamente aqueles.

Dubhe reparou que a parede ao seu lado mostrava toda uma série de buracos pretos e profundos. Eram as marcas deixadas pelas garras.

Tiveram de se acostumar a movimentar-se no meio daqueles animais. As vibrações que provocavam tornavam difícil manter o equilíbrio na estreita trilha, e a própria presença deles era de alguma forma assustadora. Depois do primeiro contato, deixaram de ter qualquer interesse por aqueles dois homúnculos que se moviam no seu território, mas mesmo assim Dubhe continuou a sentir-se uma intrusa continuamente observada.

Acima e abaixo da trilha eram agora visíveis mais duas sendas. Não sendo muito marcadas, apareciam e desapareciam continuamente, às vezes juntando-se num só caminho, ou então sumindo além da margem do precipício, acima deles, ou no verde da floresta, lá embaixo.
– Poderiam ter sido construídas por alguém – observou Dubhe, indicando-as com a cabeça.
– É o que tudo indica – confirmou Lonerin, anuindo.
– Senar por acaso chegou a comentar sobre isso com Ido?
– Para dizer a verdade, nem mesmo chegou a mencionar esta garganta. Daqui em diante, as indicações tornam-se bastante confusas. Seja como for, confio que estamos na direção certa.

Dubhe não tinha a menor dúvida. Desde que o vira ao lado do dragão, voltara a confiar cegamente nele.

Naquela mesma hora um rugido tremendo rasgou subitamente o ar. O chão sob seus pés tremeu, e Lonerin teve de apoiar as mãos no paredão de pedra. Então esticou o pescoço para enxergar e descobrir o que estava acontecendo lá embaixo.

Mais rugidos ecoaram no ar, os dragões encontravam-se agitados. Então um deles, mais forte do que os demais, provocou um verdadeiro terremoto. Dubhe percebeu os seus passos logo abaixo deles. Eram apressados e sacudiram a rocha de forma tão violenta que uma imensa lasca da parede desmoronou.

Como num pesadelo, Dubhe viu Lonerin desaparecer atrás de uma chuva de detritos e pedregulhos.
– Lonerin! – gritou.

Ele mal teve tempo de olhar para ela, com um braço esticado, de boca aberta para chamá-la. Depois, mais nada. Diante de Dubhe só havia um grande monte de terra e pedregulhos.

Estava a ponto de correr para os entulhos quando um ruído a deteve.
– Se eu fosse você, não me preocuparia com ele.
Aquela voz gelou-a.
Maldição.
Lembrou-se na mesma hora de quando saíra das grutas, ao lado de Lonerin.
O meu punhal não está comigo.

17
O DEMÔNIO DO ÓDIO

— Lá estão eles. — Rekla fez um sinal e Filla parou. Deixou-a descer, delicadamente. Naquela altura ela estava reduzida à sombra do que fora, mas seu corpo se obstinava em não deixar passar os anos. Olharam, ambos, de cima da encosta e os viram. Dubhe e Lonerin estavam percorrendo uma estreita trilha cavada na pedra logo abaixo. Achavam-se levemente atrasados em relação à posição ocupada pelos dois jovens, e isto ainda dava a estes últimos uma boa vantagem.

— Desta vez você foi bom mesmo — Rekla disse, virando-se para o companheiro.

A decisão de carregá-la nas costas havia sido a escolha certa. Filla tinha esgotado todas as suas energias na tentativa de ser o mais rápido possível. Agora estava exausto, mas, pelo menos, haviam recuperado o terreno que Dubhe conseguira colocar entre eles.

Rekla tinha parado quase imediatamente de se queixar, deixando que o outro a ajudasse, pois estava realmente fraca demais para continuar sozinha.

— São dois, o mago está novamente com a jovem — observou Filla. — Não é possível...

Rekla desconfiara disso de imediato, desde o primeiro momento em que reencontraram as pegadas, mas constatar que ele tinha de fato sobrevivido era bem diferente.

— Afinal de contas, nunca encontramos o seu corpo — sibilou sarcástica.

Filla suspirou. Estava esgotado, e ela também se encontrava fraca devido à falta da poção rejuvenescedora. Claro, não era uma velha qualquer, mas naquelas condições não teria a menor chance diante de dois inimigos.

— Eu cuidarei do rapaz, e a senhora de Dubhe.

– Nem pensar, você quase nem consegue mais andar. Cansou-se demais correndo comigo nas costas.

– É apenas um mago, minha senhora, não um guerreiro. Está ao meu alcance. Mas Dubhe tem de ser sua, é o prêmio que a senhora merece por ter sofrido tanto. Para aproveitá-lo plenamente, terá de enfrentá-la sozinha.

Ao ouvir aquilo, os olhos de Rekla brilharam. Ficou olhando longamente para o companheiro, e Filla teve todo o tempo do mundo para contemplar seu rosto desfigurado pela velhice, a teia de rugas e a opacidade dos olhos. Amava-a mesmo assim, mais do que nunca.

– Obrigada – Rekla disse desviando o olhar, quase timidamente, e ele sentiu o próprio coração desabrochar. – Nunca tive outro aluno que me servisse de forma tão devotada – acrescentou.

Filla baixou a cabeça. Sentia um desejo violento invadir-lhe o peito, uma alegria incontida. Sem pensar duas vezes no que estava fazendo, segurou-a pelos ombros e, antes de ela poder dizer qualquer coisa, comprimiu a boca nos seus lábios ressecados e murchos. Só durou um instante, então afastou-se. Viu seus olhos cheios de espanto e falou antes que pudessem encher-se de ira pelo que acabava de fazer.

– Vença por mim também – sussurrou, e se afastou.

Logo que o paredão de rocha desabou, Lonerin procurou agarrar-se. Ouviu Dubhe que o chamava. Por alguns instantes ficou cego devido à poeira, e para não cair foi forçado a apoiar-se na encosta atrás dele. Então o estrondo parou, a própria gritaria dos dragões emudeceu e tudo ficou silencioso, até demais. Tinha os ouvidos cheios do ribombar do desmoronamento, estava atordoado.

– Dubhe – chamou.

Mal tinha acabado de pronunciar aquele nome quando sentiu uma mão de ferro agarrá-lo pelo pescoço, e vislumbrou o vago brilho de alguma coisa que estava a ponto de atingi-lo. Foi uma reação meramente instintiva que conseguiu salvá-lo.

A palavra do encantamento saiu dos seus lábios abafada, quase inaudível, mas ainda assim surtiu efeito. A lâmina foi detida pela delicada bolha de prata que apareceu em volta do seu corpo. Lonerin viu a mão esticada que segurava a arma e distinguiu claramente o perfil de uma empunhadura preta, com o cabo em forma de serpente.

O aperto na sua garganta só teve um momento de hesitação, mas ele não deixou escapar a oportunidade. Desvencilhou-se virando-se para o agressor. Já sabia o que iria ver.

Era o rosto indistinto de um Assassino. Desde que estivera na Casa, o ódio que sentia pelos Vitoriosos tinha aumentado de forma desmedida e, depois da luta com Rekla, nada mais podia intrometer-se entre ele e aquela ira incontida.

Não tinha medo, nem qualquer sentimento de culpa. Pensava em Dubhe, do outro lado do monte de escombros, que esperava pela sua ajuda, na noite que haviam passado juntos e em como fora tratada durante o cativeiro. E lembrou-se da mãe, do corpo dela jogado entre muitos outros, abandonado na vala comum. E soube que o seu único desejo, agora, era lutar.

Poderei finalmente acertar contas com eles. Ficarei livre, e Dubhe comigo.

Desembainhou o punhal que ela mesma lhe dera quando iam sair das grutas e ficou em posição de combate. Tinha tomado algumas aulas de esgrima, no passado, mas se encontrava certamente fora de forma. E, além do mais, não estava segurando uma espada, mas sim um punhal. Disse a si mesmo que não fazia grande diferença, que era só deixar à solta o próprio instinto.

Distraíra-se pensando nestas coisas, quando sentiu uma terrível ardência na orelha esquerda. O Assassino conseguira acertar um golpe, aproveitando a sua momentânea desatenção. Automaticamente, Lonerin apertou os dedos no punhal e o apontou contra o adversário. Estava preparado para defender-se, agora, nunca mais baixaria a guarda.

O outro sorriu irônico diante daquela reação.

– O que foi? Decidiu tornar-se um sicário?

Levantou a mão armada, no gesto de desferir o golpe, mas só era um truque. Uma faca chispou rápida para a garganta de Lonerin. O mago levantou a mão livre, disse uma única palavra peremptória, e o escudo prateado materializou-se novamente à sua frente por uma fração de segundo. A faca resvalou na sua superfície e, desta vez, quem teve de esquivar-se foi o Assassino, que no entanto conseguiu evitá-la sem maiores dificuldades. Tinha a agilidade de um gato, justamente como Dubhe, como qualquer Vitorioso.

Lonerin preparou-se para golpear e lançou-se contra ele gritando com todo o fôlego que tinha nos pulmões, mas os seus movimentos revelaram-se mais uma vez desajeitados demais para surtirem efeito.

O Assassino pulava rapidamente, esquivava. Outra faca. Mais um arremesso. Lonerin conseguiu evitar a lâmina virando-se de lado.

– Estamos bastante rápidos, ao que parece... – Filla disse com um sorriso sarcástico.

Ficaram por alguns instantes parados, estudando-se reciprocamente. Lonerin estava ofegante e segurava com força, mas de forma já meio convulsa, o punhal. Apesar do treinamento constante, o adversário não parecia, no entanto, em condições muito melhores. Ele também mal conseguia respirar, e sua testa estava molhada de suor.

Está esgotado, ainda posso vencer, atreveu-se a pensar Lonerin.

O seu olhar brilhou com uma nova determinação, tanto que o outro concedeu-se uma careta feroz.

– Está pensando em matar-me?

Lonerin ficou calado, mas alguma coisa dentro dele respondeu: isso mesmo.

– Pode tentar à vontade, pois de qualquer maneira jamais permitirei que chegue do outro lado! – gritou Filla. – A minha senhora precisa ficar sozinha, tem um encontro marcado com a sua amiguinha.

Lonerin foi tomado por uma repentina vertigem. Como podia ter sido tão tolo e não ver a ligação entre as duas coisas? Se aquele homem estava diante dele, do outro lado do desmoronamento só podia ser Rekla. Dubhe encontrava-se em perigo... tinha de apressar-se. Naquela mesma hora o Assassino investiu contra ele golpeando-o com uma faca que acabava de sacar. Lonerin conseguiu deter o ataque, mas a cada passo recuava mais um pouco.

Então o golpe chegou de repente. Só teve tempo de vislumbrá-lo com o canto do olho: um lampejo negro dirigido ao seu flanco. A palavra veio aos seus lábios imediata, e Filla gritou de dor. Lonerin ganhou espaço e ficou novamente em segurança.

Acabava de fazê-lo. Quase não conseguia acreditar. Fizera aquilo sem pensar duas vezes, como se fosse a coisa mais natural do mundo. *Pronunciei uma fórmula proibida.*

Olhou com aflição o homem ajoelhado diante dele, de olhos esbugalhados, o rosto torcido numa máscara de dor. Apertava com força a mão direita, aquela que até então segurava o punhal. Estava carbonizada, e o sujeito rangia os dentes para não gritar.

Lonerin não ficou horrorizado consigo mesmo. O que mais o surpreendia era a facilidade com que infringira uma das mais importantes advertências do seu mestre, Folwar.

"Às vezes poderá pensar que as fórmulas proibidas sejam um atalho, que sejam até mesmo a única saída, mas seria um grave erro. É uma magia que sempre exige em troca uma parte da sua alma."

Mas Lonerin sentia-se satisfeito. Tinha finalmente provocado o sofrimento de um Vitorioso, provara ser tão forte quanto eles. Era como se todos aqueles anos, passados a estudar e a se torturar para tornar-se uma pessoa melhor, só pudessem levá-lo àquele resultado, àquele momento de suprema libertação.

O Assassino sorriu feroz, o rosto desfigurado pela dor.

Lonerin reagiu de impulso, berrou e partiu para o ataque. O adversário tinha uma rapidez assustadora e, mesmo agora que estava ferido, só precisou de umas poucas estocadas para deixá-lo novamente acuado. O mago pronunciou pela segunda vez as palavras. Filla rolou no chão quase chegando à beira do precipício, mas com um derradeiro esforço conseguiu deter-se antes que fosse tarde demais. Levantou-se a duras penas, apoiando todo o peso do corpo numa perna só. Lonerin aproveitou para gritar mais um feitiço. O braço do Assassino tornou-se imediatamente duro e lívido, e num piscar de olhos ficou como pedra até o cotovelo. Lonerin já estava a ponto de abrir-se num sorriso de triunfo quando percebeu que havia cometido um erro. Claro, o braço ferido era imprestável, mas agora que permanecia como pedra também ficava insensível à dor.

O Assassino deu uma risada ferina.
— Obrigado pelo presente.
O seu ataque foi de uma violência selvagem. Lonerin tropeçou nos próprios pés e caiu ao chão pelo contragolpe, chocando-se pesadamente com a pedra. O adversário desfechou o golpe, e Lonerin mal teve tempo de deslocar a cabeça: a lâmina fincou-se no solo ao seu lado penetrando por quase um palmo. Um rugido longínquo ecoou através do vale. O homem segurou sua garganta com a mão livre e, com um aperto implacável, levantou-o do chão.
— Está na hora de acabar com isso — sibilou espumando bem na cara dele.
Lonerin sentiu que estava a ponto de desmaiar. Não era acostumado a lutar, o combate com o punhal e as duas fórmulas proibidas haviam-no esgotado. Mas precisava salvar-se. Chegara a ponto de vender sua alma, não podia parar logo agora.
Moveu lentamente a mão até alcançar a ferida no ombro. Não passava de um rasgo superficial, mas suficiente para que a ponta dos seus dedos se embebesse de vermelho. Em seguida, levantou a mão e jogou o sangue no rosto do Vitorioso, recitando uma fórmula com um fio de voz. As gotas transformaram-se em longos filamentos apertados como cordas, que envolveram o Assassino num aperto sufocante e o forçaram a soltar a presa. Lonerin ficou livre e deslizou ao longo da parede arranhando a pele. Mal conseguia respirar, tossia sem parar na tentativa de recobrar o fôlego. Deteve-se alguns segundos para recuperar as forças, aí levantou-se totalmente entregue a uma raiva selvagem.
O Assassino estava no chão, com os braços presos, e debatia-se gritando:
— Maldito!
Lonerin achou aquele espetáculo maravilhoso. Tinha vencido um dos matadores da mãe, e o sujeito agora se torcia todo, como um inseto preso na teia de uma aranha.
É meu, posso fazer o que bem quiser com ele. Tentou matar-me, mas foi derrotado. Agora posso acabar com ele, ninguém poderá censurar-me por isso.

Pegou o punhal com a mão que tremia de excitação. O sangue tornava escorregadia sua palma, mas não importava. O Assassino cuspiu na sua direção tentando dizer alguma coisa, mas Lonerin pisou no seu peito achatando-o no chão.
– Calado – intimou.
Nunca matara alguém antes, mas naquele momento sentia a extrema urgência de fazê-lo imediatamente, ali mesmo, sem pensar duas vezes. Passara a vida inteira tentando sufocar o ódio pela Guilda. Para vencê-la, decidira usar a magia em lugar das armas, e por isso mesmo sujeitara-se aos ensinamentos de Folwar, que lhe haviam permitido recuperar o controle de si. Mas agora todos aqueles anos passados na tentativa de apagar o desejo de vingança pareciam perder consistência. Percebia que não tinha vivido um único dia sem sentir o desejo de exterminar a seita que matara a sua mãe.
Tenho todo o direito de fazer justiça com as minhas mãos, de vingar o longo sofrimento. Não consegui salvar mnha mãe, mas talvez ainda possa fazer alguma coisa por Dubhe. Tenho de fazer isto!
Levantou o punhal. O homem embaixo dele não demonstrou medo, tinha aliás no olhar a expressão de alguém que finalmente seria livre. Mas Lonerin não conseguia tomar a decisão. Algo impedia que desse aquele último passo.
– O que foi? Não tem estômago? – escarneceu-o Filla.
Agora, tem de ser agora!
A lâmina continuava a soltar seus reflexos no ar. Um incontrolável tremor sacudia o corpo do mago.
Agora! É preciso!
Gritou. Fincou o punhal no chão, bem rente da cabeça do homem.
– Não, não conseguirá fazer isso comigo! Não conseguirá transformar-me naquilo contra o qual lutei a minha vida inteira!
Berrou tão alto que sua garganta ficou dolorida. Caiu de joelhos, cobriu o rosto com as mãos. Estava desesperado, mas não mataria. Tinha uma vontade imensa de fazê-lo, mas não faria. Não podia ou então aqueles anos todos não teriam servido para coisa alguma.
Ouviu o homem rir ao seu lado. Uma risada amarga, desesperada.
– Covarde – murmurou.

Lonerin continuou a olhar para o chão.

– Você não pode entender. E é aí que está a diferença entre nós dois. Você não pode e jamais poderá entender – rosnou.

– Quem não pode entender é você – rebateu o outro, olhando para o céu acima deles.

Lonerin virou-se, incrédulo. Então um grito desumano estremeceu ambos.

18
LEMBRANÇAS ESQUECIDAS

Ido acordou bem cedo. San estava na cama, encostado nele, entregue a um sono calmo e sereno. Sentia-se bastante em forma. Os cuidados do rapazinho surtiram um efeito extraordinário, e o vigor inato da sua raça havia-se encarregado do resto. Mais uns dois dias, no máximo, e poderiam seguir viagem. Agora, no entanto, tinha vontade de dar uma volta pelo esconderijo da resistência, sozinho.

Desde o primeiro momento em que pusera os pés lá embaixo sentira o desejo de fazê-lo. As lembranças perseguiam-no, e uma lenta romaria por aquele lugar cheio de recordações parecia-lhe a coisa mais acertada. Ter cem anos e ainda sobrevivido a tudo e a todos era uma condição difícil de aguentar. Ido sentia-se cansado e onerado por aquele peso. Mais que uma adversária, a morte começava a parecer-lhe uma amiga. Mas ainda havia muita coisa a fazer, e não queria deixar atrás de si algo inacabado.

Ver os lugares onde tinha lutado e sofrido, regozijado e exultado, de certa forma iria ajudá-lo a sentir-se melhor.

Chegou ao seu antigo quarto, um buraco cavado na parede. Lá estava a cama que compartilhara durante muitos anos com Soana. Logo adiante, por sua vez, havia a sala onde incitava os seus, dava as ordens e planejava com eles as ações de guerrilha. A casa de armas, com as espadas meio enferrujadas, as lanças, as armaduras espalhadas em volta.

Estava tudo silencioso e vazio. Ido, no entanto, lembrava-se muito bem dos rostos dos companheiros e até mesmo da morte de cada um deles. Uma infinita série de funerais, de corpos dilacerados pelas espadas, de moribundos assistidos na agonia da sua última viagem.

Os passos levaram-no para a grande arena. Era uma cisterna vazia. Fora adaptada de forma que o teto pudesse ser aberto com um mecanismo movido por três pessoas. Lá fora havia as montanhas, e o local era bastante isolado para que ninguém percebesse a existência da abertura.

Entrou e inspirou profundamente o ar daquele recinto fechado. Ainda podia sentir o cheiro de Vesa, do imenso corpo do dragão forçado a ficar lá embaixo nos longos períodos entre uma batalha e outra. Lembrava-se de como ele fremia quando Ido pulava na sua garupa dizendo-lhe que iriam lutar. Havia sido dali que levantaram voo pela última vez, no dia em que a resistência fora desbaratada e o aqueduto tomado.

O som dos seus passos ressoa em seus ouvidos. Ido já mandou os companheiros fugirem, mas os soldados de Dohor continuam procurando por eles por todo o aqueduto. Consegue chegar à arena, está esbaforido, esgotado, o ferimento no braço começa a pulsar. Para de repente. Diante dele há um cemitério de homens carbonizados, e no meio ergue-se Vesa, o seu dragão, que espera com expressão desafiadora.

Logo que o vê, o bicho solta um poderoso rugido, e Ido sorri, comovido. A sua cavalgadura conseguiu sobreviver mais uma vez, voltarão a voar em combate juntos.

Ido corre ao seu encontro, precisam sair sem demora, já não têm muito tempo. Ao chegar perto, percebe que está ferido. Algumas lanças conseguiram abrir caminho na pele escamosa e na asa direita, mas o que mais o preocupa é um profundo corte na pata.

– O que fizeram com você, Vesa?...

O dragão baixa a cabeça, encosta o focinho nele, bufa de leve. Ido afaga-o delicadamente.

– Agora nós dois vamos sair daqui. Vai ficar bom, você vai ver. Ficará aos cuidados do melhor mago do mundo. Procuraremos um esconderijo na Província das Florestas e, depois, vamos fazer com que todos eles se arrependam.

Corre para o local onde se encontra o sistema de abertura: três engrenagens separadas, colocadas em nichos logo abaixo da parede móvel.

Seriam necessárias três pessoas para o mecanismo funcionar, mas talvez, mesmo sozinho, ele consiga abrir o teto pela metade. Tem de funcionar. Quanto ao resto, o próprio tamanho de Vesa bastará.

Ido puxa-se para cima com dificuldade. A sua vista começa a ficar embaçada, perdeu muito sangue pelas feridas. Consegue ainda assim alcançar um dos nichos. No meio há uma pesada alavanca de madeira, ligada a uma roda dentada bastante grande. O gnomo que cuidava dela jaz no chão, trespassado por uma lança. Ido simplesmente afasta o corpo. Não é hora de demonstrar-se piedoso.

Segura a alavanca com ambas as mãos e a puxa com toda a força. O braço inflige-lhe uma dor mortífera, mas finalmente a alavanca se mexe, e com um estrondo infernal a rocha desliza de lado.

Ido deixa-se simplesmente escorregar lá de cima, caindo desajeitadamente na garupa de Vesa. O animal já está tentando forçar uma saída. Seus enormes músculos esticam-se no esforço, com as pernas encurvadas e as garras fincadas na pedra. O ferimento na asa sangra com fartura e o cheiro de sangue preenche a sala.

— Mais um esforço e vamos conseguir. Vamos lá, meu velho amigo, não desista agora!

Rangendo, a rocha desloca-se de mais alguns palmos, mas então o animal dobra as pernas e desmorona, exausto.

Em volta, a gritaria do combate e o clangor das espadas ficam cada vez mais fortes.

— Vamos conseguir, vamos lá, não desista!

Ido percebe o cansaço mortal do dragão. O mesmo cansaço que tomou conta dele. Não conseguem mexer-se, estão ambos esgotados.

— Mais um esforço! — incita-o. E o dragão desdobra as asas levantando-se com dificuldade no ar.

A luz do sol é ofuscante, diante deles o Thal cospe fogo e cinzas. Mas o caminho parece estar livre.

Vesa bate as poderosas asas, e logo a seguir estão altos no céu, com o ar que sabe a enxofre e o calor do vulcão que invade os pulmões.

Pela primeira vez na vida, o gnomo sente que aquele lugar lhe pertence. Lutou por ele, escondeu-se em suas entranhas, ficou ao lado da sua gente, e agora aquela terra de rocha e fogo é realmente a sua casa.

Vou arrancá-la de você, Dohor, vou tirá-la de você para devolvê-la ao antigo esplendor, diz a si mesmo.

Já está quase a ponto de respirar aliviado, dirigindo o olhar para a meta distante, quando sente os músculos de Vesa enrijecerem sob suas pernas e o seu rugido ecoar doloroso.

Começam a baixar em disparada, uma asa do dragão já não se mexe.

Ido segura-se nas escamas do dorso e só precisa de uma olhada para entender.

Foi uma mordida. Quebrou a asa ferida de Vesa.

Ido está louco de raiva.

Com o canto do olho enxerga um maldito dragão, pequeno, muito rápido, montado por um cavaleiro que não passa de um rapazola.

– Adiante, adiante! – incita Vesa, mas é inútil.

O dragão está exausto, tenta usar a asa boa para aproveitar as correntes termais, mas de nada adianta. Estica então o membro ferido para diminuir a velocidade da queda. O seu rugido transformou-se num surdo ganido de dor. Ido sente alguma coisa que lhe embrulha as entranhas e que o cega.

Vira-se e vê o cavaleiro investir contra ele. Tem um dragão bastante jovem, provavelmente tão despreparado quanto o seu dono. Mantém a lança reta diante de si, e Ido percebe logo o que tenciona fazer. Já tem estampado no rosto o sorriso do vencedor e sonha certamente em voltar à base com sua cabeça, a cabeça do terrível Ido.

O gnomo pula de pé, mantendo-se em equilíbrio na garupa de Vesa. O rapaz levanta o braço e arma o golpe, como esperado.

Ido só precisa encolher-se, depois agarra com a mão boa os arreios do dragão inimigo enquanto passa ao seu lado. O rapazola, pasmo, observa-o enquanto, ágil como um furão, puxa-se sobre a sela, exatamente atrás dele.

– Não! – Só tem tempo de murmurar.

Ido passa a lâmina na sua garganta, assiste aos tremores da sua agonia até o corpo se abandonar em seus braços. Joga-o fora com um pontapé e fica sozinho em cima do dragão, que já segura a cauda de Vesa tentando dilacerá-la. Ido grita a sua raiva e, com toda a força,

finca no seu flanco a espada até a empunhadura. O animal urra, solta a presa, mas ainda tem tempo de lançar uma labareda contra Vesa.
– Maldito!
Ido está furioso. Agarra o pescoço do dragão, luta para vencer o enjoo enquanto o bicho dá pinotes, vencido pela dor. Deixa-se escorregar para baixo, onde sabe que a espada encontrará caminhos mais fáceis. Berra e golpeia, uma, duas vezes, e mais ainda. Segura-se apenas com o braço ferido, e o corte inflige-lhe espasmos atrozes. Não importa. Aquele animal acertou Vesa e tem de pagar.
Quase inconsciente, Ido percebe que estão caindo. O dragão deve estar morto. Abandona-se. Nada mais pode fazer. Talvez ele também morra, mas será lutando, e isto já basta. E, além do mais, morrerá vingando Vesa. Sorri, enquanto se precipita no vazio.
Então, de repente, um solavanco, e tudo para. O casaco prende-se em volta do seu pescoço, quase sufocando-o. À sua volta, uma espécie de respiração quente. Ido compreende na mesma hora.
– Vesa... – murmura.
Pegou-o em pleno ar, com os dentes, livrando-o de morte certa.
Apoia-o delicadamente no chão, mas logo a seguir Ido ouve um baque. Quando se vira, vê o seu dragão largado nas rochas, com a cabeça apoiada lateralmente no chão. Mal consegue respirar, seu ventre se expande e contrai de forma irregular, o sangue se confunde com a cor vermelha da pele escamosa.
Ido não pode acreditar. Não quer crer. Levanta-se com um pulo, sem ligar para a dor dos ferimentos, anda em volta do seu dragão, examina-o.
A asa direita foi decepada, e a membrana esticada entre os ossos, completamente estraçalhada. A cauda foi dilacerada pelas mordidas, o ventre cheira a queimado.
Ido entendeu. Compreendeu logo, mas não quer acreditar, não quer aceitar. Afaga-o na cabeça, ajoelhado diante dele.
– Está tudo bem, Vesa, tudo bem. Sim, claro, ficou bastante machucado, mas vamos sair dessa, não vamos? Como sempre. Viu como consegui vingá-lo?
Acaricia freneticamente a pequena crista acima do focinho enquanto suas mãos ficam encharcadas de sangue.

– Está tudo bem. Só precisamos descansar um pouco, depois vamos embora, certo?

Vesa fita-o com olhos apagados. Pela primeira vez, Ido vê naquele olhar algo que lembra medo e resignação. Vesa está se entregando.

– Não, Vesa, maldição, não! Eu preciso de você, está me entendendo? Não pode desistir!

Mas os olhos não reagem, como sempre costumam fazer quando ele o chama. Já foi ferido antes, e toda vez, toda maldita vez que ele lhe dizia que tudo daria certo, Vesa parecia responder com os olhos para tranquilizá-lo. Pois é, tudo daria certo, porque eles pertenciam um ao outro havia uma infinidade de anos, pois já tinham enfrentado tudo, porque eram eles.

Ido curva-se sobre o focinho de Vesa, com a cabeça rodando e o coração que martela como louco em seu peito. Fica com o rosto quase grudado nele, a ponto de poder distinguir cada uma das magníficas escamas vermelhas da sua pele.

– Vesa, eu suplico, aguente... Eu não me rendi, quase acabaram comigo, mas não desisti de lutar, esta noite, igualzinho a você. Você é tudo aquilo que ainda tenho, não me deixe...

O dragão fita-o fixamente. É como se diante de Ido houvesse um homem falando e não um animal.

"Preciso ir."

– Não me abandone! – Ido berra, até a garganta doer. – Não pode fazer isso comigo!

"Há um tempo para tudo. E o meu acabou."

– Não, não é verdade, eu não vou aceitar isso! Lembra quando eu vinha vê-lo, depois de cada combate, e dizia que ia guardar de vez a espada na bainha, lembra? Mas nunca fiz! Não posso perder você também, não posso!

Os olhos de Vesa ficam calmos, a sua respiração, outrora tão poderosa, torna-se tão fraca quanto a de uma criança. Mal dá para ver o movimento incerto do seu peito.

"Deixe que eu vá."

Ido começa a chorar como um menino.

A respiração majestosa de Vesa sempre marcou o tempo da batalha. Ido a ouvia para acalmar-se antes da luta, e então a escutava,

ofegante, quando o combate chegava ao fim, e aquele era o som da vitória. Quando viajavam de um acampamento para outro, era com aquele som que os dois adormeciam. E agora é um sussurro que muito em breve se apagará.
É algo que Ido não pode aguentar. Um cavaleiro sem dragão não existe e deveria ter a decência de morrer.
Levanta a cabeça, fixa o olhar nos olhos de Vesa. Vê que se apagam lentamente, até o tecido das suas pálpebras se fechar por completo, até a sua respiração sumir. Tenta chamá-lo de novo, sacudi-lo, golpeá-lo, mas sabe muito bem que acabou, para sempre. De punhos fechados até o espasmo, Ido começa a chorar sem qualquer controle, as últimas lágrimas de guerreiro que ainda lhe sobram.

Ido suspirou. Lembranças ainda vivas demais. A imagem de Vesa estirado no chão permanecera muito tempo na sua mente e continuara a atormentá-lo toda vez que via outro dragão. O Cavaleiro de Dragão que existia nele morrera naquele dia.

Virou-se. Agora estava pronto. Havia mais uma etapa na sua romaria, mais uma visita a fazer para fechar dignamente aquele passado glorioso e trágico, a mais importante de todas.

Avançou pelo aqueduto com segurança. Já se passaram três anos, mas ainda conhecia cada pedra daquele caminho. Percorrera-o inúmeras vezes, e a dor gravara-o de forma indelével na sua mente.

Havia sido invadido pelas águas quando o covil fora expugnado, e não demorou para ele ter de se mover mergulhado até a cintura. Seguiu em frente, empurrado por um desejo indomável.

Finalmente a viu. Uma parte estava submersa, enquanto mais acima ainda sobravam as flores que lá deixara da última vez, ressecadas mas fora do alcance da água. A pedra redonda, com uma braça de diâmetro, estava apoiada na parede de rocha. Tinha como ornamento um simples friso floreal, uma espécie de grinalda de folhas. Um dos antigos enfeites amiúde encontrados no aqueduto, a herança da arte dos seus ancestrais.

O gnomo aproximou-se devagar, hipnotizado. Três anos, sem poder desabafar a sua dor. Desde quando não chorava? Desde quando não chorava por ela? Havia quanto tempo não se dava a este luxo e não se entregava a esta fraqueza tão doce? Tocou com a mão o túmulo de Soana, acompanhou as folhas esculpidas até debaixo da água, acariciou a pedra e sentiu a dor invadi-lo como uma maré. Entregou-se a ela. Uma velha amiga para a qual havia muito tempo mantinha a porta fechada, e foi quase com alegria que deu as boas-vindas às lágrimas.

Ido dirige-se ao aposento em silêncio. Sabe que chegou a hora de o pano descer.
Diante da entrada encontra Khal, o sacerdote que acompanhou Soana nos últimos meses da doença. A expressão dele diz tudo.
Ido para, as mãos ao longo dos flancos, com a certeza de não estar pronto. Ouve vagamente as palavras do sacerdote, como se estivessem chegando de uma distância incomensurável.
– Não creio que possamos fazer mais alguma coisa, Ido. Sinto muito. A doença invadiu completamente os pulmões, e nesta altura a nossa magia é impotente.
– Quanto tempo lhe sobra? – ele pergunta num sopro.
Khal baixa os olhos.
– Diga logo! – Ido insiste, com raiva.
– Talvez mais uma noite, não mais do que isso.
Acabou. Nenhuma margem para esperanças desesperadas, para sonhos descabidos. Até a manhã seguinte, iriam consumar-se os anos que o destino lhes concedera.
Ido entra no quarto de cabeça baixa, caminhando na ponta dos pés.
– Não precisa ser tão cuidadoso. Não estou dormindo.
A voz de Soana é um suspiro leve e cansado. Ido tenta ter a coragem de levantar os olhos e olhar para ela. Ama até mesmo o semblante que a doença lhe deu, a palidez mortal, a pele diáfana e transparente da febre, os lábios finos e rachados.
– Chegue perto, vamos acabar com isto.
A voz dela é serena. Ela partirá tranquila, como se fosse empreender mais uma das muitas viagens da sua vida, e vai deixá-lo sozinho, incapaz de entender, de aceitar.

Ido se aproxima, senta ao seu lado e encontra a coragem de olhar para ela. Detém-se sobre cada detalhe do seu rosto, nos olhos cavados e marcados, no pescoço extremamente magro, na pele enrugada. Será assim que me lembrarei dela pelo resto da vida? Um corpo doente preso a uma cama?, *pergunta a si mesmo*.
Não consegue segurar o pranto.
Soana fecha os olhos, mal consegue respirar.
– Não faça isto, eu lhe peço.
– E o que acha que eu deveria fazer, então?
Ela não responde.
Ido segura sua mão, aperta-a. Quantas vezes já interpretou aquele papel? Inúmeras, até ficar enjoado com ele, mas durante aqueles anos todos de guerra jamais passara pela sua mente que algum dia fosse viver aquela cena com Soana. Sempre preferiu pensar que um dardo, um punhal, a espada ou o veneno chegariam antes e que caberia a ela velar seu corpo. Mas o destino não fora tão clemente com ele.
 – Não fique triste – continua Soana, com esforço. – Tivemos os nossos anos, e foram uma dádiva maravilhosa, não acha? E eu fiz tudo aquilo que precisava fazer, não tenho coisa alguma a lastimar.
 – Se eu não a tivesse trazido para estes subterrâneos comigo, aqui no aqueduto, se eu não tivesse continuado a bancar o bobo, não fazendo outra coisa a não ser correr atrás desta guerra...
Ela faz um gesto de descaso com a mão.
 – Vir para cá foi uma decisão minha, Ido.
Ele sacode a cabeça. Não quer render-se.
 – Se eu lhe tivesse dito antes que a amava, teríamos tido muito mais tempo.
Soana sorri.
 – Mas tivemos estes anos, que não foram poucos.
Para ele foram como uma faísca, um lampejo que passou num piscar de olhos. Beija a mão dela, aperta-a.
 – Ido... – Mas está claro que Soana tampouco sabe o que dizer.
Ido fica pensando que a morte de uma pessoa amada nunca é uma coisa natural, é sempre um homicídio, um verdadeiro roubo. É como perder uma parte do corpo: não dá para se conformar. Talvez seja porque a vida é assim mesmo, mas se for desse modo que a coisa funciona, então a vida é injusta, e talvez nem valha a pena vivê-la.

— *Não me deixe ir embora com a dor de deixá-lo desesperado.*
Ido está sem palavras, não sabe mais o que dizer.
— *Se você se esforçar, até mesmo isto irá passar. Mas precisa querer, entende?*
As lágrimas continuam escorrendo silenciosas pelas faces do gnomo e molham a mão de Soana. Do abismo em que agora se encontra, parece-lhe impossível voltar a ver um dia luminoso, e de qualquer forma nem mesmo deseja isso. Se ela morrer, é justo que ele fique nas trevas pelo resto do tempo que ainda terá de viver.
— *Vamos mudar de assunto, eu lhe peço.*
Soana tenta sorrir e procura dar um tom normal à própria voz, mas quase não consegue respirar.
— *Lembra aquela noite em que lhe pedi para ficar na sua casa?*
Ido fecha os olhos. Lembra a cena, pode revê-la exatamente como se a estivesse revivendo naquele momento, como se os anos nunca tivessem passado. Já não tem dúvida, agora, sabe que irá vê-la daquele jeito toda vez que se lembrar dela.
— *E como poderia esquecer?*
— *Ou o casamento de Dohor e Sulana, quando tinha vergonha de ficar ao meu lado?*
— *Não tinha vergonha!* – *insurge Ido.*
— *Claro que sim. Tinha vergonha de si mesmo.*
Ido sorri, corando.
Continuam assim por um bom tempo, falando naquilo que foi, repassando as infinitas lembranças que aqueles vinte anos lhes deram de presente. E quando ela fica cansada demais para continuar a falar, e a sua respiração se torna um leve estertor, cabe a ele continuar por ambos. Então a vela gasta-se devagar, até o silêncio e a escuridão tomarem conta do quarto.

— *Soana...* – *murmurou Ido na penumbra, e a viu, esplêndida, sorrindo diante dele. A mágoa sumiu, e dela só ficou uma lembrança de pungente beleza.*
"*Você voltou...*"
— *Já estou mais uma vez de partida.*

"Eu sei."
– Não podia partir sem vir vê-la.
Ela sorriu-lhe na lembrança. "Tenho orgulho de você, Ido."
As lágrimas desciam lentas pelas velhas faces barbudas.
"Proteja-o e salve-o. Sempre."
Ido abriu os olhos. Diante dele, só a frieza da pedra. Mas ela estava lá, podia sentir, ao seu lado, para sempre.

19
A FERA

Por um instante Dubhe ficou imóvel, com um filete de suor gelado a escorrer no sulco das costas. Tomou fôlego, aí virou-se de chofre, as mãos rentes ao peito, pronta a lançar as facas. Lançou duas, mas, como já imaginara, não teve qualquer sucesso. Rekla deslocou-se rapidamente e esquivou ambas as lâminas; logo a seguir, a Monitora tomou posição, segurando com firmeza o punhal preto e com um sorriso vencedor estampado no rosto. Dubhe teve de fazer um esforço para reconhecê-la. Era ela, e ao mesmo tempo não era. Já se haviam passado mais de dez dias desde a última vez que tomara a poção, e a velhice a devastara. A pele do rosto tornara-se murcha e enrugada como um trapo molhado, parecia farta demais para cobrir seu pequeno crânio esguio. Já não havia qualquer resquício dos seus viçosos caracóis. Os olhos, por sua vez, embora embaçados pelos anos, cintilavam de ódio e de sede de vingança. Os ossos apareciam por toda parte, sob a pele diáfana, mas os músculos reagiam com a presteza de sempre. Devia ser a confiança cega no seu deus a dar-lhe a força para continuar.

– O que foi? Ficou assustada com a minha aparência? – perguntou, ironizando.

Rekla deu uns passos para a frente. Instintivamente, Dubhe recuou. Mas não tinha para onde ir. Atrás dela só havia a parede de rocha desmoronada e, à esquerda, um precipício onde não existiria salvação. Estava acuada. Não podia usar o arco, não tinha espaço para agir. Só lhe sobravam três facas: não seriam suficientes.

– Observe direito este meu rosto, procure gravá-lo na mente – disse Rekla, continuando a avançar.

Dubhe sentiu-se realmente encostada na parede. *O que fazer, o que fazer?*

– É assim que eu sou de verdade. Não fosse pelos meus filtros, os meus preciosos filtros que você derramou no chão, este seria o meu verdadeiro aspecto. O que esperava ganhar fazendo isso? Achou que iria me derrotar? Achou que eu iria desistir? A minha força de vontade continua mais decidida e firme do que nunca, pois fique sabendo que o meu deus não me abandonou.

Dubhe ouviu um grito do lado de lá do desmoronamento. Lonerin estava em perigo, e ela não podia ajudá-lo. Um repentino surto de pânico desnorteou-a, e aquele momento de distração foi quase fatal. Rekla pulou em cima dela e a agarrou pelo pescoço. Tinha dedos de aço. Dubhe ficou sem fôlego, enquanto a inimiga levantava-a lentamente do chão, com o rosto contraído no esforço.

– Filla não vai ter misericórdia, o seu amigo está perdido. Inútil pensar nele!

Ao ouvir estas palavras, o coração de Dubhe falhou e ela ficou totalmente sem ar. Procurou espasmodicamente as facas com a mão, mas Rekla deteve-a imediatamente com o braço.

– Nada de truques – ciciou em seu ouvido. E Dubhe percebeu mais uma vez o insuportável calor do seu hálito enquanto se sentia cada vez mais tomada de ódio. Alguma coisa dentro dela se mexeu.

Rekla soltou-a de repente, e Dubhe não conseguiu sustentar-se nas pernas. Enquanto caía de joelhos, a outra feriu-a com um amplo golpe no peito. Um longo corte vermelho abriu-se no corpete, e o cinto com as facas de arremesso caiu ao chão. As lâminas tilintaram fora das bainhas.

Dubhe tentou aguentar a dor e se esticou para os punhais, procurando pegar pelo menos um deles. Mal chegou a vislumbrar o reflexo da lâmina, uma dor lancinante na mão dilacerou-a. O seu grito sobrepôs a outro, o de um homem do outro lado dos escombros.

Lonerin...

Quando abriu os olhos, viu o punhal de Rekla fincado no dorso da sua mão. A lâmina trespassara-a de um lado a outro, e agora mantinha-a pregada ao chão. Não podia mexer-se: a toda tentativa a mancha vermelha no solo tornava-se maior. Rekla ajoelhou-se diante dela, fitando-a com expressão exultante.

Estou morta. Mesmo nestas condições, é mais forte que eu. Está tudo acabado.

Estremeceu de medo e de dor. Rekla molhou a ponta dos dedos no sangue que empapava o chão e, com um gesto teatral, admirou a sua cor na luz do sol.

– Estou certa de que Thenaar apreciará este meu presente – disse sorrindo.

Arrancou o punhal com violência e Dubhe, por um momento, achou que ia desmaiar. Mas logo em seguida reagiu. Pegou com a mão boa uma das facas caídas no chão e jogou-a contra Rekla com toda a força que ainda tinha no corpo. A sua vista estava enevoada, mas conseguiu mesmo assim feri-la no ombro. Havia sido tão rápida que a sua inimiga não tivera tempo de se esquivar. Quando Dubhe voltou a levantar a cabeça, viu-a apertando furiosamente o ombro enquanto o sangue, viscoso e escuro como tinta, escorria por cima do corpete.

– Como se atreve... – rosnou Rekla.

Rápida como um raio, pulou em cima dela grudando-a mais uma vez no chão. Quando a dominou, apunhalou-a no ombro. Dubhe voltou a gritar, desesperada. Mas desta vez havia mais alguma coisa naquele berro, uma nota terrível que ela conhecia.

Rekla continuava a dominá-la, e ela podia sentir no ventre todo o peso daquele corpo decadente.

– Eu a levarei à piscina de Thenaar, mesmo que seja a última coisa que consiga fazer. Mas desta vez vou me certificar para que nada aconteça durante a viagem. Não interessa em que condições você for chegar, já fui clemente demais. E não tenho a menor intenção de errar de novo.

A sua voz chegou longínqua e distorcida aos ouvidos de Dubhe. Outro grito ensurdecedor ressoava dentro dela. Um bramido que conhecia muito bem e que parecia crescer, desmedido, em suas entranhas, algo que ela sempre receara mas que agora parecia ser a sua única salvação.

Rekla puxou-se para cima e golpeou Dubhe com um violento soco no abdômen. Por um momento a jovem contraiu os músculos de dor e, a seguir, não sentiu mais nada. Era como se seu corpo estivesse lentamente se tornando insensível.

Então compreendeu. Os dedos começaram a formigar, e aquele estranho entorpecimento espalhou-se pouco a pouco aos braços até alcançar o peito. Embaixo do esterno, a Fera esperneava para sair.
– É por sua causa que Thenaar deixou de falar comigo! Odeia-me por ter falhado com você, porque não a mantive desde o começo presa com uma corrente, como um animal! Fui muito boba, ao deixar que mexesse nas coisas de Sua Excelência Yeshol. Deveria tê-la capturado logo que fugiu com aquele Postulante! Agora pagará por aquilo que fez!

Berrou a sua raiva ao céu, e o seu grito agudo sobrepôs-se ao de um dragão. Os animais em volta estavam agitados. Inclusive a Fera. Dubhe sentia-a pulsar dentro de si, estava procurando uma saída, mas a poção de Lonerin impedia que aparecesse em campo aberto. Tinha de encontrar imediatamente uma solução e derrubar aquele obstáculo, pois do contrário morreria.

Rekla acertou-a com um pontapé, depois apertou seu pescoço com as mãos. Não tencionava matá-la, só torturá-la. Um prazer que queria saborear até o fim.

– É o que uma traidora como você merece! – disse extasiada. – Já não pode fugir, está irremediavelmente acuada, não tem mais saída, e a dor será a sua companheira até o fim dos seus dias!

Dubhe procurou concentrar-se. Pensou na sua primeira chacina no bosque, nos olhos cheios de terror das suas vítimas, no barulho da lâmina que rasgava sua carne. Uma parte dela sentia um remorso indizível por aquela ação e contemplava com horror o abismo no qual mergulharia se a Fera saísse e tomasse conta do seu corpo. Outra parte, no entanto, rejubilava-se e saboreava o sabor do seu sangue, desejosa de devorar o inimigo que ousara desafiá-la.

Rekla pegou o punhal e a feriu de novo no peito. Dubhe quase não sentiu a dor. Suas mãos eram agitadas por espasmos convulsos e a sua mente já começava a perder o contato com a realidade.

– Depois de oferecer a sua vida a Thenaar, tudo voltará a ser como antes, está me entendendo? Os meus anos e a minha beleza são um preço que pago com prazer, em troca disto!

Dubhe percebeu claramente a própria vontade que derrubava a última barreira. A mente recuou voluntariamente, com a mesma determinação com que um suicida leva a cabo o último gesto, o de quem não tem mais saída.

Os barulhos externos desapareceram, o silêncio envolveu-a. Estava caindo no abismo, no buraco negro que existia dentro dela. No fundo, dois olhos vermelhos como brasa iluminaram aquele lugar de desolação. Ainda poderia voltar à tona, resistir, porque a poção lhe dava esta possibilidade. Mas aquela altura já tinha tomado a sua decisão. Respirou a plenos pulmões o cheiro acre do corpo de Rekla e se deixou levar. Um calor mortífero invadiu-a, dois olhos rubros preencheram as sombras da sua perdição, e a Fera assumiu o controle.

De repente, teve a impressão de que Rekla se mexia devagar, como se estivesse dentro da água. Diante dela, só via a figura patética de uma velha fanática devorada pelo ódio. Dubhe deu um pulo à frente e a Fera rugiu.

Viu o próprio corpo mexer-se com uma rapidez sobre-humana. Levantou-se com a velocidade de um raio, como se não estivesse esgotada e prestes a ceder. Rekla perdeu o equilíbrio e caiu ao chão. Tudo numa mera fração de segundo.

– Nem mesmo a Fera pode matar-me, sua tola – murmurou com um sorriso de escárnio.

Dubhe atacou, muito rápida, e sentiu as próprias mãos afiadas como garras. A voz era irreconhecível, de tão rouca e desumana. A fugaz visão do seu braço fê-la estremecer, pois não parecia dela. A maldição transformara-a numa perfeita máquina de morte. Os músculos chispavam enlouquecidos, e a sua sede de sangue era imensa: nada poderia apagá-la. A sua consciência fora totalmente dominada, esmagada por aquele instinto feroz, nunca mais conseguiria voltar atrás.

Golpeou Rekla várias vezes, depois segurou-a pelo pescoço e jogou-a contra a parede. O barulho dos seus ossos quebrados encheu-a de satisfação.

Teria preferido parar ali mesmo, naquela hora, mas já era tarde demais.

A sua inimiga conseguiu reagir, apesar do tremendo golpe que havia recebido. Segurou o punhal numa mão e, com a outra, buscou uma faca de arremesso.

– A minha fé é maior do que a sua maldição. Thenaar mesmo dará força ao meu braço.
Começou a golpear às cegas, movendo as mãos com incrível agilidade. Feriu Dubhe várias vezes, de raspão, e finos arcos vermelhos foram se desenhando no ar, enquanto o penetrante cheiro da luta se espalhava pela clareira. Os dragões recomeçaram a rugir, enlouquecidos: Dubhe ouviu-os ao longe, como que num sonho. Não sentia nada, só uma excitação insana.
Levantou Rekla do chão, como se fosse um graveto. Aí começou a golpeá-la com a mão livre. Suas mãos eram tão cortantes quanto lâminas.
A sua mente ficou horrorizada. Parecia estar dividida em dois. Ela não queria aquela chacina. Percebeu claramente ter passado do limite, sentiu estar num caminho sem volta. Deu-se conta de que a Fera nunca mais iria parar. Tentou gritar, mas não conseguiu. Sua garganta já não lhe pertencia.
Só pôde ficar ouvindo os gritos de Rekla, cada vez mais aflitos: o desespero de um corpo que cedia sob os seus golpes.
Dubhe achou que ia enlouquecer, percebeu que não podia aguentar aquilo, que já era demais. Seu corpo não lhe pertencia, e por isso mesmo não podia fechar os olhos para aquilo que estava fazendo, não conseguia parar ou pelo menos deixar de saborear cada um daqueles gritos.
Finalmente, arremessou Rekla ao chão. A mulher estava praticamente exangue, mas para a Fera ainda não bastava. Dubhe colocou as mãos em torno do pescoço dela, apertou, enquanto sentia os pés da vítima que se debatiam convulsamente.
Chega!
Os ossos do pescoço quebraram-se sob seus dedos, e Dubhe esperou poder morrer, poder perder-se no nada para não ter de continuar assistindo àquele horror.
Afinal soltou a presa. Um berro chamou a sua atenção. Virou-se. Várias pedras haviam sido removidas do local do desmoronamento, e pelo buraco que se abrira vislumbrou Lonerin, atônito, e Filla, que gritava de dor.
A Fera sorriu malévola.

O mago começou a deslocar com as mãos os escombros do desmoronamento. Estava esgotado, mas ouvira várias vezes os gritos de Dubhe.
– Nunca chegará a tempo. A minha senhora sabe ser letal quando sente a mão do deus sobre a sua cabeça – disse Filla.
– Cale-se!
Decidiu usar a magia. Ainda dispunha de bastante energia para um feitiço de levitação. Mas tinha de agir rápido, Dubhe estava certamente precisando dele. Juntou as mãos, recitou imperiosamente a fórmula. Uma depois da outra as pedras começaram a se mexer, separando-se do amontoado de escombros que impediam o caminho. Rolavam, voando montanha abaixo, acompanhadas pelos urros dos dragões.
Aí um grito terrível rasgou o ar. Era um som desumano, rouco, selvagem. Lonerin parou na mesma hora. Lembrava-se muito bem daquele som.
Não, Dubhe, não!
Concentrou-se para andar mais rápido, as pedras começaram a se levantar mais rapidamente do chão, enquanto a energia fluía das suas mãos juntas como um rio caudaloso. Logo que pôde enxergar alguma coisa pela abertura, entendeu. Do outro lado do desmoronamento havia duas pessoas: Dubhe e uma figura preta que vestia os trajes inconfundíveis de um Vitorioso. Mas Dubhe já não parecia a mesma, seu rosto se transfigurara, seus músculos pulsavam sob a pele com movimentos secos e descontrolados.
Até então, toda vez que a Fera se manifestara, Dubhe tinha mantido a sua aparência normal. Somente seu rosto assumia uma louca expressão de ferocidade. Agora, no entanto, todos os seus membros estavam inchados com aquela força oculta que só a maldição podia proporcionar-lhe. O seu aspecto era selvagem, animal, sinal de que a Fera tinha assumido o controle total, apesar da poção.
Assim como da primeira vez que a vira possessa, Lonerin ficou petrificado. Parou até de remover as pedras e ficou ali, observando paralisado, incapaz de mover-se.
Dubhe tinha o rosto contraído numa horrenda careta e estava dobrada sobre o corpo de Rekla, com as mãos que apertavam espas-

modicamente sua garganta. Lonerin conseguia ver os pés da mulher que se agitavam às cegas, mas a cada momento que se passava se tornavam mais fracos e lentos. De boca escancarada, ela procurava o ar necessário para dizer palavras mudas que ninguém iria mais ouvir.
— Pare!
O grito atrás dele pegou-o de surpresa. Filla estava tentando desesperadamente desvencilhar-se da magia que o prendia. Olhava a cena com olhos cheios de aflição e de louca preocupação.

Os pés de Rekla pararam de se mexer, um som horrível — de ossos quebrados — preencheu o sinistro silêncio que se seguira ao berro de Filla. Dubhe não soltou a presa, limitou-se a virar-se para eles, e uma luz terrível brilhava em seus olhos. Lonerin gelou. Não era ela. Não podia ser ela. Aquele olhar, aquela careta bestial, o rosto sujo de sangue.

— Minha senhora! — gritou Filla, totalmente fora de si. Embora extenuado, conseguira soltar um dos braços e se arrastava penosamente para a abertura nos escombros.

— Resista, minha senhora, resista!

Parecia ter ficado louco.

A maldição devorou-a, pensou Lonerin, cada vez mais horrorizado.

Mal teve tempo de acabar o pensamento, quando Dubhe, com um pulo desumano, atravessou a brecha que ele mesmo abrira e investiu com fúria contra Filla.

Viu-a enquanto o despedaçava com aquelas mãos que se haviam tornado verdadeiras armas, as mesmas mãos que uns dias antes foram carinhosas com ele. Nunca, como naquele momento, Lonerin sentiu-se tão paralisado pelo terror. Não conseguiu fazer outra coisa a não ser olhar. Por um instante cruzou o olhar de Filla. O homem não estava aterrorizado nem transtornado pela dor. Observava simplesmente, com uma expressão de infinita tristeza, aquele boneco preto que jazia no chão, do outro lado dos escombros.

— Solte-a! — As palavras vieram espontâneas aos lábios do mago, embora soubesse que seriam inúteis.

Preciso libertá-la, preciso!

Jogou-se em cima dela, naqueles ombros de repente tão musculosos. A força dela era impressionante, e só precisou de um safanão para arremessá-lo contra a parede de rocha. Lonerin sentiu a pancada, ficou sem fôlego. Quando levantou os olhos, Dubhe estava diante dele, sedenta de sangue, pôde ver nos seus olhos.

– Volte a ser você mesma, eu lhe peço!

Ela ficou imóvel, fitava-o com expressão feroz, mas não o agredia, estava confusa.

Lonerin só pôde pensar numa saída. Gritou a palavra *lithos* com todo o fôlego que tinha nos pulmões. Dubhe ficou rija na mesma hora. Ele se concedeu apenas um instante para recobrar-se, aí remexeu espasmodicamente na mochila que ficara num canto, jogada ao chão durante a luta. Quando seus dedos roçaram na fria superfície do vidro achou que nem tudo estava perdido, que ainda poderiam salvar-se.

Em algum lugar lá embaixo, ela está lá, e bastará um gole de poção para que tudo volte a ser como antes. Foi um terrível acidente, nada além disso. Dubhe não está perdida, ainda pode ser salva!

Correu para perto dela. No chão, quase imperceptível, Filla chorava baixinho.

– Minha senhora... minha senhora... Rekla... – murmurou num sopro, os olhos sempre virados para o outro lado do desmoronamento, para o corpo sem vida. Então o silêncio.

Lonerin abriu à força os lábios de Dubhe e derramou na sua garganta toda a poção que havia no frasco. Viu os seus membros relaxarem pouco a pouco no encantamento, enquanto a jovem, fraca e cansada, se entregava aos seus braços. Examinou seu rosto com ansiedade, mas não viu reaparecer a Dubhe que conhecia. Os olhos continuavam injetados de sangue, a expressão se mantinha feroz.

Ela ainda existe, a maldição não a devorou!, ficou dizendo a si mesmo, no maior desespero, sem contudo estar realmente convencido. A dor golpeou-o com a força de um murro.

– Dubhe... Dubhe...

Deitou-a no chão, segurando sua cabeça. Ela fechou os olhos, a palidez do rosto era indescritível. Passaram-se alguns instantes, então alguma coisa se mexeu embaixo das pálpebras. Quando recobrou os sentidos, suas pupilas haviam voltado a ser o abismo negro que ele tanto amava. Os traços estremeceram numa careta de mera dor. A maldição estava mais uma vez sob controle.

– Obrigado, obrigado... – murmurou Lonerin, incrédulo diante daquele presente. Manteve-a apertada nos braços, ninando-a devagar. – Está tudo bem, Dubhe, tudo bem. Tomou a poção, vai se sentir melhor.

A jovem olhou para ele e sussurrou o seu nome. Depois perdeu novamente os sentidos.

Terceira parte

Fiquei olhando para eles enquanto se acomodavam na garupa de Oarf, primeiro Nihal e depois Senar. Só havia nós dois, Soana e eu, pois era assim que eles queriam. É uma escolha que entendo, e que na minha opinião todos deveriam aceitar. Despedimo-nos sem formalidade, somente um abraço e umas poucas palavras. O que tínhamos de nos dizer já havia sido dito nas noites anteriores. Oarf abriu então as suas grandes asas, esticou-as algumas vezes no ar frio da manhã. Depois simplesmente levantou voo, e eu e Soana acompanhamo-lo enquanto se tornava cada vez menor, a caminho do Saar.
Partiram. E não voltarão. Foram para as Terras Desconhecidas.

Do relatório de Ido
para o Conselho em sessão plenária
sobre o desaparecimento
do Cavaleiro de Dragão Nihal
e do Conselheiro Senar

20
SALVAMENTO

Lonerin ficou sozinho, com a ampola vazia numa mão enquanto a outra segurava a cabeça de Dubhe. Depois de todo aquele estrondo, o silêncio da clareira era ensurdecedor. Olhou em volta, atônito. Do outro lado do desmoronamento havia o corpo de Rekla, nada mais do que um embrulho preto numa poça de sangue. Do lado de cá, em posição quase igual àquela da Guardiã dos Venenos, estava Filla. Ele também largado no chão, retorcido sobre si mesmo.

Lonerin ficou alguns instantes olhando para o rosto do homem, com aqueles olhos abertos e cheios de dor virados para a mulher que amava. A última coisa que tinha visto, o seu último pensamento. O ódio que sentira pelo Assassino esvaiu-se por completo, transformando-se numa pena devastadora. Por que todo aquele sofrimento? Por quem? Por Thenaar?

Baixou os olhos para Dubhe, deitada em seus braços. Estava extremamente pálida. Mais uma vez, não conseguira salvá-la. Apesar do seu amor e da sua dedicação, a maldição se encontrava a ponto de engoli-la para sempre. Lonerin estava cansado, sem forças para continuar. Aquilo era demais. Apertou Dubhe contra o peito, percebeu o débil batimento do seu coração. Teve vontade de chorar.

Ela precisa da sua ajuda, seu idiota, mexa-se!

Recobrou-se. Tentou analisar a situação, procurou avaliar as condições físicas de Dubhe. Mas não foi fácil: estava entregue à angústia e à preocupação, e só com grande esforço conseguiu manter-se lúcido.

Dubhe tinha um grande corte no peito, e uma lâmina trespassara por completo uma das suas mãos. Apresentava arranhões e equimoses mais ou menos pelo corpo todo, mal dava para ouvir o seu respiro, a palidez era desoladora. Se ele não tomasse logo uma decisão, desta vez corria realmente o risco de perdê-la.

Vamos lá, Lonerin, precisa manter-se lúcido!

Enjoo. Ânsias de vômito subiram à sua garganta, junto com o sabor salgado das lágrimas. Tinha vontade de gritar até consumir-se, de pedir ajuda aos céus. Mas estava desoladamente só.

Com a mão trêmula tocou nos ferimentos de Dubhe: não eram assim tão graves, na realidade, mas ela já perdera sangue demais. Era preciso estancar a hemorragia, só que ele nunca vira antes alguém naquele estado e não estava preparado a enfrentar uma situação como aquela.

Seu coração batia adoidado, os ouvidos zuniam. Uma voz dentro dele não parava de gritar, apavorada.

Colocou delicadamente a cabeça de Dubhe no chão, então segurou a sua com as mãos e se entregou a um tremor convulso.

Os seus pensamentos remoinhavam, loucos, em volta de imagens de morte e desolação, com uma em particular que se destacava entre as demais. Era um corpo branco, envolvido numa longa capa cândida. Uma ampla mancha vermelha na altura do peito, os cabelos negros esparramados na testa e nos ombros. A sua mãe, na vala comum.

Dubhe era como ela. Uma era a mulher que ele não conseguira proteger, e a outra era aquela que a qualquer custo queria salvar. Era como se compartilhassem o mesmo destino e o mesmo lugar no seu coração. Berrou desesperado.

Calma, calma!, disse a si mesmo, e procurou pensar.

Rasgou uma parte da sua túnica, molhou-a com a água do cantil e começou a limpar metodicamente as feridas, uma depois da outra. Mas havia muitas, demais, e o sangue confundia tudo. Não conseguia entender quais seriam os movimentos certos. E, com efeito, gastou toda a água antes de completar a limpeza.

Estamos perdidos... nunca conseguiremos.

Tentava afastar estes pensamentos, rechaçá-los à margem da consciência, mas não conseguia.

Despiu o que sobrava da túnica e transformou-a em tiras. Não eram suficientes e além do mais eram curtas. Razão pela qual pegou a capa e também rasgou-a em pedaços, uma operação bastante complexa levando-se em conta as suas condições físicas. Começou a gritar devido ao esforço e ao cansaço.

Deixou para lá os cortes mais superficiais e dedicou-se somente aos mais profundos, começando pela mão ferida. Apertou-a com toda a força de que ainda dispunha, e o sangue grudou em seus dedos. Sentiu uma nova ânsia de vômito, mas dominou o enjoo. Recitou a fórmula de cura, mas logo compreendeu que não conseguiria. A energia fluía das suas mãos como um filete pobre e descontínuo. Não bastava.

Já passou por isso. Aconteceu o mesmo no deserto, vamos lá, concentre-se!

Não era como daquela vez, no entanto. Ele estava esgotado e as condições de Dubhe eram muito piores. Não havia ninguém que pudesse ajudar. Achavam-se sós e perdidos num lugar que não conheciam.

Apertou as ataduras o mais que pôde, em seguida passou aos outros cortes. Em cada um deles procurava usar a magia por alguns segundos, mas estava cansado demais para conseguir sará-los. Seus olhos ficaram pouco a pouco embaçados, suas mãos começaram a tremer. Na mente, a imagem indelével da vala comum continuava a atormentá-lo.

Desta vez não! Desta vez vai ser diferente! A Guilda não vai levar ela também!

Quando chegou ao fim, estava totalmente esgotado. Agora tinha de carregar Dubhe nos braços e procurar ajuda. Tentou, mas da primeira vez as pernas não aguentaram o peso. Na terceira tentativa conseguiu ajeitá-la nos ombros, embora o equilíbrio continuasse precário.

Não tinha a menor ideia de qual direção tomar, mas seguir adiante pareceu-lhe a escolha mais lógica. Pensou em Senar, esperou que já estivesse perto, mas por um momento teve a impressão de que toda aquela situação era simplesmente absurda. Só então deu-se conta de que não havia um destino.

Fora derrotado e sobrepujado pela Guilda. Sufocar o ódio e tornar-se mais forte tinha sido inútil, assim como juntar-se à resistência e tentar lutar. O Deus Negro era mais poderoso e devorava todos os seus entes queridos.

Caiu de joelhos, teve vontade de desistir. As lágrimas ofuscavam-lhe a vista e corriam fartas, salgando sua boca. Em volta, tudo era indistinto e confuso.

Mas foi então que teve a impressão de não estar sozinho. Arregalou os olhos: formas arredondadas haviam aparecido por trás das pedras ao lado da trilha e se dirigiam para ele. Tinham assistido ao combate, alertadas pelo grito do Deus Dragão, mas não ousaram se intrometer. Agora, diante do homem que chorava, já perderam o medo e se mostravam em campo aberto.

Lonerin estava exausto, só conseguira dar uns poucos passos, e já não tinha forças para seguir adiante. Deixou-se cair no chão, e Dubhe resvalou nas suas costas com um baque surdo. Praguejou aos céus; então levantando os olhos enxergou direito um daqueles seres. Era a criatura mais estranha que já tivera a chance de encontrar, mas naquele momento nem quis saber quem era e o que queria. Só pensou que não estava sozinho e que talvez alguém pudesse ajudá-los.

Era um ser do tamanho de um gnomo, porém mais esbelto e esguio. Tinha barba e cabeleira compridas, ambas enfeitadas com berloques diferentes de tudo o que já vira no Mundo Emerso. Por baixo da juba espessa e hirsuta, de uma cor escura entre o preto e o azul, apareciam duas orelhas pontudas.

– Ela está mal! – gritou Lonerin. – Por favor, nos ajudem!

O gnomo segurava uma lança e tinha uma longa espada presa à cintura. Não usava casaco, mas sim apenas rudes calças de couro. Ficou imóvel, a observá-lo.

Lonerin apontou para Dubhe.

– Muito mal! Precisamos de ajuda!

Outros apareceram, desta vez com as lanças apontadas contra ele. Seus rostos, no entanto, não eram hostis. Eram uns quatro ou cinco, todos vestidos do mesmo jeito.

Lonerin tentou levantar-se, mas só conseguiu arrastar-se penosamente, de joelhos.

– Por favor, nos ajudem! – gritou, e eles deram uns passos para trás.

Entreolharam-se, confabulando, apontando para ele e para Dubhe, desfalecida em seus braços.

Um dos gnomos aproximou-se.
– Araktar mel shirova?
Lonerin ficou confuso. Aquele estranho resmungo levava-o a lembrar-se de alguma coisa, mas não sabia exatamente do que. Estava abalado e cansado demais para pensar seriamente em algo definido. A sua voz reduziu-se a um murmúrio:
– Socorro...
O gnomo fitou-o compreensivo, aí acenou para os seus. Dois deles saíram correndo enquanto os demais ajudaram-no a colocar delicadamente Dubhe no chão. Lonerin continuava confuso.
– Socorro – repetiu baixinho o que estava mais perto.
Lonerin suspirou aliviado.
– Sim, isso mesmo, socorro... – disse, e riu histericamente. Estava salvo!
Curvou-se ao lado de Dubhe e afagou seus cabelos.
– Estamos salvos... Agora irão cuidar de você, tenho certeza... Estamos salvos.
Não conseguia tirar os olhos dela enquanto segurava sua mão. Sentia-se tão infinitamente leve, tão loucamente feliz e aliviado... e prestes a cair. Já estava sem forças, não conseguia ficar de olhos abertos.
O gnomo ficou olhando para ele que se dobrava em cima de Dubhe. A sua expressão era indecifrável. Quando achou que estava mais calmo, perguntou-lhe:
– De lá? – Indicando com o dedo o horizonte da garganta de onde tinham partido.
– Não entendo... – disse Lonerin, e era verdade.
O outro pareceu pensar um bom tempo a respeito, como se estivesse tentando lembrar alguma coisa importante.
– Erakhtar Yuro... terras... além... do rio...
Lonerin teve de concentrar-se, mas finalmente entendeu. Anuiu vigorosamente.
– Sim, sim, do Mundo Emerso, tanto eu quanto a garota!
O gnomo sorriu, concordando por sua vez.
– Ghar, ghar... Mundo Emerso... Erakhtar Yuro.
Lonerin lembrou ter estudado aquela língua, como podia não a ter reconhecido? Era élfico ou algo muito parecido.

O estranho indivíduo o fitou sorrindo.
– Pouco eu falo bárbaro, muito pouco.
Lonerin nem quis saber como aquele milagre fora possível. Não importava saber quem eram aqueles seres, nem de onde vinham. Eram os salvadores, e só isso interessava.
Enquanto isso, os dois primeiros que haviam saído apressados voltaram com um bom número de companheiros. Eram todos vestidos mais ou menos do mesmo jeito e traziam com eles um animal preso a uma corrente. Parecia um filhote de dragão, a julgar pelo tamanho, mas não tinha asas. Na sua boca estavam presos uns filamentos que passavam por cima das costas e puxavam uma maca. Colocaram Dubhe nela, apesar de uma parte das pernas ficar de fora. Obviamente era um meio de transporte adequado ao tamanho daqueles gnomos e não aos humanos.
A criatura diante dele acenou para que se levantasse.
Lonerin mal conseguiu ficar de pé. As pernas trôpegas se recusavam a aguentar o seu peso, mas mesmo assim ficou ao lado de Dubhe, continuando a segurar sua mão. Não queria deixá-la. Com muito esforço, acompanhou então os seus salvadores.

O Mestre estava lá, ao lado dela. Segurava sua mão, acariciava sua testa. Murmurava palavras para confortá-la.
"Estou feliz com a sua volta...", disse para ele, olhando-o nos olhos.
Agora que via novamente os seus traços, percebia até que ponto sentira a falta deles.
"Não vim para ficar, você sabe."
"Então, eu ficarei."
O Mestre suspirou, fitando-a com afeto. "Não acha que já está na hora de esquecer e recomeçar tudo de novo?"
Ela apertou sua mão com força. "Você é a única coisa que desejo no mundo."
"Mas eu fui embora, e não faz sentido você continuar a procurar-me." Fitou-a intensamente, daquele jeito que ela adorava, e acrescentou: "Ele não é eu."

Dubhe teve vontade de chorar. "Eu sei", respondeu com um fio de voz.

Então a escuridão que os envolvia dissolveu-se numa nuvem ofuscante, levando o Mestre consigo.

"Não me deixe!", queria gritar Dubhe, mas sua garganta ardia horrivelmente e não conseguiu.

Seus olhos abriram-se de estalo e uma brancura alucinante atordoou-a. Sentiu o peso do próprio corpo entregue à maciez de uma cama e uma dor surda, difusa, que em várias partes se concentrava em dolorosas fisgadas. Percebeu que pelo menos dois palmos das suas pernas sobravam do colchão de folhas secas.

Piscou os olhos, a luz começou a esvair-se, deixando o lugar a formas mais definidas. Uma janela, um teto esverdeado, um baú. E, finalmente, um rosto conhecido.

– Tudo bem com você? – disse Lonerin, debruçado sobre ela.

Dubhe fitou-o por alguns instantes, calada. Emaciado, pálido e cansado. Sentiu grande afeição por aquele rosto, mas nada mais do que isso. Fechou os olhos, com dor.

– Tem vários ferimentos, é por isso que está toda dolorida.

Dubhe abriu novamente os olhos, fez um esforço para sorrir. Uma depois da outra, no entanto, as lembranças estavam voltando à tona, insuportáveis, dolorosas. Imagens que queria espantar para longe, mas que mais uma vez estavam indelevelmente gravadas na sua mente. A última, a de Filla, que se debatia desesperado entre suas mãos, e aquele nome que ele repetia sem parar, tão cheio de amor e desespero: Rekla.

– Estamos salvos, como pode ver – disse Lonerin, interrompendo o fluxo dos seus pensamentos.

Dubhe teve um leve estremecimento e voltou a olhar para ele. Por trás do companheiro, vislumbrou o ambiente em que se encontravam. Era uma cabana com as paredes e o teto de folhas secas e madeira. Era um lugar um tanto estranho, com o teto inesperadamente baixo sob o qual se abria uma ampla janela que dava para uma quantidade de árvores mergulhadas no rubor do pôr do sol, dentro de um imenso céu sem nuvens. A cama era realmente curta, adequada a um gnomo, tendo ao lado uma cadeira e uma arca delicadamente trabalhada com enfeites que lembravam alguma coisa conhecida.

– Deve estar imaginando onde estamos – Lonerin disse sorrindo. Dubhe anuiu.

– Os nossos salvadores são gnomos. Gnomos um pouco diferentes dos que conhecemos, têm orelhas pontudas e cabelos azuis. Tinha uma expressão satisfeita e não disfarçava um certo entusiasmo. Ao contrário dela, encontrava-se tranquilo. Porque ele estava salvo de verdade, enquanto ela ainda se achava entregue aos seus pesadelos, fatalmente presa na rede da Fera. Mais uma diferença entre eles dois, uma entre muitas.

– São um cruzamento entre gnomos e Elfos, os quais, ao que parece, vivem na costa, a muitas milhas daqui.

Desta vez, o coração de Dubhe ficou insensível ao ouvir mencionar os Elfos, o povo mítico e perdido que animara os seus sonhos e fantasias de criança.

– Falam élfico e são conhecidos como Huyé, um nome depreciativo que lhes foi dado pelos Elfos, pelo que pude entender. Quer dizer "baixotes", "nanicos".

– E quem nos salvou foram eles? – Dubhe perguntou com voz cansada.

Não estava realmente interessada em conhecer a história, mas conversar ajudava-a a afastar as imagens de morte que lhe enchiam a cabeça.

– Apareceram de repente, justamente quando eu já achava que estávamos perdidos. Você não parava de sangrar, e eu estava totalmente esgotado pela magia... Pensei que íamos morrer, que *você* ia morrer, e para mim isto era pior ainda.

Dubhe não conseguiu sentir-se confortada por aquela espécie de declaração de amor. Naquela altura já tinha deixado de acreditar num futuro qualquer ao lado de Lonerin. Voltou à sua cabeça o sonho com o qual acordara e o Mestre que falava com ela. Era verdade, Lonerin não era Sarnek, e nunca poderia ser. Ela só o procurava nele, o seu antigo Mestre.

Lonerin relatou detalhadamente a breve conversa que mantivera com os Huyés em élfico, depois a viagem até chegarem ao vilarejo e o tempo que ela demorou até recuperar os sentidos. Estava feliz, entusiasmado por ter encontrado um novo povo, a sua alma de explorador se rejubilava. Dubhe, por sua vez, sentia-se alheia a tudo aquilo, como se fosse um mundo distante ao qual ela não pertencia. A voz de Lonerin chegava-lhe cada vez mais rarefeita. Estava afundando no seu inferno pessoal.

– Está me ouvindo?

Dubhe olhou para ele.

– Estou.

– Pois é, os ferimentos. Nenhum deles é realmente grave, e este povo parece ter um verdadeiro pendor para as artes sacerdotais. Não vai demorar quase nada para você se recobrar.

Dubhe esboçou um sorriso.

Lonerin ficou algum tempo olhando para ela, em silêncio.

– Não precisa se atormentar, não era você – disse a certa altura.

É fácil dizer, pensou Dubhe. Mas como explicar que aquilo não tinha importância? Como dizer que toda vez que a Fera aparecia algo dentro dela se quebrava? Como fazê-lo entender que a Fera era parte dela?

– Deixei-a à solta – murmurou, desviando o olhar.

– Não havia outro jeito – ele comentou, convicto.

– Mas fui responsável por uma nova chacina.

Dubhe fincou seus olhos nos de Lonerin e percebeu que ele jamais entenderia. Quem nunca matara não podia saber, sempre haveria um véu entre ela e o mundo dos normais, daqueles que não tinham experimentado o sangue.

Lonerin suspirou.

– Você não foi a única a fazer coisas terríveis.

Dubhe ficou desconcertada. Lembrava com clareza ter matado Filla com suas mãos.

– Estava a ponto de matá-lo eu mesmo, aquele Assassino.

Ela continuava a fitá-lo, perplexa.

– Estava tentando matá-lo, seria bastante compreensível.

– Usei um feitiço proibido. – Lonerin calou-se, quase envergonhado. Mas quando viu que Dubhe não compreendia, continuou: – A magia baseia-se no equilíbrio e no uso adequado das forças naturais. O mago nunca faz coisa alguma contra a natureza: limita-se a dobrar as leis naturais à sua vontade, para que o favoreçam. É por isso que existem coisas que não podem, nem devem, ser feitas. Ferir com a magia, por exemplo, ou matar. São ações que subvertem a natureza, que mexem com a ordem dela. É a magia proibida, a magia em que o Tirano se sobressaía. Quem pratica um encantamento proibido põe em risco a própria alma, vende-a ao mal para conseguir a força necessária ao feitiço que deseja. Não é uma magia que se possa fazer impunemente: é uma magia que corrói por dentro, que leva à perfídia e que acaba destruindo você.

Dubhe reconheceu de imediato os traços da sua maldição. O selo que a afligia era sem dúvida uma magia desse tipo.

– Usei um feitiço destes contra o homem que estava com Rekla. E não porque estava me atacando ou me queria matar. Sei como tornar um inimigo inofensivo sem ter forçosamente de matá-lo. – Passou o dorso da mão nos lábios secos. – Fiz aquilo porque era um Assassino. É a única explicação.

Dubhe pensou em quando Lonerin precipitara no abismo, alguns dias antes, lembrou a expressão cheia de ódio que lera nos seus olhos, tão inesperada nele e tão abrasadora.

– Por que os odeia? – perguntou.

– Eu tinha oito anos e peguei a febre vermelha.

Dubhe sabia do que se tratava. Afinal, havia séculos que a doença vinha sendo uma das piores calamidades do Mundo Emerso. Afetava principalmente as crianças, manifestando-se com febres hemorrágicas incontroláveis. Os doentes acabavam quase sempre morrendo numa poça de sangue. Todos, no Mundo Emerso, ficavam apavorados só de ouvir falar naquela maldição.

– Minha mãe estava sozinha, meu pai a deixara antes que eu nascesse, ela só tinha a mim. Recorreu então ao Deus Negro, Thenaar, e ofereceu-se como Postulante.

Lonerin passou a mão no rosto.

Prosseguiu:

– Eu fiquei bom, mas a minha mãe não voltou. Fomos procurar por ela no templo, eu e a vizinha à qual me confiara, mas dela nem sombra. Só alguns meses mais tarde fiquei sabendo o que havia acontecido com ela. Havia um terreno baldio, não muito longe de onde eu e a minha turma costumávamos brincar... cheio de ossadas... descobrimos quase por acaso... fomos até lá... e a encontramos.

Dubhe imaginou a cena. Estremeceu. Ficou calada. Não havia nada a dizer, bem sabia.

– Pegamos o corpo, o levamos embora e o sepultamos. Eu fui entregue a um tio para que me criasse. Durante alguns anos pensei em vingar-me de qualquer maneira. Destruiria a Guilda, mataria todos aqueles porcos mesmo que me custasse a vida. Mas depois conheci o mestre Folwar, que me disse haver outro caminho. O rancor não poderia levar-me a lugar algum. Precisava, em vez disso, deixá-lo florescer e transformá-lo em força. Foi por isso que comecei a me dedicar à magia, para dar uma finalidade a toda a minha fúria cheia de dor e de ódio. Foi por isso que me ofereci para infiltrar-me na Casa e para seguir adiante com esta missão.

Dubhe baixou os olhos. Estava vendo-o de forma diferente, de um jeito de que nem desconfiara.

– Carbonizei a mão dele. E aquilo deu-me prazer. E embora me desse conta de que o homem lutava porque amava Rekla, desejei que morresse. Mas consegui refrear-me.

Pois é, essa é a diferença entre eles dois. Ele ainda tinha a possibilidade de escolher, podia deter-se diante do precipício. Ela não. Era sempre arrastada para o abismo.

– Também errei. Eu também deixei-me levar. Não deve carregar toda a culpa.

Dubhe sorriu com amargura.

– Quer mesmo comparar o seu momento de fraqueza com a chacina que eu cometi lá no penhasco?

– Você estava possuída, não tinha escolha. Acha então que teria sido melhor deixar que Rekla a matasse? Não faria o menor sentido, o que ganharia com isto?

Dubhe voltou a baixar a cabeça. Não sabia o que dizer, mas qualquer coisa seria melhor do que aquilo que estava sentindo agora, do horror que tinha de si mesma.

– É a maldição, é o maldito selo. O que a devora e a faz sentir-se desse jeito é aquela maldita magia. Você não é assim, compreende? – Lonerin segurou sua mão, apertou-a com força enquanto a fitava fixamente nos olhos, com intensidade.

– Você nunca matou, não pode entender... Não se trata de saber por que você faz isto, Lonerin. Não importa se havia um bom motivo para tirar aquela vida; não importa se foi um acidente ou algo parecido. O que importa mesmo é que a pessoa matou.

E nada volta a ser como antes. A morte entra em suas veias, a intoxica. O meu Mestre... foi por isso que ele morreu. E a Fera... não é uma coisa estranha que está fora, está dentro de mim.

Lonerin sacudiu a cabeça com vigor.

– Nada disso, você está completamente errada. Você não é uma assassina, nunca foi. As circunstâncias levaram-na a isso, e agora a maldição. Mas você nada tem a ver com a morte.

O olhar do rapaz era intenso e sincero. Ele acreditava naquilo ou pelo menos se esforçava para acreditar. Dubhe sentiu uma fisgada de dor.

Se realmente me amasse, entenderia. E se eu de fato o amasse, este olhar já me bastaria.

Mas não lhe bastava. Estava só. Sozinha com o seu horror. E apesar de ele ter assistido à loucura, mesmo assim não entendera. Não amava aquilo que ela realmente era, não amava suas mãos sujas de sangue. Amava a sua imagem, a sua fragilidade e a sua fraqueza. E ela? Ela amava aquilo que, nele, lembrava o Mestre, amava aquele mundo em que havia possibilidade de escolha, amava a sua segurança.

– Jurei que a salvaria e é isto mesmo que farei. Eu a livrarei da maldição, nada poderá deter-me, e você nunca mais terá de fazer uma coisa tão horrível. Com a minha mãe não consegui, mas com você será diferente. Quando a livrar dessa maldição, você vai ver, afinal poderá conhecer a verdadeira liberdade.

Soava tão falso! Mesmo que ele conseguisse livrá-la da maldição, não poderia salvá-la. Pois a sua jaula não era apenas o selo. A sua prisão era algo bem maior, algo que ele nem imaginava.

Ainda assim Dubhe sorriu. Apertou-lhe a mão. Aquela tentativa de amá-la não podia deixar de comovê-la.

– Obrigada – murmurou, com uma voz que mais parecia um soluço de pranto.

Ele procurou sua boca por um longo beijo, e ela soube que seria o último.

21
UMA ANTIGA DÍVIDA

Dohor entrou no templo com passo marcial. Yeshol já estava esperando por ele, ajoelhado no banco diante da estátua de Thenaar. Estava rezando, e Dohor podia ouvir a sua lenta ladainha desde o portão de entrada. Fez uma careta. Nunca fora muito religioso. A sua mulher até que costumava encontrar alívio na fé, principalmente logo antes de morrer, quando a doença já tomara conta dela. Mas ele não. Só via na religião um mero instrumento de poder, e por isso sentia pena daqueles que de fato acreditavam nela.

"Os deuses existem, Dohor, e mais cedo ou mais tarde terá de se ver com eles", dissera-lhe certa vez a mulher. Como resposta, ele se limitara a rir na cara dela: do seu ponto de vista, tudo aquilo não passava de supersticiosa idiotice.

– Então? – disse com uma voz estentórea ao chegar perto de Yeshol.

Viu os ombros do velho se endireitarem por um instante, então voltou a ouvir a oração. Nunca parava de espantar-se diante da impertinência daquele homem. Mas, afinal, era justamente aquela prova de independência que ele tanto apreciava nele.

Quando acabou, Yeshol levantou-se. Dobrou a cabeça diante dele, fazendo uma mesura.

– Estava rezando.

Uma justificativa que surpreendeu Dohor pela sua incrível simplicidade e impudência. Achou melhor não se impor com a própria autoridade.

– Pois é, você obedece a um senhor mais alto do que eu, não é isso? – disse em tom de ironia.

Yeshol limitou-se a sorrir, enigmático, depois voltou a mostrar a fleuma de sempre.

– Solicitei a sua presença porque preciso dar-lhe uma notícia extremamente séria.

Dohor não deu muita importância ao preâmbulo. Para Yeshol, todas as notícias que lhe comunicava eram extremamente sérias.

– Então? – quis saber, já perdendo a paciência.

– Um inimigo tirou de um dos nossos melhores Vitoriosos o rapazinho do qual precisávamos.

Justamente como já imaginava, uma notícia irrelevante, pensou o rei.

– Problema seu – respondeu. – São coisas que você mesmo tem de resolver, como bem sabe. Eu ajudei bastante, e não se esqueça que por sua causa já perdi um cavaleiro e um dragão.

– O inimigo é Ido.

Estas palavras mergulharam o templo no mais absoluto silêncio. Dohor sentiu o coração se apertar. Já fazia pelo menos três anos que não ouvia mencionar aquele nome, e francamente esperava nunca mais voltar a escutá-lo.

– Impossível – disse, procurando dar uma inflexão natural ao próprio tom de voz. – Três anos atrás foram encontrados uns restos carbonizados na Terra do Sol, e sabemos com certeza que se tratava do seu dragão. Ido está morto.

– Um gnomo com um só olho e uma longa cicatriz que lhe atravessa todo o lado esquerdo do rosto. Matou um dos meus Vitoriosos e deixou desfalecido o outro, na fronteira entre a Grande Terra e a Terra do Fogo. Foi o sobrevivente que o descreveu deste jeito, acrescentando que se trata de um sujeito já idoso, mas profundo conhecedor das artes marciais.

As mãos do Dohor tiveram um tremor que o rei não conseguiu disfarçar.

– Onde está? – A voz não escondia a fúria reprimida.

Yeshol meneou a cabeça.

– Não sabemos, ao certo. Provavelmente, ainda na Terra do Fogo, lambendo as feridas em algum lugar escondido. Estava bastante machucado, pelo que o meu homem contou.

Aquelas palavras despertaram em Dohor antigas e incômodas lembranças. A resistência no aqueduto da Terra do Fogo, os contínuos ataques por parte de Ido contra os seus homens, a longa guerra

e a última batalha levada a cabo nos canais subterrâneos. Tinha perdido mais de mil homens lá embaixo, e tudo isso apenas para desentocar uns cem rebeldes.
– O aqueduto – disse num sopro.
– É o que nós mesmos pensamos. Parece que não ficou completamente alagado.
Aquela era uma novidade para Dohor. Quando mandara abrir as comportas, confiara simplesmente no poder arrasador da água. Mas não devia ter sido suficiente.
– Cuidarei disso – disse apressado, ao levantar-se.
– Eu contava com isso – disse Yeshol. – Logo que Sherva me contou o nome do inimigo, tive certeza de que gostaria de resolver o assunto com os seus homens.
Dohor anuiu secamente.
– Considere-o morto. Não demorarei a entregar-lhe o garoto.
Yeshol fez uma mesura.
– Confio no senhor. O meu futuro está em suas mãos.

Quando Learco entrou no aposento, seu pai, Dohor, já estava esperando por ele, sentado no trono. Mandara chamá-lo imediatamente após a sua volta. Learco vira-o passar envolvido na capa negra que só usava nas viagens mais importantes. Não fazia a menor ideia das suas intenções, mas devia ser certamente uma coisa séria. Ao saber que fora convocado, demorara-se alguns minutos contemplando-se diante do espelho do seu quarto.

Não havia como negar, parecia-se com o pai de forma impressionante. Mesmos cabelos, tão loiros que quase pareciam brancos, e o mesmo olhar. A única coisa que herdara da mãe Sulana era a cor verde dos olhos. Um detalhe pequeno demais para tornar marcante a diferença entre ele e o pai. Dali a mais uns poucos anos herdaria o reino e seria forçado a lutar por um sonho que não lhe pertencia. Fosse por ele, preferiria desistir de todas aquelas chacinas, mas não podia, pois o rei já tinha escrito o seu inelutável destino.

Aproximou-se do trono com passo marcial. Afinal, não passava de um empregado, nada mais do que um mensageiro de morte às ordens do pai. Ao chegar perto, ajoelhou-se. Sempre fora assim entre eles, o relacionamento era frio e formal, sem deixar espaço para um abraço ou qualquer outra demonstração de carinho. Agora que pensava no assunto, a última vez em que se haviam tocado remontava à sua infância, quando em Makrat, diante de uma multidão festiva, o rei segurara-o nos braços e o mostrara, exultante, ao povo. Depois daquilo, mais nada.

– Levante-se.

Learco obedeceu, mas manteve-se cabisbaixo. Não gostava de olhar para o pai.

– Tenho uma missão para você. E levante essa cabeça quando falo. Afinal, você é o herdeiro do trono, não é um fulano qualquer.

Learco obedeceu a contragosto, já fazia muito tempo que achava o rosto do pai insuportável. Era como olhar para si mesmo no espelho, e a constatação da incrível semelhança parecia-lhe intolerável. Aquela expressão de conquistador, atrás da qual se escondia a culpa de uma infinidade de lutos, irritava-o.

O rei sustentou o olhar com frieza.

– Continua a ter a cara de coitado, e isso não lhe fica bem.

– Estou cansado, pai, só isso – mentiu o rapaz.

Dohor não acreditou. De qualquer maneira, para Learco era indiferente. Nada do que fazia jamais encontrava o favor do pai. Sempre ficava aquém das expectativas paternas, só conseguia decepcioná-lo.

– Ido não morreu, sobreviveu, e agora está atrapalhando os nossos planos.

Learco enrijeceu.

– Está agora com um menino que vale o seu peso em ouro. Tenciona levá-lo para a Terra da Água, onde provavelmente encontrará algum jeito para fazê-lo desaparecer. A missão que quero confiar-lhe é extremamente simples: encontre e mate aquele maldito gnomo, pegue o garoto e traga-o para mim.

Learco apertou os punhos. Não era uma tarefa que gostasse de cumprir, como, aliás, sempre acontecia com qualquer missão que o pai lhe confiava. Durante alguns anos tinha ficado feliz em servi-lo, na esperança de mais cedo ou mais tarde conseguir impressioná-lo com as suas façanhas e dotes de guerreiro. Então descobrira no que se fundamentava todo aquele poder, percebendo, ao mesmo tempo, que era totalmente incapaz de satisfazer às exigências do pai. Desde então, toda missão não passara de mais um motivo de humilhação e dor. Mas havia mais alguma coisa, e Dohor percebeu.

– Quer dizer-me alguma coisa, filho?
– Não, pai. Cumprir as suas ordens é um verdadeiro prazer.

Learco voltou a fixar os olhos no chão.

– Está entendendo por que mando você?

O jovem levantou os olhos e o fitou. Lá de cima, sentado no trono, Dohor parecia dominá-lo com o seu porte imponente.

– Acho que sim.
– A maneira com que deixou escapar Ido na Terra do Fogo foi um verdadeiro vexame, uma mancha que, em um futuro rei, não podemos de forma alguma tolerar. Espero que você dê ao meu pior inimigo a lição que ele bem merece, está claro? Quero a sua cabeça servida numa bandeja de prata, é o mínimo que posso esperar de você, entende?

Learco voltou a baixar os olhos em sinal de consentimento. Não havia como replicar às ordens do pai, mesmo que na maioria dos casos não concordasse com elas.

– Os espiões sabem onde está?
– Quase matou um homem na Grande Terra, perto da fronteira com a Terra do Fogo. Parece que ficou ferido. É plausível que siga pelo caminho mais curto e direto para a Terra da Água. O momento melhor para capturá-lo será durante a travessia do deserto. Estará em campo aberto, completamente desprotegido, e não terá qualquer possibilidade de encontrar um esconderijo.

– Isso mesmo – respondeu Learco, num tom neutro.
– Poderá levar Xaron.

Learco anuiu. Pelo menos iria voar.

– Se não tiver mais nada a dizer-me...
– Não me decepcione. – O olhar do rei tornou-se penetrante e malévolo. – Até agora já me deu inúmeros motivos para repudiá-lo, mas infelizmente é o meu único herdeiro. Não me force a tomar atitudes nas quais preferiria não pensar.

Learco curvou-se profundamente, com o coração que martelava em seu peito. Então levantou-se e deixou a sala.

Estava confuso, as palavras do pai haviam sido uma advertência, e quando saiu do palácio, em lugar de dirigir-se ao estábulo do dragão, seguiu para a escadaria com passo cada vez mais apressado. Uma vez lá fora, o delírio das ruas de Makrat descortinou-se diante dos seus olhos. O sol estava se pondo e havia um frescor perfumado no ar. Learco respirou fundo. Estava precisando. Lembrou-se de repente do fedor acre do enxofre, dos miasmas mefíticos de Thal. Fora ali que encontrara Ido pela primeira vez.

Learco, na garupa do seu dragão, sobrevoa o campo de batalha em busca de sobreviventes, está exausto e sabe muito bem que não deveria desobedecer às ordens do tio Forra. A excitação do combate ainda corre solta em suas veias, incinerou os inimigos com as chamas do seu corcel, trespassou os rebeldes conforme haviam mandado que fizesse, sozinho, algo bastante notável para um garoto de catorze anos, embora já Cavaleiro de Dragão.

Sentia-se mais ou menos como Nihal, um guerreiro, um soldado da morte do qual o pai só poderia ficar orgulhoso. Nenhum gnomo diante dele, nem adulto nem criança, fora capaz de resistir às suas investidas.

No fundo do coração, no entanto, Learco sabe muito bem que o motivo daquela repentina surtida é outro, e que nada tem a ver com a batalha e o valor. Agora, sem o tio por perto e nem mais ninguém que possa repreendê-lo, pode deixar correr soltos os seus sentimentos de misericórdia. Ninguém poderia escarnecê-lo e jamais contestar o seu ressentimento em relação à guerra e ao pai. Learco sente-se prisioneiro e sem possibilidade de escolha. O pai o mandara para lá, enviara o seu filho para que se preparasse, para que se tornasse um grande guerreiro, além de um digno sucessor para o trono. Poderia haver lugar melhor para pô-lo à prova do que o mais cruel dos campos de batalha? Aquela Terra do Fogo onde a chama da resistência ainda ardia e não desistia? Learco bem que teria gostado de ir embora, mas não podia. Uma parte dele tinha a obrigação de permanecer ali, e nada poderia demovê-lo desta convicção.

As asas do seu dragão curvam-se silenciosas no ar. Embaixo dele, só escombros e cadáveres. Aguça os olhos, e só por acaso tem um vago vislumbre de um reflexo repentino que brilha atrás de si. Só tem tempo de desembainhar a espada e parar o golpe. Um gnomo sem armadura, montado num enorme dragão vermelho, segura uma arma de lâmina curva, com uma grande proteção circular para a mão, e investe diretamente contra ele. Seu rosto é marcado por uma longa cicatriz branca. Learco observa-o por uns instantes, então estremece.

Ido.

— Veja só quem está aí... — murmura feroz o gnomo.

Learco reage por instinto, tenta fugir. O que mais poderia fazer? Ido é uma lenda, um guerreiro invencível.

O gnomo lança-se à frente com uma velocidade inimaginável, e ao mesmo tempo o dragão vermelho segura a cauda da cavalgadura do príncipe. O animal urra de dor e Learco mal consegue manter-se em sua garupa.

Vou morrer, pensa. Vou morrer!

O dragão vermelho sacode-o com força e consegue jogar o outro dragão para longe.

Learco já não sabe o que está havendo e rola no chão atordoado. Ido, no entanto, não acaba com ele. Impiedoso, continua olhando enquanto o rapaz, tropeçando, fica de pé.

O jovem procura firmar-se em posição de defesa, certo de não ter mais escapatória. Segura a espada com ambas as mãos e a estica diante de si.

Ido aponta para a arma.

— Vejo que continuam a transmiti-la de pai para filho — diz com escárnio.

Learco entende. Aquela é a espada do pai.

— Sabe quem sou?

— Ido.

O gnomo sorri.

— O seu pai tinha mais ou menos a sua idade quando o humilhei na Academia e segurava essa mesma espada. Imagino que lhe contou.

Não, nunca contou. Mas Learco conhece, mesmo assim, a história. Pelos corredores do palácio, com efeito, corriam amiúde cochichos acerca da maneira com que Ido humilhara o rei quando bancava o petulante na Academia, derrotando-o em três embates seguidos diante de todos os demais cadetes.

Learco aperta ainda mais a espada nas mãos. Já sabe o que acontecerá. Ido é o maior inimigo do seu pai, não perderia a oportunidade. Irá se vingar de Dohor através dele. Matará o único herdeiro do rei, depois de torturá-lo e humilhá-lo. Será o fim.

Sente as mãos escorregadias de suor e a testa úmida. Está com frio.

Lutarei, pensa. Farei o que me ensinaram, eu me portarei conforme os desejos do meu pai, com honra.

Ido investe de surpresa, e ele mal consegue deter o golpe. Começa desde logo a recuar, a violência do ataque inimigo é descomunal. O gnomo sente-se totalmente dono da situação, dá para perceber nos seus olhos, e está certo. Ataca sem quartel, brinca, acha graça, e ele está completamente à sua mercê.

Ido acelera o ritmo, e Learco sente uma fisgada de fogo incendiar seu ombro. Ferido. A ponta da lâmina adversária está vermelha. É a primeira vez que sofre um ferimento de espada. Até então, só houvera o açoite de Forra.

Deixa escapar um leve lamento, baixa a cabeça, mas se recobra. Precisa mostrar-se digno, sem perder a honra. É provável que morra, mas o pai terá de sentir orgulho dele. Nunca sentiu, sabe disso. É por isso que mostrar coragem é mais importante do que nunca, é a sua última oportunidade. Decide segurar a espada com uma só mão.

Ido volta ao ataque, e os seus golpes acertam o alvo com precisão. Pequenos cortes, e cada vez leves gemidos escapam dos lábios de Learco. Tenta sufocá-los, mas não consegue. Sente-se fraco e bobo, e aquilo deixa-o com vontade de chorar.

Vão dizer ao meu pai que fui um covarde.

— É valente – diz Ido –, mas falta-lhe mais preparo – *conclui sorrindo, sarcástico.*

Golpeia a sua lâmina de lado e a faz rodar com tamanha força que lhe torce o pulso. É o suficiente para a arma de Learco voar longe. Ainda acompanha-a enquanto desenha um arco luminoso no céu, quando Ido acerta-o com um poderoso pontapé bem no meio do peito.

Sente-se sufocar e cai no chão.

De repente, o silêncio toma conta de tudo. Learco só ouve o arfar da própria respiração, cansado. A espada de Ido está encostada na sua garganta. O gnomo também está ofegante, e a ponta da sua lâmina treme. O rapaz percebe uma incisão bem na altura de onde está despontando seu pomo de adão. Engole em seco e fecha os olhos.

Sabe que a sua hora chegou, mas está muito menos apavorado do que poderia imaginar. De súbito seu coração se acalma. Levanta então a cabeça e deixa à mostra a garganta.

– Se tiver de matar-me, acabe logo com isso.

Uma frase de herói meio bobo, pensa, como aquelas que pululam nas histórias que o pai o força a ler. Mesmo assim, acha-a bastante apropriada à ocasião, pois expressa o que realmente deseja.

Ido olha para ele sério, mantendo a espada encostada na sua garganta.

– O que está fazendo aqui, sozinho? Onde estão os outros?

Uma pergunta pela qual Learco não espera, tanto que leva algum tempo antes de responder.

– Eles foram embora com os prisioneiros. Já destruíram tudo e pegaram aquilo que queriam.

O gnomo fita-o com olhar duro.

– Eles? E onde é que você estava, então, enquanto os malvados lutavam?

Learco sente aquela frase feri-lo com mais violência do que uma espada. Procura uma saída com os olhos, desvia o olhar para os rochedos gastos pela ventania e a fumaça do vulcão, não muito longe dali.

– Eu estava com eles – sussurra.

Uma confissão que lhe custa mais caro do que toda a vergonha que experimentou ao assistir às chacinas perpetradas pelo pai.

– Foi deixado aqui à nossa espera? O que estava procurando?

– Nada.

Ido dobra-se sobre ele continuando a mantê-lo na sua mira. Learco pode sentir o seu hálito quente na nuca.

– Não lhe aconselho querer ser esperto comigo. Não o matarei antes de descobrir o que quero saber, e posso garantir que tenho lá os meus métodos para fazê-lo falar. Se bancar o teimoso, eu o levarei comigo, e irá se arrepender por não ter aproveitado esta minha momentânea clemência, estou sendo claro?

Learco ficou indiferente. Já superou o limiar do medo, o que acabara de admitir levou-o a superar a barreira do medo.

— Só queria ver o que eu tinha feito. Estava à procura de eventuais sobreviventes.
— Não diga besteiras — Ido replicou, seco.
— Sabia que não acreditaria em mim, e não me importo com isso. Mas é a verdade.
Learco sabe que aquela segurança ostensiva não duraria muito tempo. Quer que tudo acabe de vez e o mais rápido possível.
— Mate-me — diz com convicção.
É o que ele realmente quer, deseja o golpe definitivo.
Ido permanece imóvel diante dele. Está em dúvida, mas nem por isso baixa a guarda. Pouco a pouco, no entanto, o seu olhar muda. Para ele, aquele rapaz já não é um inimigo. Finalmente suspira e deixa encostar a arma ao longo do corpo.
— Suma daqui — diz num tom peremptório.
Learco fita-o surpreso.
— Poderia mudar de ideia e, portanto, se eu fosse você, sairia daqui sem pensar duas vezes.
O jovem príncipe não sai do lugar, as mãos apoiadas no chão. De repente, não quer ir embora. Não quer a salvação, não a merece. Baixa então a cabeça e começa a chorar. Aguentou muito, mas agora já não consegue. Sente-se perdido e tolo.
Ido também fica parado, não sabe o que fazer.
— Já lhe disse que pode partir, não me force a dizer de novo.
Learco levanta-se, enxuga as lágrimas. Uma angústia sem nome esmaga-lhe o peito.
— Sinto muito. Por tudo — é só o que consegue dizer.
Aí sai correndo pela planície. Passa ao lado do seu dragão morto, que jaz sob as patas do outro animal. Corre, corre, com vontade de desaparecer. Só consegue pensar naquela espada apontada contra sua garganta e nas palavras que abriram caminho para toda aquela dor.
"Eu estava com eles."

Learco suspirou. Era uma lembrança incômoda. Pensara naquilo muitas vezes, mas nunca imaginara voltar a ver Ido. Quando soubera que talvez tivesse morrido, por alguma estranha razão ficara desgostoso.

Finalmente olhou para o céu. Ficou imaginando o que poderia o pai querer de um menino, quais outros horrores se ocultariam naquela tarefa, mas eram perguntas inúteis, que só tornavam a sua alma mais pesada. Afinal, apesar de tudo aquilo que sabia sobre Dohor, continuava sendo um pobre menino que só procurava agradar ao pai.

Pensou em Ido, na dívida que ainda tinha para com ele. Provavelmente, teria sido melhor se o gnomo tivesse acabado com ele, naquele dia, bem ali, perto do Thal. De qualquer forma, devia-lhe a vida, e agora ordenavam que o matasse.

Entrou no estábulo de cabeça baixa, fechou por um momento os olhos e preparou-se para aquilo que o aguardava.

– Prepare Xaron, temos uma missão a cumprir – disse ao moço de cavalariça.

22
A ALDEIA

Os dias na aldeia dos Huyés passaram como que num sonho. Dubhe ficou de resguardo na cama, a maior parte do tempo, vencida por um tremendo cansaço. Não conseguia levantar-se, os ferimentos ainda doíam muito, mas o que mais a dissuadia de qualquer reação era o esgotamento mental.

Não podia deixar de pensar que lá fora, além da floresta que vislumbrava pela janela do quarto, os problemas que a haviam perseguido até aquele momento só esperavam que ela se recobrasse para voltar a acossá-la de novo. Saindo daquele território protegido, nada mais poderia salvá-la.

Antes de mais nada, ainda havia a dúvida a respeito da poção: para livrá-la da morte, Lonerin tinha usado todo o conteúdo do vidrinho, e nada sobrara. Dubhe percebia que a Fera estava entregue a um sono muito leve, e o fato de libertá-la havia sido um gesto arriscado pelo qual, mais cedo ou mais tarde, ela teria de pagar o preço. Agora só tinha uma única, débil, esperança: encontrar Senar sem demora, antes de o pior acontecer. Pois é, Senar... Quem lhes garantia que ainda estava vivo e que conseguiriam alcançá-lo? E, no meio de toda esta balbúrdia de coisas, como teria de portar-se com Lonerin? Ainda bem que, enquanto a mente de Dubhe se angustiava nesta confusão de pensamentos, naqueles dias, o jovem mago andava bastante atarefado.

– Preciso estudar as artes mágicas deste povo, talvez possa encontrar, entre as plantas daqui, algumas capazes de aliviar a sua maldição – ele dissera.

A partir daí, passava a maior parte do tempo fora da aldeia, não se sabe onde. Só voltava à noite, de olhos cavados e mãos quase sempre arranhadas. Um rápido beijo na face, para logo a seguir informar-se acerca das suas condições de saúde, examinando com cuidado as feridas.

O relacionamento entre os dois parecia agora resumir-se simplesmente nisso. Lonerin mostrava-se totalmente obcecado, e Dubhe ainda não tivera coragem de explicar-se claramente com ele. Sabia muito bem que era uma questão de tempo: mais cedo ou mais tarde teria de botar tudo em pratos limpos. Só que, pelo menos por enquanto, não se sentia preparada à confrontação.

De forma que passava os seus dias olhando para o quadrado da janela, espiando o céu que mudava de cor com o correr das horas e ouvindo os ruídos da floresta. Talvez fosse morrer, talvez a Fera voltasse para apossar-se definitivamente dela. Daquela cama, no entanto, tudo parecia distante e confuso.

Durante vários dias, o único contato que teve com o povo dos Huyés foi através do sacerdote que a curava. Era muito jovem, quase um garoto, e nele misturavam-se grotescamente os caracteres dos Elfos e dos gnomos: as orelhas pontudas, com efeito, ficavam ainda mais salientes na cabeça raspada, e a longa barba azul-escura deixava imaginar a cor dos cabelos. Andava sempre descamisado e tinha no peito uma tatuagem vermelha que chamava ainda mais a atenção devido à pele clara. Tratava-se de um grande e complexo desenho de um Pai da Floresta, representado em detalhe com amoroso cuidado. As calças, por sua vez, tinham um corte bastante estranho e eram feitas de algum material que lembrava a camurça. Entrava no quarto em silêncio e nunca lhe dirigia a palavra. Nem mesmo a fitava, limitando-se a controlar as feridas, sem deixar o olhar se deter em outras partes do corpo.

Na presença do jovem, Dubhe sentia-se um tanto constrangida. Por um lado tinha a impressão de ser apenas um objeto analisado e manipulado, uma sensação, aliás, que nunca a abandonava ao ser tratada ou quando um sacerdote controlava a sua maldição. Por outro, o que a deixava sem jeito era a impossibilidade de poder falar com ele e mostrar-lhe a sua gratidão. Tinha mãos realmente extraordinárias o gnomo. Toda vez que apalpava os cortes, recitava fórmulas estranhas, uma espécie de ladainha numa linguagem desconhecida, que no entanto lhe dava um alívio imediato. Das suas mãos fluía um calor restaurador, e de fato as suas condições melhoravam a olhos vistos. A pele cicatrizava e, onde estava rachada e rasgada, voltava a ser como nova. Era um verdadeiro milagre. Entre cataplasmas e massagens, Dubhe sentia-se melhor a cada dia que passava, e até a mão, que nos primeiros tempos não mexia devido à dor insuportável, estava reassumindo o seu aspecto original.

Finalmente, após quatro dias de cuidadosas curas, as feridas tinham-se quase completamente cicatrizado. Sendo assim, Dubhe decidiu dar uma volta pela aldeia. Precisava de um pouco de ar, depois de ficar tanto tempo fechada num quarto, e queria aproveitar para organizar as suas ideias.

Providenciaram um cajado. Para a sua altura, era positivamente curto demais, mas suficiente para deixar que se movimentasse sem precisar da ajuda de ninguém. Quem o arranjara para ela fora Lonerin. Tinha aprendido a fazer-se entender recorrendo a um élfico um tanto acadêmico e rudimentar, e não foi lá muito fácil explicar a um dos Huyés o que estava procurando. Entregou-o a Dubhe meio sem jeito.

– Tem certeza de que conseguirá?

Ela sorriu.

– Depois do tempo todo que passei na cama, só pode me fazer bem.

Lonerin ajudou-a a levantar-se, segurando-a pelos braços, e logo que percebeu que se aguentava de pé sozinha, deu-lhe de surpresa um beijo na boca.

– Tome cuidado – ciciou em seu ouvido.

Ela sorriu, meio constrangida.

Saiu pela porta com as pernas tremendo. Apesar do repouso forçado, ainda estava muito fraca.

A luz do dia ofuscou-a, e a leve aragem matinal deu-lhe um arrepio. Quando voltou a abrir os olhos, ficou de queixo caído. Diante dos seus pés esticava-se uma pequena ponte suspensa, feita de corda e madeira, que levava a uma série de cabanas empoleiradas na encosta rochosa. Pareciam ninhos de andorinhas e se espalhavam em fileiras sobrepostas em vários níveis do paredão. Cada casa estava ligada às outras através de pontes suspensas idênticas àquela que saía da porta da sua cabana, enquanto escadinhas de madeira, também suspensas no vazio, ligavam os diferentes andares do vilarejo. Os engenhosos Huyés também haviam levado em conta, entre outras coisas, aqueles que, como ela, não podiam mexer-se à vontade: pequenas cabines permitiam passar de um nível para o outro graças à ajuda de encarregados prestativos que as movimentavam para cima e para baixo conforme a necessidade.

– Divirta-se – Lonerin lhe disse, sorrindo e seguindo em frente pela ponte.

Dubhe visitou toda a aldeia com calma e percebeu que não era muito grande. Umas vinte cabanas ao todo, construídas com uma madeira escura que sobressaía na cor clara da rocha, com telhados formados por grandes folhas secas entrelaçadas.

A engenhosidade daquele povo era realmente incrível. Tudo ali fora planejado com perfeição. Havia canais que levavam a água para grandes cisternas suspensas e, em caso de ataque inimigo, um sistema de pontes móveis permitia separar uma cabana da outra. Tudo era construído reciclando apenas o material da floresta, mas a execução de cada trabalho era tão cuidadosa e precisa que deixava qualquer um admirado. Isto porque, além do mais, havia um rebuscado sentido estético que tornava a extrema funcionalidade mecânica algo realmente agradável e harmonioso de se ver. Por toda parte, com efeito, apareciam adornos entalhados na madeira que salientavam a grande perícia dos artistas. Em sua maioria aqueles enfeites retratavam os dragões do lugar, provavelmente venerados como deuses. Dubhe reparou que os Huyés usavam como cavalgadura uma variedade bem menor e mansa daqueles animais. Era comum ver pequenos grupos de caçadores que se moviam para o fundo do vale, algumas centenas de metros abaixo, montados naqueles estranhos corcéis.

No começo, pensou que deviam viver principalmente de caça, mas depois, aguçando os olhos, percebeu que também praticavam a agricultura. Num canto da garganta havia uma pequena área cercada, banhada por toda uma rede de canais, onde as mulheres cultivavam as mais variadas hortaliças. Até identificou algumas delas, mas a maioria era formada por plantas que não conhecia.

Mais além avistou novamente os majestosos dragões que haviam encontrado a primeira vez que chegaram à clareira. Ao que parecia, os Huyés tinham construído a sua aldeia perto de um ninho deles, e chegou a pensar que não fora apenas uma coincidência. Teve a confirmação disso ao reparar que no topo do paredão ao longo do qual se empoleirava a aldeia havia uma espécie de tótem de madeira que representava, com grande realismo, um daqueles grandes animais. Ao lado, existia uma árvore enorme que, de alguma forma, lembrava o Pai da Floresta, aos pés da qual haviam descansado no meio da viagem. Em volta do tronco corria uma longa cabana, muito mais rebuscada que as demais, com telhado de madeira. Toda vez que um dos Huyés passava ali por perto levava a mão ao peito, na altura do coração. Tratava-se obviamente de um lugar de culto ou de importância estratégica para o vilarejo.

No fim do passeio, Dubhe estava realmente boquiaberta e reparou que as pessoas que encontrava também olhavam para ela com uma mistura de simpatia e curiosidade. Escondendo-se atrás das esquinas das casas, as crianças acompanhavam-na, enquanto os adultos miravam-na de soslaio cochichando e a apontando uns para os outros. Aquela atenção deixou-a imediatamente constrangida. Estava acostumada a ser invisível, e agora sentia-se exposta aos olhares de todos. Mesmo assim, aquela atitude de espanto em relação à sua pessoa despertou nela algum tipo de ternura. A vida simples e operosa daquela gente, seus movimentos leves e silenciosos, até seus corpos engraçados lembravam-lhe como poderia ter sido a vida em Selva se não tivesse acontecido toda aquela desgraça. O povo dos Huyés vivia uma existência de aparência pacífica, que durante aqueles anos todos ela só pudera vislumbrar de longe e com inveja.

Voltou novamente ao seu quarto de tarde, esgotada, bem na hora de receber os cuidados médicos. Lonerin também chegou jus-

tamente quando o sacerdote estava espalmando uma pomada de ervas.
Encontrava-se visivelmente cansado e abatido, mas havia algum tipo de exaltação no seu olhar. Segurava nas mãos um cantil.
— Aqui está! — disse com ar de triunfo.
Dubhe sentiu o coração acelerar. Não se atrevia a acreditar.
— Não faltava muita coisa. Só era preciso acrescentar um pouco de ambrosia, como aliás era de esperar. Já deve ter reparado, imagino, no Pai da Floresta no topo do paredão de pedra. Era a única coisa que faltava, juntamente com mais umas plantas absolutamente incríveis que vingam por aqui.
Lonerin falava tão rápido que quase não dava para acompanhar as suas palavras.
— É a poção? — ela perguntou quase com medo.
— Claro que sim! A nova versão dela. E agora que conheço as plantas com as quais fazê-la, poderei prepará-la à vontade, na quantidade que quisermos, sempre!
Tinha um enorme sorriso estampado na face. Entregou-lhe o cantil, tirando o jovem sacerdote do caminho, e, sem se importar com ele, abraçou-a. Dubhe esquivou-se apressada, e ele a fitou momentaneamente confuso, mas só foi coisa de um instante.
— Esta noite vamos sair. Fomos convidados a jantar na casa do chefe do vilarejo.
Dubhe lembrou a longa cabana que vira no topo do precipício.
— Temos boas novidades — ele disse sorrindo com ar de mistério. — Agora descanse, passarei para buscá-la mais tarde.

Dubhe despertou após um longo e reparador sono vespertino. Reparou logo que havia alguma coisa em cima da arca. Levantou-se, curiosa, e viu que se tratava de roupas. As suas, afinal de contas, estavam realmente em péssimas condições; alguém cuidara de limpá-las, mas nada pudera fazer quanto aos cortes e aos rasgões.
Sentou na beirada da cama e examinou os novos trajes. Não eram de fazenda, mas sim daquela espécie de camurça que todos costumavam vestir por lá. As calças talvez fossem um tanto curtas,

mas se as enfiasse nas botas ninguém iria reparar. O casaco, por sua vez, parecia do tamanho certo: era sem mangas e, no peito, tinha a imagem bordada de um maravilhoso dragão vermelho.

Dubhe vestiu-o na mesma hora e se sentiu imediatamente à vontade. Já não estava usando roupas de Assassino, nem de ladrão. Aquilo era algo novo, diferente.

A sua atenção foi atraída pela roupa que acabava de despir. Entre as dobras do tecido preto, vislumbrou alguma coisa branca. Sentiu um aperto no coração. A carta do Mestre.

Segurou-a entre os dedos. Estava desbotada de tantas vezes que a acariciara e lera.

Voltou a abri-la mais uma vez, alisando as dobras profundas que a marcavam, passou os dedos na tinta, nas ranhuras do papel sobre o qual derramara inúmeras lágrimas ao longo do tempo.

Tenho a impressão de amar-te. Mas a amo através de ti.

Palavras que no passado haviam inflamado seu coração de amor e de dor. Agora podia entendê-las, de repente, tudo se tornava claro. Dobrou-a de novo e a guardou onde estava, num bolso das suas velhas roupas.

– Está pronta?

Dubhe virou-se para a porta. Lonerin esperava por ela, ele também vestido do jeito dos Huyés. Usava um casaco como o dela, a não ser por um enfeite no peito que representava uma enorme árvore cheia de galhos retorcidos e grandes folhas.

– Estou – ela respondeu, pegando o cajado.

Enquanto se punham a caminho, Lonerin informou-a sobre o que devia saber antes da reunião. Explicou que o chefe da aldeia era apenas uma pessoa comum escolhida pelos habitantes, para reger os destinos da pequena comunidade, e que a cabana aonde estavam indo ficava em volta do Pai da Floresta daquele lugar.

– Os Huyés têm dois deuses: um para a Floresta, o Pai, e um para os animais, o Makhtahar, o dragão da terra. Os moradores daqui julgam-se particularmente afortunados, pois ficam bem perto de um ninho de dragões.

– E quanto ao jantar? – perguntou Dubhe.

– O chefe quer falar conosco. Já teve a oportunidade de fazê-lo comigo, e lhe relatei a nossa história, mas obviamente quer conhecer você também. É por isto que nos convidou a participar do jantar que eles celebram durante o plenilúnio, a cada vinte e oito dias, em homenagem ao Pai da Floresta.

De repente, Dubhe pareceu ficar preocupada.

– O que lhe contou ao meu respeito?

– Sabe da maldição.

– Do meu trabalho também?

Lonerin demorou alguns instantes para responder.

– Só sabe que estamos sendo perseguidos pela Guilda, mas não faz ideia do que venha a ser uma ladra.

Ela torceu o nariz. A noite parecia nascer sob maus auspícios.

Quando, no entanto, entraram na grande sala, a tensão logo se desfez. Havia uma grande mesa construída em torno do monumental tronco da árvore. O Pai da Floresta era sem dúvida alguma menor do que aquele que encontraram antes, mas era da mesma espécie, e possuía o mesmo fascínio misterioso e místico. Parecia que a luz que iluminava a sala emanava dele.

Ao longo da mesa estavam sentados praticamente todos os moradores da aldeia, em suas melhores roupas. As mulheres usavam túnicas vistosamente coloridas, enfeitadas com desenhos geométricos e abstratos, enquanto os homens vestiam, em cima dos peitos normalmente nus, casacos ornados com figuras vermelhas dos mais variados tipos. Mas o que mais chamava a atenção, devido à sua magnificência, eram os penteados incrivelmente elaborados das mulheres. Algumas haviam entrelaçado os cabelos com fitas coloridas, envolvendo-os em turbantes feitos de largas faixas bordadas, outras tinham ajeitado as cabeleiras em camadas sobrepostas enfeitadas com os mais variados adereços, desde dentes de dragão até plumas de pássaros. Havia uma leve excitação no ar e tudo, desde os convidados até as tochas acesas a intervalos regulares, dava ao lugar um ar festivo.

Dubhe e Lonerin sentaram-se ao lado do chefe da aldeia. Ele não era assim tão velho quanto ela imaginara. A farta barba dividia-se em longas trancinhas, e os longos cabelos brilhavam com seus reflexos azuis, escuros como a noite. Estava sentado num almofadão, de pernas cruzadas, como os demais comensais, e sorriu amavelmente aos seus hóspedes logo que chegaram.

Lonerin cumprimentou-o na língua local, mas Dubhe não teve outro jeito a não ser sorrir constrangida.

O chefe da aldeia olhou para ela com expressão benévola e penetrante.

– Não precisa se preocupar, não vou continuar a falar com o seu amigo usando palavras que você não conhece.

Sorriu. Expressava-se de forma correta, com um muito leve sotaque estrangeiro que tornava a sua fala extremamente elegante.

– Agradeço-lhe de todo o coração a ajuda que nos deram – Dubhe disse, aliviada.

– O grito de Makhtahar levou-nos a vocês. Mataram um inimigo seu, e nós só podíamos socorrê-los.

Evidentemente o gnomo referia-se a Rekla.

O jantar teve início. Houve antes uma oração de agradecimento que, de alguma forma, Lonerin tentou traduzir, e então todos começaram a comer. Devia tratar-se de uma ocasião realmente solene, pois serviram uma variedade de pratos descomunal. Pelo menos uma bandeja de cada comida, entretanto, era colocada como oferenda aos pés do Pai da Floresta. O chefe da aldeia entreteve-os explicando o sentido de cada tradição ritual do seu povo.

Foi discreto: nenhuma pergunta sobre eles, mas apenas a descrição pacata dos usos e costumes locais. Dubhe sentiu-se lentamente levar para uma atmosfera que quase lhe parecia familiar. O gnomo era gentil, os movimentos com que os Huyés apresentavam as suas oferendas eram harmoniosos e antigos, seus rostos sorridentes e hospitaleiros.

O jantar só terminou tarde da noite, com uma dança propiciatória sob os raios da lua cheia. Ao longe, os rugidos dos dragões ressoavam no ar.

– Estão ouvindo? Makhtahar nos acompanha, participa do nosso canto. Ele nos ofereceu este lugar de maravilhas, faz com que a floresta sempre nos alimente e nos proteja dos Elfos.

Para Dubhe, ouvir falar dos Elfos daquele jeito era uma coisa estranha. Tinha deles uma visão pacífica, e não conseguia imaginar que pudessem de alguma forma ser uma ameaça para aquele povo pacífico e generoso. De qualquer maneira, não fez comentários e se limitou a participar em silêncio da cerimônia.

Foi só no fim dos rituais que o chefe da aldeia passou a assuntos mais concretos. Levou-os para um aposento separado da grande cabana, tomou assento diante deles e os convidou a sentar-se.

– Preferi esperar até você se recobrar antes de conversarmos – disse virando-se para Dubhe. – Lonerin contou-me que são companheiros de viagem e que participam do mesmo destino. Foi por isso que os convidei aqui, pois acredito que posso ajudá-los.

O coração de Dubhe acelerou suas batidas, mas Lonerin não parecia nem um pouco surpreso. Evidentemente, já devia estar a par de alguma coisa.

– Quem lhes ensinou a nossa língua foi Senar, certo? – o jovem mago foi logo dizendo.

O chefe da aldeia sorriu, benévolo.

– Nós viemos do Mundo Emerso, mudamo-nos de lá há vários séculos, quando os Elfos ainda não tinham povoado a costa. Mas da sua língua lembramos muito pouco. Então, quarenta anos atrás, chegou aqui o homem pelo qual estão procurando.

Tanto Lonerin quanto Dubhe ficaram atentos.

– Foi, e ainda o considero, um meu amigo querido, e foi com ele que voltei a praticar a antiga linguagem. Frequentamo-nos durante vários anos, mas de uns tempos para cá parei de visitá-lo.

Os dois jovens enrijeceram.

– Percebi que já não apreciava a minha companhia, que a solidão era o seu único desejo, e desde então só nos comunicamos por carta.

– Quer dizer que ainda está vivo? – interveio Lonerin, suspirando aliviado.

O chefe da aldeia anuiu.

– A nossa é uma missão de extrema importância, como já tive a oportunidade de explicar. Para nós, encontrar Senar é uma questão de vida ou morte. Trata-se da salvação do Mundo Emerso, além da sobrevivência da minha companheira.

O gnomo sorriu.

– Não estou procurando dissuadi-los. Só quero dizer que talvez seja ele a não querer recebê-los.

Aquele era um problema totalmente secundário.

– Como podemos encontrá-lo? – perguntou Dubhe.

– Nós mesmos vamos mostrar o caminho. Só fica a seis dias de viagem daqui.

Dubhe estava confusa. Mais seis dias e então teria uma resposta. Parecia-lhe impossível. A salvação da maldição sempre fora alguma coisa distante e indistinta, tão impalpável quanto um sonho. Agora, no entanto, tornava-se concreta, mais próxima do que nunca.

O resto da conversa, para ela, perdeu-se numa tagarelice indefinida: Lonerin e o chefe da aldeia, que trocavam amabilidades, marcavam a data em que partiriam. A mente dela, no entanto, estava totalmente tomada pela ideia de Senar ainda estar vivo.

Depois viu Lonerin se levantar e o chefe despedir-se amavelmente.

Automaticamente, ela também se levantou, fez uma mesura.

– Agradeço-lhe a sua ajuda – murmurou átona.

– Não perca a esperança, Dubhe. Sei que Makhtahar, por um momento, chegou a ter medo de você. Os meus guerreiros perceberam.

Dubhe estremeceu.

– Mas o grito de Makhtahar foi de compaixão, de dolorosa pena, afinal. Está entendendo? Em você há muito mais do que o abismo onde o monstro mora.

Ela não se atreveu a acrescentar coisa alguma. Despediu-se baixando novamente a cabeça e saiu da cabana de braços dados com Lonerin, atordoada.

Respiraram o ar fresco da noite, que cheirava a ervas molhadas de orvalho.

– Vou acompanhar você – disse Lonerin.

Dubhe deixou-se levar quase sem querer, com a mente cheia de mil pensamentos. A maldição, a poção, a encosta desmoronada e aquilo que lá acontecera. Estava chegando a hora de prestar contas. Senar seria realmente capaz de curá-la?

Ao chegarem à choupana, Lonerin ficou de pé diante dela. Dubhe reparou que se atormentava, que torcia os dedos: o luar tornava ainda mais visíveis os sinais dos arranhões.

– Partiremos daqui a três dias, está bem para você? Afinal, precisa recuperar-se direito, antes da viagem.

Ela acenou que sim.

– Boa-noite, então – limitou-se a dizer.

Mas enquanto se virava Lonerin segurou seu braço.

– Quero ficar com você, esta noite.

Por um segundo o coração de Dubhe parou.

– Não podemos.

Tentou dar uma expressão dura ao próprio olhar, mas não conseguiu. Lonerin continuava sendo o seu companheiro de viagem, a pessoa que já a salvara inúmeras vezes e que, depois de várias noites sem dormir e de muitos arranhões, acabara até encontrando as ervas para a nova poção.

Ele ficou um momento sem saber o que dizer.

– Só quero dormir ao seu lado, apenas isto...

– Não é isso. – A voz dela tremia.

Puxou-o para dentro e fechou a porta atrás de si, apoiando as costas nela.

– Algo errado? – perguntou Lonerin.

Parecia meramente surpreso, sem qualquer desconfiança.

Dubhe levantou os olhos e fitou-o fixamente.

– Cometemos um erro.

Ele pareceu não entender.

– Eu...

– Não podemos ficar juntos.

Estas palavras saíram dos seus lábios com enorme dificuldade. Pesavam como pedregulhos.

Lonerin gelou, então sorriu benévolo.

– Que outra história inventou agora, para negar-se a felicidade? Estamos perto de Senar, esqueceu? Ele vai libertá-la, e ao mesmo tempo nós realizaremos a nossa missão. Está tudo correndo muito bem, daqui a pouco estará livre...

Ela meneou a cabeça olhando para o chão.

– Não é isto. Acontece que não creio amar você.

Fitou-o. Estava incrédulo.

– E acredito que, se olhar bem no fundo do seu coração, você tampouco me ama.

– Está errada, redondamente errada. Só quer encontrar uma desculpa para afastar-me, porque está com medo. Faz tanto tempo que se acostumou a não ter esperança que agora já gosta do sofrimento e não quer separar-se dele. É normal, acredite, mas é algo que precisa superar.

Aproximou-se para abraçá-la, mas ela espremeu-se contra a porta para evitá-lo. Seus olhos ardiam.

– Foi muito lindo, não posso negar. E tentei soltar-me, abandonar-me e simplesmente aceitar tudo aquilo que você podia oferecer, sem pensar duas vezes. Mas não é possível. Não consigo. Não consigo entregar-me aos seus abraços, nem sentir o calor dos seus beijos. Bem que gostaria, gostaria mesmo... Mas para mim você continua sendo um amigo, o melhor, provavelmente o único. Mas nada mais do que isso.

Na luz do luar que filtrava dentro do aposento, o rosto de Lonerin ficara ainda mais branco. Parecia como que paralisado. Suas mãos continuavam esticadas para ela.

– Não tive esta impressão, na gruta. Você respondia às minhas carícias, desejava-as assim como eu desejava as suas – objetou.

Dubhe fechou os olhos, apoiando a cabeça na porta. Pensou na carta escondida nas dobras do casaco, no sonho que tinha tido antes de acordar naquele lugar.

– Eu só amei uma vez na vida, e a pessoa que amei era o meu Mestre. Ele era a minha razão de viver, a minha força, salvou-me e ensinou-me tudo. Quando morreu, em mim abriu-se um vazio que até agora não consegui preencher. Durante estes anos todos não fiz outra coisa a não ser procurar por ele, por toda parte. Não importa o que eu fizesse, era por ele, pela sua memória. Em você, Lonerin, eu apenas procurei de novo a imagem dele.

Ele deixou cair os braços ao longo do corpo, de olhar atônito.

– Não é possível, não pode estar falando sério...

– Por algum tempo acreditei que você pudesse ser a pessoa que eu procurava. Achei que poderia agarrar-me em você e salvar-me,

mas não é nada disso. Apesar daquilo que aconteceu, continuo a pensar como se estivesse sozinha, e me sinto sozinha. Você acha que, para salvar-me, seja suficiente derrotar a maldição, e todos os seus esforços se concentram nisto. O amor que acredita sentir por mim nada mais é do que piedade, pena pela minha condição, posso ler isto nos seu rosto toda vez que olha para mim. Para você, não passo de mais uma vítima da Guilda, de alguém que você quer arrancar das mãos dos seus eternos inimigos.
– Não se atreva a manipular os meus sentimentos!
Dubhe estremeceu. A ira de Lonerin explodira de repente, assustando-a.
– Não se atreva a tentar convencer-me de que não é para o nosso bem! – gritou. – É você que não me quer, você que não quer entender que poderia salvá-la simplesmente amando-a.
Dubhe escorregou devagar pela porta em que estava apoiada. Acabou sentada no chão, incapaz de levar adiante aquela conversa. Estava apunhalando-o, ferindo-o mortalmente, mas não havia outro jeito. Lembrou o mal que tinha feito a Jenna, pensou em quão difícil era para ela mexer-se sem prejudicar os outros, até mesmo quando não queria.
Ele curvou-se à altura dela, segurou suas mãos.
– Diga que é só um momento, eu lhe peço. Passe uma boa noite de sono e, você vai ver, amanhã estará tudo como antes.
Dubhe sacudiu a cabeça, mas ele aproximou-se mesmo assim, procurando sua boca. Ela se esquivou.
– Não quero...
Virou-se de lado, mas Lonerin segurou seu rosto entre as mãos e beijou-a à força. Só quando a ouviu soluçar afastou-se. Tinha um olhar alucinado.
Dubhe chorou então sem qualquer recato, levando as mãos aos olhos. Ouviu o ranger da madeira enquanto ele sentava diante dela.
– Desculpe... – murmurou. – Não sei... aliás, sei. Não posso viver sem você.
Dubhe descobriu o rosto e olhou para ele.
– Gostaria de poder amá-lo, de verdade. Acha que gosto desta solidão e desolação? Acha que gosto da minha vida? Mas não consigo, não consigo!

As lágrimas abafaram a sua voz. Ele tentou segurar sua mão, mas ela esquivou-se.

– Está errada, e não está machucando somente a mim, está fazendo mal principalmente a si mesma – disse Lonerin, com uma voz que não parecia dele.

Então levantou-se, e ela se afastou o bastante para ele poder passar e sair. Quando ouviu a porta fechar-se atrás de si, chorou toda a dor que lhe sobrava.

23
A ÚLTIMA VIAGEM

Lonerin atravessou a ponte tomado de ira. Sentia-se sufocar, e passou pelo vilarejo com passo cada vez mais apressado, até começar a correr. O ar frio da noite fustigava seu rosto acalorado.
Chegou ao seu aposento, abriu a porta com violência, para então fechá-la batendo-a atrás de si. Então parou. O silêncio só era quebrado pelo som angustiado de sua respiração. Ficou olhando para a normalidade daquele quarto. A túnica gasta num canto, toda esfiapada devido às tiras que ele rasgara para lavar as feridas de Dubhe. As ervas e os frascos que tinha usado para destilar a poção, ordenadamente colocadas na mesinha ao lado da janela. A cama, com os cobertores diligentemente dobrados. De repente, aquela cena pareceu-lhe intoleravelmente absurda. Por que tudo era normal? Por que nada existia, naquelas coisas, que deixasse supor o que acabava de acontecer?
 Sentiu uma fúria cega subir à sua cabeça. Avançou contra a mesa e derrubou-a. As ampolas caíram ao chão estilhaçando-se, as ervas espalharam-se pelo soalho sob os seus pés. Não satisfeito, pegou os cobertores e os jogou longe, arremessando contra a parede o que sobrava da túnica esfarrapada. Gritou. Sabe-se lá o que os gnomos iriam pensar... Acordariam, quanto a isto não tinha dúvidas, mas não se importava.
 Caiu ao chão, de joelhos, perto da arca, e começou a socá-la. Continuou por um bom tempo, até ferir as mãos; então parou. O sangue ainda fervia como veneno em suas veias, mas ele sabia muito bem que destruir o quarto inteiro para sentir-se melhor de nada adiantaria. O fato de Dubhe já não lhe pertencer era uma verdade inelutável e terrível que nada ou ninguém poderia mudar.
 Lágrimas mudas começaram a correr pelas suas faces. Fazia quanto tempo isto não acontecia?

Um homenzinho não chora. Vamos lá, enxuga logo essas lágrimas, Lonerin. A mãe sempre lhe dizia isso, quando era criança, pois cabia a ele bancar o homem da casa, depois que o pai fora embora.

Não sabia ao certo por que aquelas lembranças voltavam à sua memória justamente naquele momento.

Levou as mãos ao rosto e começou a soluçar, como Dubhe fizera pouco antes. Pôde vê-la de novo, agachada no chão, junto da porta, depois que a forçara a beijá-lo contra a vontade. Não se sentia culpado do que tinha feito, não conseguia, a sua recusa varria para longe qualquer resquício de compaixão. Mas estava mal, e as lágrimas insinuavam-se entre seus dedos fechados, os olhos ardiam de pranto.

Não, não era como ela dizia. Não era assim, e basta. A Guilda não tinha nada a ver. Ele a amava. E iria salvá-la. Ainda menino, o Deus Negro dera-lhe a vida em troca daquela da mãe, e ele nada pudera fazer. Mas desta vez seria diferente. E mesmo assim, apesar do esforço e da dedicação, Dubhe continuava a recusar-lhe o amor e insistia em chafurdar naquela absurda dor do passado.

Lonerin estava destruído. Gostaria que Dubhe estivesse ali, ao seu lado, desejava o seu contato físico mais que qualquer outra coisa no mundo, como quando a mãe media a sua febre ou, ainda pequeno, ia ao mercado e se perdia na barulhenta gritaria dos mercadores. Era a mesma coisa. A mesma sensação de bem-estar e felicidade.

Saboreou aqueles farrapos de lembranças até o fim, deixando-se tragar completamente pela melancolia e a solidão, até onde parecia não haver mais caminho de volta.

Continuou a esperar que Dubhe chegasse. Quase tinha a impressão de já vê-la, abrindo a porta e correndo para ele com os olhos cheios de lágrimas. Iria dizer que estava errada, que tudo voltaria a ser como antes.

Continuou ali, encolhido naquela posição durante a noite inteira, mas ninguém chegou.

Quem o tirou do torpor foi o gnomo que toda manhã costumava levar-lhe o desjejum. Lonerin ouviu-o bater à porta. Nem se dera conta de que já era dia. A noite havia sido um magma indistinto em que as horas não existiam, e o tempo parara num eterno presente escorregadio.

– Pode entrar.

O gnomo abriu a porta com cuidado. Lonerin ouviu o barulho dos seus passos circunspectos que pisavam nos cacos de vidros espalhados pelo chão. Levantou a cabeça e o viu parado no meio do aposento, segurando a bandeja, como se tivesse sido pego em flagrante. Tinha uma expressão assustada, evidentemente porque ele devia ter uma aparência horrorosa, mas o jovem mago não se importou. Houve uns momentos de silêncio, depois o gnomo resmungou algumas perguntas convencionais sobre as suas condições de saúde.

– Sa makhtar aní – respondeu Lonerin com um sorriso cansado, quase imperceptível. Tudo bem, mesmo que nem ele nem o Huyé realmente acreditassem nisso. – Nar kathar – acrescentou.

Não queria a comida. O gnomo limitou-se a deixar a bandeja no chão, para então desaparecer rapidamente fechando a porta. Lonerin gostaria de perguntar onde Dubhe estava, mas não teve tempo. De qualquer forma, a única coisa importante era que ela não tinha vindo procurá-lo. Provavelmente, até ouvira-o gritar, e decidira conscientemente virar-lhe as costas. Uma traição dupla.

Olhou as xícaras fumegantes e sentiu um aperto no estômago que o deixou com vontade de vomitar. Reparou no estrago à sua volta: uma terrível confusão, a mesa derrubada tinha uma perna quebrada. Ficou com vergonha de si mesmo. A visão da sua fúria deixou-o subitamente constrangido, e sentiu-se forçado a sair.

Lá fora estava insolitamente escuro. O céu mostrava-se sombrio e os dragões, no penhasco, calavam-se em suas tocas. Alguns clarões iluminaram o vale, em seguida uma chuvarada violenta e lenitiva lavou a terra. Como daquela vez no começo da viagem, na floresta. Foi mais forte do que ele, e ao pensar nisso o seu olhar dirigiu-se quase sem querer à cabana de Dubhe, que mal se vislumbrava ao longe.

Deveria me informar sobre as condições dela, cuidar dos seus ferimentos, controlar se tomou a poção.

Fechou os olhos, e seus pés mexeram-se sozinhos.

A aldeia parecia deserta. As pontes de madeira estavam escorregadias devido à chuva. Passou por algumas delas, desceu um nível, subiu de novo. Seu coração começou a bater mais rápido logo que chegou perto da cabana de Dubhe. Imaginou-a ainda sentada, de costas contra a porta.

Parou. A madeira escura da construção, depois do aguaceiro, tornara-se quase preta. Observou a porta e as janelas. Trancadas. Não conseguiu ir adiante. Ficou empacado ali, de cabelos, nesta altura, encharcados.

Compreendeu na mesma hora que ela falara a verdade. Não o amava. Nunca o amaria. Só se haviam passado umas poucas horas, e as suas ilusões iam embora junto com a chuva. Sentou embaixo do alpendre, já não tinha ânimo de ir até ela, nem de voltar ao próprio quarto. Ficou olhando a chuva que caía, com as roupas que grudavam no seu corpo.

Nos três dias seguintes, Dubhe ficou trancada em sua cabana. Encontrava-se zangada e, de qualquer maneira, não tinha a menor vontade de sair de novo. Lonerin estava lá fora, e ela não sabia se poderia aguentar o seu olhar.

Nunca passara pela sua cabeça que dizer não, que mandá-lo embora seria tão penoso. O que agora a deixava arrasada era justamente a plena e impiedosa consciência de ter ferido uma pessoa que lhe havia salvado a vida. Sentia-se como no começo da viagem, era o mesmo que ter voltado no tempo. Mais uma vez estava marcada, e a sua sina a perseguia, forçando-a a fazer mal e machucar até mesmo quando não queria, como se a morte e a dor fossem o seu único destino.

Por isso fechou porta e janelas. Não desejava a luz. A escuridão combinava melhor com ela, como quando, ainda menina, depois da morte de Gornar, trancara-se no sótão.

A sua solidão só era interrompida pelos encontros com o sacerdote. Demonstrou-se incrivelmente discreto. Não perguntou a razão do seu exílio, nem fez qualquer tentativa para abrir as janelas. Respeitou o seu silêncio e não a olhou nos olhos. Continuou simplesmente a fazer o seu trabalho, levando-lhe comida duas vezes por dia. De alguma forma, aquela presença silenciosa foi para ela confortadora.

Seu corpo inteiro sarava, e as forças voltavam. Mas a sua mente estava como que suspensa no vazio. Uma parte dela se questionava acerca daquela situação toda, angustiava-se na dúvida de ter cometido um terrível engano. Não podia negar que, de algum jeito, Lonerin lhe fazia falta. E então perguntava a si mesma por que tinha de ser tão difícil escolher, e por que cada escolha precisasse ser um pulo no vazio.

Então, certa manhã, a sua rotina de vida foi quebrada. No vão luminoso da porta não apareceu o mesmo jovem sacerdote, mas sim outro gnomo, mais alto e adulto.

– Está na hora de partirmos – disse sorrindo.

Tinha um sotaque muito marcado, mas nem por isso irritante.

Levou então a mão ao peito e acrescentou:

– Sou Yljo, o seu guia. Esperarei aqui fora, apronte-se.

Silenciosamente, da mesma forma que entrara, fechou a porta atrás de si.

Dubhe permaneceu alguns segundos na penumbra do quarto, sentada na beirada da cama.

É agora, pensou. Vestiu-se rapidamente e, pela primeira vez desde que haviam chegado à aldeia, procurou as armas. Examinou uma por uma as facas de arremesso, guardou a lâmina do punhal na bainha, colocou o arco a tiracolo. Estava voltando a ser um guerreiro. Descobriu que, de alguma forma, sentira falta do peso das armas.

E finalmente viu a carta. Estava apoiada em cima da arca, onde se encontravam as suas antigas roupas, que ninguém havia levado embora. Sentiu um nó na garganta. Fora a sua vida durante muitos anos. Tinha uma enorme vontade de levá-la novamente consigo, de senti-la encostada no peito. Mas estava tudo acabado, sabia bem. Quando dissera adeus a Lonerin, na verdade despedira-se do Mestre. Deixara-o voltar às sombras, desistira dele para sempre. Por isso mesmo escancarou de uma só vez todas as janelas, saboreando o ar fresco que vinha da floresta. Um sopro de vento jogou a carta no chão. Não a apanhou. Dirigiu-se simplesmente à porta e saiu.

Avistou Lonerin de longe, enquanto o rapaz procurava montar na garupa de um daqueles pequenos dragões que ela tivera a ocasião de ver durante o seu passeio pela aldeia. Havia três animais, empoleirados no rochedo. Iriam ser, obviamente, o meio de transporte deles.

Dubhe ficou com vontade de cobrir a cabeça com o capuz, mas resistiu à tentação. Teria sido completamente inútil. Guardou em si a angústia e o sentimento de culpa. Eram inevitáveis e, de qualquer forma, ela bem merecia.

O jovem não a viu imediatamente, de forma que ela pôde conceder-se o prazer antigo de observá-lo por mais alguns instantes sem ele saber. Mostrava-se um tanto desajeitado, como que com medo daqueles animais, e cansado, podia-se ver no seu rosto. Corou, baixou os olhos e se aproximou.

Os gnomos viraram-se para ela, e Yljo a recebeu com um sorriso animador.

Dubhe cumprimentou com um sinal de cabeça os presentes e procurou manter os olhos fixos neles, tentando evitar o olhar de Lonerin. Os encarregados dos dragões estavam lá, assim como o chefe da aldeia, ao qual Dubhe dirigiu uma mesura mais profunda. Em seguida, apoiou-se, meio sem graça, no cajado que ainda usava para andar, pois ainda estava fraca.

Quem a tirou daquele constrangimento foi Yljo, que apontou para um dos pequenos dragões.

— Iremos com os Káguas, o caminho mais curto passa por trilhas difíceis, onde só eles sabem mexer-se à vontade.

Era a primeira vez que Dubhe via um de perto. Eram bastante parecidos com os dragões de terra: as mesmas escamas, embora menores e menos coriáceas, e as mesmas cores. Os focinhos eram mais troncudos, e a crista atrás da cabeça menos comprida. A diferença fundamental era o fato de não possuírem asas, e até tinham arreios para o conforto de quem os cavalgava.

— Antes da partida, uma oração para o nosso deus — disse o chefe da aldeia.

Ao lado da plataforma onde se encontravam havia uma grande estátua de madeira que representava um dragão da terra. Os Huyés ajoelharam-se diante dela e se prostraram até encostar a testa no chão. Dubhe imitou-os e, com o canto do olho, viu que Lonerin fazia o mesmo. O chefe da aldeia pronunciou algumas palavras que ela não entendeu.

– Respondam "Hawas".

Dubhe e Lonerin obedeceram.

O Huyé virou-se para ela.

– Invoquei o Deus Dragão, Makhtahar, e pedi que protegesse a sua viagem permitindo que chegassem incólumes. A resposta que deram significava: "Nós pedimos."

Sorriu e Dubhe anuiu.

Os três levantaram-se e montaram nos Káguas.

– São os filhos menores de Makhtahar, cruzamentos entre o nosso deus e grandes répteis dos rios. Muito apropriados para longas viagens.

Com efeito, pareciam não ter nada a invejar os cavalos quanto ao conforto, e Dubhe logo encontrou o jeito certo de manter-se na garupa sem maiores problemas. Seus músculos continuavam um tanto doloridos, mas podia aguentar.

– Que a sua viagem possa ser segura e confortável, e que possam encontrar aquilo que procuram – disse o chefe da aldeia, antes de despedir-se.

– Só podemos agradecer a sua inestimável ajuda – respondeu Lonerin.

A sua voz era rouca e baixa, e Dubhe ficou imaginando se tinha chorado muito.

E aí partiram.

O vilarejo sumiu rapidamente atrás deles, engolido por uma das primeiras curvas que encontraram. À sua frente, abriram-se renovadas esperanças e novas voragens.

O jeito de andar dos Káguas era bastante estranho, na prática balançavam continuamente para os lados enquanto avançavam, o que tornava difícil manter o equilíbrio. Dubhe podia contar com o treinamento e, segurando com firmeza as rédeas, não demorou a encontrar o ritmo. O mesmo não aconteceu com Lonerin, que se achatou desde logo no dorso do animal, branco como um trapo.

Yljo riu.

– Vai se acostumar, você vai ver. Só mais umas poucas horas e não terá mais problemas.

Lonerin esboçou um sorriso, mas era evidente que padecia. E então olhou para ela. Foi a primeira vez que cruzaram os olhares, e Dubhe sentiu-se trespassada. Reparou que ele tinha os olhos inchados de quem não dormira e chorara, e aquela demonstração de fraqueza a fez sofrer. Sentiu-se culpada, uma sensação líquida no peito que conhecia muito bem. Ele a fitou longamente, como se exibisse seu rosto tenso e sofrido, então concentrou a sua atenção alhures.

Cavalgaram pelo resto do dia sem trocar uma única palavra. O único que se encarregava de quebrar o silêncio era Yljo. Os Huyés, ao que parecia, eram um povo bastante alegre e jovial, e principalmente amante de uma boa conversa. Yljo instruiu-os sobre a natureza dos Káguas, falou do seu comportamento e das lendas acerca da maneira pela qual haviam sido domesticados. Dubhe ouvira sem prestar muita atenção, bastante satisfeita, no entanto, pois aquele palavrório preenchia o silêncio entre ela e Lonerin. Não pararam para almoçar, limitando-se a comer alguma coisa na garupa, enquanto os animais seguiam em frente. Os Káguas eram incansáveis, e Yljo fez questão de salientar como eram resistentes e quantas léguas podiam percorrer sem parar.

Só detiveram-se à noite, quando já estavam cercados pela escuridão.

Jantaram com parcimônia, racionando a comida, e estranhamente Yljo caiu imediatamente no sono. Dubhe e Lonerin ficaram sozinhos em volta da fogueira. Mantiveram por algum tempo os olhos fixos nas chamas, em silêncio, e Dubhe ficou imaginando se não caberia a ela quebrar aquele constrangimento, dizendo que já era tarde e que talvez fosse melhor eles dormirem.

– Para você.

Quando sentiu a mão de Lonerin tocar no seu braço, estremeceu. Ele a fitou. Segurava um cantil. Soube de imediato do que se tratava e sentiu um aperto no coração.

— A poção, parece que você esqueceu. E ainda diz que quer viver.

Ela ficou olhando, apalermada. O sentimento de culpa voltou a insinuar-se como uma cobra no seu peito.

— Lonerin, eu...

— Fique com ela, só isso. Não precisa dizer nada, está bem? Tome-a antes do amanhecer, pois do contrário voltará a passar mal.

Dubhe pegou o remédio. O cantil ainda guardava o calor do corpo de Lonerin.

— Fico triste em saber que o magoei, nem pode imaginar como isso me faz mal.

— Não creio estar pronto a enfrentar o assunto, por enquanto. Mas temos um objetivo comum, encontrar Senar. Limitemo-nos a isto e então, depois, cada um por si.

Dubhe engoliu as lágrimas fungando.

— Como quiser.

— Não, é como você quis. Não tente jogar a culpa em cima de mim.

— Certo.

— Já é tarde. Vou dormir e aconselho que faça o mesmo.

Dubhe simplesmente concordou. Cuidou de apagar o fogo. A escuridão tomou conta da mata, só preenchida pela respiração estrídula dos Káguas. Viu as costas de Lonerin obstinadamente viradas para ela. Era realmente o fim. Uma conclusão que tinha procurado e causado.

Envolveu-se na capa, ajeitou-se no tapete de samambaias e folhas secas. Será que poderia realmente livrar-se de tudo o mais, como agora fazia com o amor de Lonerin? Quem sabe ele estivesse certo, talvez o dela não passasse de um prazer condescendente, de um mórbido desejo de curtir a dor na tentativa de dar paz aos inúmeros mortos. Com sofrimento, talvez, mas quem sabe algum dia pudesse mudar a pele como uma cobra, para renascer. Pareceu-lhe ser uma meta indistinta e impossível.

Fechou os olhos e se deixou ninar pela respiração da noite.

24

O PRÍNCIPE QUE NUNCA SERÁ REI

Ido decidiu partir durante a noite. Para chegar o mais rápido possível a Laodameia tinha de passar pela Grande Terra, mas era perigoso, pois ele e o rapaz iriam ficar em campo aberto e desprotegidos a maior parte do tempo. Era, portanto, aconselhável aproveitar a escuridão, mesmo que isto implicasse dormir de dia.

De qualquer maneira, logo antes da partida, decidiu levar San até a velha sala de armas.

O grande aposento oval estava entregue ao mofo e à poeira. Viam-se teias de aranha por todos os cantos e a ferrugem tomara conta das armas penduradas nas paredes. Mas bastou abrir algumas arcas para que lâminas ainda boas aparecessem. O arsenal encontrava-se numa área particularmente seca do aqueduto, no fundo de um corredor que havia sido cavado na época da resistência e que ficava longe de qualquer canal.

Ido tirou do amontoado uma espada que parecia em melhores condições do que as demais e começou a amolá-la.

– Por que mais uma espada? Já não tem a sua? – San perguntou com voz estrídula.

– É para você.

O garoto empalideceu.

– Não se preocupe, é só para alguma emergência.

O jovenzinho ficou mudo.

– Sabe usar?

San anuiu, meio inseguro.

– Papai deu-me aulas desde que era bem pequeno, mas nunca tive a oportunidade de lutar de verdade.

– Então vamos esperar que desta vez também não tenha de usá-la. Mas precisa botar na cabeça que deve estar preparado para tudo.

Entregou-lhe a arma logo que ficou pronta, junto com uma bainha bastante gasta. Passaram algum tempo treinando, o mínimo indispensável para repassar as noções básicas, e Ido reparou que o garoto era muito bom para a sua idade, talvez um tanto acadêmico demais, mas, sem dúvida alguma, promissor. As aulas que lhe haviam sido ministradas deviam ter sido boas.

Percebeu, no entanto, que estava desinteressado e desatento.
– Não tinha dito que gostava de esgrima?
– E gosto mesmo. – O menino baixou a guarda. – Só que não entendo. Você disse que iria proteger-me de qualquer perigo, e agora bota uma espada em minhas mãos...
– Estou machucado, San, e fico mais tranquilo sabendo que você também está armado. Mas não creio que terá de lutar, não precisa se preocupar.

Ido viu os olhos do garoto ficarem úmidos. A criança que havia nele estava vindo à tona descontrolada.

– Não deixarei que algum mal lhe aconteça – acrescentou com voz firme e segura. – Mas precisa entender que não podemos esquecer qualquer possibilidade. Um bom guerreiro não pode esquecer coisa alguma, deve estar preparado para tudo, e deve concordar que eu sou, pelo menos, um guerreiro experiente, não acha?

San enxugou as lágrimas com a manga. Concordou.
– Ótimo. E agora durma. Amanhã à noite vamos partir.

O cavalo estava em perfeita forma. Haviam-no deixado nos estábulos, dando-lhe tudo o que ainda sobrava de comida. Aquilo era algo bastante auspicioso, pois significava que poderiam viajar sem parar, aproveitando todo o tempo que a escuridão lhes concedia. Deter-se para dormir na planície seria certamente um problema, e por isso mesmo o fariam o mínimo indispensável.

Partiram numa noite sem lua e, logo que botaram os pés lá fora, Ido percebeu que San se enrijecia preocupado.
– Mas não dá para ver coisa alguma.
– Só quem não sabe ver... – replicou.

Ele já enfrentara inúmeras marchas à noite, conhecia todas as formas e insídias da escuridão e sabia como movimentar-se nelas.

Tinha treinado muito o seu único olho com este fim e, quando a vista começara a falhar devido à idade, passara a depender mais dos outros sentidos.

Cavalgaram a noite inteira e, depois de percorrerem um bom pedaço, pararam para comer alguma coisa. Só ao alvorecer desmontaram realmente do cavalo para descansar.

Ido armou uma espécie de lona que trouxera consigo. Era do mesmo tecido usado para disfarçar as entradas do aqueduto, e também ótima para ser usada como tenda. Desta forma tinham mais possibilidades de passar despercebidos.

– Dormiremos um de cada vez – disse. – Em turnos de duas horas. Se você ficar com sono durante a sua vigia, acorde-me, está bem?

San concordou com um bocejo.

– Mas antes preciso de mais um favor seu, gostaria que me curasse com a magia. Acho que só assim ficarei bom.

San encostou meio a contragosto as mãos nas feridas. Estava visivelmente cansado e, de qualquer maneira, continuava a praticar a magia com alguma relutância.

Ido ficou admirado ao ver a luz que, como sempre, fluía dos seus dedos espalhando-se em volta.

– Quando esta história toda chegar ao fim, vou mandá-lo estudar com um mago – disse de repente.

O garoto olhou para ele quase assustado.

– Não creio que seja uma boa ideia.

– Por causa do seu pai?

As mãos de San tornaram-se subitamente frias. Acontecia toda vez que Tarik era mencionado.

Ido procurou as palavras certas.

– O fato de o seu pai ter esta visão da magia não quer dizer que ela, em si, seja um mal. Era apenas a opinião dele, entende?

San não estava convencido.

– O Tirano era um mago, só para dar um exemplo... Ou, pelo menos, era o exemplo que papai sempre dava quando se falava dessas coisas.

Ido não pôde evitar uma certa inquietação. Já pensara nisso muitas vezes. Pelo pouco que sabia da biografia do Tirano, tinha sido uma criança prodígio, exatamente como San. Ficou imaginando se aquilo não fosse porventura parte do plano de Yeshol.

– Aquele é um caso extremo. Pense no seu avô, ele fez grandes coisas com a magia, concorda comigo? – disse para mudar de assunto.

San não soube o que responder.

– É só uma questão do uso que se faz da magia, da maneira com que se usa este dom. Curar as minhas feridas é uma coisa boa, não acha? E quando estávamos com o Assassino na Grande Terra, já perguntou a si mesmo como conseguiu soltar-se?

San corou.

– Não era minha intenção, quase não me dei conta do que eu estava fazendo... As mãos começaram a arder por conta própria e, quando olhei, as cordas estavam meio queimadas.

Ido felicitou-se mentalmente. Tinha acertado em cheio, afinal.

– Foi a magia, San, e foi graças a ela que conseguiu safar-se. E salvou a mim também.

O menino continuou a curá-lo, sem fazer comentários.

Ido não tinha certeza de ter sido bastante convincente.

– Você tem um dom extraordinário. Foi assim mesmo que o seu avô começou. Sabia que podia falar com os dragões?

San ficou imediatamente atento.

– É mesmo?

Ido anuiu.

– Você fala com os animais, San. É um daqueles dons especiais que não deveriam ser desperdiçados. É por isso que lhe aconselhei estudar.

Podia entender a resistência do garoto. O pai dele acabara de morrer, e certamente tinha medo de trair a sua memória fazendo algo que lhe havia sido proibido.

– Ninguém vai obrigá-lo a tornar-se mago – prosseguiu Ido. – Só fará se o quiser, pois do contrário estará livre para escolher a carreira que preferir, quem sabe até a militar, na Academia.

Abriu-se num sorriso e San respondeu aliviado, mas só foi questão de um momento.

– O que acontecerá comigo em seguida, Ido? Não tenho nem casa nem parentes.
O gnomo entendia muito bem aquele medo atônito.
– Você é jovem e tem mil portas abertas diante de si. Não tenha receio, acabará descobrindo sozinho o melhor a fazer.
San baixou os olhos.
– Às vezes, penso nisso à noite. Acordo e digo a mim mesmo que tenho pouco tempo, muito pouco mesmo. Cada dia que passa é um dia a menos, um dia perdido, e isto me assusta – engoliu em seco nervosamente. – Receio que tudo isso nunca acabe, receio que a Guilda me encontre, e tenho medo do Tirano...
– É melhor não pensar nestas coisas, precisa olhar em frente. O Tirano foi vencido, aquilo que está nos ameaçando agora é apenas a sua pálida sombra, e nunca passará disso, continuará sendo somente uma sombra.
San concordou. Era óbvio que acreditava cegamente em Ido, só precisava daquelas palavras confortadoras para conseguir seguir adiante em seu caminho.
– Confie em mim. Vai dar tudo certo, também porque o defenderei custe o que custar. Está bem?
O garotinho concordou com decisão.
– Não há mais ninguém em quem confie, só você.
Ido sorriu, e o menino agarrou-se em seu pescoço. A costela chiou num espasmo de dor.
– Calma... – murmurou o gnomo, mas ficou contente com aquele abraço, e também apertou San.

Ido acordou com uma sensação estranha no corpo. Já fazia oito dias que estavam marchando e, pensando bem, tudo havia corrido sem maiores problemas. Deslocavam-se à noite e, ao alvorecer, abrigavam-se sob a lona mimética para dormir. Revezavam-se na vigia, mas na verdade ele nunca se entregava a um sono profundo. Afinal, continuavam sendo perseguidos.
Prestou atenção na escuridão e no próprio corpo. Não sabia dizer o que sentia nos ossos, mas tinha maus agouros. Devia ter

ficado escuro havia pouco tempo, a julgar pela fina estria de azul esmaecido que ainda se via a leste. A noite parecia igual a todas as demais, só que um tanto mais luminosa, com uma lua crescente particularmente reluzente. Mas mesmo assim havia alguma coisa errada.

Despertou San, sem pô-lo a par dos seus receios. Não queria assustá-lo inutilmente, além do mais, porque não sabia ao certo o motivo dos seus temores.

– Acho melhor partirmos logo.

O menino esfregou os olhos.

– Sem comer?

– Comeremos alguma coisa no caminho.

Montaram no cavalo e Ido incitou o animal a andar mais depressa.

– Alguma coisa errada? – San perguntou desconfiado.

Ido deu de ombros.

– Nada.

– Nunca saímos correndo deste jeito.

– Quanto antes chegarmos, melhor.

Uma nota baixa e indistinta vibrava no ar. O calor sufocante que continuava a atormentá-lo, apesar de estar se afastando da Terra do Fogo, talvez estivesse confundindo os seus sentidos. Mas Ido sentia como que um antigo chamado ressoasse em seus ouvidos, naquele som vibrante havia alguma coisa que ele não conseguia distinguir claramente.

Então, de repente, entendeu. Ainda estava longe, bastante fraco, mas muito em breve aquele som iria tornar-se muito próximo e até claro demais. O gnomo lançou o cavalo a galope e apoiou a mão na empunhadura da espada.

Instintivamente pensou em Vesa, em quão útil poderia ser-lhe naquela ocasião e em como os flancos do animal iriam vibrar sob suas coxas ao escutarem aquele som. Pois é, porque aquilo que ouvira fora o grito de um dragão, um rugido que durante muito tempo significara amigos e aliados para ele, mas que desde o dia em que Dohor assumira o poder se tornara arauto de morte.

Um cavalo jamais conseguiria levar a melhor contra um dragão, mas ele incitou mesmo assim o animal, exigindo o máximo e brandindo a espada.

– Não importa o que acontecer, procure fugir, está me entendendo?

– Não me deixe! – San gritou apavorado.

– A prioridade absoluta é a sua sobrevivência, então faça exatamente o que eu disse!

O ar tremeu, e uma ventania começou a acossá-los.

Perceberam-no passar acima das suas cabeças, imenso e pulsante. Por um momento pairou no ar escondendo a lua, depois deu meia-volta e ficou diante deles. Com suas asas diáfanas, era uma massa escura que encobria o horizonte, só levemente iluminada ao longo dos contornos. A boca enorme mais parecia uma fornalha: escancarou-a e uma parede de chamas queimou o caminho diante deles.

A luz das labaredas iluminou por completo a massa do dragão, sua pele verde cambiante e as escamas vermelhas da crista e do dorso. Um Cavaleiro de Dragão erguia-se no meio dos reflexos rubros, escuro e ameaçador.

Ido forçou imediatamente o cavalo a dar meia-volta, margeou as chamas em busca de uma saída enquanto, ao mesmo tempo, assumia uma posição de defesa.

O dragão emergiu das chamas com o seu cavaleiro prateado na garupa, tão pequeno que, comparado com o tamanho do animal, quase parecia de brinquedo. Uma das patas acertou logo o cavalo, e Ido foi jogado ao chão entre os estilhaços negros do deserto junto com o seu corcel. O grito de San, por sua vez, ressoou distante. Tinha fugido? Havia sido capturado pelo dragão?

Rolou longe do cavalo para não ser esmagado, procurando ao mesmo tempo não perder a orientação, com a mão no cabo da espada. Quando conseguiu ficar de pé, só teve tempo de reparar num pequeno corpo que se agitava sob a pata do enorme animal. Devia ser certamente o cavalo, e com San ainda montado nele. Ido sentiu o sangue gelar em suas veias. Logo a seguir, mais um grito, e então uma espécie de clarão repentino o ofuscou.

Quando voltou a abrir os olhos, não muito longe dele também havia uma gigantesca massa inerte, com dois embrulhos indistintos ao seu lado. O dragão, o cavalo e San.

— San! — berrou Ido, e aprontou-se a acudir, mas a sua corrida foi detida pelo assovio de uma lâmina que cortou o ar bem perto da sua cabeça. Pulou de lado, recuperou o equilíbrio e reconheceu de imediato o inimigo.

Haviam-se passado cinco anos, e nesta altura tornara-se realmente um homem. O aspecto magro e franzino do garoto transformara-se no corpo esguio e nervoso de um jovem rapaz, mas naqueles olhos e no seu rosto ainda havia alguma coisa que lembrava o rapazola ao qual salvara a vida no sopé do Thal. Um garoto que naquela ocasião queria ser morto e que voltara atrás em busca de sobreviventes.

Tinha os olhos de um verde profundo, impenetráveis e frios, enquanto os cabelos curtos e desgrenhados eram tão louros que poderiam ser facilmente considerados brancos sob a luz opaca da lua.

— Learco! — exclamou Ido.

O rapaz permaneceu impassível, segurando com firmeza a espada apontada para ele. Tinha a armadura suja de terra. Provavelmente caíra da garupa do dragão quando houvera o clarão de luz.

— Meu pai quer o menino. Entregue-o e nada de mau acontecerá.

A sua voz fria não tinha a menor expressividade.

Ido sorriu sarcástico.

— Se eu estiver bem lembrado, há cinco anos não creio que você estivesse em condições de dar ordens. Se não me falha a memória, aliás, poupei a sua vida...

— Só quero o menino, Ido.

Queria dizer que ainda não o pegara, mas o que fora, então, aquele brilho repentino? O gnomo não sabia encontrar uma explicação, e não havia tempo, tinha de lutar.

Investiu contra o outro com ímpeto, mas a costela respondeu ao movimento do braço com uma fisgada que lhe tirou o fôlego. Learco deteve o ataque na mesma hora, tinha deixado definitivamente de ser o rapazola de cinco anos antes.

Ido jamais se dera ao trabalho de pensar no fim que ele levara. Achava que não demoraria a desistir de lutar, que acabaria sendo repudiado pelo pai ou que então morreria de alguma doença. Era o que o destino guardava para os como ele, jogados aos horrores da guerra jovens demais, vencidos por responsabilidades para as quais não estavam preparados. A vida os destruía e morriam antes da hora. Nunca poderia imaginar que iria encontrá-lo de novo.

Não se deixou impressionar pela defesa um tanto acadêmica do jovem. Sem importar-se com a dor, rodou a lâmina livrando-a da do adversário e recomeçou a atacar. Pensou em recorrer à costumeira habilidade do próprio pulso, como sempre fazia com os aprendizes. Era uma coisa que sempre surpreendia os cadetes inexperientes, que acabavam se deixando hipnotizar por aquelas brincadeiras e não reparavam nos movimentos da sua arma.

Não funcionou. Learco, evidentemente, estava acostumado a esgrimir, pois começou a imitá-lo, acompanhando sem dificuldade cada golpe. As mudanças de ritmo não o desorientavam, nunca perdia a concentração, era rápido, ágil. Mais uma escaramuça, e Ido voltou a ficar a uma distância segura.

– Melhorou bastante.

O rapaz não respondeu. Seu rosto e seus olhos estavam distantes.

– Sabe por que seu pai quer o menino?

Learco mostrou claramente que não esperava a pergunta.

– Deu-me uma ordem, eu sou seu súdito e obedeço.

Atacou inesperadamente, com um golpe incomum de baixo para cima, e Ido foi forçado a defender-se numa posição que não lhe era habitual. Ficou em desvantagem, e Learco começou a acossá-lo. O gnomo não teve outro jeito a não ser recuar. Havia muito tempo que isto não lhe acontecia. Durante todos aqueles anos de combate, só raramente ficara realmente acuado. As intrigas sombrias dos tempos mais recentes nunca tinham conseguido gerar algo vagamente comparável com Deinóforo, o Cavaleiro de Dragão Negro que lhe arrancara um olho, e que ele mesmo acabara matando na Grande Batalha do Inverno. Havia sido o mais terrível e formidável dos seus adversários.

O pé encontrou uma espécie de saliência, e Ido caiu para trás. Achou que estava perdido, pois a espada de Learco já vinha em busca da sua garganta, mas então o jovem tropeçou em algo que tinha uma estranha consistência.

A espada do príncipe chegou a encostar no chão, o bastante para que Ido pudesse golpeá-la e ficar novamente de pé.

Olhou para o obstáculo que lhe salvara a vida. Era uma asa de dragão, provavelmente abatido por alguma coisa: o clarão de luz? Teria sido obra de San?

— Tudo indica que perdeu um aliado — comentou, referindo-se à cavalgadura do inimigo.

— Não preciso, sei lutar sozinho — replicou o príncipe.

Ido meneou a cabeça.

— Pode-se ver que seu pai jamais aprendeu a lição... Um Cavaleiro de Dragão sempre combate ao lado do seu animal, até quando ele está caído e indefeso. O fato de você ter permitido que o seu companheiro fosse atingido deste jeito demonstra claramente que ainda lhe falta muito para ser um verdadeiro cavaleiro.

Learco atacou de repente, mas o golpe foi ditado por uma espécie de ira reprimida, razão pela qual acabou sendo fraco e desajeitado. Ido aproveitou para dar uma estocada. O jovem ainda pôde esquivá-la pulando de lado, conseguindo por um triz evitar o golpe mortal. Ainda assim, ficou ferido de raspão.

Desta vez coube a ele ganhar de novo uma distância segura, dobrando-se levemente do lado ferido. Seu rosto entregou-se por um momento a uma careta de dor.

— Sabe ou não sabe, afinal, por que o seu pai quer o menino?

— Isto não importa!

Learco começava a ficar nervoso. Trocou de mão, atacou com a esquerda, sem qualquer diferença substancial na habilidade com que manuseava a espada. Ido acompanhou-o, também trocando de mão.

Retomaram o fraseado das lâminas, e o desempenho do príncipe continuou a ser perfeito. Ido, no entanto, percebia que aquilo não passava de exercício acadêmico, de um dever de casa bem executado. No fundo, o rapaz não queria realmente vencer, não se sentia movido pelo ódio, e muito menos pela dedicação à sua missão.

Talvez fosse apenas o sentido do dever, e algum obscuro desejo de mostrar-se ao pai.

Ele, por sua vez, estava disposto a tudo para salvar San. Ouviu-o queixar-se baixinho e aquilo incitou-o a um novo ataque.

Learco começou a recuar.

— É preciso desejar a vitória de todo o coração, para vencer! — gritou Ido, e soltou um golpe. Nada de compaixão, desta vez, nada de dó como cinco anos antes, quando ao salvá-lo permitira que se tornasse o que era agora.

Learco pareceu baixar a guarda, como se desejasse morrer. Deu a impressão de deixar-se cair para trás, de olhos completamente vazios. Ido não se comoveu, só corrigiu levemente a trajetória. Foi aí que o jovem levantou a espada forçando-o a um amplo movimento do braço. Desta vez a costela gritou de dor, e Ido perdeu a coordenação e tropeçou para a frente. Encontrou, pronta, a perna de Learco.

Estatelou-se no chão, incrédulo. Nem se lembrava da última vez em que caíra daquele jeito em combate. Derrubado por um jovenzinho.

Ainda caído, percebeu a espada do príncipe encostada na própria cabeça. Levantou os olhos para fitá-lo.

Estava impassível. Nada de euforia pela vitória, nada de desejo de sangue. Mantinha-se absolutamente calmo. Só levemente ofegante.

— Às vezes, basta trapacear um pouco para vencer.

Ido sorriu. Ainda segurava a espada. Era uma ideia desesperada, mas talvez desse certo. Não queria render-se.

— É o que se costuma chamar de esperteza.

— Está errado, é trapaça. Foi a única coisa que aprendi, depois do nosso encontro.

A frieza da sua voz vinha de insondáveis abismos. Quem era, na verdade, aquele jovem? O que queria, e o que o impingia a agir?

— Estava dizendo a verdade, daquela vez? Estava realmente procurando sobreviventes?

Os olhos de Learco encheram-se de dor. Ido apertou a empunhadura da espada.

— Eu lhe disse a verdade.

– O seu pai quer o menino para matá-lo. Entrou em conluio com a Guilda, vendeu a própria alma em troca do poder. Tenciona realmente ajudá-lo?

Learco baixou a cabeça. A sua espada teve um leve tremor.

Ido pulou de pé, a lâmina do adversário roçou no seu ombro, mas não o deteve. A sua arma descreveu um amplo círculo, e no peito de Learco desenhou-se um longo corte vermelho. O príncipe deu um passo para trás, não conseguiu recobrar o equilíbrio e acabou ruindo ao chão.

Ido percebeu claramente que poderia ter sido detido por ele. O truque havia sido bastante banal, bastaria um pouco da agilidade que o rapaz acabava de demonstrar para esquivar-se do golpe. Mas não o fizera.

Learco levou a mão ao peito. Era pouco mais que um arranhão, mas devia doer.

– Leve-o embora.

Ido fitou-o.

O príncipe encarou-o.

– Certa vez salvou a minha vida, agora suma daqui com a criança.

Em seguida, deixou cair a espada.

Ido quase não conseguia acreditar, mas não se fez de rogado.

San estava junto do dragão. Segurava o tornozelo com a mão, deitado no chão, evidentemente incapaz de levantar-se. O cavalo jazia, inerte, a umas poucas braças dali, de barriga rasgada.

– Tudo bem? – murmurou o gnomo.

San anuiu baixinho.

– Não sei o que aconteceu, a luz, fiquei com medo...

– Está tudo certo.

Segurou-o nos braços. O cavalo estava fora de combate. Era preciso sair dali a pé.

Learco permaneceu imóvel, olhando para eles, sem dizer uma única palavra.

Ido virou-se para ele.

– Ninguém o obriga a acompanhar seu pai. Não tinha esta obrigação então, e continua não tendo agora.

– Sou o filho dele – disse Learco, com um sorriso triste.

Ido ficou impressionado ao ouvir aquelas palavras. Lembrou a própria infância, filho de um rei ao qual haviam usurpado o trono, que o criara no ódio e no desejo de vingança. Ele também ficara preso numa inextricável teia de dever e afeição.

Não acrescentou mais nada. Segurou San nos braços e desapareceu na noite. Daquela vez sabia que voltaria a ver Learco, que a história entre os dois estava bem longe de uma conclusão.

25
O FIM DE TODA ILUSÃO

A viagem rumo à casa de Senar foi tranquila. Longas marchas na garupa dos Káguas, calmas noites ao relento, sob as estrelas. À noite refrescava, e tinham de dormir ao lado dos dragões para se aquecerem. Choveu apenas uma vez, e encontraram abrigo numa ampla caverna.

As montanhas não demoraram a se perder novamente na mata, e o panorama voltou a ficar igual ao que tinham encontrado do outro lado da cordilheira: florestas selvagens cheias de imensas árvores de folhas enormes.

– Há quanto tempo Senar vive isolado? – perguntou certo dia Lonerin.

– Há pelo menos três anos – respondeu Yljo.

– E como foi que aconteceu? Quer dizer, afastou-se dos visitantes, brigou com o chefe da aldeia...

– Nada disto. O nosso Muyhar compreendeu sozinho que o mago preferia a solidão. Parou simplesmente de visitá-lo, e nós também concordamos com a sua decisão. Só de vez em quando deixamos alguma coisa para ele numa árvore oca, não muito longe da sua casa. Na manhã seguinte, encontramos a cavidade vazia. É para lá que irei levá-los.

– E a que distância fica da casa? – intrometeu-se Dubhe.

– Fica perto. Vão achar, não tenham dúvidas.

– O problema é o que encontraremos lá... – resmungou Lonerin com os seus botões.

Yljo sorriu.

– O mago é um grande herói na sua terra, não é? Não têm nada a temer dele.

– Chegou a conhecê-lo? Falou com ele?

Yljo anuiu.

– Uma vez, no vilarejo, alguns anos atrás. Uma pessoa solitária, talvez um tanto triste.

Dubhe não precisou se esforçar para acreditar. Os relatos falavam dele e de Nihal como de uma espécie de unidade inseparável. A morte dela devia ter sido um sofrimento incurável, sem mencionar a briga e a saída do filho. Havia motivos de sobra para não querer ter mais contatos com ninguém.

Chegaram à tarde.

– Aquela é a árvore oca da qual lhe falei – disse Yljo, apontando. – Daqui por diante fica por conta de vocês.

Dubhe olhou em volta. O bosque nada tinha de particular, a não ser uma trilha de terra que se perdia na mata.

Quando reparou que Lonerin já havia desmontado do Kágua, apressou-se a fazer o mesmo.

– Muito obrigado por nos ter trazido aqui. Espero que voltemos a nos ver – disse o jovem.

Yljo sorriu, do seu jeito costumeiro, então desapareceu rapidamente pelo caminho de onde tinham vindo.

Dubhe e Lonerin ficaram sozinhos. Ele seguiu de pronto pela trilha, tomando a dianteira sem nada dizer. Dubhe limitou-se a acompanhá-lo. Estava constrangida. Depois da rápida conversa que tinham tido no começo da viagem não haviam trocado mais uma palavra sequer. Ela nem conseguia olhar para ele sem sentir-se aflita.

– Acha que ainda fica longe? – arriscou de repente, com algum tremor na voz.

– Yljo disse que fica perto.

Seguiram andando por mais meia hora sem descobrir coisa alguma à sua frente. Então Dubhe percebeu algo estranho incomodando seus ouvidos, como um som surdo e longínquo, quase baixo demais para poder ser escutado. O ar em volta deles tremeu, tanto que Lonerin parou e olhou-se em volta, absorto.

Houve um urro ensurdecedor, um terrível rugido que sacudiu as árvores, e o barulho tornou-se muito claro. Era a batida de asas.

Uma poderosa ventania empurrou-os para o chão, e Dubhe levantou os olhos. Acima das suas cabeças passou uma criatura enorme, de uma bonita cor verde brilhante.

– Um dragão! – gritou Lonerin.

Logo que passou, voltaram a se levantar e o viram nitidamente entre a folhagem: sobrevoava a área sem parar de soltar os seus rugidos. Pairou acima deles, com as asas tensas no esforço de manter-se parado no ar. Soltou mais um urro e varreu as árvores com suas poderosas garras.

Dubhe e Lonerin decidiram imediatamente fugir. Uma labareda de fogo atingiu-os. Ela berrou, ele evocou instintivamente um escudo mágico. A chama não os alcançou, mas não se deu o mesmo com a baforada de calor. Jogaram-se ao chão, buscando proteção sob um tronco caído.

– Não é como aqueles que vimos no desfiladeiro. Este é um dragão de verdade, como os do Mundo Emerso! – Dubhe disse, ofegante. Nunca tinha encontrado antes um bicho daquele tamanho. Era assustador.

– Claro – disse Lonerin, quase com fleuma, apesar de também estar sem fôlego. – Deveria reconhecê-lo, este dragão.

Dubhe fitou-o com ar interrogativo.

– Só pode ser Oarf – ele respondeu à sua pergunta implícita.

Dubhe ficou boquiaberta. Tinha lido tudo a respeito. Sabia tudo de Oarf, o mais famoso entre todos os dragões, em cima do qual Nihal tinha vivido a maioria das suas aventuras. Parecia-lhe bastante estranho tê-lo ali, bem diante dela, além do mais na plenitude do seu vigor.

Ouviram-no virar, urrar de novo contra eles.

– Vamos embora! – gritou Dubhe, e os dois saíram correndo de baixo do tronco. Percebiam a batida das asas atrás deles e o rugido de Oarf que os perseguia.

Sem nem mesmo perceber, acabaram chegando a um imenso descampado: uma verdadeira pradaria sem árvores, coberta de grama até o horizonte. O dragão apareceu prontamente diante deles, os olhos vermelhos como tições. Era enorme e maravilhoso, de asas esticadas daquele jeito. Mas Dubhe não teve tempo para pensar no assunto. Só percebeu que os levara ali de propósito, em campo aberto, onde não tinham como se esconder.

Oarf escancarou a bocarra, soprando em cima deles labaredas de fogo. Lonerin evocou sem demora o escudo, mas a potência das chamas fez com que caísse imediatamente de joelhos. Dubhe achatou-se no chão o mais que pôde, fechou os olhos e ficou imaginando se aquele era de fato o seu destino, morrer queimada por um dragão lendário. Considerou que os caminhos da vida podiam ser realmente imprevisíveis.

Quando teve coragem para abrir os olhos, à volta deles havia um círculo de fogo, e Lonerin arquejava num banho de suor.

Correu para ele.

– Tudo bem com você?

– O escudo... suga... muita energia.

Viram Oarf dar mais uma volta e perceberam que estavam perdidos. Então as chamas desapareceram de estalo, e o dragão sobrevoou-os sem rugir nem incomodá-los.

Na cortina de fumaça que se espalhava, viram-no pousar perto de uma figura indistinta.

– Quem são, e o que querem?

Dubhe sentiu o coração disparar. Só podia ser uma pessoa, somente uma.

A fumaça rarefez-se e, diante deles, apareceu um velho de longos cabelos brancos e barba igualmente cândida. Vestia uma túnica preta e puída, ornada de bordados vermelhos, e apoiava-se num cajado nodoso de tosca madeira. O que era inconfundível, no entanto, eram os olhos, sobre os quais Dubhe e Lonerin haviam lido em inúmeros livros. Muito claros, quase brancos, perturbadores.

– Dubhe e Lonerin, por parte do Conselho das Águas – disse Lonerin.

O velho permaneceu no lugar, a mão apoiada no focinho de Oarf, que continuava a olhar para eles com ódio.

– Do Mundo Emerso?

– Isso mesmo. O senhor é Senar? – perguntou Dubhe, ficando de pé.

O velho apertou os olhos.

— Nada tenho a lhes dizer. Desta vez salvei a sua vida, mas procurem nunca mais aparecer por perto.

Virou-se e Oarf baixou uma asa para permitir que montasse mais facilmente. O velho mexia-se com alguma dificuldade, embora seu corpo se mostrasse ainda vigoroso.

— Viemos devido a uma coisa importante que tem a ver com o seu filho! — gritou Lonerin.

Senar parou na mesma hora, como se uma invisível mão o segurasse. Seus ombros foram sacudidos por um leve estremecimento.

— O que sabe do meu filho?

— Está em perigo. Como todo o Mundo Emerso, aliás. Eu sou um mago, empreendemos esta viagem para lhe pedir conselhos e ajuda.

Senar continuou de costas e não respondeu, a mão ainda apoiada na asa de Oarf. Finalmente decidiu montar no animal e olhou para eles.

— A casa fica do outro lado, sigam a trilha para noroeste. Esperarei por vocês lá.

Levantou voo e eles ficaram novamente sozinhos.

A casa de Senar era modesta e lembrava as moradas do Mundo Emerso. Por um momento, Dubhe e Lonerin tiveram a impressão de estar novamente na terra deles. Era a coisa mais familiar que encontravam nos últimos dois meses.

Era pequena, toda de pedra, de um só andar e com um gracioso telhado de sapé. Em volta havia uma horta ameaçada pelas ervas daninhas mas, de qualquer forma, bem cuidada. Oarf estava enroscado ali perto, com a asa apoiada no telhado. Continuava a olhar para eles com vontade de atacá-los, soltando das narinas duas lentas volutas de fumaça.

A casa estava quase em ruínas, com as janelas quebradas e várias rachaduras nas paredes. Quem a visse de longe poderia achá-la desabitada.

Ninguém esperava por eles na porta. O lugar se mostrava inóspito, e Dubhe parou antes de entrar.

– E então? – perguntou Lonerin, enfastiado.

Ela meneou a cabeça e seguiu em frente. Desfilaram diante do olhar zangado de Oarf e encontraram a porta entreaberta.

– Dá licença?

Só ouviram o barulho cansado de alguém que coxeava. Lonerin entrou e Dubhe foi atrás.

O interior não estava certamente em condições melhores do que o lado de fora. Quanto aos móveis, só havia o mínimo indispensável: umas poucas cadeiras, uma lareira de pedra, um guarda-louça e uma mesa. Livros e papéis estavam espalhados no chão, às vezes cheios de estranhos símbolos que Lonerin contemplou atônito. A poeira dominava todas as coisas, junto com um cheiro de bolor que irritava a garganta.

Senar estava perto da mesa e tentava abrir espaço afastando os livros que a cobriam por completo, e arrastava uma perna como se ela fosse um peso morto.

Após arranjar algum espaço, sentou e ficou esperando, sem dizer uma palavra.

Era completamente diferente de como Dubhe o imaginara. Seu rosto, quase completamente coberto pelos cabelos e a barba, era um verdadeiro emaranhado de rugas no qual sobressaíam os vivos olhos azuis. As mãos estavam estragadas, corroídas e enegrecidas não se sabe pelo quê, e tremiam de forma bastante evidente. Era apenas um velho, nada mais, uma imagem bem diferente daquela do jovem herói cujas façanhas tinha lido nos livros.

– Então?

Lonerin pareceu voltar, de repente, à realidade. Ele também dava a impressão de estar abalado, e continuava a não tirar os olhos dos pergaminhos no chão.

Senar acompanhou aquele olhar.

– Você é um conselheiro?

O jovem meneou a cabeça.

– Sou o aprendiz do atual Conselheiro da Terra do Mar.

– E por que fica tão escandalizado com os meus livros de fórmulas proibidas, então?

Lonerin ficou vermelho.

– Tenho certeza de que você também estudou a magia proibida, e talvez já a tenha até usado.

O rapaz estremeceu, e Senar sorriu com maldade.

– Sim, dá para ver que usou... Encarou ambos, com uma expressão que nada tinha de amigável.

– Vamos logo ao assunto, quanto antes vocês sumirem da minha frente, melhor para mim.

Lonerin procurou voltar a dominar-se, pegou uma cadeira e sentou diante dele. Dubhe fez o mesmo.

Pigarreou e começou a sua história. Devia ter passado um bom tempo pensando no que dizer e em como fazê-lo, pois falava como se estivesse lendo. Mesmo assim, estava tão vermelho quanto um pimentão, e toda a segurança que normalmente exibia quando falava em público parecia ter desaparecido. Comia metade das palavras, engasgava, perdia o rumo.

Senar permanecia sentado, ouvindo, com a mão apoiada na face e uma expressão quase enfadada. Fitava-o sem interesse e sem qualquer benevolência, passando os olhos frios sobre cada centímetro do seu corpo. Às vezes, parecia achar graça do seu constrangimento, e nada fazia para aliviá-lo. Quanto a Dubhe, vez por outra olhava furtivamente para ela. O casaco que a jovem tinha recebido dos Huyés deixava claramente à mostra o símbolo do selo no braço.

– Vieram da aldeia de Ghuar? – perguntou de repente, virando-se para Dubhe.

Lonerin tinha ficado no meio de uma frase, enquanto salientava a figura de Dohor e contava como chegara ao poder.

– Passamos pelo vilarejo dos Huyés, quem nos indicou o caminho para cá foram eles – apressou-se a responder.

Senar voltou a apertar os olhos, e a cicatriz clara que tinha no rosto tornou-se mais evidente. Continuava a fitar Dubhe.

– Parece que Ghuar decidiu quebrar o nosso acordo tácito.

– Não, fomos nós que insistimos. Ele só acreditou no fundamento dos nossos motivos.

Senar deu a impressão de não prestar a menor atenção a estas palavras. Encarou mais uma vez Lonerin.

— É inútil que me conte o que aconteceu no Mundo Emerso depois que parti. Ido escreveu-me, ao longo destes anos, e mesmo que não o fizesse eu estaria igualmente a par de tudo. É tão banal, o Mundo Emerso, tão repetitivo... Que se chame Dohor ou Tirano, que venha da Terra da Noite ou da Terra do Fogo, não faz diferença. A certa altura sempre aparece alguém, e a paz não tem mais vez. O Mundo Emerso está sempre à beira da guerra, é destruído e depois renasce das próprias cinzas, só para preparar-se à chegada de um novo desastre: até um belo dia haver mais um banho de sangue, um massacre, pois afinal é a isto que ele aspira desde a sua fundação.

Lonerin calou-se por alguns instantes.

Dubhe passou os olhos de Senar a Lonerin e vice-versa.

— É verdade, mas é um ciclo, como o senhor mesmo escreveu nas *Crônicas do Mundo Emerso*. É um círculo infinito que levará... — disse Lonerin desconcertado, mas não conseguiu completar a frase.

Senar caiu na gargalhada. Uma risada maldosa, amarga e desesperada, que preencheu o espaço da casa.

— Estou vendo que o leu com todo o cuidado, o meu livro... Ele continua circulando? Pensei que já tivesse sido queimado ou pelo menos esquecido.

Desta vez quem ficou boquiaberto foi Lonerin, sem encontrar coisa alguma a dizer.

— Bobagens. Idiotices. Delírios do garoto imaturo e feliz que já fui. Quando você é feliz é capaz de dizer qualquer coisa, está pronto a crer em qualquer bobagem que lhe permita acreditar na eternidade desta felicidade. Mas ela nunca é eterna.

Apoiou-se no espaldar, jogou a cabeça para trás. Parecia cansado.

— Quer saber qual é a verdade? A verdade é que existem curtos períodos de preparação. Depois de alguns anos as pessoas perdem a paciência, os antigos inimigos foram vencidos e arrumar novos sempre leva algum tempo. Mas estes raros e breves anos só têm um sentido: abrir caminho para o novo banho de sangue. De quantos anos de paz gozou o Mundo Emerso? Cinco? Depois de uma guerra de quatro décadas.

Lonerin sacudiu a cabeça.

– Está bem, mas o assunto não é este. Quer dizer, é verdade que uma nova ameaça surgiu para o Mundo Emerso, mas o que me interessa não é razão pela qual ela surgiu. Há uma seita que adora um deus sanguinário que ama a morte, Thenaar, e que está tentando fazer renascer o Tirano.

Senar fez um gesto impaciente com a mão.

– Foi para fazer este discurso entediante que veio até aqui? Ouviu o que eu disse até agora? Se realmente leu os meus malditos livros já sabe quanto dei de mim mesmo ao Mundo Emerso. Uma perna, só para início de conversa, e todas as minhas esperanças, tudo aquilo em que acreditava. Perdi as minhas certezas enquanto lutava contra o Tirano, matei combatendo, e também entreguei-lhe cinco anos da minha vida com Nihal, passados a consumir-me para criar as bases da paz.

A sua voz tornara-se trovejante, zangada.

– Dei tudo àquela terra maldita que arrancou de mim toda a energia e vontade, e não tenciono dar-lhe mais nada. Nada sobrou para mim, até o meu filho ela levou. Agora só tenho a minha solidão, é o que restou, e pelo menos ela o Mundo Emerso não terá. É uma terra perdida, imbuída de ódio irreparável, nenhuma força jamais poderá livrá-la do fim. Mesmo que você conseguisse, oferecendo-lhe tudo aquilo que é e que ainda não perdeu durante a viagem até aqui, logo apareceria outro mal, e mais outro. O Mundo Emerso está se precipitando inexoravelmente para o abismo, afunda cada vez um pouco mais, e a descida é inevitável.

Lonerin estava consternado.

– E o que propõe, então? Que o deixemos entregue ao seu destino?

– Irá se destruir de qualquer maneira.

– Mas o senhor lutou por aquele mundo, o senhor mesmo disse!

– E adiantou alguma coisa? Chegou esse tal de Dohor e tudo aconteceu de novo, ficamos na mesma.

– É verdade, mas...

– Até mesmo Aster voltará a viver, como se eu nunca tivesse existido, como se nunca houvesse Nihal, como se aquela guerra não tivesse sido combatida.

Lonerin sacudiu vigorosamente a cabeça.

– Não, não é bem assim. Dispomos de novos instrumentos, e eu...
– Quem está lutando? Conte para mim. Quarenta anos atrás havia eu, Nihal, Ido e a Academia, sem mencionar as Terras livres, de onde vinham jovens aos montes, prontos a se imolarem. E agora?
– Há o Conselho das Águas, há eu, há ela. – Lonerin indicou Dubhe.
Senar sorriu sarcástico.
– A sua amiga não fala. Ela tem outros problemas, não é verdade? Só está aqui por causa deles, e pouco se importa com os seus sonhos de tornar-se herói.
Dubhe sentiu-se humilhada pela verdade daquelas palavras, e Lonerin também, que se mostrava cada vez mais abalado.
– O senhor não pode realmente acreditar naquilo que está dizendo...
Senar sorriu com amargura.
– Estou com sessenta anos, sou um velho desencantado. Quem no entanto não vê as coisas na perspectiva certa é você, pois ainda é um rapazola. Com a sua idade, eu pensava exatamente da mesma forma, e olhe para mim agora. Mais cedo ou mais tarde as ilusões acabam.
Lonerin baixou os olhos. Tivesse acontecido alguns dias antes, teria olhado para Dubhe, teria procurado forças e argumentos nela.
E talvez Dubhe o ajudasse. Mas não agora. Ela tampouco sabia como replicar.
– Não queremos pedir demais – esforçou-se a dizer.
Senar trespassou-a com o olhar.
– Fizemos este longo caminho para pedir que nos ajudasse com um simples conselho. Só queremos saber com que mágica a Guilda pode trazer Aster de volta à vida e como podemos impedir que isto aconteça.
– E quem é você? Ele é um mago, e você?
Dubhe baixou a cabeça.
– Sou uma ladra. A Guilda dos Assassinos levou-me para trabalhar por ela com a força.
– E é por esse negócio que está aqui. – Apontou para o símbolo no braço.

Dubhe concordou.

– Limite-se então aos seus interesses pessoais, e deixe de fingir só para comprazer ao seu amigo.

– Nunca tive esta intenção.

– É mesmo?

– Quando decidi acompanhá-lo, aceitei ajudá-lo na sua missão e compartilhá-la. – Reparou que Lonerin olhava para ela de soslaio.

– Eu odeio a Guilda, quem me impôs este selo foi ela.

Senar ficou algum tempo analisando-a e fez o mesmo com a marca no braço.

– Sabe quem é Thenaar?

Dubhe sacudiu a cabeça, desconcertada.

– É outro nome com que é conhecido Shevraar.

Ela ficou pasma. Conhecia aquele deus, tinha lido alguma coisa a respeito nas baladas sobre Nihal. Era o deus élfico ao qual a jovem semielfo havia sido consagrada logo depois que nascera. Naquela época, os semielfos já eram perseguidos por Aster. A aldeia onde moravam os pais de Nihal foi atacada pelos fâmins, e a mãe fez uma promessa: no caso de se salvar, consagraria a filhinha a Shevraar, o deus da guerra e do fogo, criador e destruidor.

– Li alguns documentos de Aster, todos aqueles que consegui encontrar antes de partir. Entre os seus colaboradores, tinha recrutado os fanáticos adoradores de um deus élfico, uma seita surgida entre os homens logo após o extermínio dos Elfos. Eles só viam em Shevraar a parte destrutiva. Com o passar do tempo o nome do deus transformou-se em Thenaar, mas continua sendo a mesma divindade.

Aquilo provocou em Dubhe um estranho efeito. Era como se o passado e o presente estivessem ligados por um único fio e, bem no fundo, ela e Nihal tivessem algo em comum.

– Aí está a essência do Mundo Emerso: pegar tudo o que há de bonito e corrompê-lo até as entranhas, deturpá-lo, transformá-lo em alguma coisa ruim.

Senar suspirou de cansaço e dor.

Dirigiu-se mais uma vez a Lonerin:

– Sinto muito pela minha dureza, sinto pelos seus sonhos e, acredite, ainda tenho respeito pelas coisas em que acredita. Mas o tempo nos faz compreender melhor, e infelizmente isso acontecerá com você também. Quem me disse isto, muitos anos atrás, foi Varen, um conde de Zalênia, do Mundo Submerso onde fui procurar ajuda para continuar a lutar contra o Tirano. O tempo é implacável, acaba sempre dobrando os homens.

– Sei – disse Lonerin. – Li a respeito.

– Não pensava que fosse verdade, mas é. E não se trata somente de ficarmos cansados devido à idade, mas sim de chegarmos à verdadeira essência do mundo, de nos sentirmos aniquilados por ele. Passei por isso, e quando você vive uma experiência destas não dá mais para se levantar de novo. Estou acabado, já não sou aquele que escreveu as *Crônicas do Mundo Emerso*, já não sou mais capaz de encontrar argumentos capazes de contrastar os raciocínios de Aster. Se tivesse de enfrentá-lo agora, talvez até concordasse com ele.

– Nada disso, o senhor só está cansado. A perda de Nihal, a fuga do seu filho... Eu entendo, são coisas que podem destruir qualquer um – insistiu Lonerin.

Senar pareceu ficar mortalmente ferido pela simples menção daqueles dois fatos. Dobrou-se sobre si mesmo, como se tentasse aliviar a dor. Então sacudiu a cabeça.

– Sinto muito. Não há coisa alguma que eu possa fazer por vocês. Não consigo lutar mais, falta-me convicção.

Lonerin apertou a própria cabeça entre as mãos, e Dubhe sentiu que precisava ajudá-lo. Não sabia como, mas de alguma forma aquela missão também tornara-se dela, como se tivesse sido levada a compartilhá-la durante a viagem.

– Pense então no seu filho.

Senar endireitou-se, fitou-a com olhos penetrantes.

– Sabem onde está? Chegaram a vê-lo?

Dubhe meneou a cabeça.

– Não, mas sabemos que ainda está lá, e que a sua vida corre perigo.

Os olhos de Senar brilhavam agora de uma angústia febril.

Quem tomou então a palavra foi Lonerin, animado pela intervenção de Dubhe, vislumbrando de repente uma brecha pela qual penetrar no desespero do velho mago.

— O chefe da Guilda se chama Yeshol.
Senar anuiu.
— Encontrei esse nome nos antigos documentos que mencionei. Era um jovem colaborador de Aster, um sujeito animado por uma admiração desmedida pelo seu chefe.
Dubhe reconheceu naquela descrição o homem terrível que a sujeitara aos grilhões da Guilda.
— Este homem conseguiu chamar de volta do além o espírito de Aster.
— Eu vi — intrometeu-se imediatamente Dubhe. — Vi a imagem indistinta de um rapazinho que flutuava num globo luminoso, nos subterrâneos da Casa, a sede da Guilda.
— E como pode saber que era ele? — Senar parecia ficar finalmente interessado na história.
— Era igualzinho às estátuas espalhadas pela Casa, a Guilda adora-o como se fosse um messias.
Senar deixou escapar mais um sorriso amargo.
— Agora estão à procura do corpo. O corpo de um semielfo — prosseguiu Lonerin.
O velho empertigou imperceptivelmente as costas, seus olhos faiscaram com um lampejo de repentina compreensão. Finalmente entendia.
— Tarik...
— O seu filho?
— Ou os seus eventuais filhos... — continuou Senar, como que falando com os seus botões, com voz trêmula.
— É por isso que viemos procurá-lo, para pedir que nos ajude também em nome do seu filho.
Mas ele já se perdera em seus pensamentos e lembranças.
— A vida continua me perseguindo, ainda não está satisfeita com todos os sofrimentos que me infligiu...
De repente, parecia ainda mais velho, falava com voz átona e carregada de dor. Dubhe sentiu-se tomada de compaixão, como que participando daquele sofrimento.
— Já faz quinze anos que ele foi embora, batendo a porta. Para ele só existia a mãe, e nunca se conformou com o fato de eu não ter sido capaz de salvá-la.

Fechou os olhos, como se corresse atrás de imagens distantes.
– Eu teria gostado de reencontrá-lo, de revê-lo. De poder voltar atrás e mudar o que houve.

Uma única lágrima correu pela sua face ressecada, um deserto cuja sede nada podia aliviar. Abriu os olhos, tentando recobrar-se.

– Se quiserem, podem ficar e dormir no celeiro. Não terão mais nada a temer de Oarf. Já é tarde, e estou cansado, cansado demais para tomar uma decisão. Continuaremos a nossa conversa amanhã, mas por favor entendam, agora preciso descansar...

Dubhe e Lonerin concordaram com ele e se levantaram.

Senar levou-os ao celeiro e aprontou de qualquer maneira um lugar para eles dormirem. Sumiu por alguns momentos, para voltar em seguida com duas tigelas de sopa. Deixou-as no chão, perto deles. Não disse nada, fechando-se num obstinado silêncio. Depois, sem fazer qualquer barulho, saiu.

Dubhe e Lonerin jantaram sem trocar uma palavra sequer, mas agora, no entanto, não havia mais constrangimento entre os dois. Os acontecimentos do dia, a difícil conversa com Senar pareciam ter varrido para longe as incompreensões. O que era, afinal, o atrito entre eles, comparado com aquilo que o velho herói contara? Uma briguinha de crianças, um fato sem qualquer importância. De forma que ambos pensavam nele, em como o tempo o transformara, no seu desespero e na sua imensa decepção.

Lonerin ficou imaginando se também acabaria daquele jeito, prostrado e vencido, se de fato tinha adiantado alguma coisa lutar contra o ódio aquele tempo todo, uma luta que Senar definira como inútil. Não havia uma resposta, como sempre. Só o cansaço de viver um dia após o outro, tendo de lidar consigo mesmo e com os mais obscuros desejos.

Dubhe, por sua vez, pensava na própria vida, em quão pouco ela tinha a ver com aqueles problemas grandiosos e nobres. A sua existência era pobre e vazia e, ao compará-la com a de Senar, percebia, finalmente e com impiedosa clareza, a sua terrível simplicidade e ausência de qualquer valor.

Deixaram as tigelas vazias no chão quase ao mesmo tempo, em seguida deitaram-se nos seus estrados.

Dubhe já se havia virado de lado quando percebeu o toque de Lonerin no ombro. Estremeceu, olhou para ele. O jovem sorriu, e foi como ver brotar uma flor no deserto.

– Obrigado pelas suas palavras – ele disse, e ela ficou comovida.

Foi coisa de um instante, Lonerin virou-se e fechou-se novamente em si mesmo. Dubhe ficou mais uns momentos a contemplar suas costas.

– Obrigada – ela murmurou também.

26
O TÚMULO NO BOSQUE

Lonerin acordou bastante cedo. A luz da manhã filtrava através das tábuas desconexas do celeiro. Era a primeira vez, desde o começo da viagem, que se sentia quase em paz consigo mesmo, como alguém que finalmente cumpriu a sua missão. Agora tudo dependia apenas de Senar. Podia dar-se ao luxo de um dia de descanso e tranquilidade.

Virou-se e viu Dubhe ao seu lado, ainda adormecida, com a mão perto da empunhadura do punhal, como sempre. A ferida que ela lhe havia infligido transformara-se naquela altura numa dor surda e melancólica bem no fundo do coração. Talvez a jovem estivesse certa, talvez o amor que ele sentia não passasse de pena. Afinal, ele também procurara ver nos olhos dela algo que ela não era, algo que tentara amar e proteger.

Ao pensar naquilo, a mão subiu instintivamente ao peito, e surpreendeu-se ao sentir sob os dedos um saquinho. Como se não o tivesse carregado consigo o tempo todo. Reconheceu-o logo. Guardava os cabelos que Theana cortara antes da sua partida. Lembrou-se dela, bonita e gentil como sempre, e o pensamento acalentou-lhe o coração. Em seguida, baixou os olhos para Dubhe, e a vaga imagem desfez-se. Talvez não fosse a mulher da sua vida, mas o fato de ela estar ali, tão indefesa e necessitada de ajuda, tornava-a para ele irresistível.

Levantou-se de estalo, pegou as suas coisas e saiu num impulso repentino, abrindo devagar a porta do celeiro. Ter Dubhe tão perto e senti-la ao mesmo tempo tão infinitamente distante era uma coisa que não podia suportar.

Lá fora, a luz estava ofuscante e o ar da manhã recebeu-o com seu frescor. Logo que se acostumou com a claridade, olhou a sua volta sem procurar coisa alguma em particular, feliz apenas por estar ali, no fim da viagem, sem qualquer pensamento na cabeça a não ser aquela tristeza sutil que acabava sendo quase suave.

Ficou surpreso ao divisar ao longe Senar que penetrava na mata. Não conseguia assimilar plenamente a ideia de estar perto de um dos maiores magos de todos os tempos, um herói, o autor de alguns dos seus livros preferidos.

Lonerin começou a seguir o rastro dele sem nem mesmo saber por quê. Não era lá muito educado portar-se daquela maneira com o seu anfitrião, mas estava curioso. Senar havia sido uma inspiração de mil formas diferentes, na sua vida. O mestre Folwar o instruíra dentro deste mito, sempre falando do grande mago ausente como de um modelo a ser imitado. Ele também órfão e tentado pelo ódio... Eram todas coisas para as quais Lonerin olhava com admiração, perguntando a si mesmo se algum dia conseguiria ser tão grande quanto ele.

Manteve uma distância de segurança, estudando o avanço cambaleante e penoso do velho mago. Arrastava uma perna quase por completo, apoiando-se no cajado. Vê-lo cansado e vencido daquele jeito deixava na boca uma sensação estranha. Os ossos despontavam da túnica salientando a magreza dos seus ombros, e Lonerin considerou com tristeza que tudo o que o homem fora no passado talvez tivesse sido carcomido impiedosamente pelos anos.

O passeio teve curta duração, e Senar parou numa minúscula clareira entre as árvores. Havia uma pequena lápide branca coberta pela hera. Com muito esforço conseguiu ajoelhar-se e finalmente sentar de pernas cruzadas diante dela. Colocou a mão na pedra, fechou os olhos e baixou a cabeça.

Lonerin desviou apressadamente o olhar, sentindo-se de repente um intrometido. Não deveria ter ido até lá, e menos ainda deveria ficar por perto, profanando um momento tão triste e íntimo daquele homem que tanto admirara. Fechou os olhos e na mesma hora voltou a lembrar a tábua que marcava o túmulo da mãe, na Terra da Noite. Ainda criança, tinha passado um dia inteiro diante dela. Havia sido logo antes de partir com o tio para a outra casa. Ele não queria ir embora, não conseguia tirar os olhos daquele pedaço de madeira no qual só estavam gravadas duas palavras e uma data.

Apoiou-se num tronco, totalmente vencido por uma onda de recordações amargas.
Quando voltou a levantar a cabeça, Senar estava ao seu lado. Fitava-o com olhos vidrados, apertando nervosamente o cabo do cajado.
– Desculpe, eu... – Mas não havia justificativas válidas.
– Estava curioso, não é? Queria saber se havia um mausoléu, uma estátua ou algo parecido?
– Não... eu... sinceramente não sei... não havia um verdadeiro motivo...
Senar pareceu acalmar-se ao reparar naquele constrangimento.
– É um lugar particular, entende? Não é um monumento que todos possam visitar, aquela lápide está lá só para mim. Não tem nada a ver com você, nem com o Mundo Emerso, é só minha, de Nihal e de Tarik, se algum dia ele voltar.
Lonerin baixou os olhos.
– Entendo, e sinto muito... Não imaginei que o senhor estivesse vindo aqui, eu simplesmente acordei e fiquei com vontade de dar uma volta.
Senar deu um rápido sorriso, depois acenou descuidadamente com a mão.
– Às vezes sou severo demais.
Voltou a sentar penosamente perto da lápide, olhando fixamente diante de si.
– Venho para cá todos os dias. É um ritual meio bobo, sei disto, mas eu preciso.
Lonerin também sentou.
– Não tem nada de bobo. Posso entender perfeitamente.
Senar virou-se para ele, atento.
– Também perdeu alguém que amava?
Lonerin anuiu.
– O túmulo dela está longe, nunca consegui voltar para lá. Sentei diante dele por horas e mais horas, ainda criança, esperando que acontecesse alguma coisa... Só irei novamente para lá depois de a Guilda ser aniquilada.
Senar não fez comentários e Lonerin também calou-se. Não pôde deixar, contudo, de dar uma olhada na lápide. Era tão sim-

ples quanto a da mãe, com a única diferença de esta ser de pedra. A hera encobria-a quase por completo, mas podia-se ler perfeitamente o nome e a data. Tinha morrido cerca de trinta anos antes.
– Como foi que aconteceu? – perguntou de repente.
Senar pareceu estremecer, e o jovem arrependeu-se imediatamente da pergunta.
– De forma muito tola. Foi por culpa dos Elfos que moram na costa. Logo que chegamos, após muitas peripécias zanzando por estas terras, fomos dar com eles. Nihal tinha vontade de ver os seus ancestrais. – Suspirou. – Muitas vezes imaginamos uma coisa e a realidade é totalmente diferente. Os Elfos são um povo hostil, odeiam todas as outras raças do Mundo Emerso porque foram exilados de lá há muitas gerações. Logo que chegamos, a primeira coisa que fizeram foi nos prender e trancar numa cela. Precisamos de toda a nossa diplomacia para negociar a libertação, mas quando saímos fomos forçados a aceitar a condição de nunca mais voltarmos por lá. Concordamos e não quebramos a promessa. Afinal, já tínhamos começado a fazer amizade com os Huyés, e não precisávamos mais aparecer na costa.

Senar interrompeu-se, de olhos fixos no chão.
– Certo dia, no entanto, aconteceu um acidente. Não me lembro direito, as minhas recordações são um tanto confusas. Depois que viemos para cá, eu começara a fazer umas experiências mágicas relativas a este lugar. Você já deve ter reparado que é bastante diferente do Mundo Emerso.

Lonerin assentiu. Tudo aquilo que ele e Dubhe haviam enfrentado na viagem era estranho e peculiar, e até mesmo a energia emanada pelo Pai da Floresta parecera de alguma forma diferente de qualquer outra conhecida no Mundo Emerso.

– Aqui os espíritos ficam mais perto dos seres vivos, você já deve ter reparado nisso. Alguns são os espíritos dos falecidos, que de algum modo ainda pululam nesta terra. Pode-se ouvi-los à noite, para vê-los se mexendo entre as árvores em busca de alguma coisa. Outros são seres cuja natureza até hoje não consegui compreender completamente. De qualquer maneira, há poderes latentes que poderiam ser aproveitados para fins mágicos, e desde que cheguei não fiz outra coisa a não ser procurar entender o que são e como usá-los. Foi durante uma destas pesquisas, com algumas seivas que tinha extraído das árvores, que a coisa aconteceu. Só mais tarde conclui que provavelmente havia sido possuído por alguma estranha entidade e pelo seu espírito. Acontece que comecei a passar mal, definhando a cada dia que passava. Percebia a minha mente como que dividida em dois, como se alguém tentasse abrir caminho na minha consciência falando em vingança, raiva e de um antigo homicídio. Comecei a ceder fisicamente, e a partir daí não houve mais volta. Nihal procurou primeiro usar a pouca magia que conhecia, depois recorreu aos Huyés. Eles, no entanto, são basicamente sacerdotes, até grandes sacerdotes, me atrevo a dizer, mas quase completamente alheios à verdadeira arte. Enquanto isso, eu piorava e tornava-me cada vez mais parecido com o fantasma que vivia em mim. De forma que Nihal decidiu visitar os Elfos.

Mais uma pausa. Lonerin estava fascinado com a história, mas compreendeu que para Senar aquela devia ser uma revelação dilaceradora.

– Ela tentou por bem mas, como era de esperar, não houve jeito de convencê-los. Decidiu então ser mais firme e, pela força, raptou um mago élfico e o trouxe até à nossa casa.

Passou as mãos nas faces, as costas cada vez mais curvas sob o peso das terríveis lembranças.

– Forçou-o a curar-me. Os Elfos sabem o que fazer, eles vivem em simbiose com este lugar, assim como no passado já viveram em simbiose com o Mundo Emerso. Livrou-me do espírito que me possuía, só para jogar-me no inferno do qual até hoje não consigo sair.

A sua voz denunciava a grande emoção.

– Os Elfos nos encontraram, libertaram o mago e nos levaram de volta à sua terra para sermos processados. Para eles, o que acontecera era algo impensável, um abuso inqualificável. Nem mesmo de Tarik tiveram pena, e acabaram acorrentando-o também. Nada pude fazer para defendê-lo e a minha família. Estava debilitado, mal conseguia ficar de pé, os meus poderes eram inexistentes. Exigiram a minha vida em troca da nossa culpa.

Um pesado silêncio tomou conta da clareira. Sons estranhos e abafados ao longe, chamados de uns raros pássaros, nada mais.

– Nihal, para salvar-me, disse aos juízes que a culpa havia sido dela, que a autora do crime havia sido ela, e que só ela tinha de pagar pelo delito, e não eu. Só sei que se naquele momento eu pudesse dispor dos meus poderes, se me sentisse bem, nunca permitiria uma coisa como aquela, nunca! Deixaria que me matassem e nada disso jamais teria acontecido.

Seus olhos faiscavam de uma fúria febril à beira da insanidade, e Lonerin ficou amedrontado. Estavam cheios do sentimento de culpa que o horror dos longos anos de solidão havia marcado neles.

– Fez tudo muito depressa. Só precisou quebrar a pedra central do medalhão, o talismã do poder ao qual estava ligada a sua vida. Um rápido golpe de espada, antes de qualquer um poder intervir. Eu e Tarik a vimos cair ao chão sem um lamento sequer, talvez sem nem mesmo sofrer. Assistimos impotentes, sem poder fazer nada. E os Elfos viram tudo, impassíveis, e no fim disseram que o crime havia sido vingado e que estávamos livres.

Senar fechou os olhos com raiva, o desdém que sentia por si mesmo era infinito.

– No começo, tive vontade de desistir, de abandonar tudo, pois a dor era grande demais. Mas havia Tarik, e não podia deixá-lo sozinho. Ele tornou-se a minha razão de viver, a força que me permitiu seguir em frente. Queria dar-lhe toda a felicidade que merecia, aquilo que os seus jovens olhos tinham visto era muito injusto.

Suspirou.

– Não preciso dizer que foi mais um patético fracasso. Tarik nunca esqueceu aquele dia, e sabia muito bem que a culpa era só minha. Sempre teve consciência disso, e eu jamais neguei. Crescendo, começou a odiar-me cada vez mais, e por outro lado eu não tinha a força para educá-lo de verdade, não me sentia apto a ser um verdadeiro guia, um verdadeiro pai. Quando completou quinze anos, nada mais quis ter a ver comigo. Foi embora, e nunca voltei a vê-lo.

Senar parou então de falar, e Lonerin não soube o que dizer. Não tinha palavras para consolar aquela dor. Limitou-se a ficar ao seu lado, perto da lápide, no silêncio da pequena clareira.

– E Ido? – Senar perguntou de repente, depois de uns momentos. Fitou Lonerin com olhos úmidos de pranto, esforçando-se para recobrar uma atitude mais digna, como se negasse aquela confissão da qual talvez já estivesse arrependido.

– Escrevi-lhe algumas cartas mas, não sei, depois que Tarik partiu, perdi a vontade de manter-me em contato com os outros.

– Ele está bem – Lonerin disse sorrindo. – Continua lutando, desta vez sozinho. Foi declarado traidor por Dohor, levou adiante a sua guerra por muitos anos, na Terra do Fogo. Depois juntou-se ao Conselho das Águas, que reúne os últimos territórios ainda não sujeitos ao poder de Dohor, a Província dos Pântanos, a da Água e a Terra do Mar.

Senar parecia vagamente confuso.

– As coisas mudaram bastante, desde a minha época...

– Sem dúvida alguma... Ido partiu à procura do seu filho, senhor. Não sabemos ao certo onde está, mas decidimos protegê-lo e alertá-lo sobre o risco que corre.

Senar anuiu.

– Uma coisa que eu mesmo deveria ter feito...

– O senhor está aqui, não podia saber.

– Talvez tivesse sido melhor eu voltar para o Mundo Emerso, talvez fosse aquele o meu destino. Fugir de lá foi um erro que me custou muito caro. Mas quando Tarik foi embora senti-me inútil, acabado. Achei melhor não acompanhá-lo, ele já saíra do meu controle, era um homem, e não seria justo eu lhe impor a minha dor e a minha solidão.

Permaneceram alguns momentos em silêncio, depois Senar deu uma risada amarga.

– Já fazia uma eternidade que eu não falava nessas coisas, e agora faço isso com um estranho.

Olhou para ele com simpatia, e Lonerin sentiu-se um sopro de calor acalentar-lhe o coração.

– A sua amiga já deve ter acordado, está na hora de cuidarmos do desjejum. Uma vez que está aqui, procure ajudar-me: levantar-se com esta perna é uma verdadeira façanha.

Lonerin ajudou-o, e pareceu-lhe estranho que um espírito tão forte pudesse ficar encerrado dentro de um corpo tão fraco. O braço ossudo de Senar parecia extremamente frágil entre os dedos que o seguravam.

Encaminharam-se para casa calados, mas não havia qualquer hostilidade naquele silêncio. Ao contrário, existia uma espécie de muda cumplicidade que os unia.

Antes mesmo de chegarem a casa, ainda no bosque, cruzaram com Dubhe. Vislumbraram-na enquanto se mexia rapidamente entre as árvores, como uma gata, ouviram o silvo dos seus punhais.

Estava treinando. Lonerin lembrou a primeira vez que a vira fazendo o treinamento, o sentimento de hostilidade que experimentara ao descobrir que havia muito da Guilda nela. O momento era diferente. Agora que a via ágil e precisa nos movimentos, achava-a intoleravelmente linda, perfeita e inatingível. Era o fruto proibido, totalmente fora do seu alcance, e, apesar da noite que compartilharam e das aventuras pelas quais haviam passado, continuava para ele um mistério. A ferida escondida no fundo do seu coração voltou a sangrar.

Senar estava ao seu lado e olhava para Dubhe com uma mistura de admiração e compaixão. Não se sabe quais recordações aquela cena despertava nele, quais lembranças doces e amargas.

– O desjejum estará pronto dentro de mais alguns minutos – disse secamente, e só então Dubhe pareceu reparar neles.

Devia sem dúvida alguma ter percebido a chegada dos dois, mas continuara a treinar como se não fosse com ela. Parou de repente, fitou o velho, mas este dirigiu-se rapidamente para casa, deixando os jovens sozinhos.

A expressão dela suavizou-se logo que cruzou o olhar de Lonerin, e ele sentiu-se enfastiado. Depois daquela noite, tratava-o sempre com condescendência, como se ele fosse feito de vidro. Percebeu, de repente, o que ela queria dizer quando afirmava não querer ser tratada com pena.

– Onde estiveram?
– No túmulo de Nihal – foi a seca resposta.
Os olhos de Dubhe iluminaram-se na mesma hora.

– Teria gostado muito de ir com vocês...

– Foi melhor assim, acredite. Poupou a si mesma mais uma história triste.

Lonerin dirigiu-se para a casa do mago, e ouviu Dubhe acompanhá-lo logo a seguir.

27
TRAIÇÃO

— É assim que você retribui a minha confiança? É este o respeito, o obséquio que tem pelo seu pai?
Learco estava de joelhos diante do pai, de casaco visivelmente manchado de sangue. Sentia muita dor. Tinha feito todo o caminho de volta ferido, com o dragão em condições ainda piores do que ele, e fora logo relatar o acontecido ao pai.
— Vossa Majestade, ele está ferido... — Volco, o ordenança, tentou interceder. Learco ouviu os seus passos se aproximando, tímidos, provavelmente para ajudá-lo.
— Parado aí! — A voz do pai vibrava de raiva desmedida. — Deveria ter morrido, não há lugar para ineptos na minha corte.
A vista de Learco ficou embaçada. O ferimento não era grave, mas ele perdera muito sangue, e um gélido esgotamento ia se espalhando pelo seu corpo a partir daquele corte.
O pai começou a andar de um lado para outro da sala, a passos largos, nervosamente. Devia estar fazendo de propósito, só para prolongar aquela agonia.
— Conseguiu feri-lo, pelo menos? — perguntou afinal.
Com enorme dificuldade Learco levantou os olhos.
— Consegui, meu pai, no ombro.
Havia sido somente um arranhão. Chamar aquilo de ferida era um exagero. Mas não conseguia dizer que não o tinha ferido. Não podia tolerar o olhar de desprezo do pai. Na verdade, só queria a sua admiração.
Inesperadamente, Dohor deu uma gargalhada.
— Pelo menos, desta vez nos livraremos dele.
Learco ficou sem entender. Deu uma rápida olhada na espada, apoiada no chão, perto dele.

— Conheço muito bem o seu coração mole – prosseguiu o pai, enchendo de escárnio cada palavra. – E então decidi precaver-me, envenenando a lâmina.

Learco teve uma tontura, estava a ponto de perder os sentidos, e aquilo nada tinha a ver com a hemorragia.

Dohor logo percebeu o olhar pasmo e perdido do filho.

— Está me olhando por quê? Proporcionei-lhe vitória e vingança, entreguei-lhe o adversário de mão beijada.

Learco ficou um bom tempo de olhos fixos no pai, com uma expressão que não conseguia disfarçar uma repreensão cheia de desgosto. O seu gesto de cavalheiro, o fato de pagar a dívida que tinha com o gnomo, havia sido em vão. Sem querer, matara-o de qualquer maneira. Enganara-o, do mesmo jeito que o pai fizera com ele.

— Poderia ter-me dito.

Os olhos de Dohor encheram-se de ira profunda e visceral. O filho nunca ousara ser tão atrevido.

O bofetão chegou repentino e inflamou sua face. Learco cambaleou, sua cabeça começou a rodar cada vez mais rápido, mas conseguiu não cair. O pai voltou a fitá-lo.

— Mais uma vez demonstrou não ser um verdadeiro guerreiro, mas sim uma decepção. Nunca mais se atreva a questionar os meus planos.

Learco assentiu como uma marionete. Sentiu as lágrimas chegando aos olhos, mas as reprimiu. Não fazia sentido chorar.

— Agora fique aqui, de joelhos, diante do trono, sem se mexer. Não quero vê-lo na enfermaria por pelo menos mais uma hora.

— Mas o ferimento poderia infeccionar, majestade, ele precisa de cuidados imediatos! – protestou com veemência Volco.

O rei incinerou-o com o olhar. Já tinha dado as suas ordens. Saiu então da sala e desapareceu atrás das colunas.

Learco permaneceu imóvel no lugar, ofegante e à mercê daquele cansaço que começava a consumi-lo. Mas obedeceria. Como sempre.

— Sinto muito, meu senhor, sinto muito... – A voz de Volco chegou até ele cheia de pesar, e no fundo foi um consolo. Naquela corte fria, o homem era afinal o único que lhe demonstrava alguma amizade.

"O seu pai é um homem duro, eu sei, mas só faz isso pelo seu bem, mesmo quando parece impiedoso e injusto... Ama o senhor, pode ter certeza."

Learco baixou lentamente a cabeça e, uma depois da outra, as lágrimas foram lentamente caindo no mármore do chão.

– Não sei como aconteceu. San caminhava com dificuldade. Tinha um longo corte no tornozelo. Não era profundo, mas devia doer muito, pois o menino coxeava e se via perfeitamente que mal conseguia aguentar a dor.

– Quando o dragão chegou – acrescentou fungando –, acho que pensei em alguma coisa, então houve um clarão de luz, e logo a seguir lá estava eu no chão, junto com aquele enorme animal.

Ido ouvia atentamente, mas não fazia ideia de qual magia pudesse tratar-se. O garoto era sem dúvida alguma muito poderoso, deixara um dragão fora de combate, uma coisa realmente notável. Ficou imaginando que a proibição de Tarik talvez escondesse muito mais.

– Não se preocupe – disse. – Agora estamos salvos.

Mas não era bem assim. Ido sentia-se fraco e não conseguia recuperar o fôlego. Talvez só estivesse cansado ou malditamente velho, coisa que se recusava a aceitar, mas a sua aparência devia ser horrível, pois San olhou para ele espantado.

– Ido, você está muito pálido...

– É apenas o cansaço.

Andaram pelo resto da noite, sem que o gnomo conseguisse recobrar as forças. Suas pernas estavam bambas, e sentia uma espécie de sabor de sangue na boca. Decidiu que talvez fosse melhor dar uma parada antes do alvorecer.

Só com muita dificuldade conseguiu montar o abrigo de lona. As mãos pareciam não obedecer devidamente. Ambos deitaram-se, mas antes Ido quis dar uma olhada no tornozelo machucado do garoto. Pegou um cantil e procurou limpar a ferida com água. O rapazinho apertou levemente o queixo.

– Esfolou-se todo, caindo.

O menino concordou.

– Está doendo.
– Acredito – Ido respondeu, com um fio de voz.
Lavou as mãos, depois pegou umas tiras de pano que tinha trazido consigo do aqueduto. Fazer uma atadura não foi nada fácil. As mãos começaram a tremer de forma evidente, e sua testa ficou molhada de suor embora o dia não fosse particularmente quente.
– Você está bem?
Estremeceu. San o estava fitando com expressão preocupada.
– Estou – respondeu, hesitando.
– As suas mãos não param de tremer.
Ido apertou o nó, em seguida começou a prestar atenção no próprio corpo. Percebeu uma leve ardência no ombro, e lembrou a ferida que sofrera durante o combate. A espada de Learco mal chegara a roçar nele, mas com a ponta dos dedos constatou que o arranhão estava inchado e dolorido.
– Acho que ainda vou precisar da sua ajuda – disse com um sorriso forçado.
San estava tenso.
– Fique calmo. Só quero que dê uma olhada no meu ombro, onde fui atingido.
O garoto pareceu ficar de alguma forma aliviado. Aproximou-se e começou a olhar onde o gnomo indicava.
– O que está vendo?
Sentiu as mãos de San apalpando-lhe a pele. Pareceram-lhe extremamente refrescantes.
– Está queimando.
Pois é. Mau sinal.
– E está todo vermelho, com um arranhão... aliás um corte. O ferimento continua inchado, com as bordas arroxeadas.
Ido não sabia muita coisa de venenos. Eram armas de que nunca gostara. Ele era um guerreiro, não um miserável sicário, e se fosse preciso matar só poderia ser pela força da sua espada, sem recorrer a subterfúgios mesquinhos. Mas por que Learco faria uma coisa dessas? Não parecia um tipo que enganasse alguém. Até mesmo quando o encontrara ainda menino, vislumbrara em seus olhos uma luz de honestidade. Só podia ser coisa de Dohor.
– O que foi, Ido?

O gnomo pareceu despertar dos seus pensamentos. Virou-se para San e o viu claramente à beira do pânico.

Calma. *Precisamos manter a calma.*

Respirou fundo, tentando disfarçar o esforço que aquele gesto lhe custava.

– Precisamos de ajuda. Não podemos seguir em frente sozinhos.

– Está se sentindo mal?

Ido ignorou a pergunta.

Não tinha a menor ideia da gravidade das suas condições. O ferimento era superficial, mas para muitos venenos já era o suficiente. De qualquer maneira, já se haviam passado muitas horas desde o momento em que fora ferido, e os sintomas continuavam sendo bastante brandos. Talvez ainda houvesse esperança.

Procurou nos bolsos. As mãos se recusavam a obedecer, e até a sensibilidade estava falhando. Levou algum tempo antes de encontrar o que queria. Finalmente jogou no chão algumas pedras com estranhos símbolos, junto com um pedaço de papel.

– Preciso que você faça uma magia.

– Diga alguma coisa, Ido. O que está acontecendo?

San estava a ponto de desmoronar. O gnomo segurou-o pelos ombros, muito menos vigorosamente do que o necessário. Olhou-o fixamente e tentou infundir segurança à própria voz.

– Precisamos fazer com que alguém venha nos buscar. Eu não estou em condições de continuar a andar. Já estamos perto da fronteira com a Terra da Água, se vierem logo com um dragão podemos conseguir. Mas precisamos pedir ajuda, está entendendo?

San assentiu, branco como um trapo.

– Eu só conheço duas mágicas: acender o fogo e enviar uma mensagem. Mas estou cansado demais para conseguir. Preciso da sua ajuda para realizar o encanto, ainda mais porque sempre fui um péssimo mago.

Sacudiu a cabeça. As suas ideias estavam ficando confusas. De repente, voltara a lembrar a sua iniciação às artes mágicas, o treinamento e toda uma série inútil de recordações.

– Precisa fazê-lo por mim.

San anuiu, mas sem muita convicção.

— Pegue as pedras.

O menino obedeceu. Ido explicou passo a passo o que tinha de fazer. Mandou-o dispor as pedras num círculo, aí entregou-lhe uma pluma e um tinteiro que sempre carregava consigo e ditou a mensagem:

— *Estamos a duas léguas da fronteira com a Terra da Água, do lado da Grande Terra. Poderão nos ver facilmente. Eu fui envenenado.*

A mão de San teve um estremecimento, e Ido teve de enfrentar o seu olhar totalmente apavorado.

— De leve, muito de leve, pois do contrário já estaria morto — salientou. — De qualquer maneira, continue. *Eu fui envenenado e o meu companheiro está ferido. Mandem um dragão e um mago. Ido.*

San acabou de escrever, então fitou-o de olhos arregalados.

— Agora precisamos do fogo. — O gnomo indicou duas pederneiras. — Sabe como se faz?

San disse que sim, ainda assustado.

Levou um bom tempo. Estava nervoso e não parava de machucar os dedos. Ido não o apressou. Sabia que seria pior, e no fundo compreendia.

Finalmente uma pequena fagulha chispou das pedras e atingiu o papel.

— Concentre-se.

San não sabia ao certo o que fazer, estava meio perdido.

— Feche os olhos e coloque a mão em cima do papel, vamos lá! — incitou-o Ido.

San obedeceu de novo, mas sua mão tremia.

— Pense no nome que vou dizer. Folwar. Concentre-se intensamente. Só pense nele, está bem?

Ainda bem que era um feitiço simples. San estava abalado demais para enfrentar qualquer outra coisa.

O fogo queimou lentamente o pergaminho, e um vapor azulado logo espalhou-se no ar.

— Já pode abrir os olhos.

San olhou a sua volta e Ido apontou para a fumaça.

— Significa que funcionou. Bom menino! — Com algum esforço sorriu, enquanto o corpo já era sacudido por tremores.

De queixo caído, San ficou olhando as volutas azuladas que se afastavam. Por um momento, Ido conseguira fazê-lo esquecer a situação dramática em que se encontravam.
Olhou para o céu que clareava.
– Agora, só nos resta esperar.

Theana apresentou-se correndo diante do mestre Folwar. Não era comum que ele a chamasse. Naqueles anos todos de aprendizagem, o discípulo predileto sempre havia sido Lonerin, apesar de não estar tão adiantado quanto ela.
– O mestre precisa urgentemente de você – dissera o criado.
Ela logo pensara no pior.
Entrou na sala agitada, escancarando a porta com violência.
Seu coração parou de bater tão forte ao ver Folwar, que lhe sorria, da cadeira em que estava aninhado. Theana ficou mais calma, aproximou-se mais devagar, mas não pôde deixar de segurar logo a mão do mestre, ajoelhando-se diante dele.
– Fiquei tão preocupada, mestre! Mandou-me chamar com a maior urgência, e o senhor nunca me chama...
O velho sorriu suavemente. Theana adorava aquele sorriso. Havia sido o consolo da sua infância solitária, e já não conseguia imaginar passar sem ele.
– Sinto muito se a minha pressa induziu-a ao erro, mas a situação é realmente grave.
O rosto do homem reassumiu uma aparência séria, e Theana levantou-se. Estava obviamente na hora de receber alguma ordem.
– Acabamos de receber uma mensagem de Ido. Jaz, indefeso, não muito longe da fronteira com a Terra da Água, envenenado, e o menino que o acompanha está ferido. Precisam de um mago, um mago que também conheça as artes do sacerdócio.
Theana ficou francamente surpresa.
– E o senhor quer que eu vá?
Por algum tempo, ela cuidara dos feridos mais graves da guerra, lá em Laodameia, mas sempre haviam sido trabalhos relativamente tranquilos, num ambiente sereno. Desta vez era algo bem diferente.
Folwar concordou.

Theana limitou-se a baixar a cabeça. Não tinha a menor intenção de recuar diante daquela primeira e única ordem que o mestre lhe dera, embora lhe parecesse uma tarefa enorme para as suas capacidades.
— Como o senhor quiser.
— Irá com Bjol e o seu dragão.
Theana levantou a cabeça na mesma hora. Nunca tinha voado antes e morria de medo de dragões. Suas mãos tiveram um imperceptível tremor.
— Partirão imediatamente.
A jovem voltou a baixar a cabeça.
— Farei o possível... E obrigada pela confiança.
Folwar sorriu benévolo.
— E agora vá. Estou certo de que não nos decepcionará.

Durante toda a viagem Theana ficou agarrada em Bjol. Segurara-se na sua cintura antes mesmo de levantarem voo, e nunca mais o largara. Haviam-lhe dito que levariam mais ou menos um dia para chegar, e ela nunca sentira tanto a falta do chão sob os pés. Na verdade não era dos dragões que tinha medo, mas sim das alturas. Toda vez que se encontrava em algum lugar alto, precisava segurar-se em alguma coisa. Tinha sempre a impressão de cair. E o mesmo acontecia agora, na garupa daquele dragão.
— Calma! Quer me sufocar?! — exclamou Bjol, rindo.
— Desculpe, nunca voei antes — ela disse com um fio de voz.
Sentia-se muito boba. Não era nem um pouco do tipo dado a aventuras. Passara a infância escondida na sua aldeia, amiúde trancada em casa, e não tinha o menor pendor pela ação. Era a primeira vez que enfrentava uma tarefa tão arriscada.
Pensou imediatamente em Lonerin, que gostava de meter-se nas situações mais ousadas, que iria voltar como herói depois de viajar aonde muito poucos se haviam atrevido a ir. Soltou levemente o aperto. A lembrança do beijo que trocaram invadira a sua mente, junto com uma dor surda. Não sabia onde ele estava, e até então não fizera outra coisa do que recear que nunca voltasse, pensando nele o tempo todo. A fria despedida entre os dois sempre a acom-

panhava. Lonerin partira com Dubhe, depois de arriscar a própria vida para salvá-la: o que deixara para ela bem claro quão importante aquela moça tenebrosa era para o jovem mago. Percebera logo que para ela já não sobrava espaço. E mesmo assim não conseguia aceitar passivamente a situação. As palavras que costumavam trocar durante as horas de estudo com Folwar, os sorrisos e aí aquele beijo, aquele pequeno beijo sem sentido – mas que para ela valia o mundo inteiro –, não podiam certamente ser esquecidos.

Estes pensamentos conseguiram de alguma forma distraí-la e, pouco a pouco, o medo de voar dissipou-se. Quanto a Bjol, o homem procurou falar o tempo todo, acalmando-a com suas histórias fúteis e divertidas. Theana limitava-se a responder quase sempre com monossílabos, incerta entre a vergonha do medo e o embaraço da situação para ela nova. Afinal, estava voando abraçada com um desconhecido.

Chegaram quando já entardecia e começaram a sobrevoar lentamente o território indicado por Ido. Não foi fácil, para Theana, pois Bjol pediu que ficasse atenta.

– Quatro olhos enxergam melhor do que dois, não acha? Desde, é claro, que olhar para baixo não seja terrível demais para a senhora.

Ela sacudira a cabeça e começara a observar cuidadosamente a paisagem embaixo, mesmo enjoada devido a algo que lhe revirava impiedosamente as entranhas. Apertou os dentes. Não podia fraquejar logo agora que alguém lhe havia pedido para dar uma pequena demonstração de coragem.

Conseguiram encontrá-los graças ao fogo mágico que acenderam. Para Theana era algo absolutamente inconfundível.
– Ali! – disse apontando com a mão.
Bjol debruçou-se, esticando o pescoço.
– Onde? Não estou vendo nada.
– Mas eu posso sentir – ela disse sorrindo. Era um feitiço bem pequeno, mas Theana tinha um pendor realmente extraordinário para a magia. Aquela débil chama era para ela como um farol indicando o caminho.

Pousaram, e logo puderam avistar um rapazinho que bracejava inquieto nas sombras que iam tomando conta da paisagem. A escuridão já era quase total.

– Aqui, aqui!

Theana pulou agilmente da sela e correu para ele, com a sacola que pesava em seu ombro e ameaçava fazê-la tropeçar.

– Onde está? – perguntou logo, procurando assumir o controle da situação.

San encaminhou-se para levá-los ao gnomo. O garoto estava abalado e pálido. Os cabelos desgrenhados encobriam parte da sua testa, os seus passos tornavam-se ainda mais inseguros devido à pressa. Theana recebeu dele uma sensação estranha. Havia no menino algo de homem e de criança ao mesmo tempo, e dava para perceber à sua volta uma aura particular que ela não conseguia identificar.

Segurou delicadamente seus ombros e o fitou, mergulhando naquela cor violeta líquida e profunda.

– Acalme-se, estamos aqui e tudo vai dar certo. – Sob as palmas apertadas nos ombros magros percebeu algo fluir como uma descarga. – Só diga onde Ido está.

San limitou-se a levantar um dedo, apontando para um canto do deserto.

Theana aguçou os olhos, mas só conseguiu descobri-lo graças à sua percepção mágica. Havia uma lona mimética esticada no chão. Virou-se para Bjol:

– Pode ficar aqui com o menino?

O cavaleiro concordou. Ela saiu correndo para cuidar do gnomo. O coração batia como louco em seu peito. Começava a ficar com medo.

Afastou a lona com delicadeza, e aquela figura que tantas vezes admirara no Conselho apareceu diante dela, pálida e esgotada. O gnomo parecia muito mais velho do que ela lembrava, e a jovem sentiu-se tomada por repentina reverência. Nunca tinha estado tão perto dele.

– Pensei que nunca mais iam chegar – Ido disse num estertor.

Theana recobrou-se e ele sorriu.

– Tudo bem... Melhor tarde do que nunca.

Dificuldade para respirar, palidez, suor. Theana apalpou sua testa. Gelada. De uma hora para a outra, a jovem assumiu totalmente o controle da situação.

Levantou a mão livre e evocou um pequeno fogo que ficou pairando acima de Ido. Agora podia examiná-lo melhor. Ele fechou imediatamente as pálpebras. Incomodado pela luz, mais um sintoma a ser levado em consideração.

– Fique de olhos abertos, só por um instante, eu lhe peço.

– Às ordens – respondeu Ido, mas a sua voz estava cada vez mais incerta, e o olhar apagado. O veneno já estava circulando perigosamente em suas veias.

Theana afastou por completo a lona mimética e se agachou perto do gnomo para ver melhor.

– Diga que está bem, diga que vai ficar bom, por favor! – San se aproximara, a sua voz estava ansiosa.

– Silêncio, só preciso de silêncio – ela respondeu apressada, mas sem aspereza. Estava concentrada, procurando alguma coisa. Quando encontrou, respirou aliviada. No ombro de Ido a ferida já estava infeccionada e nada mais havia a fazer, mas era por ali que o veneno tinha entrado no corpo. O gnomo conseguira resistir daquele jeito por se tratar apenas de um arranhão. Se o corte tivesse sido mais profundo, aquela altura já estaria morto.

Theana virou-se para Bjol:

– Antes de ser levado embora, precisa pelo menos de uns primeiros socorros, pois do contrário não aguentará a viagem.

O rapazinho gemeu, mas o cavaleiro manteve a calma.

– A senhora é quem sabe.

Theana sentiu-se investida de uma responsabilidade enorme. Foi com mãos trêmulas que começou a tirar da sacola tudo aquilo de que precisava.

Nem pensar em preparar o antídoto. Não dispunha do necessário, embora já soubesse do que se tratava. A única coisa a fazer era tentar impedir a difusão do veneno, detê-lo tempo bastante para concluir a viagem. Abriu completamente o casaco de Ido e o tirou, deixando nu o peito do gnomo.

Antes de se entregar ao trabalho, agradeceu mentalmente ao pai. Era um gesto que sempre fazia, automático, mas que nunca deixava de comovê-la. Tudo começara com ele, e ela continuava a sentir a sua falta. Precisava agir depressa, e o pai iria protegê-la e guiá-la. A lenta ladainha que saiu dos seus lábios era numa língua que ninguém mais conhecia por aquelas bandas. Theana misturava os ingredientes dentro de uma tigelinha que tirara da sacola. Percebeu o olhar pasmo de Bjol cravado em suas costas, mas procurou ignorá-lo. Precisava alhear-se de tudo, tinha de manter-se concentrada. Continuou a cantarolar enquanto molhava um longo e fino galho de salgueiro no remédio. Suas mãos tornaram-se pouco a pouco luminosas, enquanto a reza ressoava mais alto. Fechou os olhos, deixando-se guiar pelo balanço da própria voz, até que diante das suas pálpebras fechadas começou a formar-se um complicado desenho de linhas de luz que se entrecortavam. O mundo desapareceu além do horizonte, e restou apenas o canto e a potência gerada pelo seu corpo. Quando percebeu que a mão estava quente, começou.

Usou o graveto para desenhar estranhos símbolos na pele de Ido, seguindo um caminho invisível naquele labirinto de linhas fluorescentes. Toda vez que completava um daqueles rabiscos, pronunciava uma palavra, a cantiga interrompia-se por um momento, para então recomeçar, harmoniosa, enquanto sua mão passava a traçar sinais em algum outro lugar.

Finalmente, a forma completa daquele conjunto de complicados arabescos apareceu em toda a sua beleza. Paulatinamente, à medida que Theana realizava o trabalho, de alguma forma obscura e incompreensível, a respiração de Ido se normalizava, seu rosto recobrava a cor e seus membros se aqueciam. A maga chegou a encostar a mão no local da ferida, e a sua voz deteve-se a cantar uma longa e alta nota musical. Desenhou um círculo em volta do corte e sustentou o som até sentir-se esvaziada, para então interromper-se de repente e reabrir os olhos. De súbito, e na mesma hora, as linhas no corpo de Ido sumiram, como se nunca tivessem sido traçadas.

Theana apoiou as palmas da mão no chão, exausta. Havia sido mais difícil do que imaginara. Já se passara muito tempo desde a inoculação, e o envenenamento se espalhara.

– O que foi que fez? – perguntou com voz trêmula o garoto.

Theana virou-se para ele, sorrindo.

— Uma magia bem antiga. Ele está bem, agora. Quando chegarmos a Laodameia, prepararei o antídoto e tudo vai ficar bem.

O rosto de San serenou, o menino pareceu respirar finalmente aliviado.

— Obrigado, muito obrigado! — disse agarrando-se no pescoço dela e caindo no choro.

Theana sorriu. Não era assim tão comum ela se sentir útil daquele jeito.

Reparou que Bjol continuava a olhar para ela, com espanto.

— Nunca tinha visto um encantamento como esse, do que se trata?

— Magias e práticas sacerdotais arcaicas. Aprendi com meu pai.

Tinha vergonha, preferia não tocar no assunto. As suas capacidades haviam sido por tanto tempo alguma coisa a ser escondida e da qual se envergonhar, que mesmo agora não se atrevia a pronunciar o nome do deus em honra do qual praticava as suas artes. Um deus maltratado, traído e incompreendido. O deus do pai e, antes disto, dos Elfos: Thenaar.

28
NİHAL

Depois de uma refeição matinal durante a qual todos se mantiveram em silêncio, Senar dedicou-se aos seus afazeres cotidianos, perambulando pela casa sem se importar com a presença dos dois hóspedes.
Quando finalmente concluiu as suas tarefas, sentou diante deles.
– Do que querem que eu trate primeiro?
– Dela – Lonerin disse de impulso.
A mão de Dubhe segurou na mesma hora o braço do companheiro.
– O meu problema pode esperar. A verdadeira razão de estarmos aqui é a ressurreição de Aster. Acho mais oportuno cuidarmos primeiro disto.
Estava linda, com aquela luz decidida nos olhos, e Lonerin sentiu-se pungentemente atraído por ela. Virou-se para Senar, tentando concentrar-se na missão.
O velho mago recostou-se um momento no espaldar da cadeira, e então levantou-se e foi buscar alguns livros. Eram pesados volumes encadernados de preto – sem dúvida alguma, fórmulas proibidas – que ele mal conseguia segurar. Dubhe mexeu-se para ajudar.
– Não sou tão velho e fraco quanto imagina – ele resmungou rabugento, mas ela não ligou. Pegou simplesmente um dos livros e o colocou na mesa, então voltou a sentar.
Senar fez o mesmo. Parecia vagamente constrangido. Já devia estar arrependido do rompante.
– Muito bem, Dubhe, fale-me direitinho do rosto que viu. Descreva a cena sem esquecer qualquer detalhe. Uma coisa que para você talvez pareça sem importância pode ser fundamental. Sendo assim, procure ser meticulosa.

Ela obedeceu e falou, exatamente como já tinha feito diante do Conselho, descrevendo a cena de pesadelo à qual assistira nos sombrios subterrâneos da Casa.

Senar ouviu tudo com interesse e concentração, mas suas mãos, como Lonerin pôde notar, ficaram o tempo todo agitadas por um leve tremor. Fez a Dubhe algumas perguntas acerca da disposição e da natureza de alguns símbolos no aposento, sobre a cor da esfera, a exata colocação e o jeito com que ela era guardada e mais umas poucas coisas. Ela parecia lembrar tudo com perfeição.

Finalmente o velho mago apoiou-se novamente no espaldar, como se estivesse mortalmente cansado.

– As fórmulas de chamamento usadas por Yeshol são magias élficas muito antigas. Aster estava a par delas, encontrei-as em alguns dos seus livros, e parece que o Inimigo do Grande Deserto contra o qual os Elfos lutaram chegou ao Mundo Emerso justamente devido a um ritual de evocação dos mortos mal executado.

Lonerin ficou atento.

– Algo parecido com o feitiço para evocar os mortos e mandá-los à frente de combate?

Senar meneou a cabeça.

– Aquela fórmula só evoca a imagem dos mortos, não a sua alma. Com efeito, quando Aster os ressuscitou durante a Batalha dos Espíritos, nós enfrentamos fantasmas desprovidos de alma e vontade. Neste caso, é diferente. Esta magia permite chamar de volta o espírito do falecido, a sua essência. É o que Dubhe viu na ampola, o espírito de Aster. Agora, a fórmula de chamamento precisa de um receptáculo. Alguns usam o corpo do morto, no caso de a morte ter acontecido há pouco tempo, outros recorrem a algum tipo de cobaia. No nosso caso... o meu filho.

Senar fez uma pausa, a seguir continuou a falar. Parecia ter reencontrado ânimo e vigor, agora que tratava de magia, mas mesmo assim não deixava de mostrar-se vagamente temeroso, constrangido, com a voz que revelava imperceptíveis tremores.

– Enquanto não houver um corpo disponível, o espírito não pode realmente voltar ao mundo. Ele só pode ficar suspenso numa espécie de outra dimensão, até alguém conseguir libertá-lo.

Lonerin anuiu.

— O que precisamos fazer, então?

— É preciso arriscar a própria vida. É mister usar um catalisador muito poderoso, dentro do qual o mago infunde o seu próprio espírito. Isto permite atrair a alma do falecido e prendê-la no catalisador. Através de um verdadeiro encantamento o mago liberta a alma do fantasma do catalisador e a devolve ao mundo dos mortos, e só depois poderá trazer de volta o seu próprio espírito para o corpo.

Lonerin sentiu um arrepio gelado correr pelas costas. Era um ritual complexo, muito mais articulado do que qualquer um que jamais chegara a estudar.

— Não nego que se trata de uma operação bastante complicada, só raramente bem-sucedida. Mil coisas podem dar errado, e não se esqueça que o ritual também suga uma enorme energia. Uma vez que a alma do morto fica livre, a força remanescente é quase nula, e mesmo assim ainda estamos no meio do caminho. Se a pessoa não consegue medir com todo o cuidado a força mágica, acaba ficando cansada demais para conseguir voltar.

Era realmente uma tarefa ingrata, pensou Lonerin.

— E o que me diz do catalisador? No que consiste?

— Só existe um capaz de aguentar energias tão intensas: o talismã do poder.

Tratava-se de uma coisa que o jovem mago conhecia muito bem. Era o poderoso artefato élfico que Nihal empregara para derrotar o Tirano: formado por oito pedras encantadas, guardadas em outros tantos santuários, tinha a capacidade de absorver todo e qualquer poder mágico do Mundo Emerso.

— Mas... não acabou sendo destruído quando Nihal morreu?

Dubhe fitou-o com ar interrogativo, mas Lonerin fez sinal para ela se calar.

— Nihal só destruiu uma das pedras, o que já bastava para que a sua alma se dispersasse, mas insuficiente para que o talismã perdesse as suas propriedades. Se você considerar que os dois espíritos só precisam ficar no catalisador por um curto espaço de tempo, no fim isso acaba facilitando a tarefa do mago na hora de ele voltar atrás.

Lonerin concordou. Procurava mostrar-se corajoso, mas no fundo todo aquele ritual o deixava apavorado.

– O problema, no entanto, é outro. Quando Tarik foi embora, levou-o consigo. Agora está com ele.

Lonerin deu de ombros.

– Nesta altura, Ido já deve ter encontrado.

Senar recostou-se na cadeira e olhou para ele com severidade.

– Caberá a você executar o ritual, não entendeu?

– Eu sei. Sei desde o primeiro momento em que empreendemos esta viagem.

– Eu já não tenho forças, já faz tempo que gastei a minha magia. Mas ajudarei.

– Quer dizer que tenciona ir conosco?

Senar assentiu cansadamente.

– Tarik está em perigo, não posso ficar aqui, só olhando.

Lonerin sorriu, e com o canto do olho reparou que Dubhe estava fazendo o mesmo.

Senar, no entanto, manteve-se sério.

– Não há coisa alguma em que eu possa realmente ajudar. Eu me limitarei a dizer o que tem de fazer, mas já não sou o mago poderoso que as lendas andam dizendo por aí. Não se esqueça disto.

Lonerin assentiu. Estava confuso. Sim, claro, a condição física influía nos poderes de um mago, mas não de uma forma tão drástica, e Senar era um mago extremamente poderoso. Como podia ter perdido as suas capacidades?

– Foi na ocasião do acidente com os espíritos que perdeu a força?

Os olhos de Senar tornaram-se duros, a sua expressão sofrida.

– É uma história da qual prefiro não falar.

– Queira me desculpar – apressou-se a dizer Lonerin. – Não era minha intenção ser inoportuno.

Senar fez um gesto de descaso.

– Tudo bem, não precisa se preocupar. – Em seguida virou-se para Dubhe. – E agora vamos cuidar de você.

O exame ao qual Senar a submeteu não foi diferente dos demais que ela já enfrentara. Mais uma vez teve a impressão de estar sendo analisada como um inseto, com uma lupa, e de sujeitar-se à costumeira lenga-lenga de tições ardentes, plantas estranhas, sufumigações e outras coisas. Sentia-se um tanto estranha, sabendo que quem fazia aquilo era um mago tão renomado, mas, quanto ao resto, era apenas rotina.

– O que usa para manter a maldição sob controle? – perguntou o velho.

Quem respondeu foi Lonerin:

– Infusão de erva verde e filtro de dragão enquanto ainda estávamos na Guilda, mas depois formulei uma poção que criasse menos dependência, acrescentando uma pitada de pedra rosada. Quando ela também acabou, os Huyés aconselharam-me o uso da ambrosia.

Dubhe desconhecia por completo o fato de as poções tomadas terem aqueles nomes e aquela composição.

Senar anuiu pensativo, contemplando o símbolo no seu braço.

– Imagino que você sofra bastante...

Era a primeira vez que um mago, ao examiná-la, mencionava o seu sofrimento, dirigindo-se diretamente a ela como pessoa. Quase ficou comovida, como se Senar tivesse conseguido ver dentro da sua alma além da maldição, discernindo a Fera e até o seu trabalho.

– Isso mesmo. A dor é grande – murmurou.

– Entendo... deve fazer mais ou menos um ano, estou certo?

Dubhe confirmou.

O olhar do velho mago demonstrava simpatia, um tanto pesaroso, mas sem dúvida alguma cheio de participação. Sorriu para ela.

– Mais cedo, quando a vi treinando, pareceu-me quase ver Nihal. De alguma forma, ela também era maldita.

Dubhe ficou hipnotizada por aquele olhar triste. Ela como Nihal...

Senar soltou seu braço.

– É um selo traslado.

Dubhe olhou para ele com ar interrogativo. Era um elemento novo, ninguém lhe falara até então de uma coisa destas.

– Conte-me como foi que percebeu, e não se esqueça de mencionar qualquer coisa estranha que lhe aconteceu antes de a maldição se manifestar.

Com voz insegura, Dubhe contou tudo: desde a picada da agulha e o roubo durante o qual, pela primeira vez, passara mal, até a chacina no bosque, lembrada com poucas e terríveis palavras.

– Parece-me bastante claro – comentou Senar com ar grave. – Como você desconfia, a Guilda lançou a maldição, mas acredito que o fez a mando de mais alguém.

Dubhe ficou desconcertada.

– A maldição que pesa em seus ombros era destinada a alguma outra pessoa, e só depois foi desviada para você. Vou explicar como funciona: existem fórmulas proibidas que permitem proteger alguns objetos. Se uma determinada pessoa sabe que alguém pretende roubar-lhe alguma coisa muito importante, preciosa ou valiosa, pode amaldiçoar o objeto de forma que o ladrão, seja ele quem for, passe a ser ele próprio amaldiçoado. Esta é a forma mais simples. Se, no entanto, a tal pessoa conhece quem está interessado a surripiar-lhe o bem, pode fazer com que o autor do roubo se torne o intermediário entre a maldição e o mandante do furto. Está me entendendo?

Dubhe anuiu sem muita convicção. Todo aquele assunto parecia-lhe bastante complicado.

– Vou dar um exemplo. Um mago qualquer possui um poderoso artefato mágico e sabe que outro mago gostaria de apossar-se dele, pois também sabe como usá-lo, enquanto o artifício, em outras mãos, seria totalmente inútil. Então amaldiçoa o objeto de tal forma que o outro mago também seja amaldiçoado, mesmo que não tenha nada a ver com o roubo. Trata-se de uma técnica bastante ardilosa, se você pensar bem. Logo que o selo for imposto, com o primeiro mago se apressando a contar o fato ao outro, este último já não poderá botar as mãos no objeto. Muito ao contrário, aliás, terá os melhores motivos do mundo para evitar que alguém o roube. Deu para entender?

Dubhe anuiu.

– Os documentos que surripiou estavam protegidos por um selo deste tipo. A maldição não visava particularmente a você, mas sim àquele que encomendou o roubo. Só que a pessoa da qual estamos falando conseguiu safar-se graças a alguma magia que só quem teve a ver com Aster pode conhecer, pois quem a inventou foi ele. Tiram-se umas poucas gotas de sangue da pessoa que deveria ser amaldiçoada, recita-se uma determinada fórmula e finalmente dá-se um jeito de picar com este sangue o bode expiatório. No caso, você.

Foi como se, de repente, todas as peças se encaixassem no devido lugar. Dohor. Ele queria aqueles documentos, nos quais estava escrita alguma coisa a respeito do pacto de sangue estipulado com Yeshol. A maldição que marcava aqueles pergaminhos deveria ter atingido Dohor. Este, para livrar-se dela, pedira a ajuda do Supremo Guarda da Guilda, que decidira matar dois coelhos com uma cajadada. A maldição passara para Dubhe e Yeshol, e como prêmio tivera a possibilidade de prender junto de si aquela que considerava uma ovelha desgarrada.

Dubhe permaneceu imóvel, de olhos arregalados.

– Dohor...

Sentiu-se arrebatar por uma fúria cega. Havia sido duplamente usada, sacrificada em nome do insano desejo de poder do mesmo rei, condenada a uma morte horrível e a uma vida igualmente insuportável no lugar de outro alguém, e por meras razões políticas. Não se tratava apenas da Guilda, agora, o seu inimigo já tinha um rosto, um nome, era o inimigo de todo o Mundo Emerso. Dohor.

Suas mãos agarraram as bordas da mesa e apertaram a madeira até se tornarem brancas, seus braços estremeceram na tensão do esforço.

– Traidor, maldito mentiroso!

Pulou de pé, derrubando a cadeira.

– Calma! – Sentiu a mão de Lonerin que pousava em seu ombro, mas afastou-a de mau jeito.

– Maldição!

– Não adianta desabafar em cima dos meus móveis – Senar disse, impassível.

Dubhe encarou-o furiosa. Naquele momento não queria conversa, estava zangada com todos, mas viu no seu olhar uma gélida determinação e uma participação para ela inesperadas. Apertou os punhos, fechou os olhos, impôs a calma ao coração que batia acelerado e aos pulmões que arfavam espasmodicamente à cata de ar.

Sentou, com expressão sombria.

– Como é que posso quebrar a maldição?

Senar não conseguiu reprimir um sorriso.

– Se de fato tem certeza de que foi Dohor, então ele deve certamente ter guardado em algum lugar um fragmento daqueles famosos documentos que mencionou. É a ligação entre ele e você: se os destruísse por completo, a maldição iria se virar de novo contra ele. A essência da magia com que se esquivou a maldição consiste nisto. A primeira coisa que terá de fazer é encontrar os pergaminhos e destruí-los com um ritual mágico específico. Depois, terá de matar aquele contra o qual a maldição estava endereçada.

Dubhe nem piscou. Não ficou escandalizada, não teve qualquer estremecimento, como sempre lhe acontecia quando se tratava de cometer um homicídio. Desta vez era sangue que tinha realmente vontade de derramar, era um assassinato pelo qual ansiava, e que provavelmente teria levado a bom termo de qualquer maneira, mesmo considerando a necessidade de livrar-se da Fera.

– Sou uma ladra e uma assassina, não haverá qualquer problema.

Senar não respondeu, limitou-se a olhar para ela.

– Eu só lhe disse o que fazer. Se e como fazê-lo, depende de você.

Dubhe concordou.

O velho mago fechou os olhos.

– Já se foi o tempo em que podia entregar-me a estas longas conversas. – Virou-se para Lonerin. – Que tal você se encarregar do almoço? Desta forma poderemos todos recobrar as forças após esta desgastante discussão. A copa fica atrás daquela porta.

Dubhe reparou que Lonerin lançava-lhe um rápido olhar antes de se afastar, mas ela não ligou e preferiu ignorar. Podia imaginar o que se passava na mente do jovem, mas a promessa que fizera de nunca mais matar já não valia. O que importava mesmo era o desejo de vingança que ia invadindo seu peito.

Continuou sentada diante de Senar, de cabeça baixa e mãos juntas em cima da mesa.

– Não deveria deixar-se levar tão facilmente pela sede de vingança.

Dubhe levantou os olhos na mesma hora encarando fixamente o velho mago.

– O senhor também não descansaria até se vingar.

– Não posso negar. Se me conhece tão bem quanto o seu amigo, deve saber que já me vinguei pelo menos uma vez, na vida.

Dubhe desviou o olhar.

— E afinal, mudaria alguma coisa? Teria de matá-lo de qualquer maneira, e se isto me der prazer, melhor para mim.

— Diz que é um sicário, mas não tem nem a aparência nem os olhos de um assassino. Quer mesmo tornar-se um deles logo agora? Isto não seria exatamente o que Yeshol queria quando a forçou a trabalhar para a Guilda?

Dubhe ficou sem saber o que dizer. Era uma coisa em que ela pensara.

— A diferença está justamente aí, no fato de o desejo de vingança tornar as pessoas escravas e menos lúcidas. Acredite, sei por experiência própria. Sem mencionar que nos deixa eternamente insatisfeitos.

Dubhe sentiu a ira esvair-se pouco a pouco. Ficou imaginando se até aquela prova, que ao que parecia era exigida dela naquele momento, não fosse mais um desafio do destino. Não importa quais decisões tomasse, acabava caindo invariavelmente nos braços do homicídio, a sua maldita sina.

Depois do almoço cada um dedicou-se aos seus afazeres. Lonerin foi descansar no celeiro, Dubhe preferiu dar uma volta e Senar voltou para o quarto.

Era estranho, para ele, ter pessoas perambulando pela casa, e as emoções daquele dia haviam-no deixado um tanto perturbado. A última vez que acontecera fora vinte anos antes, mas naquele tempo Tarik já era uma espécie de fantasma que perambulava pelos cômodos em silêncio e cheio de rancor.

Mas não era só por isso que, naquela tarde, não conseguia descansar. Era aquilo que havia sido dito, e principalmente o fato de ter visto Dubhe que treinava na floresta. Tudo aquilo reavivara um turbilhão de lembranças de Nihal.

Deitado na cama, Senar pensava na magia que Lonerin teria que realizar. Ainda bem que o jovem não fizera perguntas acerca da cerimônia que provocara a perda de boa parte dos seus poderes, mas a imagem daqueles poucos minutos que pertenciam a uma época já distante voltou à sua mente mais dolorosa do que nunca, tão viva que quase parecia ter acontecido ontem.

Está tudo pronto, em cima da mesa. Os vidros estão enfileirados, ao alcance, com as ervas que ardem nos braseiros, e o livro, aquele livro proibido, aberto na página certa. Senar está sentado à cabeceira da mesa e torce as mãos. Fazer ou não fazer? Não lhe falta certamente a coragem, e tampouco a força. Mas há aquela dúvida quanto a ser ou não a coisa certa. Mas está desesperado. Tarik foi-se embora, a solidão da casa é imensa, desoladora, e o pequeno túmulo já não lhe basta. Gastou todas as suas lágrimas naquela lápide, e já não consegue falar com ela. O túmulo ficou mudo, mas ele precisa de respostas.

Levanta-se de chofre. Agora já não há mais importância. Precisa fazer, só isso.

Começa a recitar a fórmula em voz baixa e trêmula, o cheiro penetrante das ervas sobe à cabeça, os caracteres do livro dançam e se confundem diante dos seus olhos.

A luz mal consegue filtrar pela janela, mas bastam umas poucas palavras em élfico para que até aquela tênue luminosidade desapareça por completo, mergulhando o aposento na mais total escuridão.

Continua a falar, a voz agora está mais firme, e o poder jorra abundante das suas mãos, como daquela vez no barco, com Aires, como em todas as outras ocasiões em que usou com fartura as suas capacidades.

Só pensa no resultado, não se importa com as mãos que doem, que ardem em chamas, nem com o fato de talvez ele mesmo se consumir completamente naquela tentativa. Só um minuto, apenas um instante, para voltar a vê-la num breve vislumbre, como ela era e continua sendo na sua memória.

A fórmula está completa, estranhos sons fazem vibrar a escuridão, mas nada acontece.

É claro, ele sabia muito bem que seria difícil. Precisa insistir. Ou talvez não, talvez seja melhor parar, desistir. É uma fórmula proibida, e ele prometera que nunca mais faria aquilo de novo.

Mas, ao contrário, recomeça a recitar em voz mais alta, e mais poder escorre das suas mãos. O cansaço o domina, mas o seu espírito continua firme, a firmeza do desespero.

Nada, ainda nada, mas os sons que agora pode ouvir são mais graves, mais vibrantes e consistentes.
Sente as mãos queimando como se estivessem mergulhadas no fogo. É normal, precisa dar ao mundo dos mortos uma parte da sua vida, da própria energia, para poder entrar na antecâmara. Repete a fórmula mais uma vez, grita-a no vazio, até cair de joelhos, esgotado. É como se suas mãos se tivessem gastado até os ossos, é como se cada gota do seu ser lhe fosse tirada, espremida, mas não faz mal. Tudo por ela, tudo.
O vazio começa a tomar forma, as cores começam a dançar no ar e o mundo que ele conhece pouco a pouco desaparece. Conseguiu. Entrou. Figuras nebulosas começam lentamente a ter contornos mais definidos diante dos seus olhos, fundem-se e passam a ter a aparência de alguém.
Chora, sem um soluço sequer, perdido entre dor e felicidade, e logo a reconhece, desde o primeiro momento em que o vulto se define diante dele. É inconfundível, maravilhosa, única. Os cabelos longos, como quando morreu, brilham azulados no escuro, e as roupas são os trajes de guerra. Continua jovem, como então, enquanto ele já é um velho, mas não faz diferença.
Ela parece olhar em volta, confusa, então finalmente o vê, reconhece-o.
– Nihal...
Ela sorri com doçura. Quanta falta lhe fez aquele sorriso! Vale a pena morrer por aquele sorriso, por aquele instante único em que tem a possibilidade de revê-la. Agora pode até perder completamente a sua energia e dissolver-se no nada.
– O que está fazendo, Senar?
A voz dela é condoída, assim como o olhar. No passado coubera a ele protegê-la, dar-lhe o braço para que se levantasse após uma queda, ajudá-la a reencontrar o caminho. Mas agora parece que os papéis se inverteram.
– Só queria revê-la, apenas isso. Sinto tanto a sua falta...
– Eu também sinto a sua.
Estica a mão para ele, acaricia sua face, mas a mão não tem consistência, é impalpável. Sabia disso, mas não poder tocar nela é intolerável.

— O que aconteceu com você? No passado, você nunca teria feito uma coisa dessas.
— Muitas coisas mudaram, já não sou mais o mesmo. Aquele eu de que se lembra morreu. Está com você, no seu túmulo, e o que sobrava foi levado embora por Tarik.
— Ele ama você, embora não queira admitir.
— Não, só amou você.
Ela sorri com tristeza. Mas parece calma, tranquila. Está sossegada, assim como estava nos últimos anos, feliz de viver ao lado do marido e do filho.
— Sabe que não está certo você estar aqui, não é o seu lugar, e tampouco é o meu. Vá embora, Senar.
— Não posso ficar sem você.
— Algum dia estaremos juntos de novo, meu amor, mas não agora, e não deste jeito. Não percebe que está se consumindo, que está morrendo?
— Não me importo. Tarik deixou-me, escolheu o seu próprio caminho, e eu já não sirvo para nada. Leve-me consigo.
Uma expressão de dor aparece no rosto de Nihal, e Senar sente-se trespassado por ela, tenta afagar seu rosto, mas já não tem força.
— Não pode morrer. Ainda irão precisar de você, no futuro, a sua missão ainda não acabou. E, além do mais, eu não quero que morra.
As lágrimas desenham dois finos traços nas faces de Senar.
— Mas quem não aguenta mais viver sou eu!
— Não é verdade, e você o sabe. Deixe-me voltar, em nome de todos os anos felizes que passamos juntos. Deixe-me voltar, eu lhe peço.
— Leve-me consigo.
— Nos reencontraremos, não precisa temer, mas agora deixe-me voltar. Cada um tem o seu lugar, o seu não é aqui.
— Leve-me consigo.
O poder, no entanto, está se esgotando, as energias estão no fim. Senar fecha lentamente as mãos, quase apesar de si mesmo. Há coisas que não pode fazer, por mais que queira. Ela vai sumindo devagar, como fumaça que se perde no ar. Sorri, e continua sorrindo até o seu rosto desaparecer na escuridão.

Senar a chama, mas Nihal está indo embora, vai voltar às sombras e nunca mais poderão se ver. Disse que, algum dia, estarão novamente juntos, mas ele não acredita.
As trevas somem, o aposento volta à costumeira penumbra e Senar deixa-se cair ao chão, soluçando. Suas mãos estão enegrecidas, e uma boa parte do seu poder foi-se embora. Mas conseguiu rever o seu sorriso.

O mago fechou os olhos, e uma lágrima correu pela sua face. Já não eram muitas as lágrimas que lhe sobravam. Virou-se na cama, olhou a luz que filtrava pelas tábuas da janela. Como naquela tarde.
Nihal...
De qualquer forma, ela estava certa. Ainda precisavam dele.

29
REENCONTRO

Dubhe, Lonerin e Senar chegaram a Laodameia numa ensolarada manhã. A viagem havia sido incrivelmente tranquila. Tinham enfrentado o percurso na garupa do dragão, guiados pela experiência de Senar, que conhecia muito bem aquele território. As asas de Oarf eram fortes e resistentes, e a viagem só demorara duas semanas. Dubhe nunca tinha visto a cidade de cima. Ficou bastante impressionada. Era uma extensão esbranquiçada, como um diamante no tapete verde da Província dos Bosques, e o palácio real era uma verdadeira joia. Sentiu uma forte vontade de estar novamente em casa, o que a surpreendeu. Nunca tinha tido uma casa de verdade. Selva sempre fora um lugar para onde voltar, mas pertencia a um passado arcaico, à Dubhe que havia morrido no bosque. As Terras Desconhecidas, no entanto, eram tão terrivelmente alheias, tão diferentes, que o Mundo Emerso pareceu-lhe realmente a sua casa. Sentiu-se filha dele, e acabou tendo um pensamento estranho e inesperado.
É de fato um lugar pelo qual morrer.
Oarf pousou na esplanada ao lado das muralhas do palácio real; Dubhe e Lonerin desmontaram perto da grande cachoeira que dominava o edifício imponente.
Haviam-se passado somente três meses desde a última vez que estiveram ali, mas parecia uma eternidade. Tudo mudara. Sempre há algo definitivo e irreparável numa viagem e, na hora de voltar, as pessoas nunca retornam realmente ao mesmo lugar.
Folwar e Dafne esperavam por eles nos passadiços fortificados. Lonerin apressou-se para cumprimentar o mestre, enquanto Dubhe preferiu manter-se afastada, embora a rainha lhe dirigisse um gesto de boas-vindas ao qual não pôde deixar de responder. Senar, por sua vez, ficou na garupa de Oarf por mais alguns momentos e olhou

em volta, como se tentasse compreender, relembrar, mas nos seus olhos não havia qualquer resquício de recordação. Talvez tivesse esquecido tudo, talvez não lhe fosse fácil reconhecer aquele lugar. Deixou-se escorregar com alguma dificuldade da garupa do animal, ajudado por Dubhe.

– Não passo de um velho inútil – disse com amargura, ao pôr os pés no chão.

– Não diga uma coisa dessas. O senhor é o único que pode nos salvar – ela rebateu decidida.

Mas aquelas palavras não serenaram o rosto do mago.

– A última vez que estive aqui foi na ocasião de uma festa. Dafne já era a rainha. Nihal estava comigo, e estava usando um maravilhoso vestido de veludo vermelho. Fazia frio, e nos detivemos aqui em cima para admirar a vista. – Olhou em volta. – Apontou para cada detalhe do panorama e me perguntou se de fato queríamos deixar tudo para trás, se queríamos assumir a responsabilidade de abandonar o Mundo Emerso a si mesmo.

Dubhe ficou admirando o esplendor da cachoeira, o viço verdejante dos bosques e, mais ao longe, a lista clara das primeiras estepes da Terra do Vento, a terra de Nihal. Sentiu um aperto no coração.

– Eu disse que merecíamos aquela viagem e a paz que ela nos traria, e que a única coisa importante éramos nós dois, que a casa era qualquer lugar onde eu e ela pudéssemos viver juntos. – Fitou duramente Dubhe. – Não houve paz, e eu já não tenho uma casa.

Ela não soube o que dizer. Qualquer coisa que até então havia passado pela sua cabeça, cada uma das suas preocupações desapareceu diante daquela dor tão imensa e comedida. O velho mago achou então por bem seguir em frente, indo cumprimentar Folwar e Dafne. Ambos prostraram-se até o chão em sinal de respeito, e Senar dirigiu-lhes algumas palavras de formal saudação, perguntando como estavam passando. Também quis saber a que nível Folwar pertencia, pois ao que parecia os dois se haviam conhecido quando ambos eram jovens.

– Ido ainda está convalescendo, é por isso que não está aqui.

Senar enrijeceu o corpo ao ouvir as palavras de Dafne, e seus olhos reassumiram o gelo em que Dubhe já reparara. Chegara a

pensar, erradamente, que se tratava de frieza. Mas na verdade era apenas a última defesa que o mago erguia à sua volta para não se deixar levar pela maré de recordações que naquele momento tentava dominá-lo.
– O seu neto também está com ele. Mas antes, no entanto, há muitas coisas sobre as quais temos de conversar.

Quando Senar encontrou Ido, provavelmente já imaginava tudo. Havia sido por causa das palavras de Dafne – cautelosas, comedidas – e da própria maneira de ela tratá-lo, como se fosse uma coisa frágil e preciosa. E, além do mais, onde estava Tarik? E o que tinha o seu neto a ver com tudo aquilo?

Entrou no quarto com passo grave, encobrindo o rosto com a máscara com a qual decidira esconder tudo, a saudade, a dor e as lembranças amargas.

Ido pareceu-lhe mais velho, mas não muito. A cabeleira completamente branca e a postura cansada na poltrona até que podiam enganar, mas afinal continuava sendo o mesmo de sempre, indomável e rabugento. Ainda não se recuperara por completo, é verdade, mas estava, sem dúvida, vivo.

O gnomo não tinha pensado o mesmo olhando para ele. Senar já estava morto havia muito tempo, e a única coisa que o mantinha de pé era uma obtusa vontade de sobreviver. Tentou sorrir, mas não se saiu lá muito bem.

– Ido...

O gnomo levantou-se com alguma dificuldade e foi ao seu encontro, apertando-o num abraço forte e afetuoso. Fazia muito tempo que Senar não experimentava aquela sensação, e de repente percebeu que sentira terrivelmente a falta daquele calor.

– Nunca poderia pensar que iríamos nos encontrar de novo – murmurou Ido. Esticou os braços, fitando-o. – Você é tudo o que resta do meu passado, sabia? Não faz ideia de como desejava revê-lo.

– Eu também, Ido, eu também.

Senar sentia na garganta o salgado das lágrimas. Sabia muito bem disso. A hora estava chegando, e nada poderia fazer para evitá-

la. Aquela doce paz que por um momento chegara a saborear no reencontro com o velho amigo não demoraria a ser quebrada.
– Quando foi que Soana morreu? – perguntou, talvez somente para adiar a hora da verdade.
Os ombros de Ido curvaram-se de leve.
– Logo depois que você parou de escrever.
Senar sentiu um aperto no coração. Devia tudo a Soana, nem mesmo Nihal teria existido sem ela.
– Uma dor que agora compartilhamos – disse Ido, com um olhar cheio de significados.
– Pois é, até demais – respondeu Senar.
Respirou fundo. O momento chegara.
– Fale logo, Ido.
O gnomo não procurou fingir uma surpresa que afinal não existia, e não tentou mudar de assunto. Fazia muitos anos que não se viam, mas ainda se entendiam muito bem. Olhou para ele fixamente e simplesmente contou.

Alguém disse mais tarde ter assistido ao seu atônito silêncio, pela porta entreaberta, enquanto Ido relatava os fatos. Mais alguém, por sua vez, falou dos seus gritos de dor ou então da sua raiva. Lonerin, no entanto, não estava interessado no fato de Senar ter chorado ou simplesmente ficado sem palavras ao saber da morte do filho. Manteve-se alheio a todos aqueles comentários, guardou distância de todas aquelas pessoas que procuravam se meter na vida de um herói na tentativa de descobrir a sua essência. O sofrimento é sagrado, e é preciso respeitá-lo com o silêncio e a solidão. Fora por isso que Ido insistira em ser ele mesmo o portador da notícia, e Senar em seguida isolara-se, fechado naquele aposento que ninguém conhecia, longe de tudo e de todos.
Lonerin imaginou-o sozinho, angustiado de dor. Mas um homem como ele, que tantas coisas já vira, entendera e aceitara a vida, iria superar mais aquela prova. E além do mais havia San...
Lonerin viu-o logo depois da chegada. Circulava constantemente escoltado por um guarda armado que não o perdia de vista um só

momento, e tinha um ar meio perdido e enfastiado. Era o primeiro semielfo que encontrava, embora o mestre Folwar tivesse explicado que San era mais propriamente um mestiço, assim como o Tirano.

Não tiveram a oportunidade de conversar, mas Lonerin já ouvira muitos boatos acerca do menino.

No dia logo depois da volta, ele, Theana e Folwar tinham marcado um encontro: iriam conversar sobre o próximo Conselho das Águas, durante o qual seriam decididas as medidas a serem tomadas.

Lonerin sentia-se um tanto estranho diante da perspectiva de rever a antiga companheira de estudos. De alguma forma sentira a sua falta, e ainda costumava acariciar distraidamente a sacolinha de veludo com seus cabelos, que guardava embaixo da túnica. Mesmo assim, quase receava o encontro. Tudo se modificara, durante a sua ausência, bem o sabia. E, principalmente, ele próprio mudara. Empreendera a viagem com uma tácita promessa, e voltava agora com a plena consciência de tê-la quebrado.

Achara estranho que Theana não estivesse à sua espera, na chegada, mas imaginara que a jovem talvez preferisse falar com ele mais à vontade, em particular. Quando a encontrou, diante da sala de Folwar, foi como que pego de surpresa. Pensou num piscar de olhos no que deveria dizer-lhe, na melhor forma de cumprimentá-la, em como explicar os seus sentimentos. Mas ela nem levantou os olhos. Virou-se, bateu à porta e entrou alguns passos à frente dele.

Lonerin achou-a muito bonita. Não se lembrava dela tão atraente e distante, como se a separá-los houvesse agora mar e montes. Não era a mesma distância que o afastava de Dubhe, mas algo talvez ainda mais doloroso e alheio.

Seguiu o seu vestido que ondeava à sua frente, até chegar diante do mestre, como nos velhos tempos.

Falaram longamente, e Folwar atualizou-o a respeito de todos os fatos ocorridos durante a sua ausência. Da morte de Tarik ele já sabia, não se falava de outra coisa no palácio, mas o mestre explicou claramente o que havia acontecido.

Conversaram bastante sobre San e seus poderes.

— O garoto é especial — disse Theana, séria.

Lonerin reparou que olhava para ele com frieza, mantendo uma atitude que queria demonstrar grande confiança. Pois é, ela também mudara.

– Quando toquei nele, senti uma espécie de descarga correr entre nós, uma força mágica que nunca experimentara antes.

– Ido falou de vários episódios ocorridos durante a viagem dos dois, nos quais San mostrou dotes mágicos realmente excepcionais – acrescentou Folwar, relatando com fartura de detalhes as aventuras do gnomo e do menino.

– Estão sugerindo, então, que o garoto é particularmente dotado? – perguntou Lonerin.

– Não é uma suposição, mas sim uma certeza – afirmou secamente Theana.

– Há algo estranho nele. É incrível como a sua aparência lembre, sob certos aspectos, a de Aster, você não acha? – observou Folwar.

– Como assim? – quis saber Lonerin, surpreso.

– Aster também era um mestiço e, como ele, era extraordinariamente dotado para a magia. E também começou com feitiços involuntários, em geral curativos, exatamente como San.

Lonerin sentiu algo estranho tomar conta dos seus ossos.

– O que estão querendo dizer? Estão sugerindo que está fadado a hospedar o espírito do Tirano?

Folwar meneou a cabeça.

– Não sei, não disponho de elementos suficientes. Mas estas coincidências me deixam preocupado, e de qualquer maneira precisamos esclarecer se existe realmente uma relação entre enormes poderes mágicos e o fato de ser mestiço.

Depois foi a vez de Lonerin contar a sua história. Não perdeu muito tempo relatando as aventuras vividas nas Terras Desconhecidas, preferindo demorar-se mais naquilo que Senar lhe contara.

Folwar ouviu atentamente, mostrando-se cada vez mais exausto.

– Se o senhor estiver cansado, posso continuar mais tarde – apressou-se a dizer o rapaz. O mestre parecia ter envelhecido muito, naqueles meses em que estivera ausente.

Folwar sacudiu a cabeça.

– Prefiro saber de tudo antes do Conselho das Águas.
Lonerin prosseguiu. Vez por outra lançava um rápido olhar para Theana, mas ela permanecia fria como gelo. Ouvia o seu relato com interesse, mas sem qualquer participação.
Quando acabou, Folwar olhou para ele inteiramente esgotado.
– Quer dizer que se prontificará para a missão?
– E quem mais, se eu não for?
– Um conselheiro.
Lonerin sentiu alguma coisa remexendo em suas entranhas.
– Mas, mestre, eu...
Folwar levantou penosamente a mão.
– Eu sei, Lonerin, eu sei. Mas você é muito jovem, e a magia que mencionou é bastante complicada.
– Ir para as Terras Desconhecidas tampouco era brincadeira.
– Estou simplesmente apontando as objeções que o Conselho fará à sua proposta.
– Senar não pode, disse ter perdido uma boa parte dos seus poderes, e quem o convenceu a vir para cá fui eu.
– E a sua amiga? Senar deu-lhe a resposta que ela queria?
Lonerin corou violentamente. Com o canto do olho ainda percebeu a figura imóvel e impassível de Theana. Com poucas e rápidas palavras também relatou o que houvera com ela.
– E não quer ajudá-la? Ainda precisa da poção, e nunca irá sobreviver sem a ajuda de um mago.
– A minha luta contra a Guilda tem prioridade sobre qualquer outra coisa. – A frase saíra da sua boca de impulso, imediata e espontânea. E era a pura verdade.
Folwar olhou para os tições que ardiam na lareira, num canto da sala.
– Irei apoiá-lo – disse então, virando os olhos para ele. – Mas está tentando a si mesmo, Lonerin. Algum dia, quando já não houver mais missões a serem realizadas, terá de enfrentar o seu ódio, e o que fará então?
– O que está querendo dizer?
– Que nunca tirou da cabeça a vingança.
Lonerin baixou os olhos, fremente.

– Tive a possibilidade de matar um deles, e não matei.
– Muito nobre de sua parte. Só espero que a sua dedicação não acabe se tornando uma obsessão.
É tudo o que me resta, pensou Lonerin consigo mesmo.

Saíram do aposento quando já era noite. A conversa tinha sido demorada, e agora estavam cansados. Theana encaminhou-se ao seu alojamento sem mesmo se despedir, mas Lonerin segurou-a pelo braço.
– Senti a sua falta – disse-lhe com um sorriso.
Ela encarou-o gélida.
– Não minta para mim.
De alguma forma esperava por aquilo, mas mesmo assim foi pego meio de surpresa.
– Não estou mentindo.
Theana sorriu, amarga.
– Claro que está. Como também mentiu da outra vez, quando a gente se despediu.
A lembrança daquele beijo tão doce de repente reviveu na sua mente. Era algo completamente diferente das imagens que haviam enchido a sua cabeça nos últimos dias, imagens daquela única noite com Dubhe.
– Como pode pensar uma coisa dessas? – replicou, quase escandalizado.
Estava confuso, não conseguia entender. Nunca tinha compreendido. Theana sempre fora para ele alguma coisa vaga, algo de contornos indefinidos.
Ela soltou-se do aperto.
– Aqui não, não diante desta porta – disse, e arrastou-o para fora, no ar fino e fresco do verão. Era uma noite clara, com o céu cheio de estrelas.
– Não menti quando a beijei! – protestou Lonerin.
– Mentiu sim, e digo isto porque eu sei. Foi só você botar os olhos nela, para que todos os anos que passamos juntos acabassem

no esquecimento. Afinal de contas, eu nunca representei coisa alguma para você.
Era uma conversa que já tinham tido antes, mas então ela não se mostrara tão definitiva como agora, nem ele se sentira tão culpado.
– Eu já disse, tudo não passa de uma grande bobagem.
– Você a ama, sei disto – ela rebateu gélida. – Pode-se ver pelo jeito que olha para ela, pelo seu comportamento, por cada gesto seu. E nestes meses... nestes meses... – Mordeu os lábios.
Lonerin achou que talvez fosse melhor contar tudo. Tinha de dizer a verdade? Mas que raio de verdade? Ele mesmo não sabia ao certo. Já não conseguia encontrar uma definição clara, nem para si mesmo nem para Dubhe, pois ambas pareciam confundir-se numa coisa só.
– Estão juntos?
– Não – murmurou.
– Ela recusou você.
– De certa forma.
A jovem baixou a cabeça, segurando as lágrimas. A bofetada chegou repentina, e ele a recebeu com alívio, como uma justa punição.
– Não houve nada que eu pudesse fazer – disse. Uma frase que soou boba aos seus ouvidos.
– Cale-se! Cheguei a pensar que tudo tinha acabado, mas vejo que a história continua na mesma, nada mudou.
Theana cobriu os olhos com as mãos e começou a chorar baixinho.
Estava tão distante. Lonerin compreendia o seu sofrimento, mas percebia com raiva que nem podia tocá-la. Segurou-a pelos ombros, com transporte, exatamente como tinha feito quando a beijara, alguns meses antes. Tentou abraçá-la, mas ela abriu os olhos. Estavam cheios de rancor.
– Repudiou-o e agora vem me procurar. Ainda tem coragem de fazer uma coisa destas?
– Não, eu...
– Não minta a si mesmo.
Com raiva, Theana livrou-se do abraço e voltou aos seus aposentos, sem deixar a Lonerin qualquer possibilidade de detê-la.

San estava sentado, de pés balançando no vazio. A cadeira era alta demais para ele, e aquilo o incomodava. Detestava ser considerado uma criança. Sentia-se adulto, e aquele corpo que carregava parecia-lhe somente um estorvo. Devaneava já se imaginando um bonito rapagão, quando poderia então fazer tudo que lhe passasse pela cabeça. Ninguém mais o obrigaria a aceitar coisa alguma, como agora que tinha de encontrar o avô e não sabia o que pensar dele.

Surgira do nada. Depois de passar tanto tempo acreditando que tinha morrido, acabara simplesmente apagando-o da sua vida. A ideia de que dali a pouco o veria entrar pela porta em carne e osso parecia-lhe tão paradoxal quanto a de ter um encontro marcado com um morto. Mas Senar estava vivo.

A agitação ia tomando conta do garoto. Como deveria portar-se quando ele chegasse? Deveria chamá-lo de vovô? Pendurar-se no seu pescoço? Afinal, não passava de um perfeito estranho. Claro, na verdade era o único parente que ainda lhe restava, mas assim de repente, sem mais nem menos, não se sentia minimamente atraído por ele. A única sensação que experimentava talvez fosse o medo.

O guarda tinha ido embora e, pelo que se lembrava, era a primeira vez que isso acontecia desde que chegara a Laodameia. Mal chegara a pôr os pés nos bastiões, e Ido, ainda meio entorpecido, ordenara de pronto que deveria estar sempre acompanhado por uma escolta, e assim fora. Tinham grudado em suas costas um homem taciturno que nunca falava, mas que o acompanhava como uma sombra. Fazia com que se sentisse uma criança de colo, e o fato de o homem ter sumido era a única coisa positiva daquele encontro, que quanto ao resto só o deixava ansioso e preocupado.

Começou a observar a ponta dos próprios pés. Já estava sozinho havia um bom tempo, e ninguém aparecia. Talvez Senar estivesse ocupado? Talvez ele também não tivesse a menor vontade de encontrá-lo? Ou talvez tivesse coisas bem mais importantes do que perder tempo com um menino?

A porta abriu-se de chofre e San, sem nem mesmo saber por quê, pulou de pé, como se tivesse sido surpreendido fazendo alguma coisa errada, como sempre acontecia quando o pai entrava no seu quarto e ele estava brincando com suas mãos luminosas.

Senar ficou parado no limiar, com uma expressão absolutamente indecifrável.

É um velho, pensou San, enquanto seu coração começava a bater descontrolado.

Ficaram olhando um para o outro, parados, cada um de um lado do aposento, como se o tempo tivesse deixado de existir.

– Fique à vontade, pode sentar – disse afinal Senar, fechando a porta atrás de si.

San achou que o avô tinha uma voz profunda. Era totalmente diferente de como o imaginara. O Senar que escrevera os livros que ele lia era um homem na flor da idade, que tinha obviamente uma animada voz juvenil, olhos límpidos e o espírito alegre de quem sabe aproveitar a vida. Esta imagem mental nada tinha a ver com o velho coxo que agora estava diante dele.

Obedeceu de imediato, e seus pés voltaram a balançar no vazio.

Senar demorou muito tempo para pegar uma cadeira e sentar. Quando finalmente conseguiu, plantou-se diante do neto e ficou mais uma vez a examiná-lo.

San não pôde evitar mostrar-se constrangido. Os olhos de Senar perscrutavam seu corpo, demorando-se ora nas orelhas um tanto pontudas, ora nos seus cabelos de nuanças azuladas, mas principalmente nos seus olhos.

– Tem os olhos da sua avó – sentenciou afinal.

San não soube o que responder. Limitou-se a anuir vagamente. Tinha vontade de sair dali.

É o seu avô, e também é um herói! Diga alguma coisa inteligente!

– O seu pai contou-lhe alguma coisa ao meu respeito?

San ficou perguntando a si mesmo o que deveria responder: uma bondosa mentira ou a verdade cruel?

– Pode falar abertamente, não tenha medo. Com os velhos sempre se pode ser sincero.

San achou que a frase até que era animadora, e teria sido ainda mais estimulante se Senar tivesse aberto um sorriso, mas o velho não fez nada disto.

— Não, nunca me falou do senhor. Disse-me que tinha morrido.
— Pode me chamar de você.
— Como o senhor quiser.
San ficou surpreso ao reparar que Senar parecia estar tão constrangido quanto ele.
— Sinto muito a falta dele, San... É assim que você se chama, não é?
O menino concordou.
— Nunca deixei de sentir a sua falta, desde quando, muitos anos atrás, foi-se embora para sempre. E realmente cheguei a pensar que, vindo para cá, poderia reencontrá-lo.
As lágrimas que San viu nos olhos do avô deixaram-no surpreso. Combinavam perfeitamente com o nó na garganta que sentia subir do fundo do estômago.
— Mas afinal você está aqui, não é mesmo?
Senar sorriu, o primeiro sorriso desde que aquela penosa conversa começara. Sem entender direito os próprios sentimentos, San achou aquele gesto mais intolerável que qualquer outra coisa, mais que o olhar inquiridor com que se sentia observado, mais que a imprevista aparição do velho, mais até que suas lágrimas. Percebeu que já não podia conter o pranto e começou a soluçar descontroladamente, odiando a si mesmo por aquela fraqueza. Sentia-se imensamente só e pensava que a vida até então conhecida já era coisa do passado da qual nada lhe sobrara, a não ser um insuportável amontoado de lembranças.
Senar levantou-se devagar — San vislumbrou-o através dos olhos embaçados pelas lágrimas — e se aproximou. Abraçou-o com vigor, com um só braço, e não havia qualquer condescendência naquele aperto. Não era um velho que abraça uma criança, era um homem que consola um seu igual.
— Partilharemos esta dor, você vai ver. Esta história precisa acabar e, quando você não correr mais risco algum, então virá morar comigo. Não será como antes, mas será bom. Muito bom.
— Não vai ficar? — San perguntou levantando os olhos.
Senar limitou-se a menear a cabeça.

– Tenho mais uma missão a cumprir, como sua avó me disse muitos anos atrás. Mas você ficará com Ido, num lugar onde ninguém poderá lhe fazer mal, e eu voltarei, eu juro.

San afundou a cabeça na sua túnica, desta vez sem sentir vergonha alguma de ser criança. Achou que teria de se acostumar com a sua nova vida, achou que só precisava manter-se de pé enquanto a tempestade enfurecia. Esperaria pacientemente por aquilo que o destino lhe reservava.

Foi realmente um Conselho plenário. Todos estavam de fato presentes, desde Senar – ao qual, por unânime decisão dos conselheiros, foi devolvido o antigo cargo, o de Conselheiro da Terra do Vento – até Dubhe, sentada num canto, envolvida em sua capa preta.

Ido já se recobrara quase por completo, e coube a ele presidir a reunião.

Foi uma reunião bastante demorada. E foi particularmente longo o tempo que cada um levou para apresentar o próprio relatório. Fazia três meses que o Conselho não se reunia de forma plenária, e todos tinham alguma coisa a contar para manter os demais informados.

A primeira a tomar a palavra foi Dafne, com um discurso sobre a situação bélica. Nada de novo, na verdade, uma vez que pareciam ter chegado a um impasse. Dohor ainda tinha dificuldades para manter coesas as suas novas conquistas, e uma parte das suas forças havia sido deslocada para frentes de combate internas, o que concedera ao Conselho das Águas alguns meses de trégua.

Os homens de Yeshol, por sua vez, estavam por toda parte. Além dos encontrados por Ido, foram notadas outras articulações, sendo que alguns Assassinos, nos últimos tempos, haviam até tentado entrar no palácio real, felizmente sem sucesso.

Em seguida foi a vez de Ido, que descreveu as suas vicissitudes com San.

O terceiro a se levantar foi Lonerin, com seu demorado relato, e já era noite quando Senar conseguiu finalmente falar.

Ao ouvirem a voz de Ido que o anunciava, os presentes pareceram tomados por um repentino frêmito. Afinal, o homem era uma lenda, e todos tinham a impressão de que o passado ressurgia diante deles.

Dubhe ouviu-o com a maior atenção. Sempre imaginava como seria a sua voz ao falar numa assembleia, e quais poderiam ter sido as artes oratórias com que convencera o Conselho a enviá-lo sozinho para o Mundo Submerso.

Logo que ouviu suas primeiras palavras ficou, de alguma forma, decepcionada. Parecia emocionado, e suas mãos tremiam. Achou que para ele também não devia ser fácil voltar aos faustos do passado, recomeçar a desempenhar um papel do qual já tinha desistido.

Mas depois, de algum modo, a tensão desapareceu, e as suas palavras, que remontavam a coisas antigas, a eventos que muitos naquela sala só conheciam pelos livros de história, acabaram lentamente cativando o auditório.

Falava de Aster como de alguém que conhecera bem, de um Mundo Emerso de alguma forma diferente do atual, mas ao mesmo tempo terrivelmente parecido, e principalmente de magia proibida sem qualquer receio, com a competência de quem viu, de quem não se recusou a descer pessoalmente para aquele inferno.

Foi com poucas e claras palavras que descreveu o feitiço a ser usado para libertar o espírito de Aster, e no fim fez algo pelo qual ninguém esperava.

– O encantamento é muito difícil e extremamente arriscado e, se pudesse, eu mesmo o executaria. A minha vida está ligada à de Aster, e de alguma forma creio que deveria caber a mim enfrentá-lo neste último embate. Mas não posso. Ao longo da minha vida gastei quase toda a minha magia, e a que me sobra seria totalmente insuficiente para um feitiço deste porte. Em outras palavras, eu não seria capaz de levar a bom termo o encantamento. Isso não quer dizer, no entanto, que eu não possa treinar quem terá de evocá-lo, e estou disposto a acompanhá-lo na missão.

Um leve murmúrio correu pela sala. Muitos, certamente, esperavam que Senar ficasse ali, com eles, mesmo que fosse apenas pelo incentivo psicológico proporcionado pela sua presença.

– Alguém já se ofereceu para a tarefa e, embora eu não tencione de forma alguma passar por cima das decisões do Conselho, acredito tratar-se da pessoa certa. Estou falando daquele que me convenceu a abandonar o meu retiro solitário e a vir aqui, para encerrar definitivamente uma longa página da minha vida.

Sentou sem dizer mais nada, deixando o Conselho num silêncio absorto.

Depois de alguns segundos, Ido levantou-se.

– Imagino que todos estejam exaustos após esta longa sessão. Proponho, portanto, que voltemos a nos reunir amanhã. Hoje ouvimos todos os elementos de que precisávamos para escolher os nossos próximos movimentos. Acredito que a noite nos ajudará a encontrar o caminho certo para o mais adequado cumprimento dos nossos planos.

Deu a sessão por encerrada e todos foram se afastando em silêncio, esgotados: claro, estavam realmente cansados, mas naquela lenta procissão existia algo mais. Havia todas as emoções daquele dia, o prazer de reencontrar Senar e as incertezas quanto ao futuro.

Dubhe dirigiu-se ao aposento que lhe fora destinado. Desde que soubera o que precisava fazer, achara melhor ficar afastada. Mais uma vez o peso da sua sina a esmagava, ainda mais porque nunca se sentira tão sozinha. A sombra do Mestre, que por tão longo tempo fora uma presença quase tangível, desaparecera como costumam fazer os sonhos; e Lonerin, no qual acreditava ter encontrado um apoio, revelara-se uma falsa esperança. No seu futuro, para ela, só havia uma missão ao mesmo tempo almejada e repudiada.

Envolvida em sua capa, e mais ainda no ranço dos seus pensamentos, chocou-se sem querer com a cadeira de Folwar.

– Queira perdoar – disse com um sorriso constrangido. – Estava meio distraída.

O sorriso aberto, embora exausto, do homem surpreendeu-a.

– Posso imaginar.

Dubhe não pôde deixar de olhar para ele com ar interrogativo.

– Lonerin contou-nos tudo.

Ela teve um impulso de irritação. Não gostava nem um pouco que a sua vida se tornasse pública. Ensaiou então um gesto de despedida, para ir embora, mas Folwar a deteve.

– O que tenciona fazer?
Ela já pensara no assunto. Por muitas razões, aquele já não era o lugar certo para ela.
– Partirei amanhã bem cedo.
– Sem contar ao Conselho os seus planos?
– A maldição é um problema meu, nada tem a ver com vocês.
– Mas Lonerin contou-me que o ajudou a convencer Senar. Realmente não se importa nem um pouco com o Mundo Emerso? Antigamente a resposta teria sido sem dúvida não, mas agora não podia negar um certo envolvimento.
– Aquilo que preciso fazer para voltar a ser livre só pode afastar-me do Conselho. O senhor estaria realmente disposto a dar a sua bênção ao meu ato, ao assassinato de um inimigo a sangue-frio?
Os olhos de Folwar anuviaram-se, tornando-se repentinamente gélidos.
– Faria alguma diferença se, em vez disso, Dohor morresse em combate?
Dubhe ficou estática.
– Mas eu sou um sicário – murmurou.
– É mesmo?
Ela não soube o que responder.
– De qualquer forma, não pode fazer tudo sozinha. Precisa da poção, de muita poção, e de alguém treinado em artes mágicas para destruir os documentos.
Dubhe apertou mais ainda a capa em volta do corpo.
– Encontrarei alguém.
– Fora daqui? Só Senar conhece a fórmula.
Dubhe mordeu o lábio.
– O seu destino não é só seu, Dubhe, e acho que nessa altura já o sabe. Não a conheço bem, mas não é preciso fazer muito esforço para ver que mudou. Fique, e diga a Ido o que tenciona fazer. Parece-me justo que o Conselho seja informado.
Folwar sorriu, então foi embora, desaparecendo rapidamente num corredor.
Dubhe ficou onde estava. Sentia-se dividida. Sempre fora assim. De um lado aquilo que, nela, a convidava para a morte, a sua sina,

e do outro algo vivo e pujante que se agitava no seu âmago, algo puro e verdadeiro. Mais ainda agora, após tudo aquilo que descobrira sobre si mesma durante a viagem.

Voltou ao seu quarto e naquela noite, em lugar de aprontar a bagagem, tentou dormir. Não seria fácil participar do Conselho, no dia seguinte.

EPÍLOGO

Dubhe entrou na sala do Conselho envolvida em sua capa preta. Sentou num canto mais afastado, como no dia anterior. Não tinha vontade de participar ativamente dos debates, mas sentia-se na obrigação de, pelo menos, ouvir.

Quase imediatamente alguém sentou ao seu lado. Dubhe a reconheceu na mesma hora. Era a jovem que havia estudado com Lonerin, buscou na memória e lembrou que se chamava Theana. Instintivamente, procurou afastar-se, apertando-se ainda mais dentro da capa. Tentou concentrar-se na sala que lentamente se enchia, mas percebia com força a presença da jovem ao seu lado. Dava-se conta dela, mesmo que a outra nada fizesse, e era uma presença incômoda. Observou-a de soslaio.

Era bonita, com a pele diáfana de uma boneca, os caracóis louros e a expressão absorta. Lembrava-a carrancuda, na hora da partida, e só guardara dela esta imagem. Devia ser a garota de Lonerin, aquela que ele traíra.

Sentiu um leve arrepio correr pelos ossos. Indiretamente, ela a tinha machucado também.

Pensou nos longos anos que os dois haviam passado juntos, naquilo que compartilharam e que os unira. Sentiu uma leve fisgada de ciúme, totalmente inútil e desnecessária. Ela já não tinha mais nada a ver com Lonerin, repelira-o, e se ele voltasse para aquela jovem seria uma boa coisa.

– Lonerin contou-nos a respeito de você, daquilo que terá de fazer.

Dubhe não pôde evitar um leve estremecimento. Virou-se para ela e observou-a, inquieta.

– Contará ao Conselho, hoje?

Theana também se virara, ao fazer a pergunta. Havia raiva e rancor nos seus olhos, e não era pouca coisa. Mesmo assim eram olhos límpidos e cristalinos que despertaram a sua inveja.

– O assunto é só meu, nada tem a ver com o Conselho.

– Mas precisará de um mago.

Dubhe olhou a sua volta, nem um pouco à vontade. Não conseguia entender aonde a outra queria chegar.

Theana aproximou-se, pôde sentir o calor da sua respiração no ouvido.

– Lonerin disse que irá libertar Aster com Senar.

Dubhe a viu afastar o rosto. Sorria. Um sorriso ao mesmo tempo vitorioso e triste. Achou-o irritante.

– E então?

Reparou que a jovem torcia as mãos.

Teve vontade de ir embora, de fugir. Não tinha absolutamente nada a ver com aquela assembleia, precisava sair dali, encontrar Dohor e degolá-lo, como a Fera nas suas entranhas exigia, e como ela mesma queria. Nunca pertencera ao recinto fechado de um Conselho, o seu lugar eram as sombras dos palácios, agindo às escondidas, sozinha e amaldiçoada. Porque desde sempre era amaldiçoada, antes mesmo da Fera, e achar que poderia libertar-se fora uma mera ilusão.

Levantou-se de chofre, localizou um lugar mais solitário, mais para cima, e abrigou-se nele depressa. Era uma fuga, mas não se importava. O melhor a fazer seria ir embora, mas não podia. Era como se Lonerin houvesse inspirado nela um pouco da sua paixão pelo Mundo Emerso.

Quando a sala ficou cheia, Ido levantou-se.

Com voz calma e com os ouvintes ansiando, como sempre, pelas suas palavras, resumiu os pontos fundamentais do debate do dia anterior. Depois decidiu enfrentar deliberadamente a questão.

– Está claro que estamos mais uma vez diante de duas tarefas: por um lado precisamos absolutamente levar San para algum lugar seguro, pois, sem ele, Yeshol nada poderá fazer. Por outro, se o espírito de Aster continuar em seu estado de suspensão, como agora, a ameaça será eterna, e não podemos condenar um garoto a esconder-se pelo resto da vida. É portanto necessário que alguém quebre o encanto evocado por Yeshol. Senar falou-nos demoradamente acerca do ritual a ser cumprido, e nos contou que para tudo dar certo será preciso recorrer ao talismã do poder. Pois bem, ele não está comigo.

O auditório pareceu chocado, e a própria Dubhe ficou surpresa. Tinha certeza, provavelmente como todos os demais, de que Ido já resolvera o problema.

– Não tive tempo de procurar na casa de Tarik, pode ser que o talismã ainda esteja lá. A única coisa que posso dizer, portanto, é que desconheço a sua localização.

– E o menino? Ele sabe alguma coisa? – ouviu-se uma voz gritar do fundo.

Ido sacudiu a cabeça.

– Nada. – Tomou fôlego, em seguida voltou a falar: – Trata-se, portanto, de uma dupla missão: encontrar o talismã e infiltrar-se na Guilda para libertar o espírito de Aster. Senar já nos disse que quer participar da tarefa. Peço-lhe, agora, que confirme esta sua decisão.

Dubhe viu o velho mago levantar-se, num canto quase tão escondido quanto o dela.

– Confirmo-a, é claro. É o meu dever, a razão pela qual vim aqui.

– Mas vai precisar de ajuda – acrescentou Ido.

Senar limitou-se a anuir.

– E indicou uma pessoa.

Lonerin levantou-se na mesma hora, sem esperar pelas fórmulas costumeiras.

– Não só me indicou, como também eu fico feliz em oferecer-me para a tarefa.

Ido acenou para ele com a mão.

– Ninguém tinha a menor dúvida a respeito – disse com um sorriso. – Alguma objeção?

Houve várias, e Dubhe ouviu-as todas com a maior atenção. Esperava, sem nem mesmo ter a coragem de reconhecer para si própria, que alguma fosse aceita. Sentiu a Fera pulsar em suas entranhas. Sabia que precisaria de um mago, e gostaria que fosse ele. Talvez porque receasse não encontrar outro, ou talvez só de pirraça, para dar uma lição a Theana, ou quem sabe por alguma coisa que os unia além das suas vontades, algo tênue demais para ser amor, mas muito forte para ser apenas amizade.

— O ritual é bastante árduo e complicado, requer uma grande energia, e nós estamos diante de um mago que ainda nem completou o seu treinamento.

— Uma coisa é trazer para cá uma pessoa, outra completamente diferente é participar de um feitiço tão complexo.

Lonerin ouviu todos, então foi a sua vez de falar:

— O meu mestre é quem, melhor que todos, pode dar testemunho do meu preparo, e de qualquer forma as minhas capacidades mágicas também foram postas à prova durante a viagem pelas Terras Desconhecidas. Tampouco pode ser ignorada a firmeza dos meus propósitos. A missão deliberada por este Conselho é a coisa mais importante da vida.

Folwar tomou a palavra em seu apoio. A sua voz era fraca, mas as palavras foram cortantes, precisas.

— É um mago muito dotado. Posso assegurar que a tarefa não é de forma alguma superior às suas forças, principalmente se as suas qualidades forem treinadas por um mestre do gabarito de Senar.

O próprio Senar levantou-se.

— Não é sem fundamento que apontei este rapaz. Conheço a potência da magia a ser evocada, e sei que, sem dúvida alguma, requer grande capacidade. Sinto que ele pode conseguir e tenciono ajudá-lo por mais exíguas que sejam minhas forças.

Era mais que suficiente para convencer o Conselho. Senar e Lonerin procurariam o medalhão e, uma vez encontrado, o jovem voltaria à Guilda para realizar a sua missão. Estava subentendido que, neste caso, caberia a Dubhe explicar-lhe o que fazer e aonde ir.

Logo que ouviu o seu nome, ela apertou-se ainda mais dentro da capa.

— No que diz respeito à segunda tarefa, eu mesmo cuidarei de deixar San em segurança — disse afinal Ido.

Houve murmúrios na sala. Dafne encarregou-se de expressar o pensamento de todos.

— Achávamos que afinal você voltaria a ser a alma da resistência... Não se trata apenas de atacar a Guilda, os planos de Dohor não se limitam à sua aliança com Yeshol, e será preciso lutar novamente.

— Compreendo os seus receios, mas jurei proteger San, e não somente ao pai. É a minha obrigação. Estou ciente das suas difi-

culdades, mas na verdade já não passo de um mero símbolo para vocês.
A assembleia voltou a murmurar, desta vez mais rumorosa.
– Faz muito tempo que não compareço na frente de batalha, defino os planos daqui, mas quem entra em combate são outros. E afinal saíram-se bem mesmo sem mim. Outras tarefas estão agora requerendo a minha atenção. – O murmúrio continuou, mas Ido calou-o retomando imediatamente a palavra: – San irá comigo para o Mundo Submerso.
Aquele nome bastou para impor o silêncio.
– Nestes dias de convalescência forçada, aqui em Laodameia, entrei em contato com o rei da Terra do Mar, como alguns de vocês já devem saber, e através dele encontrei um abrigo seguro para mim e San. Terão de perdoar o fato de não revelar para onde iremos, mas as paredes têm ouvidos, principalmente agora que estamos vendo tantos Assassinos circulando por aí.
Os cochichos tornaram-se mais intensos.
– No que diz respeito a Dohor, continuaremos como de costume. O Tirano é uma ameaça muito mais séria e presente do que ele.
Dubhe teve um estremecimento. Algo dizia-lhe que devia levantar-se e falar, mas se conteve. Se porventura tivesse de tratar do assunto, faria isso com Ido e com mais ninguém. A missão dela tinha outros escopos, outros jeitos, que pela sua natureza eram banidos daquela sala.
– Acho que é só. Talvez se passem muitos meses antes que venhamos a nos encontrar de novo, pode ser até que, para alguns de nós, este seja um adeus. Mas, como os mais velhos certamente lembram, estamos de novo diante de uma encruzilhada. E mais uma vez os nossos destinos dependem do êxito incerto de uma missão, dos poderes de um mago, da vontade e da garra de um velho como eu. Cada um de nós levará adiante a sua própria tarefa como se nada mais existisse. Nesses anos construímos o Conselho das Águas como um corpo com múltiplas cabeças: quero pedir-lhes que se lembrem deste primeiro ensinamento que trouxe comigo dos escombros da resistência, na minha amada Terra do Fogo. Quanto ao resto, só posso esperar que juntos, todos juntos, algum dia possamos novamente desfrutar a paz.

Ido deu a assembleia por encerrada com a fórmula de praxe, e foi no maior silêncio que os presentes se dirigiram à saída. As palavras do gnomo haviam deixado todos bastante emocionados.

Dubhe só se levantou quando a sala já estava quase vazia. Abriu caminho entre a multidão que saía e, com alguma dificuldade, alcançou Ido.

– Preciso falar com o senhor – disse.
– À vontade – ele respondeu com um sorriso cansado.
– Aqui não.

– Encontrou o que estava procurando? – foi logo perguntando o gnomo quando chegaram aos seus aposentos.

Dubhe reviveu imediatamente a breve conversa que tinham tido nos bastiões de Laodameia, antes da sua partida rumo às Terras Desconhecidas. Naquela ocasião o velho guerreiro dissera-lhe que tudo dependia dela, sem contudo deixá-la muito convencida. Agora, de repente, ela entendia, sem que, no entanto, esta consciência trouxesse consigo qualquer alívio. Tinha encontrado muitas coisas ao longo do caminho, descartando todas elas. No fim, nada sobrara em suas mãos, a não ser o punhal, como no começo. O homicídio, no passado assim como no futuro. Uma jaula.

– Não sei – respondeu honestamente.
– A procura nunca acaba. Já leu as *Crônicas do Mundo Emerso*?
– Alguma coisa.
– Acho que lhe faria bem ler tudo, atentamente. Ali também fala-se de uma procura. A vida, afinal de contas, resume-se a isso, e do fundo dos meus cem anos posso dizer-lhe que nunca se chega a possuir realmente alguma coisa.

Dubhe baixou os olhos. Tocar no assunto com um personagem tão importante deixava-a constrangida.

– Enquanto vocês fizerem o possível para que as suas missões sejam bem-sucedidas, eu procurarei levar a cabo a minha.

Calou-se e olhou para Ido. Ele fitou-a, depois pegou o cachimbo jogado num canto. Sentou-se.

– O que quer dizer com isso?

– Senar explicou-me o que preciso fazer para livrar-me da maldição.
Falou tudo de uma vez, quase sem tomar fôlego. Era como livrar-se de um peso, como vomitar uma parte da escuridão que desde sempre oprimia as suas entranhas.
– Tenho de matar Dohor – concluiu com gravidade. – Folwar aconselhou que lhe falasse a respeito porque, embora a missão seja minha, se for bem-sucedida significaria a salvação do Mundo Emerso.
Ido permaneceu calado, fumando nervosamente. Da sua boca, a intervalos regulares, saíam densas nuvens de fumaça, que se perdiam rápidas no ar.
– O que quer de mim? Que aprove?
Dubhe ficou abalada, não estava preparada para a rudeza daquelas palavras.
– Quer que lhe dê a bênção? Ninguém jamais exigiu os seus serviços, aqui dentro. Veio como espiã, não como sicário, e não tenciono usar o seu desespero para matar o meu inimigo.
Levantou-se com um pulo e começou a andar rapidamente de um lado para outro do aposento.
– Não tenho outra escolha... – ela murmurou.
– E eu não posso dar o meu aval ao que tenciona fazer. – Ido plantou-se diante dela, segurando-a pelos ombros com seus braços atarracados, o rosto enrugado e cansado quase a roçar no dela. – O Conselho não pode mandá-la matar Dohor. Nem mesmo podemos aprovar a sua missão, pois é contrária aos nossos princípios.
Dubhe desviou o olhar.
– Mas se ele morrer...
Ido afastou-se de chofre, voltando a andar pela sala.
– Se o Conselho aprovasse, seríamos iguais a Yeshol, iguais a Dohor, prontos a fazer qualquer coisa para alcançarmos as nossas metas. Sabe disso, não sabe, Dubhe?
Ela sabia, infelizmente. Nem mesmo Dohor, que odiava de todo o coração, cuja vida estava pronta a sacrificar sem pensar duas vezes, nem mesmo ele lhe parecia mero bicho de matadouro. Apesar do que o Mestre lhe dizia: "O homem a matar não é uma pessoa... Não é coisa alguma. Tem de olhar para ele como olharia para

um animal, ou ainda menos, um pedaço de pau, uma pedra." Mas Dubhe sabia que o próprio Mestre nunca acreditara nisto. Como poderia então fazê-lo ela, a sua aluna boba?

– Não estou lhe pedindo nada, nem ajuda nem qualquer outra coisa. Só achei que merecia ser informado.

Ido ficou diante da janela, dando-lhe as costas. Respirava depressa, zangado. Dava para perceber pela maneira com que seus ombros se levantavam e baixavam.

– É meu inimigo há quase quarenta anos. Odeio-o como nunca odiei qualquer outra pessoa, mais até que Aster.

De repente, Dubhe percebeu o que deixava Ido tão irritado.

– Sinto muito, entendo o senhor. Mas não posso esperar que a guerra siga o seu curso até aquele homem morrer. Serei devorada pela Fera, antes disso, e não sou bastante corajosa para enfrentar um destino tão cruel. Sinto muito mesmo, mas não posso esperar.

Ido continuou diante da janela, então sacudiu violentamente a cabeça e virou-se para ela.

– E então procure um mago entre os que estão aqui e parta logo. Não posso dar-lhe a minha bênção oficialmente, e devo confessar que esperava acertar as contas eu mesmo com aquele homem que destruiu a minha vida, mas vai, e diga ao mago que tem a minha autorização para acompanhá-la e obedecer às suas ordens.

Era muito mais do que Dubhe poderia esperar.

– Acredite, jurei que nunca mais mataria, mas...

– Procure viver, é a única coisa que importa. Se algum dia você quiser mudar, encontrar o seu caminho e se libertar, antes de mais nada precisará estar viva. Siga o meu conselho.

Dubhe apertou a mão do gnomo com vigor, baixando os olhos. Se julgasse ser digna de fazê-lo, talvez o abraçasse, mas suas mãos estavam sujas de sangue e a sua consciência pesada. Limitou-se então a soltar o braço do velho guerreiro e saiu porta afora, sob o peso do seu fardo.

Theana estava parada no meio de um dos corredores próximos ao aposento de Ido. Sabia que Dubhe teria de passar por ali. Não havia transcorrido muito tempo desde que a vira entrar. Só tinha de aguardar, mas era uma espera estressante, e apertava as mãos como sempre fazia quando estava nervosa.

Refletia sobre a sua decisão, tomada de impulso, de uma hora para outra. Não costumava agir assim, mas não voltaria atrás. Não sabia claramente o que a levara a escolher este caminho. Bastara-lhe apenas ver a determinação de Lonerin e ouvir aquela sua frase: "A missão é a coisa mais importante da minha vida."

Mais importante que Dubhe, claro, mas também mais importante que ela. Acima de qualquer outra coisa. Lonerin nunca iria pertencer-lhe, apesar das suas desajeitadas tentativas de amá-la, apesar do incomensurável amor que ela tinha a oferecer.

Ir embora talvez fosse, portanto, a única escolha que lhe sobrava. A morte de Dohor, embora procurada e conseguida por outras razões, significaria a salvação do Mundo Emerso. E ela poderia dar a sua contribuição, por pequena que fosse.

Viu-a passar em sua capa preta; achou que realmente havia algo fascinante nela. Sozinha, marcada, cercada pelo seu destino sombrio. Theana podia entendê-la perfeitamente, agora.

– Posso falar um momento com você? – foi logo dizendo, ao se aproximar.

Dubhe presenteou-a com um olhar incrédulo e desconfiado.
– Comigo?

Era compreensível. Pouco antes havia sido bastante grosseira com ela.

– Isso mesmo – confirmou Theana, sorrindo.

Levou-a para fora. Nuvens escuras navegavam pelo céu, o ar cheirava a musgo e chuva. Sentaram num banco que dava para a varanda.

– O que pensa fazer, agora? – perguntou.

Dubhe encarou-a incerta.

– Por quê? Por que está interessada no meu destino?

Theana deu de ombros. Afinal, ela mesma não sabia ao certo o que dizer.

– Encontrou o mago de que precisa?

Foi direto ao assunto. A conversa, de qualquer maneira, não deixava de ser um tanto desagradável.

Dubhe meneou a cabeça.

– E quem estaria disposto a ajudar uma assassina? Não, não creio que encontrarei um mago por aqui.
Theana engoliu em seco. Pois é, não tinha pensado nisso. Ajudar uma assassina.
– Que tal eu ir com você?
Dubhe virou-se para ela, pasma.
– O que foi que disse?
– Sou uma maga e, sob vários aspectos, única. Sou boa nas artes sacerdotais de Thenaar, o verdadeiro Thenaar.
Dubhe fitou-a, incrédula.
– O que quer dizer com isso?
– Para a Guilda, meu pai era um herege. Thenaar é um deus muito antigo, muitos o identificam com o élfico Shevraar.
– Eu sei.
Theana ficou surpresa. Era uma coisa que só pouquíssimas pessoas conheciam.
– O meu pai era um sacerdote dele, passou a vida inteira tentando extirpar a heresia da Guilda.
A incerteza não desapareceu dos olhos de Dubhe.
– Quais são as razões que a levariam a ir comigo? Quer dizer, é evidente que não tem a menor simpatia por mim. E então?
Era a pura verdade, mas para Theana não era nada fácil explicar todos os motivos que a levaram a tomar aquela decisão. O desejo de ficar longe de Lonerin, em busca de uma finalidade só dela; a vontade de agir, logo ela que sempre se escondera atrás da cadeira de Folwar; o desejo insano, absurdo, de ajudar a mulher que Lonerin amava ou que pelo menos tinha amado. O prazer sutil de infligir a si mesma a tortura de ajudar a sua inimiga. Todo o conjunto dessas coisas agitava-se confuso no seu coração e não conseguia traduzi-lo em palavras, pelo menos não para ela.
– Porque precisa de ajuda. Lonerin se prontificaria, mas não pode. E então eu me disponho a assumir a tarefa.
Não deixava de ser verdade, pelo menos em parte.
Dubhe meneou a cabeça.
– Não acredito que queira realmente isso. O que é, vontade de sofrer? – replicou sarcástica.
Também.

— Estou lhe oferecendo a minha ajuda — insistiu Theana. — Por que não se limita a aceitar, antes que eu mude de ideia?
Os olhos de Dubhe anuviaram-se.
— Não lhe pedi coisa alguma.
— Estou cansada de ficar aqui, entende? De ser a aplicada aluna do mestre Folwar. Umas poucas semanas atrás fui salvar a vida de Ido, havia sido envenenado, e compreendi que preciso sair desta prisão. Satisfeita?
Dubhe levantou-se de chofre.
— Você não faz a menor ideia de quem eu seja. Vivo cercada pela morte e tenho um monstro no coração, e quando ele toma conta de mim não consigo mais distinguir os amigos dos inimigos. Quase matei Lonerin, ele não lhe contou? Estou indo matar um homem, está entendendo?
O seu olhar tornara-se desesperado. Theana não soube o que dizer.
— O seu amor por ele é tão grande? — Dubhe perguntou de supetão. — Ajudar-me não vai adiantar. Lonerin não me deseja tanto assim, pois do contrário ele mesmo iria comigo.
Theana não esperava aquela frase.
— Eu preciso, Dubhe... Preciso sair daqui e encontrar o meu caminho.
Dubhe apoiou a nuca na parede. Ficou em silêncio por alguns momentos.
— Pergunte a Senar qual é o feitiço — disse afinal. — Se ainda quiser ir, bem, eu parto amanhã.
Levantou-se e Theana ficou sozinha, ali fora, enquanto o frio do outono avançava sorrateiro para ela.

Lonerin escancarou a porta e encontrou Theana ocupada em preparar a bagagem. Ao ver aquilo, ficou com raiva.
Correu para ela, segurou suas mãos com fúria.
— O que se passa com a sua cabeça? O que pensa que está fazendo? Você não vai para lugar nenhum!
Theana foi pega de surpresa, mas não demorou a retomar o controle de si mesma.

– Está me machucando – sibilou, e Lonerin não teve outra escolha a não ser soltá-la.

– Por quê? É uma loucura.

Ela continuou calmamente a juntar suas coisas. Lonerin via os seus apetrechos de sacerdotisa acabarem, um depois do outro, na sacola de couro.

– Não tem o direito de dizer o que devo fazer. Dei-lhe esta oportunidade alguns tempos atrás, mas você não quis aproveitar.

– Nem conhece Dubhe, por que deveria ajudá-la? Está indo matar um homem! Ela nada tem a ver com você!

Theana parou, suas mãos tremiam. Sempre acontecia, quando a raiva e a impotência tomavam conta dela. Lonerin logo reconheceu aquele seu jeito de reagir e, com repentina e pungente consciência, pensou em todas as outras coisas que dela sabia, na miríade de pequenos detalhes que dela conhecia.

– Cuidei de Ido em território inimigo, não lhe contaram? – disse virando-se para ele.

– Eu sei, mas...

– Não aguento mais ficar neste palácio enquanto você e os demais agem. Ninguém, por aqui, é como eu, chegou a hora de eu compreender isso e procurar o meu próprio caminho. Longe daqui.

Olhou para o chão, refreando as lágrimas.

Lonerin segurou-a pelos ombros, mas ela continuou a evitar olhar para ele.

– É por causa de mim?

Ela continuou de olhos fixos no chão.

– Se for por isso, pode desistir agora mesmo.

– É por mim! – desabafou Theana, soltando-se. – Todos estes meses em que ficou ausente, em que ficou com Dubhe e senti amor por ela não foram suficientes.

Lonerin teria gostado de dizer alguma coisa, mas ela o interrompeu com um simples gesto da mão.

– Tenha pelo menos a decência de ficar calado – disse vibrando de raiva.

Tentou recuperar o autocontrole, mas quando recomeçou a falar a sua voz ainda tremia:

– Você seguiu em frente e eu apenas fiquei presa àquilo que você sempre foi para mim.
Lonerin sentiu-se trespassado por aquelas palavras. De repente, tudo tornava-se claro.
– Vou embora para salvar-me.
O jovem ficou algum tempo em silêncio, olhando para ela, que aprontava a bagagem fungando.
Perdi-a. Perdi Theana para sempre. Não conseguia pensar em outra coisa.
– Mas por que com ela? – murmurou.
– Porque ela é o centro de tudo, ainda não entendeu? Porque se ela tiver sucesso toda esta história finalmente acaba. – Um soluço abriu caminho no seu rígido controle, preenchendo o silêncio do quarto. – Se realmente me quer bem, vá embora e não venha se despedir amanhã.
– Já é pedir demais – ele murmurou.
– Se não queria que isto acontecesse, deveria ter pensado antes. Eu sempre soube o que queria, mas você? Fique com a sua vingança, e aproveite!
Lonerin ficou petrificado. Viu-a distante, fria e corajosa, como nunca a vira antes.
Voltou a segurar seus ombros, beijou-a na testa enquanto ela tentava esquivar-se.
– Eu lhe peço, cuide-se, não se arrisque – sussurrou.
Ela fechou os olhos. Sentiu-a estremecer em seus braços.
– Você também.
Separou-se lentamente dela. Em seguida virou-se e saiu. Ao chegar lá fora, deixou finalmente escorrer as lágrimas, lastimando amargamente o seu erro.

Ido leu mais uma vez o pergaminho que tinha nas mãos. Queria ter absoluta certeza.
Kyrion, general da Terra do Mar, estava diante dele e o fitava com ar grave. O vento soprava com força, naquela manhã, e San apertou ainda mais a capa em volta do corpo.

– Vamos escoltá-los até os Recifes Esconsos, depois ficarão por conta dos homens de Tiro.
Ido dobrou o pergaminho e concordou.
– Obrigado por tudo – disse secamente.
Kyrion sorriu.
– Estaria disposto a fazer bem mais do que isso, pelo senhor.
Era de manhã cedo. Ido decidira partir quase de madrugada, quando só umas raras pessoas circulavam nas ruas. San ainda estava em perigo, e continuaria assim enquanto eles não chegassem ao seu destino.
Kyrion chamou o cavaleiro que tinha trazido consigo. Ao lado do homem havia um pequeno dragão azul, mais que suficiente para carregar o peso de um menino e de um gnomo.
– Não é exatamente como os dragões com os quais o senhor está acostumado – comentou o cavaleiro.
Kyrion incinerou o sujeito com um olhar de fogo.
– Está falando com o maior guerreiro do nosso tempo.
Ido deteve-o com um gesto da mão, depois virou-se para o soldado.
– Não precisa se preocupar, irá tê-lo de volta inteirinho quando a minha viagem acabar.
Incitou San a montar. As mãos brancas do menino despontavam das dobras da capa, mas, embora com frio, ele demonstrava a maior maravilha.
– É lindo... – murmurou baixinho.
Ido ajudou-o a ficar na garupa, em seguida ele mesmo montou no pequeno dragão.
– Tudo certo?
San anuiu.
Ido apertou-o com o braço, para transmitir-lhe algum calor e certificar-se que não caísse.
– Podemos ir?
– Claro, mas para onde?
– Para o Mundo Submerso. Vamos ficar com uma velha amiga do seu avô.
Esporeou o dragão e levantaram voo.

– Precisa realmente levar tudo isso?

Dubhe observava com algum ceticismo Theana, que arrastava uma grande sacola de couro cheia de livros.

A maga anuiu.

– São os volumes que Senar me deu para o ritual. Preciso estudá-los.

– Faça isso durante a viagem. Não podemos levá-los conosco à corte de Dohor, iriam nos descobrir logo.

Theana voltou a concordar.

Dubhe carregou nas costas o seu pequeno embrulho. A sua vida era vazia de coisas.

A maga montou no cavalo com alguma dificuldade, e Dubhe não pôde deixar de imaginar se estaria realmente à altura da tarefa. A jovem, afinal, nada sabia dela, a não ser as poucas informações que se dispusera a dar-lhe no jardim, um dia antes. Parecia decidida, mas a determinação nem sempre é suficiente. Qualquer um que fosse com ela deveria estar a par do seu inferno.

– Vamos? – disse Theana, insegura na sela.

Dubhe virou a cabeça e olhou para trás. Ninguém viera despedir-se. Nem mesmo Lonerin, que passara para vê-la na véspera.

– Não concordo com o fato de Theana ir com você – dissera.

– Eu tampouco poderia imaginar uma coisa dessas – ela respondera.

O jovem olhara para as próprias mãos, meio sem graça, e Dubhe percebeu claramente que estava tudo acabado, de verdade e para sempre. Haviam ficado juntos por algum tempo, mas já era coisa do passado. Um verdadeiro abismo os separava. Ele se despedira com um fugaz beijo na face, desprovido de qualquer paixão, um beijo entre amigos.

– Cuide-se. Quando nos encontrarmos de novo, você vai se sentir finalmente livre – dissera sorrindo para ela.

Agora ela também sorria. Livre? Realmente livre? Como o próprio Ido frisara três meses antes, só dependia dela.

Poderia ser o último homicídio, o último sangue para libertar-se e confiar numa vida diferente, sob uma estrela que não fosse a vermelha Rubira, o astro da Guilda. Não sabia se seria possível. Para dizer a verdade, nem mesmo se este era o seu desejo. Só estava cansada.

E agora Lonerin não estava. Não aparecera para vê-la partir, nem para ver Theana. Estavam sozinhas; e ela, em particular, não tinha mais ninguém, nem a lembrança do Mestre, deixada na choupana dos Huyés.

– Trouxe a poção e os ingredientes para os demais feitiços? – perguntou ao montar no cavalo.

– Está tudo comigo – respondeu Theana, apertando-se na capa.

– Podemos ir, então.

Dubhe esporeou de leve o cavalo, induzindo-o a um passo lento e cansado. O céu acima delas era cinzento. Ficou imaginando quanto tempo aquela capa de chumbo levaria até deixar passar um raio de sol.

PERSONAGENS

Aires: última rainha da Terra do Fogo antes de Dohor assumir o poder.

Aster: também chamado de Tirano, o homem que quase conseguiu conquistar todo o Mundo Emerso e que foi morto por Nihal durante a Batalha do Inverno.

Batalha do Inverno: grande batalha durante a qual o exército das Terras livres, guiado por Nihal, conseguiu derrotar o Tirano.

Casa: covil secreto da Guilda, construído nas entranhas da Terra da Noite.

Conselho das Águas: Conselho que reúne os monarcas e os representantes dos magos e dos comandantes de exército da Terra do Mar, da Província dos Pântanos e da Província dos Bosques. Luta contra Dohor.

Crianças da Morte: no entender da Guilda dos Assassinos, crianças que mataram alguém por engano e que, por isso mesmo, são destinadas a servir Thenaar.

Dafne: rainha da Província dos Bosques.

Dohor: monarca da Terra do Sol; através de guerras, intrigas e de uma aliança com a Guilda dos Assassinos conseguiu juntar sob o seu controle mais ou menos direto cinco das Oito Terras do Mundo Emerso.

Dubhe: uma jovem ladra que recebeu o treinamento dos Assassinos da Guilda.

Fâmins: seres criados pela magia do Tirano. Depois da Batalha do Inverno assentaram-se na Terra dos Dias.

Fera: nome pelo qual Dubhe chama a maldição de que foi vítima, e que despertou nela um ser sedento de sangue.

Filla: discípulo de Rekla e seu companheiro na missão para reencontrar Dubhe e Lonerin.

Folwar: Conselheiro da Terra do Mar, mestre de Lonerin.

Forra: irmão de Sulana, feroz lugar-tenente de Dohor.

Ghuar: chefe da aldeia dos Huyés.

Gornar: menino morto sem querer por Dubhe na infância.

Guilda dos Assassinos: uma seita que acredita no assassinato como forma de glorificação de Thenaar, o deus sanguinário adorado pelos adeptos.

Huyé: povo que vive nas Terras Desconhecidas.

Ido: gnomo, antigo mestre de Nihal, por muito tempo Supremo General da Ordem dos Cavaleiros de Dragão, juntou-se ao Conselho das Águas para lutar contra Dohor.

Jenna: amigo e assistente de Dubhe, arranjava-lhe clientes quando a jovem trabalhava como ladra na Terra do Sol.

Kágua: tipo de dragão terrestre, menor do que os dragões voadores.

Kerav: assassino da Guilda; companheiro de Rekla na missão para reencontrar Dubhe e Lonerin.

Laodameia: capital da Província dos Bosques.

Learco: filho de Dohor.

Leuca: assassino da Guilda que acompanha Sherva na missão para sequestrar San.

Lonerin: mago, discípulo de Folwar, Conselheiro da Terra do Mar. Infiltrou-se na Guilda para descobrir seus planos e ali conheceu Dubhe.

Marva: vilarejo na Província dos Pântanos.

Nihal: semielfo que derrotou o Tirano durante a Batalha do Inverno.

Oarf: dragão de Nihal.

Rekla: Guardiã dos Venenos na Guilda dos Assassinos.

Saar: grande rio que separa o Mundo Emerso das Terras Desconhecidas.

Salazar: capital da Terra do Vento.

San: filho de Tarik, neto de Nihal.

Sarnek: Mestre de Dubhe. Fugiu da Guilda, onde nascera e fora criado.

Seférdi: capital da Terra dos Dias.

Selva: vilarejo onde Dubhe nasceu, na Terra do Sol.

Senar: mago, companheiro de Nihal.

Sherva: Monitor da Guilda dos Assassinos, habilidoso no combate corpo a corpo.

Soana: antiga Conselheira da Terra do Vento, mulher de Ido.

Sulana: rainha da Terra do Sol, mulher de Dohor.

Tálya: mulher de Tarik

Tarik: filho de Nihal e Senar.

Terras Desconhecidas: territórios desconhecidos na outra margem do Saar.

Thal: o maior vulcão da Terra do Fogo.

Theana: maga, companheira de estudos de Lonerin.

Thenaar: deus adorado pela Guilda dos Assassinos e antiga divindade élfica.

Vesa: dragão de Ido.

Volco: ordenança de Learco.

Xaron: dragão de Learco.

Yeshol: Supremo Guarda da Guilda dos Assassinos, o mais alto cargo dentro da seita.

Yljo: Huyé que guia Lonerin e Dubhe na última parte da viagem em busca de Senar.

Este livro foi impresso na Editora JPA Ltda.
Av. Brasil, 10.600 – Rio de Janeiro – RJ
para a Editora Rocco Ltda.